U0724054

本溪抗联故事选

永恒的记忆

刘纬——◎编著

团结出版社
UNITY PRESS

© 团结出版社，2024 年

　　永恒的记忆 / 刘纬编著. -- 北京 ：团结出版社，
2025. 1. -- ISBN 978-7-5234-1350-0

　　Ⅰ. I25

　　中国国家版本馆 CIP 数据核字第 2024Q1Y337 号

责任编辑：韩　旭
封面设计：朝夕文化

出　　版：团结出版社
（北京市东城区东皇城根南街 84 号 邮编：100006）
电　　话：（010）65228880　65244790
网　　址：http://www.tjpress.com
E—mail：zb65244790@vip.163.com
经　　销：全国新华书店
印　　装：武汉鑫佳捷印务有限公司

开　　本：170mm×240mm　　16 开
印　　张：18.75　　　　　　字　　数：300 千字
版　　次：2025 年 1 月 第 1 版　印　　次：2025 年 1 月 第 1 次印刷

书　　号：978-7-5234-1350-0
定　　价：88.00 元

春风吹来忆英雄

本溪在哪旮旯？在辽东。本溪有啥什稀罕物？有人参、钢铁、奇山秀水。本溪人的性格咋样？朋友来了有好酒，敌人来了有猎枪！此话怎讲？瞧一本书就懂了。啥书？《永恒的记忆》——这些是我掩卷后的心里对话！土话、真话、大实话！亦如《永恒的记忆》使用的方言俚语。

故事乃口头叙事文学，它从远古走来，伴随人类渡过心灵孤独之地。神话传说、历史演义、英雄史诗、民间说部、市井奇闻……嬉笑怒骂轻松道来，方言俚语亲切无比。好故事易于流布，又经说唱艺人演绎，更加深受百姓喜爱，传世不衰。

好故事，非但情节打动人，其核心思想必讲究惩恶扬善、礼义廉耻、扶正祛邪、忠贞孝悌。中国人祖祖辈辈的价值观道德观，少不了受听书看戏的影响。

《永恒的记忆》满足了好故事的诸多要素，且尤为真实、悲壮。

其故事悲壮，桩桩件件催人泪下，动人心魄。读至关键处，真令人顿足捶胸、目眦尽裂、肝肠寸断。是啊，那些和小鬼子玩命的本溪人早已长眠地下，与读者生死相隔。但，所有读过这故事的中国人，一定非常想要看看他们长得啥样，想追逐着和他们相识、握手！一定非常想要在他们的坟前鞠躬、祭拜！因为，他们的名字叫英雄！不折不扣的民族英雄！土生土长的民族英雄！英雄从不为个人。英雄舍的是命，换来的是公道。

此公道非彼公道，非何种族群何方地域自说自话的公道，而乃全天下全人类和平共融的普世大道。偏偏有背大道而驰的战争狂人，垂涎邻国土地而打破秩序，燃起狼烟。

《永恒的记忆》之真实，在于对抗战史的研究把握，在于对日寇侵华根源的精准剖析，书中言：早在明治中期，日本就制定了以中国为主要扩张目标的"大陆政策"……随着20世纪上半叶日本法西斯势力的崛起，日本的侵华野心愈加膨胀……1927年6月，日本首相田中义一召开会议讨论对华政策，史称"东方会议"。会议形成了一份对华政策纲要，在决议中，有这样的话："惟欲征服支那，必先征服满蒙；如欲征服世界，必先征服支那。"

讲到日寇魔爪伸向本溪的根源，故事这样开篇："日本人的鼻子像狗一样灵敏，他们早已嗅到了在遥远的中国东北，本溪湖煤炭诱人的味道。"结果呢，《日伪在本溪的"集团部落"》《本溪煤矿"肉丘坟"》《古镇碱厂变魔窟》《崔芳秋惨死狼狗圈》《两个"思想犯"的遭遇》……这些故事道出了铁蹄下的本溪人无助挣扎，思想被控制，尊严被剥夺，身体被戕害。

毛泽东曾分析："日本敢于欺负我们，主要的原因在于中国民众的无组织状态"。的确，羊群不团结起来，如何抵抗恶狼！《永恒的记忆》继"铁蹄下的本溪篇"开篇之后，接连以"东北抗日义勇军篇""东北人民革命军篇""东北抗日联军篇"绘就出恢弘奇绝的抗战史诗。

面对日寇侵占东北后的血腥屠戮，本溪的警察、校长、农民、地主、商人，甚至绿林土匪，都纷纷团结凝聚起来在一起。英雄不问出处！目的只有一个，那就是攥紧拳头打鬼子！在民族危亡的关头，数十万民众热血沸腾，加入东北抗日义勇军、东北人民革命军、东北抗日联军。据史料不完全统计，从1934年到1938年，仅抗联第一军第一师在辽宁本溪地区与日、伪军作战三百一十余次，歼灭敌军两千余人，缴获各种枪支一千五百余支，军服三百余套，还有其他大量军用物资。

本书的作者刘纬是一位税务干部，被广为人知的身份却是作家兼文化学者。他用情感创作散文小说，用责任书写历史文化，半辈子，已然著作等身。中年以后，刘纬完成了作家到学者的转身。他写铁刹山志、太子河志、满族史、党史、抗战史，笔下的文字以严肃的历史性、可读的文学性赢得了读者和社会的认可与尊重。这一部《永恒的记忆》，以尊重史实为骨，以题目的精妙、情境的还原、俚俗语言的使用、真情的展现为风，现作品成熟浑圆之风骨，令人捧读不忍释手。

《永恒的记忆》，虽然只有二十四万字，篇幅不算很长，但它确是一部气贯长虹的英雄史诗，是一部人类为了正义挑战自身极限的典范传奇。

讲好抗战故事，对炎黄子孙而言意义非凡！习近平总书记指出："伟大的抗战精神，是中国人民弥足珍贵的精神财富，永远是激励中国人民克服一切艰难险阻、为实现中华民族伟大复兴而奋斗的强大精神动力。"

什么是抗战精神？你听，书中那《露营之歌》："朔风怒吼，大雪飞扬，征马踟蹰，冷气侵人夜难眠。火烤胸前暖，风吹背后寒。""天大的房子，地大的炕，火是生命，森林是家乡。"什么是抗日之目的？你听，苗可秀侃侃而谈："欲达到此目的，必须联合纯洁热烈之青年，努力作救国家之奋斗，救人类之奋斗。其斗争之精神，应纯为大众而不为个人，为良心而不为功名……"什么是抛头颅洒热血？你听，战士们悼念烈士的吟唱："革命烈火，永远在燃烧／战士们的头颅作燃料／百万丈的光芒在辉耀……"什么是对英雄的深情与怀念？你听，摩天岭上传来呼唤："岭上那个杜鹃谢又红／春风吹来忆英雄／英雄就是那李敏换呀／血沃那个杜鹃遍山岭……"

春风吹来忆英雄！十万大山，每棵青草都在呼唤——英雄！英雄！

故事超越想象，历史超越现实。而未来，就隐伏在历史和现实的记述之间。

杨雪松

（作者系中国作协会员、本溪市作协主席、市文物保护中心研究馆员）

目录
CONTENTS

东北抗日义勇军篇

东北人民革命军篇

东北抗日联军篇

铁蹄下的本溪篇

　　日本觊觎中国东北的野心由来已久。日俄战争后，日本攫取了"南满铁路"的路权，在东北南部驻扎军队，倾销商品，奴役百姓，掠夺资源。为进一步实现其侵略扩张野心，悍然发动了九一八事变，侵占了整个中国东北。

日伪的"集团部落"

大仓财团的贪婪

本溪矿产资源丰富，素有"东北地质摇篮"之称。现已探明的有煤、铁、铜、铀、铅、石灰石、耐火黏土以及铝矾土等矿藏 32 种。据考古发现，早在两千多年前的西汉，本溪就有使用燃煤的历史。据《辽史》记载："梁水之地（当时本溪境内），乃其故乡，地衍土沃。有木铁盐渔之利。"明永乐九年（1411），明辽东都指挥使司在威宁营设置"铁坊百户所"，采煤冶铁，以供军需。本溪的矿产中尤以煤、铁和作为炼铁溶剂用的石灰石最为丰富。煤炭储量达 5 亿吨，且含灰分少，含磷量低，是适合炼铁用的优质主焦煤；铁矿石储量 9 亿吨，且有很大部分是富矿。

日本人的鼻子像狗一样灵敏，他们早已嗅到了在遥远的中国东北，本溪湖煤炭诱人的味道。这不，1904 年，日俄战争刚一爆发，靠战争起家的投机商人大仓喜八郎（1837—1928），就寻着香味，迫不及待地跟着日本军队跨过了鸭绿江。战火纷纷，硝烟遍地，随时都有生命之虞，可他再也按捺不住急切的心情，派出调查人员，沿着安奉铁路，来到了本溪湖。他们发现，本溪湖煤矿和附近的庙儿沟铁矿（即今本钢南芬铁矿）很有开采价值，于是，日军占领本溪湖后不久，大仓财团就以日本军队军用的名义，在本溪湖河西挖窑采煤。这时的开采，没有任何手续。

1905 年 9 月，日俄战争刚一结束，大仓喜八郎就迫不及待地派人对本溪湖煤田进行全面勘察，同时绘制了矿区简图，准备大干一场。11 月 30 日，大仓以其职员式村茂（人）的名义，向当时驻在辽阳的日本殖民军政权"关东总督府"

提出开采本溪湖煤矿的申请，并附上了矿区简图。

提到这个"关东总督府"，有必要补充两句：日俄战争沙俄战败后，俄国未经中国同意，私自将在中国南满获得的利益，转给了日本，日本为了管理这些在华事务，1905 年 9 月，在辽阳设立了"关东总督府"。1906 年 5 月，总督府迁到大连旅顺，1906 年 9 月，改称"关东都督府"，关东都督府下设陆军和民政两部。12 月 18 日，日本"关东都督府"在采煤优先保证军用，如有剩余可以对外贩卖的条件下，批准了大仓财团的请示。说到这里，你一定会感到不可理解，在中国的土地上，开采煤矿，不向中国政府申请，却向所谓的日本关东都督府申请，岂不是咄咄怪事？殊不知，这正是大仓财团的狡猾之处。

1906 年 1 月，大仓财团在未经中国政府批准情况下，成立了"本溪湖大仓煤矿"。由于没经中国政府批准，恐日后引起两国纠纷，日本驻辽阳军政署，要求大仓财团采取与中国人合办的方式，但被大仓财团拒绝了。

针对日本人的私挖滥采，为了加强管理，清朝政府以加强治安的名义设立了本溪县。1906 年 9 月，本溪湖设治委员周朝霖来到本溪。通过走访调查，周把大仓开采本溪湖煤矿的情况，禀报给了盛京将军赵尔巽，并请赵转询奉天交涉总局矿政司，询问大仓煤矿在矿政司有没有备案？赵派人到矿政司调取档案，发现大仓煤矿没有开采手续，于是，便令交涉总局照会日本领事，要求大仓煤矿立即停止开采，责令其将该矿交还中国；同时，令周朝霖会同辽阳交涉委员，照会日本副领事，到煤矿查封矿井。但是，大仓煤矿以此矿已经日本关东都督府批准为由，对清朝政府的要求不予理睬。

面对奉天交涉总局的照会，日本驻奉天总领事萩原复照赵尔巽说："按照清政府的训电：'安奉铁道附属煤坑，于我有采掘之权利……'帝国政府于贵我两国之和协特别重视，深望贵我之间常行亲睦交涉，无论依何条件，以本溪湖煤山为贵我共同经营均无异议。"这份照会的实质是，日本政府认为它拥有本溪湖煤矿的开采权，理由是该矿位于安奉铁路附近；但是考虑到中日"亲睦""和协"，可以商量共同经营。

这真是强盗逻辑！位于你铁道附近，你就有开采权力？这一点就连腐败的清政府也不能答应。于是，奉天督军部复照荻原说："你的照会是说，该矿附属于满铁，采掘权归贵国政府所有，特因两国亲睦起见，才允许为两国共同经营？未免本末倒置，本军督实在不解，这件事实难允许！"并进一步指出："共同经营是另外一码事，等我们双方合意时，再行权商。"

这样，几经反复，再三交涉，并无结果。

就在此时，大仓煤矿发生了透水事故，淹死几十名中国矿工，被迫停工。周朝霖将情况上报赵尔巽，赵便令交涉总局照会日本总领事："今后不得再行开采。"但是，荻原复照说："本溪湖是没有撤兵地区，日本人采煤供军用，不能禁阻。"交涉遂陷于僵局，大仓财团仍然肆无忌惮地继续开采。

禁禁不了，动动不得。清政府经过反复权衡，只得后退一步。不久，奉天矿政局参事孙海环等人来溪调查大仓煤矿。回到奉天后建议："中日合办既系日人首先倡议，大仓自应履行，按此现状，莫不如中日合办。"此建议获得东三省总督的同意。1907 年 11 月，奉天省派员开始与大仓谈判合办事宜。但即使这样的让步方案，大仓也不愿接受。而想继续单独经营，所以迟迟不能达成协议。1908 年 4 月，日本迫于国际舆论压力，从东北撤军，日本驻辽阳军政署指示大仓煤矿：日军撤退后，在领事监督之下，仍可继续经营矿业，但要接受中国的合办要求。

不得已的情况下，1908 年 5 月，大仓喜八郎来华，会见东三省总督徐世昌和奉天巡抚唐绍仪，协商本溪湖煤矿的合办事宜。8 月，徐世昌令奉天矿政局总办祁祖彝，与大仓煤矿开议合办合同；并令本溪湖矿政分局总办周朝霖参议其事。在谈判中，大仓财团在股权、投资额、税金等方面与中方反复博弈，一边威逼恫吓，一边抵赖狡辩，将 45 万两白银的矿山设备，谎报为 100 万两。1910 年，锡良继任东三省总督，与之展开了针锋相对的斗争。先后两次派临城矿师邝荣光等到本溪湖，详细调查大仓煤矿的机械设备等，戳穿了大仓财团的谎言。

1910 年 5 月，大仓喜八郎第二次来华，与奉天交涉司韩国钧会议合办合同。

5月22日,韩国钧、大仓喜八郎和日本驻奉总领事小池张造在《中日合办本溪湖煤矿合同》上签字。

该合同共十五款,其中规定:合办后的名称为"本溪湖商办煤矿有限公司",合办期限为30年;资本为北洋大银元200万元,中日各出资一半;日方以"大仓煤矿"机械设备等财产折价为100万元,中方以矿产资源作价35万元,另缴股金65万元;公司总办中日各任一员,公务人员由两总办协商,务期平均委派;所用开矿工人,以雇用中国人为主;公司开办以后,如必须增加资本或借债时中日股东各担负一半,惟不得借用中日两国以外之款;公司须纳出井税和占红利25%的报效金,但对"公司应用之材料物件,除完纳海关例税之外,其余厘金一概豁免"等。6月,清政府农工商部批准了该合同,并派巢风岗为公司的首任中方总办,大仓财团派岛冈亮太郎为第一任日方总办。后来因旧账纠缠,一直拖到1911年1月1日才开始营业。至此,中国方面前后用了5年的时间,才从名义上争回了矿产的一半。当时由中国同盟会主办的《民呼日报》曾载文疾呼:"今者与日合办,则(主权)已失其半矣,然此强权之下,奈何奈何!"

大仓财团早在1905年,就把贪婪的目光投向了庙儿沟铁矿。因此,在协商成立"中日合办本溪湖煤矿有限公司"时,大仓又向清政府提出将庙儿沟铁矿并入公司经营的要求,但清政府没有同意。可是大仓仍然不死心,在公司成立之后,又进一步向清政府提出由公司开采庙儿沟铁矿和兴办炼铁事业。其理由是:本溪湖离海港较远,运输条件不利,再加上附近有满铁经营的抚顺煤矿的威胁,所以,单纯经营采煤恐将来在竞争中,"陷入不利之地",而本溪湖是"历史上有数的制铁之地",附近有丰富的铁矿石,本溪湖煤又是炼焦制铁的好原料,因此,公司如能兼营制铁,"将来与他处竞争,必能占优胜之地位。"清政府为大仓的上述理由所动,同意由中日双方联合组成调查组对庙儿沟铁矿进行一次复勘,1911年6月,中日双方对开采庙儿沟铁矿进行了可行性研究。

1911年9月,大仓喜八郎第三次来华,以取消合办前的旧账(指合办前中日双方对大仓煤矿机械设备价值的估价差额)为条件,同东三省总督赵尔巽谈判中日合资经营炼铁事业问题,获得了清政府批准。10月6日,大仓喜八郎与日本驻奉天总领事小池张造和中方奉天交涉司许鼎霖签订了《中日合办本溪湖煤矿有限公司合同附加条款》。该条款共十条,其中规定:"本溪湖煤矿有限公司"改称为"本溪湖煤铁有限公司",除采煤外,兼办采矿、制铁事业;再增加炼铁部,资金北洋大龙元200万元,中日各半,分三年筹缴等。1912年1月23日,公司正式改称为"本溪湖商办煤铁有限公司"。

1913年6月,1914年9月,大仓财团得寸进尺,两次向中国政府提出,开采铁路溪碱线和太子河沿岸梨树沟等10处铁矿(12个矿区)的申请。1913年11月,张謇出任北京政府农商总长,提出"官营铁业之策",1914年11月,袁世凯批准铁矿国有政策。规定:"铁矿关系重要,拟定仿照食盐、煤油之例,作为国家专营,嗣后矿商请领铁矿执照,一律不准发给。"1914年12月15日,大仓的申请被驳回。但是大仓仍不死心,于1915年2月,趁日本帝国主义逼迫袁世凯签订卖国的"二十一条"之机,再次向中国政府提出呈请,并利用公司中国总办赵臣翼赴北京进行秘密活动。

赵臣翼,字燕荪,顺天大兴县(今属北京市)人,光绪九年(1883)进士,历任金州海防厅同知、宁远州知州、东边道尹等职。此人久历官场,老于世故,在担任煤铁公司总办期间遇事推诿,致使公司大权多为日本人掌控。

赵臣翼此次受大仓喜八郎所托,为谋取荣华富贵,不惜出卖国家利益,往来奔波于本溪湖、奉天和北京之间。在赵臣翼的活动之下,1915年7月,大仓财团得到中国北洋军阀政府的"特殊批准",获得本溪境内的梨树沟、卧龙、歪头山、青山背、骆驼背、望城岗、八盘岭、大河沿(1区和2区)、祁家堡等12处铁矿的开采权。1916年12月,又获取田师付全家堡煤矿以及牛心台煤矿的开采权,同时,开办了马鹿沟铜矿。至此,大仓财团完全控制了本溪地区的矿产资源。据不完全统计,从1911年10月至1931年的20年时间里,中日合办的本溪湖煤铁公司共生产原煤783.5万吨,焦炭148.5万吨,富铁矿133万吨,生铁83.8万吨。

两家煤矿"股权"变更疑云

本溪的煤矿，储量大，品质佳，日进斗金。这么优质的煤矿，怎么能少了日本人的参与？可是，中国人已经开采了，怎么办？这难不倒"小鬼子"。今天，我们就来讲一个，民国时期本溪县牛心台、田师付两大煤矿矿权变更的事，看看日本人是怎样的卑劣下流，厚颜无耻；再看看中国矿商又是怎样入他彀中，"心甘情愿"地交出股权的。

牛心台煤矿案

牛心台煤矿开采有着悠久的历史。民国五年 (1916) 十二月间，本溪县矿商袁占海，向奉天省公署呈递了开采本溪境内红脸沟关家坟、大深沟子等处煤矿的申请，经过省、县有关部门勘验，查得矿图与实际地域相符，也没有他人首报及其他妨害纠葛，国家农商部嗣于 1917 年 9 月，核准发给矿照，并"令县饬警妥为保护"。袁占海拿到矿照，开始购买设备，雇用人夫，于 1917 年 10 月间投产。日本人渡边传市一看袁占海的煤矿开起来了，品质好，产量大，眼气极了。便要阴谋弄诡计，私下里勾结见利忘义的当地村民关明振、关明喜，立了一份假的买卖协议。内容中说，这几处矿山早已卖给日本人了，以便讹诈。可是，还没等签字画押支付交易款项，就被该村村长关明亮查知。关村长立即报告给牛心台警察署，警察署将关明振、关明喜传到警所羁押，挫败了渡边传市的阴谋。渡边一看，诡计不成，便要起无赖，找到日本本溪湖警务支署，与支署长江刺合谋。11月间，日本本溪湖警务支署长江刺家文藏找到本溪县县长单文坤，对单县长说："袁占海的矿区与日本人石本鑽太郎的彩合公司矿区有包套。"所谓包套，换句话说，就是占用了彩合公司的地。

单县长反问说："彩合公司现占矿区，是与奉天商务总会合办未成之矿，坐落在红脸沟小南沟，与袁占海大深沟子关家坟矿区有什么关系？"

江刺寻思了半天，终于找出个理由："红脸沟小南沟与大深沟子关家坟相离甚近，不能说没关系。"

单县长拿出袁占海原报核准的矿区图，对江刺说："你看，袁占海所报大深沟、关家坟3处矿区边界与小南沟之矿区边界相距均有两里多地，依照矿业条例，完全符合规定。"

江刺沉下脸来，蛮横地说："照民国四年(1915)五月间中日条约，本溪牛心台煤矿准许日本人开采，关家坟、大深沟等处即在牛心台界内，不应批准袁占海开采！"单县长不卑不亢地说："关家坟、大深沟虽距牛心台不远，条约内'牛心台'3字下，并没有明确声明包括某屯字样；再说即使在牛心台界内，既然日本人都能采，难道中国人还不能开采了？"江刺吼道："无论如何，对日本人的权利有侵害，我就应当保护。今袁占海在该处开矿，实在有害彩合公司营业，务必请你们派出警察，将他的煤矿查封。"单县长慢条斯理地说："袁占海之矿系奉长官命令，省里有派警随时保护的命令，这是有法律依据的，不能凭空干涉，所以，我不能答应你。"

江刺气急败坏，恶狠狠地说："如果你不管，那我就派日本警察，直接去封禁。"单县长强压满腔怒火，却含威不露。他正色道："你这个日本署长倚恃强权，封人家矿井，我也无法阻拦，但是，如果因为封禁惹起矿工民变，演变成民国五年（1916）一月间的那样事件，以及袁占海因矿井被封所受的损失，当由你一个人负责！"这里补充一句，单县长说的民国五年的事件，是日本公司牛心台彩合煤矿驱逐华工，中方工人与日方职员发生冲突，双方互有受伤。江刺见单县长软中带硬，便换了一副面孔。跟单县长商量说："照顾彼此交情，我有个和平解决的办法，若令袁矿所出之煤，全部卖给彩合公司，则尚有商量余地。"

单县长面无表情，冷冷地答道："这要看袁占海本人是否情愿，我们不能用权力压人。那样吧，我问一下袁占海，看看他是什么态度，我再给你回复。"

单县长把袁占海找来，询问他的意见。袁占海说："若牛心台等处所出之煤，全被彩合公司把持，附近十数个村屯烧用的烟煤都向他们购买，不仅价格高，还要受到他们种种刁难。正是这个原因，关姓合族才找到我，让我牵头报领关家坟北山并大深沟子3处煤矿，这样，既保住了煤矿主权，又可以方便本地人烧用，免受彩合公司欺压。若所出之煤由彩合公司包销，和矿权全归日本人掌握没什么两样。"单县长了解了袁占海等人的用意，婉言拒绝了江刺。江刺见此议不成，竟于12月1日，带领一队日本警察，前往牛心台关家坟、大深沟子，勒令袁占海停工，双方僵持不下。

12月2日凌晨一点，袁占海煤矿经理刘富派人向本溪县警察第二分驻所肖文阁报告说："我和工人们正在关家坟、大深沟等处采煤，12月1日，上午早11点左右，本溪湖日本警察署署长率日警5名前来，不讲公理，强行禁止生产。他们说：1915年，中国政府已将牛心台采矿权转给日本开采，不准尔等中国人自己开采。如果想开采，必须跟我们合办；若不能合办，此矿必须马上停产，不然的话，我们就派日本宪兵缉拿你们。

这是赤裸裸的威胁！刘富害怕惹上外交交涉，只得暂时停工。

中日双方发生了纠纷，怎么办？于是，1918年6月，奉天省公署派调查委员赴现场勘查。勘查结果是："袁占海之关家坟及大深沟子煤矿在牛心台区域之外，属红脸沟界，距牛心台区域边疆约有二里许。"这个官方的勘查结果证明：袁占海煤矿与日本人的彩合公司"并无包套"，且袁矿已获政府核准，有营业执照，因此，袁占海经营该矿完全合理合法。

可是，1920年1月24日，袁占海向奉天实业厅打报告，称愿与日商渡边传市合办。不难猜想，这背后该是日本宪兵的力量。

田师付煤矿案

1918 年 1 月 25 日，日本驻奉天总领事赤塚正助照会奉天省长张作霖：

> 田师付沟煤矿如贵省长所知，照中日条约应由中日合办之矿山之一。据闻，该煤矿关系者之一人杨乃宾者，因与日人深川缔结中日合办之契约，以盗卖国土被控，受贵国审判厅之审理。如果属实，即系违背中日条约之重大问题，请速将杨乃宾释放，为此照，请查照办理。

杨乃宾何许人也？为何能惊动日本总领事为之"求情"？杨乃宾系奉天省议会议员，1913 年，他与孟凌云、孟辅廷、王阁忱、金品三等 5 人，在本溪县田师付开办了富华煤矿公司。王阁忱、孟凌云、杨乃宾 3 人，每人出资小洋 4000 元，以 500 元为一股，每人 8 股；金品三 4 股，合小洋 2000 元，作为开办经费。孟辅廷红股 2 股 (不交现款)，作为发起人的酬劳金。大家公推王阁忱为经理、孟凌云为副经理。立有合同，并创立公司规章，呈领了矿照，1914 年投产。

后来，王阁忱受日本人的威逼利诱，瞒着其他人，私自将自己的股份卖给了日商，被孟凌云发现。孟凌云原名孟继志，其父孟传兴，清末任本溪县南甸子村村长，他哥哥孟辅廷，曾任本溪县警务长及东北军骑兵团团长。他本是当地的无赖，后来又是本溪地区有名的大汉奸，向来都是欺负别人的主儿，如何能受这窝囊气？当即将王阁忱告到北京农商部，于是，农商部将王阁忱股东资格注销。众股东又推举孟凌云当经理、杨乃宾为副经理，继续经营。为防止有人私下作弊，损害公司利益，大家商定，将公司图章及各人私章寄存到省城沈阳金城泉商号；此后公司一切决策，都要由全体股东讨论决定，达成共识后，再到沈阳开取印鉴。

谁知 1917 年阴历九月间，副经理杨乃宾私下里偷偷来到金城泉，用欺骗手段，把印鉴骗出，拿到大连，瞒着众股东，以全体股东名义与日本人深川喜次郎签订了股份转让合同。合同内容为：日本人深川喜次郎得矿权 70%，杨乃宾得 30%；深川喜次郎付给众股东报酬金 13 万元，先交订金一万元，其余款项，呈请农商部批准之后，再付给委托人杨乃宾。这份合同中，有些条款不符合民国的矿业管理规定，省里不会通过，于是，深川喜次郎又与杨乃宾合谋，写了一份假合同，伪称是中日合办，以此来搪塞有关部门。合同签完后，杨乃宾就带着日本人深川，偷偷地回到本溪县田师付查验矿质。两人自觉做得天衣无缝，不承想，被身为警长的孟辅廷发现了。孟辅廷不仅消息灵通，且手段利落，他利用自身工作的便利，立即将杨乃宾拘押。

于是，就有了前面日本总领事求情的一幕。可是，张作霖对这老鬼子的求情没有理睬。1918年2月4日，沈阳地方审判厅判决如下："被告人杨乃宾，年四十岁，昌图县人，任奉天省议会议员。杨乃宾诈欺取财之所为，处三等有期徒刑4年又2月，褫夺公权全部10年。杨乃宾对于富华煤矿公司丧失股东资格，所入资本俟判决确定后，向孟凌云等自行清理。"

杨乃宾一案到此，似乎已经结束。但后来的结果却大出人们的所料。1919年3月16日，田师付煤矿经理孟凌云竟与日本人深川喜次郎签订了"合办"契约！6月13日，奉天省长张作霖指令："财政厅呈孟凌云与日人深川喜次郎合办田什付沟等处煤矿请示，应准进行。"

从此案的过程可以看到：自田师付沟富华煤矿开办以来，日本人就已盯上了该矿的矿权，必欲夺之而后快。围绕该矿的矿权的归属，中日双方进行了3次较量。第三次较量的结果，最有戏剧性，也最具有讽刺意味。曾经坚决反对王阁忱、杨乃宾"盗卖矿权与日人"的孟凌云，自己却在一年以后，与日本人深川喜次郎签下了"合办契约"；并"主动"向省财政厅呈请，要求"招添日股"，这背后，日本人究竟做了什么，不言而喻。

建川美次特使的酒醉

1931 年 9 月 18 日中午 11 点 29 分，一辆从安东（今丹东）驶来的绿皮火车，缓缓地停靠在本溪湖火车站。这时，从甲等软卧包厢里，走下一位头戴黑色礼帽、身穿笔挺西装、留着八字胡的中年男子。他腰板挺直，脸色红润，一看就是养尊处优惯了的人。如果不看稍显浮肿的眼皮下，藏着的那双狡黠的小眼睛，颇有几分绅士风度。下车的人并不多，他在站台上刚刚站定，就有一辆黑色"甲壳虫"，停在了他的面前。他四下环视了一番，然后，一头钻进车里。

迎接他的是一位身穿中式褂子的车夫。黑色"甲壳虫"飞快地沿着日式洋房林立的"洋街"，朝着太子河方向驶去。车子在顺山街口，迅速地拐进林荫深处的本溪湖"鹤友俱乐部"。俱乐部门口，早有侍者接应，然后，一位身着和服的侍女引导，将他引进了二楼一个有 4 张榻榻米的日式房间。室内宽敞明亮，陈设整洁。他放下皮箱，马上就有一位侍女上前，服侍他换上了宽松的和服。他站在窗前，饶有兴致地看着本溪湖炼铁厂那高大的烟囱喷出的滚滚浓烟和场区繁忙的景象，过了一会儿，他转过身来，伸伸四肢，坐在茶桌前，品茶。这个神秘人物，就是东京派来的日本国陆军省作战部部长建川美次少将，他此次来，肩负着一桩特殊的使命，至于是什么使命，我们还要从头说起：

早在明治中期，日本就制定了以中国为主要扩张目标的"大陆政策"。此后的几十年内，日本曾发动和参加过 14 次对外侵略战争，其中有 10 次是侵华。经过甲午战争和日俄战争，后进的日本不仅挤进了帝国主义列强瓜分中国的行列，而且取得了在中国东北的优势地位。日俄战争后，为了独霸中国，日本利用西方列强忙于第一次世界大战的机会，夺取了德国在山东的权益；并利用袁世凯称帝的机会，提出了灭亡中国的"二十一条"。随着20世纪上半叶日本法西斯势力的崛起，日本的侵华野心愈加膨胀。

1927年6月，日本首相田中义一召开会议讨论对华政策，史称"东方会议"。东方会议形成了一份对华政策纲要，在决议中，有这样几句话："惟欲征服支那，必先征服满蒙；如欲征服世界，必先征服支那。"这个纲要表明，日本已决定随时以武力保护其在满蒙的既得利益，并趁机吞并满蒙。会后，田中将会议决议呈报给日本天皇，这就是所谓的"田中奏折"。东方会议后，日本加快了实施新大陆政策的步伐，又两次出兵山东，并相继制造了"济南惨案"和"皇姑屯事件"。

张作霖死后，张学良主政东北，并迅速稳定了东北局势。1928年12月29日，集国恨家仇于一身的张学良，不顾日本人的威胁，毅然宣布东北易帜，遵守"三民主义"，服从国民政府领导。这一公开与日本对立的举动，激怒了日本侵华势力，于是，日本军部开始着手制订武装侵占中国东北的计划。1930年春，关东军主任作战参谋石原莞尔经过侦察研究之后，选中了柳条湖作为起事的地点。一年后，日本关东军高级参谋板垣征四郎等人，又根据石原莞尔的建议，制订了"柳条湖事件"的具体计划。

日本军队内部历来派系斗争激烈。日本军部上层希望由他们指挥完成侵占中国东北的"大业"，不希望关东军"轻举妄动"，而关东军却准备甩开军部"单独行动"。1931年9月，板垣征四郎等人制定的柳条湖事件方案在日本内阁会议上提出后，遭到日本天皇的追问和一些内阁成员的否定。迫于压力，日军陆相南次郎、参谋总长金谷范三决定派陆军参谋本部作战部长建川美次专程到中国东北，向关东军司令官本庄繁传达要按照"军部规定好的计划行事"的指令。关东军听说军部已经派人前来干预，果断地将事变的日期提前到9月18日，这天正好是建川美次抵达沈阳的日子。有人会问，关东军为什么会挑这个日子？如果他们提前发动事变，不正好躲开军部特派员的干预了吗？素有"关东军最强大脑"

的石原精于谋划，之所以要选在这天发动事变，正是为了要看建川美次的脸色行事。一旦他睁一只眼闭一只眼，那么，他们就可以撒开手脚大干了。

建川美次虽然在日军参谋本部任职，但骨子里却倾向于关东军，是个狂热的军国主义分子。为了既支持关东军发动事变，又保全自己不被军部高层追责，他精心策划了一出掩耳盗铃的闹剧。因此，他在会见本庄繁之前，密约板垣在本溪湖会晤。

按原计划，建川乘坐火车将于9月18日中午13点抵达沈阳，板垣应该在沈阳站迎接他。可是，建川换上便服，于中午11点29分，在本溪湖下了车；板垣在落实好柳条湖爆炸的计划之后，也赶到本溪湖。两人在本溪湖密谈了一番后，于当晚17时18分登上火车，离开本溪湖。晚19点18分两人到达奉天，和前来迎接的花谷正等人见面。3人乘车下榻日本人经营的菊文旅馆后，当着花谷的面，建川故意很"严肃"地问板垣：年轻军官是不是很兴奋？板垣"认真"地回答说："绝对不会有问题！"建川则"满意"地说："那我就放心了。今天我很累，有什么事明天再说吧！"大家离开后，建川兴奋得睡不着，独自开怀畅饮。

晚22时许，日本守备队柳条湖分遣队队长河本末守中尉，率领7名工兵悄悄潜入沈阳站附近的柳条湖，在靠近北大营一侧的南满铁路线上，埋下了少量炸药。并将3具身穿东北军士兵服装的中国人尸体放在现场，作为东北军破坏铁路的证据。22时30分，他引爆炸药。爆炸发生后，河本向第二大队本部和沈阳特务机关报告，谎称北大营中国士兵爆炸铁路，他们正在与之激战中。守候在特务机关电话机旁的板垣早已迫不及待，收到河本报告后，立即以关东军司令官的名义，命令事先埋伏在柳条湖以北的日军守备队第二大队，从北、西、南3个方向向北大营进攻。

此时，驻扎在北大营的东北军第七旅七千余名官兵，与往常一样，已熄灯就寝。他们在睡梦中被巨大的爆炸声惊醒，有的官兵还没来得及穿上衣服，就倒在了密集的枪炮声中。而当晚旅长王以哲不在军中，代署军务的参谋长赵镇藩急忙打电话给王以哲，王立即向东北司令长官公署参谋长荣臻报告，荣命令部队不得抵抗，并与臧式毅一起将情况报告给在北平的张学良。正在北平开明大剧院陪人看戏的张学良立刻回到养病的协和医院，向荣臻等人指示："尊重国联和平宗旨，避免冲突。"于是，得到张学良指示的荣臻便命令第七旅官兵："全取不抵抗主义，缴械则任其缴械，入占营房内则听其侵入"，并告以虽是口头命令，须绝对服从。七旅官兵在混乱中开始突围和撤退，因为大部分武器都被锁在仓库里，于是，这支装备精良的部队，只能连夜奔逃。

晚10时40分，日军进攻北大营的炮声传到菊文旅馆。建川兴奋地跳了起来，马上喊来老板娘，拿来一张彩色纸笺，写下了"巨炮一发，满蒙开发"8个大字的书法，交给老板娘"作见面礼"。

19日早晨5点，日本关东军完全占领了北大营。同一时间，驻辽阳的日本关东军第二师团长多门二郎中将亲率步兵十五旅团分乘两列火车抵达沈阳。仅仅一个小时，日军关东军就占领沈阳全城。号称全国最强大的东北边防军空军的二百六十余架飞机一架都没来得及起飞，全部落到了日军手里；全国最大的曾经让张学良引以为自豪的兵工厂也落到了日军的手里，库存步枪11.8万支，机枪五千八百余挺，各种火炮3091门，军用汽车2600辆，子弹可装备10个师。

9月19日，建川和板垣、石原等人进行了磋商，推荐溥仪作为"亲日政权"的傀儡。20日上午，建川又跑到关东军司令本庄繁那里，极力劝说他"对吉林、洮南等地，予以火速打击为有利"。9月19日凌晨4时左右，驻扎在本溪明山沟、桥头和石桥子的日本守备队迅速包围了本溪县政府，7时，日军一枪未放，占领了本溪县。

9月22日晨，建川美次回到东京。他向军部上层报告说："当夜在旅馆会餐，喝多了酒，就去睡觉了，发生那种骚乱，本想赶赴现场，但旅馆门前已经布满了警卫，他们警告我说：'外面危险，不能出去'。可能是怕我干涉他们行事，把我软禁起来了，真是不可理喻的做法。"此后，日军仅用4个月18天就控制了中国东三省。由于九一八事变前建川美次和板垣是在本溪见的最后一面，因此，也可以说本溪这座煤铁之城，是日本军国主义分子发动九一八事变的最后密谋地。

日伪在本溪的"集团部落"

所谓"集团部落"，就是把小的、零散的、世代居住在沟沟岔岔里的村民，全部集中起来，强行搬到一个视野相对开阔、便于监视管理的大村落里，这个大村子叫"集团部落"。"集团部落"四周砌有围墙，上面拉上铁丝网，墙外还挖上几米深的围壕，壕内注满水，四角建有大、小炮楼。大的"集团部落"驻有日军、伪军、部落警察，小的"集团部落"没有日军，再小的连伪军也没有，只有部落警察。这些伪警察、自卫团轮番值守查岗，白天群众出入寨门，要凭良民证，登记核准。晚上四门紧闭，任何人不得外出。因此，老百姓背地里管"集团部落"叫"人圈"。"人圈"附近，是无人居住的隔离带。群众住在围子里，天亮后，只能到周围"禁驻不禁作"的地带种庄稼，种地时，只能带一天的饭食，天黑前必须回到围子里，不得在外过夜。种植庄稼的种类也有限制，不允许种植可以直接食用的作物，如土豆、玉米和豆类，以防抗联食用。秋收时，派人核查每家每户所种作物的亩数，要做到颗粒归仓。屯子内，一切日用品实行配给制，凭证供应，特别是食盐、布匹，一点多余的也没有。

换句话说，"集团部落"就是"集家并屯"，1933年已开始在东南满地区实施。全面推行，开始于伪民政部1934年12月3日发布的第969号令，即《关于集团部落建设文件》。由于桓仁是抗联一军在辽东活动的中心区域，因此，自1935年开始，日伪就在桓仁地区推行"集家并屯"。1936年4月，伪满洲国开始推行三年治安肃正计划，提出了"治标""治本"和"思想工作"三位一体的工作方针。所谓治本，就是"实现匪民分离"，"有计划的组成集团村落，设定无人区，完善警备道路、通讯网"，组织自卫团，实行经济封锁，以断绝抗联与民众的血肉联系。据《东北抗日联军第一军在辽宁史料长编》统计，1936年，吉东、北满、南满建"集团部落"261个，1937年为4922个，到1938年，已经达到12565个。1936年7月25日，伪本溪县公署发出《关于实施集家法从速迁移文件》，日伪派出所谓"治安工作班"配合讨伐队，逐个沟岔清理，烧毁老百姓住所，强制驱离，对不愿意搬家的老百姓，实行"三光政策"。

1935年秋末冬初，本溪县高官田家堡子于家街的36名村民因庄稼没上场，没有按时搬进田家堡子，驻高官的日本守备队不分老幼，把他们抓到高官后沟，在3米深、3米宽、20米长的深沟旁，砍头示众。其中有一个5岁小男孩，看到母亲被砍了头，哭喊着向母亲爬去，毫无人性的日本鬼子向他连开数枪，这就是本溪有名的"后沟惨案"。1935年12月12日，日本侵略者将桓仁五里甸子夹皮沟一带不愿进围子的35名男女老少驱进浑江的冰窟窿之中，制造了骇人听闻的"夹皮沟浑江惨案"。

1936年1月21日，日寇将木盂子仙人洞村的房子全部烧掉，强迫老百姓搬到木盂子村。群众不愿受日本人的气，更不愿与人民革命军失去联系，于是又在废墟上重新盖起房子。敌人得知后，再度将房子烧毁，并残酷捕杀不愿迁移的群众。仙人洞村的房子先后被焚烧3次，数十名群众被杀害。盘踞在碱厂的日本守备队和警察频繁到周围村屯进行"讨伐"，将周围20平方公里两百余户居民的四百余间房屋以及东营坊8个自然村屯的1238间民房全部烧毁。敌人在"讨伐"中，见到在围子外的活动人员便射杀，然后将人头或耳朵割下作为战利品，碱厂伪警察所门前经常堆放着一堆堆的人头，或挂着一串串人耳朵。

"集团部落"的实施，给本溪的老百姓带来了深重的灾难。日本人只管烧房子，炸碾子，把老百姓往围子里赶，却不管他们的死活。人们被赶到围子里，根本没有盖房的材料，只能在地上挖个坑，上面盖些树枝和野草栖身，这就是老辈人说的"地窖子"。大部分人家，全家几口人只有一床麻花被，这种被子，当然不能御寒。20世纪40年代，地球处于"小冰河时期"，冬天冷得要命，归屯的老百姓只能烤着火睡。条件好点的，全家有一两套衣服，谁出去干活谁穿；穷人家哪来的衣服？小伙子、大姑娘光屁股多得是。没办法，他们就在屋地一角挖个坑，家里来外人了，女人就蹲在坑里，这坑还有个名字叫"遮羞坑"。在"人圈"里，最害怕的事是闹瘟疫，家里有一个人得了病，你传染我，我传染他，快得很。在高官的"围子"里，由于人员过于密集，缺乏医药和医疗设备，发生了百年未有的传染病。这种病症状是头疼，发烧，昏迷，便脓血，一死就是一家，一窝一窝的，所以老百姓叫这种病为"窝子病"。这场病下来，全围子90户村民死了近百人，有的人家全家死绝。村外野狼吃死人吃得眼睛都红了，见到活人也直往身上扑。

抗联依赖的就是人民，"集团部落"政策的实施，卡住了抗联的"命门"。起初，密营中还存有一些粮食，加上当地群众冒着生命危险送来的，战士们尚能吃上苞米、高粱。后来，随着日伪"集团部落"区域的扩大，抗联战士只能以山菜、野果、蘑菇，甚至草根、树皮、树叶来充饥，油盐根本无法吃到。很多战士由于误食有毒的山菜、蘑菇而中毒，全身浮肿甚至死亡。抗联战士长期饮食不良，缺乏营养，很多人患上了多种疾病，身体瘦弱不堪。

有一次，抗联第一路军警卫旅文广魁他们藏在山里的玉米、稻子被敌人发现了。敌人怕他们回来用，把玉米喂了牲口；稻子不能喂马，就扬到了雪地里。他们回来后，发现粮食没了。无奈，只好把扬雪地里的稻子搂起来。连雪带稻子，4个人忙活了大半天，才搂了6面袋。大家背回去一看，这个东西带皮没法吃。怎么办呢？有的同志出主意说，咱们用锅炒熟了吃。可是，第二天，就有四五个人说大便不通。吃吧，又怕大便拉不出来；不吃吧，肚子饿得要命。正在矛盾中，饿得受不了的同志又吃了一些。等到第三天，所有的人都说便不出来。有的使劲拉出来一点，和羊粪一模一样，都是一个蛋一个蛋的，上面还带着鲜血。朝鲜人满树和日本人福间康夫，两个人便秘最厉害，他俩把大肠头都拉出来两寸多长，连路都走不了了！

没有盐吃，浑身一点力气也没有，还有的全身浮肿。无奈，战士们只得把衣服脱下来放锅里煮，煮下一点汗碱，有点儿咸味。由于长期在山里转，没有条件洗澡，衣服上面虱子、虮子"一球子一球子的"，有的衣服上还有血，自己的血，也有敌人的血。锅一烧开，虱子、虮子漂在水面上一层。战士们也管不了那么多，把这些小动物捞出去，舀起来就喝。行军时，有的战士，看到敌人骑兵的马粪蛋子，里面有个苞米粒或高粱粒什么的，乐坏了！赶忙掰开抠出来放到嘴里，嚼得那个香呀。

由于密营中的被服厂被破坏，抗联战士的衣服大都破烂不堪，衣不蔽体。有些人穿着露脚趾头的布鞋，有些人甚至还打着赤脚。寒冬腊月，战士们将地上的雪踏实，铺上树枝树叶睡觉。大雪封山时，枯枝败叶难以找到，抗联战士只好在营地四周点上几堆篝火，睡在火堆之间的空地上。"火烤胸前暖，风吹背后寒"，正是当年抗联战士艰苦生活的真实写照。

本溪女校的"奴化"教育

70 多年前，在本溪的大堡，有一座 H 型的砖瓦结构的平房，房舍极简陋，共 10 余间，内有校长室、教师办公室，礼堂、教室、实验室、教师宿舍、学生宿舍等。院内出来进去的学生，全是清一色的留着短发的女生，这就是当时本溪很有名的伪"奉天省立本溪女子国民高等学校"。它是日本帝国主义奴化中国女性、对本溪文化教育侵略的又一罪证。

日俄战争后，日本不仅攫取了安奉铁路的经营权，还强占了铁路沿线大量的矿产资源。本溪煤铁资源十分丰富，素有"煤铁之城"之称，自然是侵略者掠夺的重点。不仅如此，本溪还是沟通朝鲜半岛的枢纽，日本从东北掠夺的资源，有很大一部分是通过安奉铁路运回国的。因此，本溪的战略地位举足轻重，自然聚集着大批的日本军人、商人以及其他移民。为了解决日本的青少年入学问题，日本人在本溪开办了 5 所中小学校，其中一所就是这所本溪高等女子学校，校址在现在的明山区东胜小学。

九一八事变后，日本帝国主义为彻底消灭东北人民的民族意识，开始在统治区内推行殖民化的教育体系，向学生强制灌输日本皇道思想，有计划、有组织地实施奴化教育。他们下令，各中小学校不准升中国国旗、唱中国国歌，不准悬挂中国地图，不准讲授中国地理、历史，妄图从人们的头脑中，一笔抹去中国作为一个国家的概念。1940 年成立的本溪女子高等学校，就是这一教育体系的产物。

本溪女高属于伪奉天省立学校，教育经费由省里直接拨发，校长、教员由省统一调配。校长徐中勋，辽北昌图县人，东北大学毕业；副校长为日本人木村团四郎，当时学校有教师十余名。其中，中国教师有苑凤翥、吴玉枕等七八位，其余的是日本老师，有一位日本女教师，名字叫高桥八重。教学设备很简陋：教室只有桌椅黑板；老师办公室除办公桌、角尺、地图、笔墨之外，其他教学设备全无；院内操场有一个网球架子和单杠、秋千等。

学校统一制作校服。上衣是海军服式，长方形翻领，领子四边镶有两条细白杠，胸前扎蓝色领带。夏天上衣是白色的，其他季节是深蓝色的；下身是深蓝色多褶裙子。学生不论冬夏，一律穿校服，光腿穿高筒袜，平底矮帮鞋。

学校每年招一个班，60名学生，按考试成绩依次录取。第一批入学的同学大部分是本溪本地的，也有少数来自铁岭、沈阳、苏家屯、海城、辽阳等地的外地同学。

教学安排完全是奴化教育。教师办公室、礼堂和每个教室的正面墙上，都贴有"国民训"，走廊墙上还贴有"日满亲善""王道乐土"等标语。每周星期一，第一节课程是早操。全校师生在操场列队集合，由体育老师主持。规定的程序是：一、升日本国旗、"满洲国"国旗；二、向北转，向新京（今长春）遥拜，再向东转，向东京遥拜，各行90°鞠躬礼；三、唱日、"满"两国国歌；四、作早操。每年3月1日是伪满"建国节"。这一天是重大节日，要举行隆重的纪念仪式。除早操各项外，校长要戴上白色手套，登台捧读"康德皇帝"颁发的"即位诏书""回銮训民诏书"。学校规定，凡全校师生外出上街，路过日本神社（位于今溪湖区小明山沟）前必须止步，以立正姿势，规规矩矩地向神社行鞠躬礼，然后才能继续向前走。

女校的学制是3年，共16门课程。包括满语（汉语）、日本语、国民道德、历史、地理、物理、化学、代数、几何、音乐、体育、劳动、家事、烹饪、裁缝、编织等。在语文课的安排上，日本语每周上6节至8节，而满语（汉语）每周只上两节。压缩学生学习汉语的课时，目的是把他们的主要精力拉到学习日语上来，其用心不言自明。历史教科书，删除中华民族的五千年历史，只讲东北三省的所谓"满洲历史"，如讲肃慎、女真、高句丽、辽、金、后金、清等历史；地理教科书也只讲东北三省（包括热河省在内）的。他们强调，东北三省自古以来就是脱离中国以外的、独立的主权国家，所以，伪满洲国的成立也就顺理成章、理所当然了，进而愚弄学生，只认可自己是"满洲国人"，而不是中国人。对无可回避的中日甲午战争、马关条约、日俄战争、日本掠夺控制东北经济资源，以及九一八事变等重大事件，采取颠倒黑白、歪曲历史的手法，归结为"中国政府不信守条约，破坏中日两国协议"，"侵犯日本在华利益"，"杀害日本侨民"，"无故开枪射击日本驻军"等原因造成的。这一切的目的就是让学生既不了解中国几千年的历史，也不了解中国历史上发生的反抗外敌入侵的重大事件，更不清楚中国人民在近百年来，遭受日本侵略和屠杀的深层原因。从下面这组当年调查者与伪满国学生谈话的记录中，可见日本教育的目的：

问：大连、旅顺为何国之土地？答：自古系日本土地。

问：日本人在东三省，何以如此之多？答：日本人要同中国亲善，所以彼等皆拿了金钱来替中国人办实业。

问：日本人要把东三省粮食尽量运去，与中国人民有害否？答：无害。日人也运来洋货，都是好的。

问：对日本人在东三省之种种设施赞成否？答：日本人在东三省设学堂、办工厂、叫我们读书，给我们事做，我们非常感激他们。

问：今日是何日？答：大正十五年 × 月 × 日。

那时候，许多有识之士看到这种情况，都忧心忡忡。担心长此下去，自己的后代会忘记自己的祖宗，成为日本人的奴才和走狗，只要20年，东北三省将不亡而自亡。

国民道德课，没有固定课本，一般由校长上。主要讲解时事、政治，宣传"日满协和""一心一德""共存共荣""建立大东亚共荣圈"，灌输"日满一体"的思想，妄图从青少年时代起，就泯灭学生的民族意识，形成任凭日本帝国主义统治奴役的知识阶层，为巩固殖民统治提供后备人才。

家事、烹饪、裁缝、编织这4门课，由日本女教师高桥任教。她教学生织围巾、袜子、印花印染、裁剪缝纫、调作羹菜等，并定期举办优秀作品展览。但是，这与现在的职业教育是完全不同的两种性质。他们的目的是培养一切服从丈夫、做贤妻良母、日本式的家庭主妇。日本社会在十九世纪四十年代仍然沿袭旧的封建制度，限制甚至剥夺妇女在政治、经济上的独立自主，他们把这一套腐朽的东西完整地搬到中国殖民教育中来，目的就是要让中国青少年无论是思想意识，还是生活方式都全盘日本化。

1941年，日本在侵略大半个中国之后，为继续向东南亚扩张，又发动了太平洋战争。因而，日本在华的大后方伪满洲国也进入了战时状态，学校教育的中心也开始转向为日本侵略战争服务的战时教育。学校除了宣传"大东亚圣战"等时事政治外，为适应日本战时体制需要，学校也开始对学生进行军事训练，女校体育课，由两名日本女教师任教，她们组织学生学习防空演习、灯火管制、包扎伤口、护送伤员等课程；在上劳动课时，老师经常带领学生到日本驻军营房、高射炮阵地，宪兵队宿舍中去，给日本军人洗衣服，还经常到郊区山上去采豆瓣草，（前线日军制作饮料的一种原料），以及割送稗草喂军马等等，以增强学生为"大东亚圣战"服务的意识。

通过上述一系列教育训练，侵略者妄想引导中国学生只知崇拜皇权，不知炎黄祖先；只知敬仰天照大神，不知中华五千年文明；只羡慕日本大和民族知识阶层衣着服饰，不知自己处于亡国灭种的悲惨境地。在不知不觉的潜移默化中逐渐丧失民族反抗意识，成为日本帝国主义统治下的安分守己的顺民。

到1945年抗战胜利时，4年间，本溪女高只招收了4个班，共两百多人，其中毕业的有两个班。

本溪煤矿"肉丘坟"

在本溪湖仕仁沟四坑口半山腰上，有一座不太起眼的石碑。碑身的正面刻着："本溪湖煤铁公司遇难产业战士永垂不朽"几个大字，碑的背面，是日本人撰写的碑文：

盖闻人生若寄，难得不朽之名；增产报国，允渥优荣之典。兹当大东亚圣战，亲邦忠勇之士，远在西印度洋、南澳洲等地，正义兴师，歼灭美英，树立亘古未有之光辉武勋，且决战必胜必成信念，轴心坚如铁石。

我本溪湖煤铁公司负有石炭铣铁生产重大使命，而产业战士莫不以不眠不休之精神，作屡战屡胜之后盾。乃于康德九年四月二十六日午后二时八分，柳塘炭坑内瓦斯被风所袭，猝然爆发。是时也，因施救困难，不幸在作业中之一千三百二十七名产业战士，壮烈殉职。遂以报国英灵，永为我社守护之神焉。当此灾害甫定，殉职诸君身后最沐光荣者，畏蒙：皇帝陛下御轸念，御颁赐内帑金。圣恩高厚，存殁同深，恐惧感激者也。于同年五月十二日，举行社葬之际，仰荷：日本陆海军大臣、关东军司令官、满洲国国务总理、各大臣、日满各机关公司等均致吊电吊辞，以伸痛悼。此外，朝野名流多数参列。而我社三千社员亦皆合掌列拜，默祷冥福。洵可称极尽人世之哀荣矣。不宁惟是，殉职诸君之遗族，经我社与关系市县当局商定，优恤办法，业已措施竣事。本年八月，我社复在仕人沟、太平沟两处，重修共同墓地，并另筑神祠，以妥幽魂。诸君九泉有知，想当含笑冥目也。

呜呼！荣誉不与形骸泯灭，视此丰碑，魂兮得共山川并寿。齐来瞻拜。湖光耸秀，溪水流长，利裕后世，百代馨香。

株式会社本溪湖煤铁公司理事长长岛冈亮太郎立

前本溪湖市副市长白复撰书

康德十年八月穀旦

　　这座碑是日本人为本溪湖煤矿矿难死难者树立的。这哪里是什么丰碑，分明是中国矿工的累累白骨！这段看似"深情"的文字，深深地掩盖了日本侵略者残害中国矿工的罪恶。

　　让我们重新回到70多年前的本溪湖：

　　1942年4月26日，是一个星期天。连绵不断的春雨，淅淅沥沥地下了一个晚上。按着国际惯例，星期天公司职员休息，煤矿上只有几个值班的日本人。早晨，天还没亮，两千多名矿工，就在手持镐把的二把头的吼骂下，拖着沉重的脚步，从本溪湖茨沟的老三坑和柳塘下层坑矿井来到井下，开始了每天长达14个小时、牛马不如的采煤工作。上午11点30分，地面变电所突然发生了故障，导致全矿停电。下午2点整，故障修复后，变电所开始给各井口风机送电；2点10分，给井下采区送电。谁知电闸开关刚一推上，突然，从井口处传来了一声惊天动地的巨响，顿时，滚滚黑烟从茨沟、仕人沟、柳塘等5个通向地面的斜井口喷涌而出，直冲霄汉。远远望去，像一个个才生着火的高炉，瞬时，整个矿区淹没在烟海之中。噩耗传开，无数的矿工家属，扶老携幼，呼天抢地地从四面八方向煤矿奔来，呼子喊夫，哭爹喊娘，声震旷野。

　　下午3点多钟，公司采炭所长藤井渡和保安课长山下寿才来到矿上。他们看见中央大斜坑口还在冒烟，推断井下可能还在燃烧，为了保护煤炭资源和设备，他俩一合计，竟置几千名中国矿工的生命于不顾，下令把尚在运转的老三坑和柳塘上层坑2台主风扇关掉，使1549名矿工活活闷死在井下。

　　不久，当时煤矿的最高负责人、公司炭业部长今泉耕吉赶来，他首先到矿灯房查询了当天下井职员的借灯情况。当他看到二坑的坑长日本人上野健二还在井下时，便命令日本矿山救援队立即下井搜救——活要见人死要见尸！并指示说，即使是死了，也要把尸体运上来。日本鬼子置井下还活着的中国工人不顾，任凭他们被活活闷死、毒死、烧死，却要求把日本人的死尸"救"上来，可见，在他们眼里中国人连牲口都不如。

前线指挥所很快成立，设在柳塘机电班小房内。由采炭所长藤井渡任总指挥，保安课长和机电课长做助手。每隔10分钟，进展情况要向总指挥部大贯理事汇报一次。

在公司炭业部长今泉耕吉的要求下，寻找坑长上野健二的第一支救护队，于下午3点半左右，从柳塘大斜坑下井。救护队刚向前走了百余米，就因烟火太大，看不清道路，无法前进而折回，又改道由柳塘下层坑下井。当他们向前行进两百多米，来到西风道岔口，也同样因为浓烟弥漫，搜寻困难，而停下脚步。

4点半钟，指挥所下达命令，要求各井口主扇恢复运转。这样，柳塘斜井和下层坑风向立即改变方向向下流，经西风道短路入下层回风道排出地面。救护队再次沿着柳塘下层坑绞车道往下探查，经东七道转大斜坑，到井底电车道二坑井下办公室。一路上尸体纵横，惨不忍睹。柳塘大斜坑的情况最惨，尸体全都被炸成碎段，没有一具完整的。他们逐个翻过来辨认，仍没有找到上野。今泉耕吉大怒，又命令第二支救援队下井。第二支救援队从柳塘下层回风道下井后，经西风道折向柳塘下层坑，遇到无数中国矿工，或重伤痛苦哀号求救，或因瓦期中毒倒地呻吟。他们挨个问询，辨认后离去，任由他们在充满毒气的巷道里死去。最后，他们在下层八道绞车道旁发现了上野。此时，上野健二脸朝下伏地，呼吸已经停止，脉搏微有搏动。救护队立即把他抬上地面，在地面上风一吹，很快，上野健二就苏醒了。这是这场矿难发生以后，唯一被抢救生还的人。

晚上六点多钟，井下烟雾散了，指挥所的人员才由柳塘下井，经电车道从茨沟中央大斜坑上来。这时，他们发现，从电车道柳塘大斜坑车场子以东一个独头掘进工作面走出来14个人，领头的姓孙。姓孙的工人说，刚听见"轰"的一声，他们就被震昏过去了。醒过来以后，想往外走，因浓烟太大，就退回去了。他们在"掌子"里坐了四个多小时,直到听见外面有说话声才出来。这14个人,是距离爆炸中心最近而侥幸生存的。

从这个工作面出口往东不到200米,是爆炸最剧烈的地方。这里有一列满载煤炭的矿车,被炸得七零八落,10吨牵引力的电机车,横卧在轨道上。在这一地段东西三百多米的范围内,事故当时只有少数人在工作,爆炸后,除了机车司机被辗死在机车下面、尸体还算完整外,其余的人全部粉身碎骨了。再往东,有很多混凝土支柱被崩毁。在一坑车场子外边,原来的压风机房出口附近,有200多具尸体匍匐着倒在一起,他们的头大多朝着出口方向,嘴上还绑着毛巾。由此可以看出,这些人,并不是被炸死的,而是在争取脱险途中,因停风中毒而遇难的。

在一坑采区西二道口小房里,也有百余具尸体,也是中毒而死的,其中有29名日本人。他们是福岗煤矿学校的实习学生,他们都是坐在板凳上死去的。在一坑东二道二平上里边一个掘进工作面,有6名工人事故后没有离开现场,而是躲在工作面里边约6个多小时,也安全脱险了。当时全矿5个采区,除在最东部的五坑和最西部的四塞砟井采区,没有受到爆炸影响外,其他3个采区当天所有井下工人,仅有极少数生还者。事故发生后的十多天中,总共清理、运出尸体1549具,其中,中国工人1518人。矿工的尸体,除少数当地有家属的单独埋葬外,其余的都集中埋在四坑口山下。日本人挖了长宽各80米,占地6400平方米的大坑,把众多遇难中国矿工遗体,用薄薄的棺材装殓后,垛了5层,埋葬,这就是现在的茨沟万人坑。

事后,人们找到了爆炸发生的原因:一坑西一道二平上五接采煤工作面回风道,是电车道二平半通回风道,有一段天井,形成下行风。工作面上部链式运输机耐爆开关的螺丝,全部被人卸下来,敞开放着。附近除死亡的矿工外,还有一名姓徐的电工,他们的身上都有烧灼的痕迹。应该是当时停电以后,井口没有告诉井下工作面的矿工。当溜子停转时,工作面的人误以为是开关出了毛病,找来电工,电工将耐爆开关的螺丝拧下来,正在检修的时候,地面送电了。因通风系统不合理,实行下行风的这个开采工作面瓦斯积聚,当恢复送电时,产生电弧火花，引起局部瓦斯爆炸；和回风道紧连的就是井下电车道，积聚着大量粉尘，又引起大爆炸。

当时，日本帝国主义只顾疯狂地掠夺我国资源，根本不顾中国矿工的死活，根本没有什么技术安全措施和劳动保护。比如，一个采区只有一名瓦斯观测员，而且一个星期，只下3次井。事故那天，通风瓦斯观测员没有一个下井的。苏联学者雅·希菲茨在其编著的《煤矿安全技术》一书中这样写道：1942年在中国东北本溪煤矿发生的瓦斯煤尘爆炸中，大多数矿工死于一氧化碳中毒。

事故发生后，日本人极力掩饰事件的严重性。面对世界人类采矿史上最大的一起矿难，当时日本人出版的《盛京时报》上，仅仅刊登了一条不到30个字的消息。各国政府纷纷谴责日本侵略者的野蛮开采，不顾矿工死活。为掩人耳目，搪塞罪责，事后，日本人在埋葬矿工的"肉丘坟"上立了一块纪念碑，为他们的残暴罪行涂脂抹粉。

日伪"管烟所"里的罪恶

　　鸦片俗称大烟，也叫阿芙蓉，是用罂粟果实中的白色乳状汁液熬制成的一种毒品。主要成分是吗啡，久用成瘾，极难戒除。自清代中后期开始，中国人民就饱受烟毒之害。日本人说："鸦片瘾者，起初先是好奇尝试，吸一口觉得能解除疲劳，振奋精神，增加精力。一而再，再而三，渐渐上瘾，就无力自拔，最后毒发身亡。"这句话一针见血。

　　九一八事变后，日寇基于"以毒养战"的需要，同时摧毁东北人民的意志，迫不及待地于1932年11月30日颁布实施了《鸦片法》。《鸦片法》表面上是禁绝鸦片，实质上是要由政府垄断，专卖经营，以攫取更多的经济利益。有资料显示，伪满14年间，罂粟种植面积达到1007万亩，生产鸦片约3亿两，仅1945年鸦片收入就达到2.2亿元。伪满总务厅会计处长古海忠之供认，鸦片专卖制度，使国民身心颓废，削弱了东北人民反日的能力，同时又增加了财政收入。

　　伪中央为实施统管政策，于国内分区设立鸦片专卖署。各大城市、县、乡、镇都有烟馆或鸦片发售所。当时，仅本溪市内，官办的较大的烟馆（管烟所）就有五六处之多。如：溪湖老菜市场街的"魁星楼""湖春里"、金家胡同的"一品香"等，此外，河西红土岭胡同、后石街、河沿街等处还有一些小的烟馆。这些管烟所的开设，名义上是由政府管烟，以逐步实现禁绝，实际上是官办代替了私办，公开贩卖鸦片，组织人们合法吸毒。

　　鸦片实行严格的分区售卖，就是说，配发给甲地的烟膏，绝对不可以拿到乙地去卖。为防止走私烟土混入，日伪专卖署在鸦片膏上打上检印，再分成不同分量的包装，分发给管烟所经销。伪本溪市公署规定，凡有吸食鸦片嗜好的人，都要到管烟所登记、申请，经市公署卫生科管烟股审查批准后，方发给吸烟证。证上有吸烟者免冠照片，不准借给他人使用。年龄较大的，有病的可以酌加烟量。每个烟泡重二分，每人每日给 1~6 个不等，单价伪币二角。穷吸烟的领烟之后，首先要拿出一部分，以每个烟泡四五角钱，最贵一元钱的高价，卖给无证吸烟的人，用这部分钱，做下次领烟的本钱，如此循环往复。领到的烟泡规定在管烟所吸，特殊情况也可带回家。至于社会上一些上层人物，他们利用财势和官威，可以在家里随便吸食鸦片。

有的烟馆为扩大销售，赚取更多的利润，烟馆装修豪华，陈设精雅。本溪"魁星楼"，上下两层。楼下是普间，一进屋，两铺南北大炕，炕上除铺着光板的炕席之外，还摆着一排蓝布大枕头。两个吸烟的人，头朝炕里，面对面地躺在炕上，中间放着烟盘子，盘中有精制的大烟灯。吸烟者一人拿着烟钎子挑着大烟泡，放在灯火上烧烤，烤到滋滋冒烟时，安在另一个吸烟人手持的大烟枪的烟斗上，持烟枪的人就开始大口地吸起来，吸几口喷出一口，这就是人们所说的"喷云吐雾"。烟泡吸完，他们会把烟斗里的烟灰包起来，准备回家犯瘾时口服解馋。

楼上是雅间，条件和楼下大不一样，非常讲究。两个人一间，房间陈设雅致。烟灯用铜丝编织的灯罩罩着，烟枪是乌木杆，烟嘴镶有玉石或金银，烟斗用玉石雕成，床上铺陈也整洁清新。为了招徕顾客，每个小房间里都有一名女招待。女招待为吸食者端烟灯，打烟泡，陪烧陪吸，奉茶倒水，人们管这些女招待叫"烟花"。在楼上吸烟者，多为伪满的达官贵人，地主商绅，他们可以一边过瘾，一边与女招待调情，性欲上来也可以与女招待共枕，这是穷烟鬼们望尘莫及的。这些管烟所，还喜欢用文雅的对联点缀门面。当时"魁星楼"门前的对联是：

芙蓉帐内骚士设榻名士卧

罂粟花下美人陪伴雅人游

桓仁县鸦片驻在所（属于安东专卖署）于伪满康德二年（1935）8月30日成立。置主任日本人中里大夫、出纳员高桥纯雄、雇员松田享享等4人。出售的大烟有福牌、禄牌两种。不许私人自行买卖，如有违者，即为"犯大烟案"，处以没收、罚款。此外，还有鸦片零卖所，一家忘记名字的鸦片零卖所，在今桓仁旅社后边，掌柜的叫张述先；日升鸦片零卖所，在今桓仁县政府对过路东，掌柜的叫王贵廷。此外，还有两家鸦片零卖所，一家在今十字街派出所对过东，一家在今华兴商场西侧。1938年，伪桓仁县公署行政科烟政股，关闭了各个小烟馆，成立"桓仁镇管烟所"，在今糖酒公司后院，2层楼，20个房间。设有所长、会计、保管、卖烟的各一人，熬烟的2人，看灯的5人，共11人。桓仁管烟所每天来吸烟的人大约有一百多人，领烟泡的约有三百多人。同时，在二户来、沙尖子、拐磨子、普乐堡等乡下，也设有鸦片零卖所，管理办法与县里的管烟所相同。

卢沟桥事变爆发后，日伪面对世界禁毒舆论的压力，结合其在中国面临的军事、政治、经济新形势，调整了鸦片政策，出台了《断禁鸦片方策要纲》。宣称自1938年起，10年之内根绝鸦片吸食者。但这个对外大肆宣传的"断禁"计划，实际上只是日本政府为了维护其贩毒利益所做的表面文章。在控制吸食方面，对吸食者没有任何限制条件，致使吸食者越来越多。

1939年，伪本溪县公署在本溪湖、碱厂，桓仁县公署在桓仁镇凤鸣村都建立了康生院。桓仁康生院设在居民杨珍家的柞蚕丝作坊，是强占来的，正房10间，做办公室和戒烟室，转角房两间，做仓库。窗户特别小，为防止禁烟人偷逃，所以选中此地。康生院里有常主任、吕文川、日本人谷川以及会计、伙食管理员、厨师、大夫等9人。他们的任务就是将全县吸烟人，分期分批地强行拉入康生院戒除烟瘾，或把因吸烟沦为盗贼扰乱治安、以及私自吸烟的逮入康生院。也有少数是父兄不堪其吸毒之苦，家里人强行把吸毒者送来的。在这里，一切管理，跟监狱一样严格，管教非常严厉，为防逃跑，窗封闭，门上锁，门口还有人站岗，院子围墙上拉满刺线。

一些吸食者由于受不了折磨，总是千方百计地出逃。有一次，业主沟有个女的跑了，抓回来，看守抡起木棒，把她打得喊爹叫娘，直到房东杨珍出去说情，才算罢休，不然，不死也得脱层皮。入院3天后，烟瘾难消，大夫便发给每个人用大烟配制的丸药，聊以解瘾。以后逐渐减量，烟瘾轻的六七天可出外劳动，烟瘾重的要折腾十多天，需一两个月才能外出劳动。劳动时要站排，有看守监视，老犯要监视新犯。他们的劳动是干各种农活。除了劳动之外，每天早晨要上操，由看守指挥操练，然后吃早饭，吃的是高粱米和窝窝头，都吃不饱。白天有时上课，学习怎样戒大烟，唱《大烟叹》歌：

在烟坑人又费钱，犯瘾实在难。举步两腿酸，打哈涕，泪涟涟，美味不能解馋。晴天还好过，最怕连雨天。妻子枕边劝，心中不以为然。兄弟姊妹，亲戚朋友，谁也不近前。

儿女一大堆，无米怎为炊。缺烟土，少烟灰，无奈吗啡锥。受尽皮肉苦，针眼一片黑。妻子泪双垂，怎能不心回。从今而后再不吸烟，一定守律规。

院里烟瘾轻的约住一个月，烟瘾重的，须住两三个月甚至四五个月，才能出院。院里房屋狭窄，一批只能收容五十多人，一年能戒烟一百多人次。桓仁康生院历时4年半，大约戒烟450人次，真正戒好不吸的寥寥无几，绝大多数故病复发，再吸大烟，又入康生院，最后被鸦片毒死。

上石桥子村张某，是当地有名的富户。他死后，两个儿子张文博、张文彦刚迈进社会，因家里有钱，就都染上了吸食鸦片的嗜好。结果，不到几年工夫，就把家产当尽。母亲张马氏被迫无奈，领着小儿子，不知流落到何方。两个公子田产抽光了，就在本溪湖街上披麻袋，沿门乞讨。无钱进大烟馆，就降级为吸白面（海洛因）、扎吗啡，最后冻死在溪湖娘娘庙街头。陈广东，是桓仁镇刘家沟村人，县南关初中毕业，善画。因吸大烟，曾两次进康生院，但还是戒不掉，他父亲为此事气昏了好几次。于是，老人想出了一个办法——"灯下教子"：一天晚上，家里灯火通明，他用大绳子，一端系在儿子腰上，一端系成"勒脖扣"套在自己脖子上。父亲打儿子，儿子是不敢跑的，如果跑，立马就会把父亲勒死，即使这样管教，也无济于事，最终，陈广东还是因烟毒而丧命。

　　也有的虽未被毒死，可已成了废人。桓仁镇东门外，有个谷家肉铺（旧址在今桓仁镇第一粮店）。兄弟两人只有一个男孩，取名谷光国，娇生惯养，疼爱异常。稍长读书，中学毕业后，考入沈阳同善医专学习，毕业为医学士。受坏人引诱，染上了大烟瘾。回家后，肩不能担担，手不能提篮，游手好闲，整天抽大烟。老哥俩相继去世后，肉铺倒闭，收入断绝。谷光国遂将肉铺门房卖了，继而又将住宅、家具典当一空，最后又把老婆卖掉。终因生存无路，只得为人煮饭，聊以糊口，讨些烟灰，权且解瘾。抽得是骨瘦如柴，弱不禁风。一个学医的人，只因抽上大烟，竟然沦落到如此地步，真是罪恶。

无耻的"救国会"案

1938 年 3 月，抗联第一师副官常伯英率部袭击了本溪县第二区警察分驻所，缴获步枪 9 支、子弹 250 发。伪奉天省警务厅十分恼怒，于是，从碱厂、赛马集、小市等地调集装备优良、训练有素的 470 余名警察，于 4 月 13 日早 6 时，分兵 4 路对和尚帽子根据地进行"围剿"。

单说小市方向来的日伪军，路过汤沟胡家堡子时，害怕遇到抗联埋伏，便抓了几个农民，让他们到和尚帽子山下的大青沟、宋家街一带"出探"。这几个老百姓心向抗联，就势把日伪军来"围剿"的消息告诉了一师。于是，一师立即组织兵力，在大青沟设伏。4 月 13 日下午，日伪军闯入伏击圈，经过 3 个小时的激战，一师击毙日本军官 3 人、伪军 4 人，伤俘敌 21 人，缴获步兵炮 1 门，炮弹 32 发，轻机枪 2 挺、长短枪 17 支、手榴弹 20 枚、子弹 1100 发。

敌人吃了个大亏，恼羞成怒，怀疑内部有人通"匪"，追查胡家堡子警察所长孙烈钧的责任。孙烈钧十分恐惧，为了保命，摆脱干系，便捏造了一份"通匪"人员名单，交给了赛马集警察署。名单中的这些人大部分是当地的屯、牌长。4 月 20 日，日本指导官坂井召集名单上的人去赛马集开会，同时，又从蒲石河、城门沟、桥头等地抓捕刘汉臣等 20 人，总共 32 人。这些人来到赛马集后，立即被关押起来，轮番审讯，严刑拷打。4 月 30 日，他们被蒙上眼睛，堵上嘴，装进麻袋里，扔上汽车，拉到赛马集关帝庙后面，在日本军官小岛的指挥下，日本兵一阵枪刺刀砍，把 32 人全部杀害后，丢进大坑，浇上汽油焚尸灭迹。这就是令人发指的"赛马集惨案"。

日本人余怒未息。恰在此时，有人告密说，本溪县有个秘密的"救国会"。"张碗铺""广泰盛""公悦成"等大商号都是成员，私下里用美孚洋行石油桶，装着英国造手枪，偷运出城支援抗日军。伪奉天省警务厅认为这是挽回面子的好机会，遂由日本人井上牵头，组成了搜查组。5月16日，井上带着翻译官金高丽，闯入了本溪湖大商号"张碗铺"，带走了副经理任士敏（字焕州）。

副经理被捕，商号立即派人到奉天大西边门外承平里三条胡同张寓，向老板张成箕报告情况。张成箕得知消息后，知道此事非同小可，连夜乘车赶到"新京"（今长春），住进了袁杰珊（袁曾是张作霖的秘书）的公馆。第二天，他求见了张景惠、于芷山等伪满洲国的汉奸显贵，着手疏通此案。

就在张成箕到"新京"疏通关系时，阴狠的井上又把"张碗铺"店里的经理高泽普以及李孝先、李泽生、沈星武、刘正学等5名职员，拘押到本溪湖警察署，连夜过堂，刑讯逼供。他们拿着"张碗铺"给当地保甲做军衣的账簿，逼问李孝先："这是不是给抗联做军装的账？"李孝先答说："是给各区保甲做的。"他们不相信。又追问李孝先："你们谁是救国会成员？"李孝先说："不知道什么是救国会。"这时，金高丽抢起大镐把，一下子打在李孝先的左臂上，一阵剧痛，李孝先昏死了过去。

第二天，伪警察署把沈星武和刘正学放回，其余人被押解到奉天。在下火车的时候，李孝先看到除"张碗铺"的人外，还有"广泰盛"经理兼本溪湖商务会长王会庭、"公悦成"掌柜宋金庭、"暴记印刷局"经理迟育庭、县公署财政局长刘克新、安东银行本溪分行经理郭枝善、伪警察署的刘玉昆、知名绅士荆瑞、大把头陈士宝等三十余人，这些人可全都是当时本溪县的名流。这时，他才意识到案子严重了。到监狱后，他们被关在大南门里城内警察署，与李孝先同监的有王会庭、宋金庭、郭枝善、李泽生、高吉兴、刘荣久、陈铭奇等人。王会庭对李孝先说："这回，除了靠你们老板张星南，我们哪家也不行了，将来案件如何，就看张星南的了！"

王会庭说这话是有原因的。张星南,名叫张成箕,字星南,教师出身。民国初年,张成箕当选奉天省议会议长,连选连任达 12 年之久。他是辽沈地区的社会名流,交游甚广,伪满大汉奸郑孝胥、于芷山都是他的好友。张碗铺全称"张碗铺有限责任公司",业务涉及木材、粮食、典当、运输等许多行业,是辽东一带有名的大商号。

当时,奉天警察署长姓高,是留日回来的大学生,对这个案子有看法,但又爱莫能助。他见莫须有地一下关起来这么多人,就感叹地说:"覆巢之下,焉有完卵!亡国了,人身保障也就没有了!"从此,高署长不再过问这个案件。

监房里,黑暗潮湿。时值盛夏,狱中孳生蚊蝇跳蚤,咬人难眠;大小便均在狱室中的大便桶内,臭气蒸腾,令人发呕。一天只放两次风;吃的是剩饭、馊饭和橡子面窝头,啃的是咸菜头,这些人躺在铺着稻草的水泥地上,真是猪狗不如,度日如年。

搜查班对这些人随时提审,每次都是刑讯逼供,不是用棒子打,就是灌辣椒水。把人折磨昏死过去后,再用凉水激醒。有一次,警察追问李孝先:"认识不认识刘玉昆?"李孝先回答说:"不认识。"又问李孝先:"你是不是救国会的成员?"李孝先依旧回答说:"不知道什么是救国会。"这可惹恼了井上,金高丽很会见风使舵,一见上司发了怒,上来又把李孝先痛打一顿,李孝先再次昏死过去。醒来后,发现自己已躺在牢房里。

当他们在奉天狱里受刑时,张成箕在长春多方奔走,疏通了大汉奸郑孝胥、熙洽、张景惠、于芷山等人。于是,伪警务大臣于芷山给奉天省警务厅发了一封电报,要他们对本溪湖的所谓"救国会"案持慎重态度。搜查班的井上,本想利用此案达到政治迫害、经济讹诈的目的,没想到张成箕会有如此神通。不仅没弄着钱,还惹了一身臊,自然不能善罢甘休,于是又耍起新的阴谋。他让金高丽弄来 2 支手枪,趁人不备,偷偷地放在了"张碗铺"客厅财神像后面。然后,井上煞有介事地带人来到"张碗铺"搜查,自然不费吹灰之力,将手枪起获。于是,井上把张碗铺的人员全部召集起来,对大家说:"手枪是由墙壁里搜查出来的,一定是抗联来了，碰上搜查，把它藏在这里后，人溜走了。"这样，又给"张碗铺"扣上了窝藏"红匪"的罪名。

井上回到奉天，杀气腾腾，找到上司，嚷着要杀人，并要求逮捕张成箕。奉天警务厅的人明知是假案，恐把事情闹大，不好收场。对他说："那不行，张成箕是满洲国的大人物，咱们搞日满协和，没有这样的大人物支持怎么行。"断然拒绝了井上的要求。

不久，李孝先的妻子背着小儿子到沈阳探监，又转到张成箕的府上打听消息。张成箕说："你先回本溪湖转告大家，请放心，我要保就都保出来，绝不丢下一个人！"经张成箕的不懈努力，案件最后移交给奉天最高检察厅。当时，奉天最高检察厅的长官是日本人川右。他调看了案件的卷宗，并亲自到本溪湖作了近6个月的调查。当时的本溪县县长魏运衡，把自己的佩枪拿出来，指着号码对川右说："搜查出来的枪支不是英国造的，而是东北兵工厂制造的，号码是旧号码，也不是新号码。这2支枪应该是皇军占领沈阳兵工厂后，从兵工厂缴获的。换句话说，这些枪本应该在皇军手里。皇军对枪支管理一向很严格，怎么可能跑到老百姓的店里来呢？"

本来就是无中生有的事，不可能有真凭实据。经过川右的调查，确认是假案。最后，经过考量，由县长魏运衡出具保证书，1939年元月4日，奉天省警务厅才将拘押被捕的人员全部释放。张成箕把人接出来后，亲自送他们上火车，留下经理高泽普，在奉天休息了几天后，便带着他到长春登门拜谢有关功臣去了。

古镇碱厂变魔窟

碱厂地处本溪东部太子河畔，四面山峦起伏，中间是一片肥沃的淤积平原。一年四季，风调雨顺。清雍正十三年（1735），钦差奎彬阅边至此，站在元宝山上四处瞭望，见古镇周围八峰环聚，六条溪水向镇内奔流，太子河从东南蜿蜒而来，又绕镇西而过，像一条银色的玉带，缠绕在古镇腰间。不由得赞道："此可谓八峰聚会，六水朝宗。此乃商贾聚财之地，风水极佳。"碱厂东接桓仁、通化，西连小市、本溪，南通宽甸、凤城，北望新宾、抚顺，因此，自明代起就是辽东有名的水旱码头和物资集散地。

明成化三年（1467），韩斌在修建辽东边墙的时，修建了碱厂堡。到万历三年（1575），碱厂已发展成有居民七百余户，人口六千余的大城镇。民国时期，这里更是商埠林立，有公悦成、四合兴、会来祥、公昌泰、德泰兴等两百多家商号，大的店家雇用伙计多达六十人，镇内从商人员达到一千六百多人。每逢夏秋太子河涨水时，河上船只、木排穿梭不绝，将木材、粮谷、烧酒、烟草、线麻、药材、皮张等源源不断地输送到本溪、辽阳等地。民国文人沈曙东赞美太子河水运时曾这样写道："长风万里冲银浪，锦嶂千寻碍夕阳。"可见当时碱厂商业的繁华。

1932 年春，日本占领碱厂后，繁华祥和的古镇碱厂一夜之间成为日伪盘踞的重要据点和肆意残害中国老百姓的魔窟。

日本守备队将队部设在大烧锅"福兴魁"院内。四角修有炮楼，门前设有铁丝网栅栏和双岗岗楼，大院的四周围墙上也都拉上了双线铁丝网，戒备森严。除

"福兴魁"外，还有一部分守备队员住在"杜秀才大院"。他们在碱厂的驻军，忽多忽少，少时二三百人，多时达四五百人。除日本守备队外，日寇还向碱厂派驻了宪兵队、日特"工作班"和"搜查班"，同时，还在碱厂设立了伪警察署、伪村公所、森林警察队、伪保甲治安团。一时间，古镇碱厂阴云笼罩，设在"福兴魁"大院的日本守备队、宪兵队和设在"崔家油坊大院"的警察署，是日伪镇压和屠杀碱厂民众的两大魔窟。

他们像魔鬼一样，磨牙吮血，整天折磨被捕的中国人：压杠子、灌辣椒水、上"老虎凳"、上"大挂"、灌火油……两个魔窟附近居民昼夜都能听到同胞们撕心裂肺的惨叫声，让人毛骨悚然，不寒而栗。镇里的妇女，从不敢从守备队、警察署的大门前走过，遇事时，也是绕道走。有一次，一名乡下妇女不了解情况，路过伪警察署门前，日本指导官小田等人便喝令狼狗扑上去撕咬，看着那位妇女被狗追得跌爬奔跑、惨叫哭号，他们开心极了，在一起鼓掌狂笑。

为了防止抗日武装的袭击，日寇进驻碱厂后，便开始在村里大修炮楼。强迫劳工在东、南和东北、西北的 5 条道口处，修建了 5 座十米多高的石砌炮楼。炮楼内分 3 层，设两个楼梯，四周炮眼可俯视全镇，镇里的各条通道都在他们机枪的有效射程内。镇里修完后，又在镇外的制高点元宝山东边和后山，修建了两座炮楼。各炮楼由日寇派警察和"治安军"把守。此外，还在街道拐角处和南北开阔地边缘，建了十多座土炮楼，由各商号和伪村公所派人值班站岗。

1935 年秋，为了切断抗日军与山区人民群众的联系，进而消灭抗日武装力量，日寇端着刺刀，架着机枪，强迫老百姓"归大屯"，这种聚集点日本人称"集团部落"。他们把碱厂四周的自然屯和沟沟岔岔里住的居民全部赶到碱厂、兰河峪等"集团部落"里去，然后在四周砌上高墙。围墙高近 2 米，上有 5 道铁丝网，围子外还挖有 3 米深、3 米多宽的护城河，护城河底，钉满竹签铁钉。集团部落修起后，日寇在每个城门旁的树上，总要挂着一两颗血淋淋的人头，用来恫吓当地的老百姓。

日本守备队频繁到乡下进行军事"讨伐"，对于不愿意"归大屯"、修"围子"

的老百姓，实行烧光、抢光、杀光的"三光"政策。一些为了种地谋生舍不得离开家园的老百姓，不是房屋被扒掉烧毁、财物被抢光，就是被冠以"通匪"罪名，惨遭杀害。据本溪县有关调查资料记载，伪满康德三年（1936），碱厂日本"守备队"和伪治安团，把碱厂周围二十多平方公里六七个自然村屯二百多户居民的四百多间房屋，全部烧成一片废墟。1935年2月，碱厂日本守备队在外三保"扫荡"，农民孙德文怀孕的弟媳和去串门的妹妹，未来得及逃走，被日寇拉到刘影壁沟井边杀害。日寇将孙德文弟媳杀死后，还用刺刀挑出腹内的胎儿取乐。伪满康德四年（1937）年春天归屯，碱厂行政村所辖的东营坊洋湖沟、东营坊、小东沟、红土甸子、小四平、老营沟、大阳屯等8个自然村屯的民房，被日寇烧掉1238间，有19人被杀。1937年10月27日，东大阳农民侯庆东全家12口人，被杀害6口。

日寇每次从碱厂出发去乡下"讨伐"时，见到离"围子"较远的人便用枪射杀，然后割下头颅或耳朵，作为讨伐的"战利品"，带回碱厂交警察署悬挂示众。每次守备队回村，总要带回一大筐人头或一两串人耳朵。秋冬时节，天气寒冷，伪警察署门前的影壁下，经常堆积着一堆中国同胞的人头或悬挂着两串人耳。据李洪达老人回忆，当时，他在小学读书，一次和几位同学路经伪警察署门前，见到影壁下摆放着7颗人头，其中两颗头上被枪弹贯穿，还有一颗看起来仅有十二三岁。

日寇统治下的碱厂，老百姓随时都有杀身之祸。碱厂的"西北天"（西北山脚）和南城垣子边，都是他们屠杀中国人的屠场。驻碱厂日本守备队队长米岗、片野、喜多和伪警察署指导官小田都是杀人魔王，他们残害老百姓，花样翻新。如活人喂狗、人心下酒、解剖活人等丧失人性的野兽行径，屡见不鲜。日本守备队长米冈和日本指导官小田等人，每次去"西北天"行刑时，都要带着一支浩浩荡荡的队伍：前面绑着的是要被砍头的中国人，中间是日本人，后面跟着的是伪警察。碱厂村民吴大刚的老伴是一个非常朴实的农家妇女，她会些医道，因出"围子"去外屯给人看病，被日本指官小田等抓去，以酷刑折磨一番后，被拉到"西北天"砍了头。

日本鬼子不仅肆意残杀老百姓，还凌辱中国人取乐。在杀人前，有时先放一条狼狗啃掉被杀者的脚跟或脚趾，然后才砍头；还有时用小手枪往被杀者的非要害处射几枪，再去砍头。关喜朋的舅父张大伯，是个老实憨厚的农民，因进村晚了些，便被鬼子拉去，放狼狗咬掉脚后跟后，在惨叫呼骂声中被砍头的。

日本指导官小田，既是一个杀人不眨眼的魔鬼，也是一个用酷刑折磨、凌辱中国人的禽兽。伪警赵新三，是伪警察署阮署长的女婿。有一次，他在警察署见日本指导官小田折磨、凌辱中国同胞取乐，气愤不已。回家对本院的崔大伯等人说："小田这些日本人太不拿咱们'满洲人'（当时日本不准东北人说自己是中国人，只能称自己是"满洲国"人）当人了！动不动就拉出几个男女'犯人'取乐。先是把他们的衣裤全扒掉，逼令他们在大众面前扭秧歌、学狗爬，然后用烟头烧他们的乳房和私处。不从，就是一顿毒打。今天又拉出两名从屯下抓来的老头和妇女，一个是公爹，一个是儿媳。小田令人把他们的衣服扒光后，强令公爹和儿媳俩互相搂抱，因这父女俩反抗，便用烟头烧灼他们，又将他们毒打昏死过去。这还算人吗？这简直就是灭绝人性的禽兽！"

日寇还利用其爪牙汉奸残害中国同胞。1937 年，日寇给碱厂伪警察署派来个名叫阮子忱的署长，此人原是个目不识丁的伪自卫团长，因配合日寇屠杀抗日军民"有功"，被提升为署长。他走路脚步不稳，摇摇摆摆，因此大家背后都叫他"阮歪腚子"。有一次，碱厂守备队抓了数十人，经问案后决定砍头 19 人。阮子臣为了讨好日本人，硬要凑够 20 个人。于是，他便拉出一个姓丁的（家住碱厂北洼子岭）农民充数。临刑前，姓丁的问："阮署长，我犯了什么罪？你应该叫我死个明白呀！"阮却回答说："你就稀里糊涂地死了算啦。"如此草菅人命，灭绝人性，令人发指。阮的儿子叫阮友军，有一次，他带几个同班同学，去伪警察署院内，看伪警审"犯人"。只见一个中国同胞四肢被绑在一个长条凳上仰卧着，一个伪警骑在他身上，用穿皮鞋的右脚顶住受刑人的下巴，另一名伪警拿壶凉水不停地往"犯人"口鼻里灌，直到那人口鼻出血、气绝而死才罢手。

1939 年，日特"搜查班"的贾翻译，外号叫"贾大鼻子"，三天两头在碱厂围子里抓人打人，被他抓去送到日本人手里，不是被杀头就是喂狼狗了。老教师李文奇在村里办过学校，家境还算殷实，有一些油水可捞，"贾大鼻子"硬说他有"反满抗日嫌疑"，家里一定藏有枪支。在当院把李毒打了一顿后，敲诈道："三天内交不出手枪，就送你去日本宪兵队！"后经本村商人杨茂亭等人从中说和，勒索去6两大烟土和一些伪币，才算完事。李文奇因此事受到惊吓，病了多半年。还有一次，"贾大鼻子"看到一个老农背着一捆柴火，质量很好，想要又不想花钱。便一把将老人扯过来，按在地上就是一顿暴打，打得老人鼻口喷血；打完，把烧柴没收了。嘴里还不停地骂道："你个老家伙，像是给土匪'拉线的'，今天大爷开恩，饶你不死。否则，就要你的命！"这些日伪爪牙，在逼村民修路、修"围子"、修飞机场、给日本开拓团修苗圃时，打骂虐待老百姓，那是"家常便饭"。

碱厂人民的遭遇仅仅是当时东北人民苦难的一个缩影，当然更有甚者。

崔芳秋惨死狼狗圈

1936 年，日伪的统治进入了最严酷的时期。一个阴雨霏霏的秋日，在日本连山关守备大队的监狱里，一位文质彬彬、瘦弱不堪的中年男人被鬼子从监号里推了出来，押向了狼狗圈。他背剪着双手，步履蹒跚，一步一回头，挣扎着向围观的老百姓高声喊道："乡亲们，我叫崔芳秋，是本溪大堡头道岗子模范学校校长，请给我捎个信，就说……"他的话还没说完，就被放出来的一群狼狗扑倒了，眨眼间，人已被撕得血肉模糊，剩一堆骨头了。

崔芳秋原名崔庆桂，光绪二十五年（1899）生于本溪县高台子乡（今本溪市明山区）新孩岭村。家里累世务农，日子过得还算充裕。幼年时，入同村霍姓私塾读书，长大后，先后在盖平、台安、沈阳等地求学。读书期间加入中国国民党。民国八年（1919），毕业后，回到家乡本溪，任本溪县立第二小学（位于今溪湖区柳塘街道）教员。不久，省里招录县级教育局长，他以优异的成绩考取，派至盘山县任教育局长。在任期间，他与该县知名人士白尚纯结识，两人心源契合，交往甚密，遂成莫逆之交。后来，白尚纯出任本溪县知事，崔芳秋的侄儿崔成宪结婚，白尚纯亲自到崔家送喜幛贺喜。

伪满洲国成立后，县里一些学校逐渐复课，崔芳秋来到本溪县立师中学校当教员。1933 年 4 月 16 日，本溪县教育局将原县一校（即柳塘学校）、县三校（在大堡后湖前市耐火材料厂院里）、县二分校（大堡文庙院内女子学校的初小部分）合并为"本溪县立模范学校"，迁到大堡头道岗子新落成的校舍里。因崔芳秋曾任过教育局长，在地方上有一定声望，遂调崔任模范学校校长。崔赴任后，一边主持校务，一边学习日语，以便和日伪当局打交道。

当时，日伪当局为了配合守备队清剿活动，从县公署和教育界抽调出一批人员，组成"宣抚工作班"，随日伪讨伐队下乡，到本溪县东北部山区小市、清河城一带，去宣传"王道乐土""日满协合""共存共荣"，其实，这也是日伪统治者借机对知识分子思想倾向甄审的一种手段。崔芳秋也被抽调去参加"宣抚工作班"。崔芳秋受到过较好传统教育，又是国民党员，心里有较强的民族意识，自然对日本人的行为不满，言行上不免流露出来。日本人知道后很不高兴，一怒之下，把崔芳秋撤换下来。崔芳秋见事情不妙，非常紧张。为了自身和学校的安全，他施展各种手段，攀上了县参事官日本人石川，与之建立了"友谊"。崔时常与石川在校园里并肩散步，以示"友谊深厚"，还把石川题赠给学校的题词装裱一新，悬挂在学校走廊的正面墙上，以震慑一些汉奸特务。

日本鬼子为了镇压东北人民的反抗，收买了大批汉奸特务。在模范学校里，也安插有汉奸特务，为他们充当耳目。当时，他们在东北大力推行奴化教育，凡是教科书中有"中国"字样的地方统统抹去，并把日语列为主要课程。学校有一日语教员名叫雪吹，是个比较正派的日本知识分子，他对日本发动侵华战争有不满言行，结果被"耳目"告发，被撤职遣送回国。接替他而来的，是军人出身的西泽。这个家伙留着浓密的络腮胡子，满脸凶相。他除了教日语外，还担任军事训练教员。由于西泽不断打骂、体罚学生，学生家长经常来找崔校长告状，因此，西泽受到崔芳秋告诫。西泽不但不听，反而反唇相讥，毒打学生更是变本加厉。西泽要求校长取缔学生中的"童子军"，统一成立"白虎队"，受到了崔校长的抵制。西泽干脆抛开崔校长，自做主张，在高年级中单独成立"白虎队"。西泽把高三、高四两届学生，分成两支队伍，进行军事训导。用八号铁线裹上稻草，扎成日本式"战刀"，学习劈刺、搏击，以培养学生的武士道精神。两队学生唱着"白虎队"队歌，互相劈刺，训练中互有伤害，逐渐打出了仇口。西泽看了，非常高兴。同时，西泽还教导学校同学之间，要绝对地阶级服从，高年级可责打低年级，低年级学生不允许还手。因此，同学之间结下了冤仇。在校内不让还手，一些学生便在放学后报仇。就这样，孩子们整天撕撕打打，家长对这种教育颇为反感。

崔芳秋对西泽平时的做法心存不满，一次偶然事件让二人的矛盾激化。那天，西泽带领高三学生，到本溪湖后湖庙东边种菜，学生蔡世英家就在菜地边上，他顺便回了一次家，没有请假。西泽发现了，当场把蔡世英打得鼻青脸肿。家长蔡成宪夫妻找到学校，崔校长把他们安抚走后，便找到西泽理论。西泽说："你的随便！找谁去说话，我的不怕！你的脑袋危险的有！"崔芳秋十分生气，找到县参事官石川和教育局长钟秀奇（本溪县碱厂人），报告了西泽在学校的表现，以及家长对西泽教学方式的不满，终于把西泽赶走了。不久，石川参事官也调离了本溪。后来大家才知道，西泽是日本守备队派来的特务，离校后，直接到奉天警备队报到去了。

自从西泽走后，本溪湖宪兵分队长、守备分队长以及连山关第四守备大队的大队长，经常骑着大洋马来到模范学校视察。有一次，该校"童子军"到太子河边的师中参加集训活动，归来路过"俄国坟"（在河沿街北山麓），看见一个装假肢的残疾人，在玩一种"红黑宝"的赌博游戏，骗了一个乡下人不少钱。一些学生路见不平，拔刀相助，上前逼迫那个骗子退钱。这件事被学校知道了。回校后，教导主任刘级三把学生们召集到一起训斥了一番，让他们在大走廊两侧集体下跪，深刻反省。崔芳秋的家就住在学校后院的教师宿舍里，他从家里一出来，见到此情景，忙问原因。问清楚之后，他对刘主任说："学生们的做法无可厚非，让他们都起来吧！"于是，刘主任解除了对大家的罚跪。但崔芳秋告诫同学们说："多事之秋，同学们不要多管闲事，好好学习，长大做一个善良正直的人！"

1936年2月8日，是农历丙子鼠年正月十六。晚上，日本宪兵队的三轮摩托车直接闯进了头道岗子模范学校，突击搜查了崔芳秋的办公室和住宅。虽然什么东西也没搜到，但还是把崔芳秋和几位老师、同学带走了。

在伪警察署大门前，一同被羁押的学生问他："崔校长，抓我们干什么？"崔芳秋很乐观地说："大概找我们了解什么情况吧？"他们一行先是被押到本溪湖守备队，后又被转到宪兵队。日本宪兵对他们轮番审讯，百般折磨。崔芳秋经常被打得鼻青脸肿，浑身血痕斑斑。不仅如此，日本宪兵还逼着崔的下属教员肖梦潭、肖承朴等人，当着大家的面打他耳光，肆意进行人身侮辱。二十多天后，一起被捕的思想犯陆续获释，只有崔芳秋一个人被留下了。

1936年春，家人亲友得到了消息，崔芳秋将被转押去外地。于是，大家来到本溪湖火车站等候送行。这是家人看到他的最后一面：只见他身体消瘦，头发散乱，面无血色，步履艰难，惨不忍睹。日本鬼子只允许他跟家人见面，却不允许他说话。他只能含泪点头向亲人们致意，不一会儿，他便被押上南下的火车。事后，大家才知道他被押到了连山关守备队。

自1909年，日本独立守备队第四大队进驻连山关后，为镇压抗日力量，他们用尽招术，残害人民。1932年，日本守备队在连山关关口外（今连山关中学），紧靠细河岸边修建了一处狼狗圈。狼狗圈长十余米，宽5米，四周是高1.5米的石墙，墙上面还有一米高的铁丝网。他们除训练军犬一些作战科目外，还训练狼狗吃人。他们将一些无辜的百姓冠以"思想犯"等罪名杀害之后，扒开肚皮，掏出肠子和人心，装进稻草人体内，再套上中国人的衣服。驱使狼狗去咬、去撕，咬开后吃里面的内脏。

那时，日本人杀害中国人都是公开行刑，要求中国老百姓去现场围观，目的是震慑中国人的反抗意识。崔芳秋行刑时，恰有一位远房亲戚在现场，目睹了崔芳秋被狼狗活活撕了的场面，吓得她目瞪口呆，好久才缓过神来，也没敢哭，一溜烟儿跑回家，换件衣服就上了火车，跑到本溪去给崔家报信了。

崔芳秋殉难时年仅38岁。

记住，我们是中国人！

1940 年的清明节，天气晴朗，乍暖还寒。虽然已是暮春时节，但远处塞外的本溪小城，满眼还是赭石和土黄。只有低下头，仔细地去搜寻，才能发现星星点点绿色的萌动。

这一天清晨，城里几支行进的队伍，给一向死寂的山城带来了几许生气。他们是本溪县公署所在地本溪湖街各中小学师生、伪县公署职员、伪警务科全体警察和警官训练所学员，他们穿着崭新的制服，两人一列，沿着公路，从本溪湖向平顶山进发。这是一次由县长提议的、县公署出面组织的一次春游，规模大约五百多人。县公署对这次活动非常重视，在经费不宽裕的情况下，还为大家准备了免费的午餐。

来到平顶山下，各路大军，奋勇争先。有的从山北悬崖上攀登，有的从鸟道上绕行，将近中午，陆续来到山顶。吃过午饭，大家一起围坐在平顶山的"神弹子李五井"旁休息。这时，一个身材魁梧，脸色红润的东北大汉站了起来。他环视了一下大家，然后，用低沉浑厚的男中音向大家说道："今天我们旅游，没有日本人参加，我要讲几句良心话……"他转过身，面向河沿中学的学生提问道："孩子们，你们是哪国人？"中学生们毫不迟疑地齐声答道："我们—是—满洲国—人！"他又转身去问警官训练所的学员："你们知道你们是哪国人？"学员们穿着整齐的警服，马上起立，立正回答道："报告县长，我们—是—满洲国—人！"那人听后，顿时老泪横流。他悲愤地带着哭腔向大家喊道："孩子们，我们都是中国人，中国人！可悲啊！你们这些可怜的孩子，忘记了祖国，忘记了自己的祖宗！"接着他放大嗓门说："记住！孩子们，我们有祖国，我们是中国人，我们不能当亡国奴，不管到什么时候，千万不能忘记我们是中国人！"这庄严的声音，金石般的音节，使在场的人，都流下了眼泪。那人抹了把泪水，接着大声喊道："我也警告那些狗腿子，我今天说的话，胆敢有人在日本人面前讨好告密，我就豁出这条老命来，也让他不得好下场！"

这个被称作县长的大汉，就是时任伪本溪县公署县长的魏运衡。

魏运衡原是张作霖东北军的一个旅长，曾受训于东北陆军讲武堂。毕业后，驻守在东边道。九一八事变后，他脱离了东北军，回乡闲居。不久，在别人的百般劝说下，出任伪兴城县长。他虽出任伪官吏，但却心怀祖国，对鬼子毫不"感冒"。

他任伪兴城县长时，正是日本侵略者血腥镇压东北人民最残酷的时期。伪警察局日本指导官根据伪满《违警罪即决条例》规定，对所有中国人，凡有反满抗日行为者可以不经审讯，就地正法。一个早晨，伪警察局院内，聚集着荷枪实弹的日伪警察，如临大敌。原来，当天监狱里有4名"罪犯"，要执行枪决。魏运衡听说，马上赶到警局。质问日本大胡子指导官说："他们犯了什么罪？"日本指导官说："他们是红胡子，统统地反满抗日的有！"魏县长说："你拿出证据！"日本指导官说："这有检举信。"魏运衡说："检举信不足凭信，要进一步核实，没核实之前，不能执行枪决！"日本鬼子，向来盛气凌人，不把中国人当人。即使是县长，地位也高不到哪去。他听了魏运衡的话，勃然大怒，"刷"地拔出佩刀，面对魏县长咆哮道："你的胆敢阻拦，我就劈了你！"说时迟那时快，魏县长嗖地从袖口内亮出两支手枪，扳开机头厉声喝道："你敢动刀，我就一枪先崩了你！"

魏运衡是老行武出身，惯使双枪，百发百中，这老鬼子早有耳闻。他一见魏运衡真要动真格的，便像泄了气的皮球，瘪了。魏运衡看出日本指导官的胆怯，便一把上前拉住他说："走，我和你一起厅长的说话！"日本指导官知道魏县长跟省公署警务厅长三谷清是好友，吓得他连声说："听从县长命令，听从县长命令！"说完，便将犯人押回监狱。后经交涉，老鬼子同意择日与魏县长一同会审此案。经过多方调查取证，这4个人都是当地普通的老百姓，根本没有抗日行为，最后被宣布无罪释放。

1938年，魏运衡调任本溪县公署县长。在县公署内，他对待下属态度温和，对日本人却毫不客气。

1938年2月，抗联一师在赛马集、草河掌城门沟一带活动。日伪奉天省警务厅调集警察部队，在连山关守备队长的指挥下，将城门沟包围，企图消灭抗日部队。不料事与愿违，连吃几场败仗。抗联部队还在春节期间巧过包围圈，由胡家堡下山，到朴家堡借去锣鼓，回到山上扭起秧歌，欢庆胜利。日本指导官听到山上锣鼓喧天，气得大发雷霆，遂进行强攻，又没占着便宜。5月份，有人告密说"张碗铺"等大商号用美孚洋行石油桶，装着英国造手枪，偷运出城支援抗联。日本鬼子认为这是挽回面子的好机会。于是，日本宪兵队、伪警察署派人到张碗铺搜查，起获了事先栽赃藏在店里的2支手枪。借此因由，鬼子在本溪县境内开始一次大搜捕。被捕的人有张碗铺经理高泽普、广泰盛经理王惠廷、暴记印刷局经理迟育庭以及伪赛马集警察署长孟成民等三十余人，鬼子将他们关进沈阳模范监狱。这次搜捕，引起了魏运衡的怀疑，他决定查个水落石出。经过调查发现，搜查出来的枪支根本不是英国制造，而是民国时期东北兵工厂制造的，号码是旧号码，不是新号码。

魏运衡决定为这些无辜的人洗雪冤屈。他根据自己用的手枪上的号码，推断出这两支枪应该是九一八事变后，日军从沈阳兵工厂缴获的。换句话说，这些枪应该在日本人手里。日本人对枪支管理一向非常严格，怎么可能跑到老百姓的店里来呢？这一定是日本人捣的鬼。于是，魏运衡亲自带着翻译葛菊生到日本宪兵队、守备队、警务厅交涉。魏运衡据理力争，再加上"张碗铺"的老板张成箕亲自到长春，疏通伪满政要，说明事情原委，本来就无中生有的事，不可能有证据，经过沟通协商，由魏运衡出具保证书，将拘押了三个多月的三十多名被捕人员全部释放。

1940年夏季，伪本溪县公署、伪协和会、伪兴农合作社联合召开粮食产量出荷核定会。所谓"出荷"，是日语，意为出售的意思。日伪统治后期，随着侵华战争的扩大和战线的拉长，日军对粮食的需求日益紧迫；同时，也害怕老百姓藏粮食，支援抗联。因此，从1939年起，伪满推行"粮谷出荷"制度，强制农民将其所生产的大部分粮食，按照日伪政府所规定的收购数量和很低的收购价格交售出去。核定会，就是在粮食没成熟之前，对产量进行预估。

参加会议的有各伪警察署长、日本指导官、伪保长、伪村长、伪协和会会长、各区兴农合作社社长、伪县公署股长以上人员共三百余人。会议由日本参事官三松泰助、经理官市村武、行政科长李廷栋、财务科长乔恩润等人主持。

魏运衡不懂日语，为了绕过他，会议发言全部采用日语，文件用日文。魏运衡看在眼里，气在心上。经过3天会议，作出决议，最后请县长魏运衡讲话。魏运衡站起身来，一字一句地说："让我讲话，这3天的会议，我还不知道开的什么会，我能说什么呢！你们大家知道，我不懂日本话。你们讨论时，不让我发言；作出决议，不让我过目。到闭会时让我发言讲话，我不知道会议内容，只好宣布会议重开！"这时候坐在魏运衡右侧的经理官、日本人市村武站起来要反驳，魏运衡伸出大手，一把将他按了下去。呵斥道："你怎么这样没有礼貌，等我讲完，你再发言！"

市村武只好乖乖地坐下来听讲。接着，魏运衡命令日本留学生县公署土木股长葛菊生站起来，对他说："葛菊生，你给我当翻译！我说什么，你就翻译什么，不准掺假；我骂人，你就翻译骂人……"魏运衡继续说："我是县长，是一县之长，这次会议，讨论的是农民的生计问题，一句话不让我知道。这究竟是想干什么？我知道有的人怕事，听从别人指挥，不敢说一句真话。我不怕，我现在郑重宣布：会议决议作废，会议重开！不然，谁有能耐就站出来将我免职！"

参事官三松泰助等日本人看到魏县长愤怒的表情，面面相觑，未敢狡辩，只好同意会议重开。重开由魏县长亲自主持，经过第二次会议讨论，一致认为第一次会议粮食产量估算过高，出荷粮数量太大，老百姓打的粮食全交公粮恐怕都不够。因此，确定出荷数量比原来减少了一半，减轻了全县农民的负担。

魏运衡知道自己做了什么，总是提防着日本人的暗算。每当他走夜路时，总是贴着房根走，袖里不离双枪。后来，他调任兴京（今新宾县）县长，目睹了中国劳工的悲惨状况，决定为受难的劳工说句公道话。于是，他故意请来当事的日本人吃饭，在酒桌上，端出了劳工们吃的橡子面窝窝头，要求他们尝一尝。这些日本人嫌难以下咽，拒绝了魏运衡，魏运衡逼迫他们吃掉。几天后，日本人假意宴请魏运衡，在酒里下毒。

出殡的那一天，县里成百上千的中国人自发地为他送行，许多人长跪街头，久久不起。

两个"思想犯"的遭遇

　　日本占领东北后，在东北建立了大量的暴力统治机构，出台了一连串的镇压中国人的反动法令，赋予军、警、宪、特以无限的特权，对东北人民实行残酷的法西斯统治。动不动就以思想犯、国事犯、嫌疑犯、经济犯等罪名拘捕老百姓。说句"我是中国人"就是"思想犯"、"政治犯"；谈论国事，就是"国事犯"；不允许中国人吃大米、白面，否则就是"经济犯"。本溪湖一位年仅16岁的青年工人，在井下挖煤时，被顶石砸伤，邻居大娘见他可怜，送来一小碗大米，被日本监工发现。日本监工一边大骂他是"经济犯"，一边举起镐把把他好一顿暴打，几天后，小伙子吐血而死。

　　桓仁镇居民王书绅生前，含泪讲述了她一家的悲惨遭遇。她讲：

　　我们全家有10口人：公公和婆婆，兄弟3人，妯娌3人，两个大伯哥没有孩子，只有我们家有两个孩子。大伯哥陈鹏飞当年40岁，是民国时期的警察分局长，日本侵占东北后，辞去职务，在家闲居；二大伯子陈鹏乙是小商人；我男人陈玉峰当年27岁，是桓仁县东关学校的外语教员，我那年22岁，是县立北关小学的教员。全家老幼安分守己，相依为命，却不知大祸已经临头了。

　　1936年9月16日（农历丙子鼠年八月初一），晚上11点左右，全家人都已睡着了。忽然，大门被撞开了。几个日本宪兵和伪警察，手持刀枪，一拥而入，闯进屋来。用枪对着我们大喊"不许动"！叫我们全家都坐在一起，这时，上来两个人，将大伯子陈鹏飞五花大绑地捆绑起来。另几个人开始稀里呼通地翻箱倒柜，找东西。孩子被吓得直哆嗦，老人苦苦哀求，那些人根本不理你。找了一气，啥也没找着，但还是把我大伯子带走了。

第二天，我到校听人说，昨天晚上半夜，桓仁县的各学校的校长以及社会上有点名望的人都被抓到宪兵队去了，没有人知道为什么。从这天起，公公婆婆及大伯嫂子一连几天吃不下饭。20 天后，10 月 5 日（农历八月二十），晚上半夜的时候，又来了几个日本鬼子，把我男人陈玉峰也抓走了，哥仨被抓去了两个。几天以后，有两个日本宪兵到北关小学来找我。他俩见我怀有身孕，一边动手动脚的，一边不怀好意地说："我们领你到宪兵队去看那些'罪人'怎么样？"我气愤地说："你们要干什么，我要临产了！"鬼子见我生气了，大笑起来。改口说："我们吓唬吓唬你，我们是来拿花盆的，快快的，全拿来。"

我的两个孩子，大的是男孩，5 岁了。自从 9 月 16 日那天晚上开始，一见到家里来外人，他就吓得没处躲没处藏的。听说鬼子要斩草除根，晚上不敢让他在家里住，在我姐姐家磨盘底下蹲着，盖个破麻袋，等到下半夜没事了，才敢让他上炕睡觉。10 月 15 日，我又生了个男孩，对别人不敢说是男孩，也不敢给孩子起名字，家里人就叫他"饼子"。

他们哥俩被抓到宪宾队以后，受尽了酷刑，灌凉水，灌辣椒面子，吊起来打，用马拖，放狗咬，叫你死不了活受罪。大伯哥实在遭不起罪，摘下手上的金镏子想吞，被鬼子看到了，一顿暴打。不但没死成，还多遭了一回罪。10 月份的一天晚上，日本宪兵把所有被抓去的人，一串一串地绑起来，扔上卡车。上边用苫布盖着，苫布上面站着很多拿枪的日本兵，天亮时，他们被拉到沈阳关东军司令部，等候判刑。被抓去的人中，有几个人被判处了死刑，枪毙他们时，让我男人陪决。我大伯哥被判了 11 年，我男人被判了 15 年，都被押送到抚顺监狱了。

从他哥俩被抓走后，七十多岁的老公公整天忧愁上火，没几个月时间两眼全瞎了，一病不起，第二年农历三月初三，死去了。1937 年 6 月，大伯嫂子去抚顺监狱看望他们哥俩，见面后，哥俩都不愿意让嫂子马上回家，希望她能在抚顺多住几个月，每个月能见上一面。因为长时间住在抚顺，花销太大，嫂子只好给人家做饭洗衣服，干些杂活，挣几个吃饭住宿钱。8月初的一天，我嫂子去监狱探监，有个姓刘的看守对她说："大妹子，瞅你撇家舍业的，在这耗着，也不是个长久的办法呀？监狱长是弟兄，如果你能拿出500元钱来，我保证让你男人出狱。"嫂子没文化，也不加分析，就给家里写了航空信，让家里人无论如何想办法给她寄去500元，家里只好把3间房卖了一间半，把钱给她寄去了。9月17日（农历八月十三），嫂子收到钱后，马上交给了姓刘的看守。可等到第二天，嫂子去监狱打听情况，别人却告诉她说，那个姓刘的拿钱跑路了！嫂子一股急火上头，立时得了脑溢血，不会说话，不懂人事，八月十五晚上就死了。等到天冷上冻的时候，家里人才弄挂马车把大嫂的遗体拉回来。从这以后，婆母就更加伤心，更加仇恨日本鬼子。常常在半夜里起来对天叩头，祈祷上苍，叫日本鬼子快快死光，好让她儿子早点回来。她饿不知吃，冷不知穿，好像得了魔怔似的，过了不久，婆母开始便血，血中带着烂肉。1938年2月13日（农历正月十四）那天也死了。算起来总共17个月，我家被抓走2人，死了3口人，真是家破人亡呀。

被打成"思想犯"，无端被关押7年的桓仁老教师钟如森（字月川）也讲道：1936年10月5日（农历八月二十日）晚上，突然有伪警察和日本宪兵，闯进我家，不容分说，把我绑起来，押到了日本宪兵队。当天晚上，桓仁镇内男、女师范学校、职业中学、北关小学各学校有很多教员，被抓进监牢。第二天，沙尖子、铧尖子、拐磨子等学校的校长，也都相继被抓了进来。

第二天，他们把我提到审讯室。鬼子审讯官问我："你参加救国会没有？"我说："没有。""没有？有人交待说，你参加了。还缴纳过会费。"我矢口否认。"你再说没有？"一个鬼子上来就是几个大耳刮子。我说："真没有。"见我还不承认，开始棒打棍抽，接着悬梁吊、灌凉水等酷刑轮番伺候，我始终没有承认。没日没夜，宪兵队院内，身遭毒手的人们，呼天号地，遍体鳞伤，耳不忍闻，目不忍睹，昼难饮食，夜难成寐。

原来，宪兵队先将地方各界知名人士，如农会孙余三、吴庆海，商会钟德滋（我父亲）教养工厂刘怡亭、金聚廷，城关村长盖洪洲，协荣汽车经理刘子藩，县政府内务局长邱春伯，会计股长杨海清，收发股长周发庆，警务股长于济洲，男师校长李景南，女师校长宋禹言，职业中学校长吕敬五，北关小学校长关麟书等，抓到了宪兵队。在宪兵队长杉本德五郎的严刑拷打与逼供下，有个别人受刑不过，信口胡说，承认自己加入了救国会，还有的承认缴纳过会费。鬼子自然追问救国会里还有谁？他们就胡乱地说了起来。因此，日本人又抓了我们这第二批。整日严刑拷打，邱春伯、孙余三、王在经、金聚廷4人，刑重死在了宪兵队。共余六十几人，于11月中旬，被押送到南杂木车站，送到沈阳陆军监狱、警察厅、教育厅3处羁押。后由军法处长王冠英和日本人杜边会审，对李景南、宋禹言等10人处以极刑；判无期的有5人；10年有期徒刑的13人；13年4个月的，有23人；其余的10年以下，我的刑期13年4个月。

在拘留所里，每日两餐，饭稀得不见米粒。当时狱内流传有这样一首歌谣：

粟米煮成两碗粥，鼻风吹得浪悠悠。

碗中好似团团镜，苦命之人在里头。

同年12月下旬，我被转押抚顺监狱。这个监狱是新建的，室内寒气逼人。囚服单薄难以御寒，鬓结冰霜，手脚都被冻伤，皮肤破裂之后，往外直流黄水，疼痛难忍，彻夜难眠。

1937年春，我病魔缠身，既无人护理，又不给治疗。后经3次减刑，在伪满康德十年（1943）5月12日，被刑满释放。虽说脱离了牢狱，但是，身份上还是被监管的对象，外出要请假，来客要报告，稍不注意，就会被处罚。倭奴之用心，如蛇如蝎如豺狼，狠毒不可言呀！

东北抗日义勇军篇

九一八事变后，面对家乡沦陷，民族危亡，东北各阶层民众和东北军、警察部队的部分官兵纷纷揭竿而起，组成义勇军、救国军、大刀会等各种抗日武装，在林海雪原、青纱帐里，与侵略者展开了殊死较量。

东北义勇军在战斗

钟子忱首举抗日义旗

九一八事变后，民族矛盾上升为中国社会的主要矛盾。东北各阶层民众群情激奋，抗日义勇军、民众自卫军、便衣队、大刀会以及其他抗日武装，在白山黑水间如雨后春笋般涌现出来。本溪县偏岭乡的钟子忱，在本溪境内率先举起了抗日义旗。

钟子忱，字俊卿，又名钟广全，清光绪三年（1877）出生于本溪县偏岭乡法台牛录堡子。他自小父母双亡，孤身一人，遂养成无所畏惧、好勇斗狠的性格。长大以后，因家乡辽东连年战祸，匪盗群起，他不甘心贫困潦倒，便跟人上山拉起了"杆子"。后来，他所在的"绺子"接受东北军招安，他也就随之成了张大帅（作霖）麾下的兵丁。你想，他自小就没有父母管教，是一个率性惯了的人，如何能受得了军队的约束？不久，便开了小差，回到家乡务农。但他不安心土里刨食，不久，家乡组织保甲自卫团，他参加自卫团并做了泥塔自卫团的团总，自卫团解散后，便在乡闲居。

九一八事变发生后，各地民众纷纷揭竿而起。1931年10月，辽阳下麦窝的金忠山来到法台堡子，请钟子忱聚集队伍，率众抗日。不久，小市香磨村的郭魁元、磨石峪村的邓成儒、响山子村的邹景明、清河城的李延春、李振生（东北陆军讲武堂毕业）等人也都来到法台堡子，请钟子忱出山，主持大计。由于钟子忱为人仗义，好打抱不平，在四邻八乡内颇有威名，加之他在"绿林"的知名度，大家一致推举他为首领，偏岭三家子村裴庆春、砖瓦窑村杨德森为副首领。11月，钟子忱等人在法台堡子杀猪聚义起事，报号"大钟字"，树起了抗日大旗。

人有了，可手里缺少家伙。为搞到枪支、弹药，他们把目标定在牛心台火车站。牛心台是本溪东郊的煤炭重镇，自光绪三十二年（1906）春，日本人通过卑劣的手段，霸占了该处的煤矿后，经过二十余年的经营，这里已经成了日本侵略者掠夺我国东北煤炭资源的重要产地。他们在这里设立了火车站、警察所和巡捕房。平时，这些日本警察对老百姓穷凶极恶，民愤颇大，老百姓背地里叫警察所为"黑帽子衙门"。1931 年 11 月 8 日早 5 时 30 分，钟子忱率领 18 名勇士，悄悄包围了牛心台火车站和警察派出所。随着钟子忱一声令下，勇士们突然发起攻击。站里的日本人，听到枪声和喊杀声，有的慌作一团，有的撒腿就跑，勇士们很快就占领了车站。此役共击毙日本巡捕 6 人、伪警察 3 人，缴获机枪一挺、步枪 6 支、子弹两千多发，俘获了日本宪兵阪本，钟部无一伤亡，全胜而归。这次战斗，打响了本溪地区武装抗日的第一枪，极大地鼓舞了本溪人民抗日救国的斗志。

牛心台战斗结束后，为防止日本人报复，钟子忱迅速率队转向温泉寺。翌日，他们又攻进了本溪县中部重镇小市，经过一上午的战斗，占领了伪区警察署，缴枪 30 支，子弹两千余发。

两天两战两捷，"大钟字"声威大震，队伍一下子扩大到八十多人，拥有长短枪一百余支。队伍在山上经过一天休整后，直奔本溪县东部重镇碱厂。一路上，钟部受到了群众的热烈欢迎。各路义士和群众纷纷要求参加义勇军，一些爱国乡绅和商人也积极为他们捐款、捐物、献枪，十几天内，队伍已扩大到六百多人。他们在碱厂一带驻扎了二十余天，期间，钟子忱改编队伍，制定军规，明确提出了"抗日救国、杀富济贫"的口号。部队所到之处，军纪严明，秋毫无犯，深受当地百姓欢迎。

为进一步壮大力量，钟子忱决定向北发展。于 12 月中旬，率部又回到了家乡偏岭。由于看守夜间打盹，被俘获的日本宪兵阪本，磨断绳索，逃回本溪。次日清晨，天刚蒙蒙亮，日军便派来了 3 架飞机，先后轰炸了本溪县偏岭村、法台堡子。接着，日伪军七百多人，攻进偏岭堡子。

钟子忱获悉日伪军进攻的情报后，将计就计，联合"黄家帮"，在偏岭岭上设下伏兵。1月25日（农历腊月十八）早7时，日伪军钻进了他们的伏击圈，钟子忱一声令下，各种长短枪向日伪军齐射，日伪军只好慌忙找好掩体，就地还击。战斗持续到中午时分，此役，义勇军共击毙日伪军14人，击伤4人，缴获了大量枪支弹药，"大钟字"也有2人牺牲。钟子忱见战斗已达到预期目的，为保存实力，他们迅速撤出战斗，转移至小市的达官寨休整。日伪军没占到便宜，一腔怒火无处发泄，便残忍地杀害了村民赵老四等3人，并放火将小西村的房屋全部烧光。

偏岭阻击战后，"大钟字"的声望越来越大，本溪县新民学校校长刘克俭、高程寨程福顺、高台子李殿甲、大峪堡赵广杰、西麻户王堂等人都率队前来投奔。在刘克俭的建议下，钟子忱将山林队名号取消，改称"抗日便衣队"，钟为司令、刘玉兰为副司令、刘克俭任参谋长。到1932年初春，抗日便衣队已发展到两千多人，拥有枪支一千八百多支。他们将人员编为6个中队、一个保卫队、一个机枪连。大家公推钟子忱为司令，李振生为参谋长，李延春为军事教练员，裴庆春为大队长兼一中队长，程福顺为二中队长，赵广杰为三中队长，王堂为四中队长，于敬一为五中队长，李殿甲为六中队长，邹景明为机枪连连长，杨德森为警卫队长。1932年3月，钟子忱率部与新宾县王彤轩领导的辽宁农民自卫团会合，不久加入了唐聚五领导的辽宁民众自卫军，任第六路军第五旅旅长。

1932年7月1日晚19时，钟子忱、刘占山率40人再袭牛心台火车站，击毙日军一人，俘获日煤矿主任小川林太郎和日本守备队员10人，缴获机枪4挺、步枪8支、手枪4支。不久，便衣队又会同其他山林队攻打本溪湖。由于配合不力，导致攻城失败，部队损失较大，刘克俭等人离队出走。此时，部队的粮饷越来越困难，汉奸孟凌云和日寇相互勾结，乘机对钟子忱劝降。钟在巨大的困难面前，终于没有经受住考验，率队百余骑进入本溪湖向日军投降，他的抗日便衣队也被改编成"本溪县自卫大队"，钟子忱任大队长，驻扎在小市街。

钟子忱投降后，起初并没有心甘情愿地为鬼子效劳，他曾暗中多次与辽宁民众自卫军唐聚五、李春润联系，并派林兴恒、孙吉武等人到新宾县成立旅部办事处。1932年10月，李春润率主力部队来到碱厂镇压汉奸张振东。汉奸于芒山率部乘机攻下桓仁县，动摇了辽宁民众自卫军总部，唐聚五、李春润被迫率部转移。

由于孤立无援，钟子忱便放弃了再次举义的念头。他的许多部下也不愿再跟随他，纷纷不辞而别，钟子忱成了孤家寡人。1935年春，钟子忱被部下打死，时年54岁。

李校长上山"拉杆子"

　　九一八事变后，面对日寇的入侵，东北百姓纷纷揭竿而起。一时间，农民、工人、学生、商人、教员纷纷拿起了枪杆，啸聚山林，抵御外侮，老百姓称他们的行为是"拉杆子"。在这些"拉杆子"的人之中，竟有一位学校的校长。

　　他叫李向山，1884年生于桓仁县铧尖子的东堡。他家是当地的大户人家，家里有房屋几十间，土地五百多亩，生活富裕，因此，李向山自小就受到了良好的教育。按着中国的传统观念，"不孝有三，无后为大"，李向山的三叔没有儿子，于是，父亲便将他过继给他的三叔，以承继子嗣。李向山原名李祥山，字瑞林。长大后，十分崇拜孙中山，他说："孙中山是爱国忠良，治国有方，实可敬也！"所以在他29岁时，索性把自己名字改为李向山，以表达他对中山先生的敬仰之情。

　　民国成立后，李向山先后担任桓仁县教育稽查员、劝学员以及县土地委员会委员、建道委员会委员等。鉴于当时农家生活困难，孩子读不起书的现状，他走遍四乡八村，挨家逐户地劝说家长要尽可能地克服困难，送子弟上学读书。为了解决学校少、孩子读书难的问题，他筹集资金，在铧尖子乡创办了一所私立学校，取名"三乐"，并亲自书写了校匾。有人问，何为"三乐"？他说，能创办这样一所学校，不仅国家乐意，孩子们乐意，老百姓也乐意。当时，这所学校影响很大，桓仁西部，乃至新宾等地有很多学生，都在这所学校读书。李向山举旗抗日后，追随他参加自卫军和抗日联军的，有很多都是他这时教过的学生。

　　九一八事变发生后，李向山急得吃不下饭，辗转反侧，彻夜难眠。妻子陈发荣劝他要注意身体。李向山哑着嗓子对她说："奉天被日寇侵占了，很快，整个东北就会失陷，老百姓必然会遭大难的！"他停顿了一下，看看妻子，悲愤地说："我就咽不下这口气，这么大个中国，怎么就能叫一个弹丸小国给欺侮了，呸，耻辱！耻辱！真是耻辱！"

1932年3月，驻守在桓仁的东北军步兵第一团团长、民族英雄唐聚五，召集各路抗日志士，在桓仁秘密集会，准备举旗抗日。李向山听到这个消息后，非常高兴。他日夜奔走，四处联络。妻子见他每天早出晚归，忙得不亦乐乎，就问他："你一天天忙得脚不沾地，都干些什么？"李向山说："抗日呀，抗日救国，人人有责嘛！"不久，他和高俭地人李甫臣，谢教头、于盛武、"大南洋"等许多山林队联合在一起，组成了一个上百人的大刀会，在铧尖子一带，声势很大。

1932年4月21日，唐聚五在桓仁师范学校操场召开誓师大会，成立辽宁民众抗日自卫军。李向山带着大刀会参加，被唐司令委任为上校团长，驻防铧尖子乡的捞道沟岭。此时，八区（铧尖子）的警察分局局长见势不好，逃之夭夭。在当地乡绅的请求下，李向山义不容辞地担起了维护当地社会治安的责任。

半年后，辽宁民众自卫军在日伪疯狂的"围剿"下失败了。抗日烈火被浇灭了，心情沮丧的李向山回到铧尖子，在乡里开了一家大车店，并顶名当了保甲团团长。但他不甘心，经常与于盛武等人联系，伺机而动，再重起东山。

1933年2月，李向山和于盛武见时机成熟，便把队伍拉上了山，报号"老家亲"。"老家亲"就是麻雀。民间流传，小鬼怕"老家亲"。老百姓管日本人叫鬼子，李向山他们报这个号，目的就是要"克"死日本鬼子。本溪县还有个韩振邦，他的"绺子"报号"老北风"。人家问他为什么报这个号，他说："日本在咱的东边，就像打麻将，他是东风，我就是北风，坐他的上家，克死他！"说得大家都笑。在乡亲们的支持和帮助下，李向山带着他的队伍，与日本鬼子展开了游击斗争。不久，他听说磐石、海龙有共产党领导的队伍，便派长子李在野（东北大学学生，九一八后弃学回乡，从事革命活动）多次去吉林联系，但都没有找到。

1934年1月，快要过春节的时候，李向山带着他的"绺子"六十多人，进驻洼子沟大杨木林子娄家街。伪铧尖子自卫团团长于海涛得知这一消息后，觉得立功的机会来了，当天下午，便迫不及待地率领警察和自卫团六十余人，向大杨木林子扑来。

李向山看沟外来了伪军，便带领队员向沟里撤。伪军们使用的都是"快枪"，射程远，离老远就向他们射击，边打边追。李向山他们已撤到了岭上，伪军仍紧追不放。眼看越来越近，李向山站在岗梁上，喘着粗气，向自卫团大声喊道："于海涛！我们已经跑了，给你面子了，你可以回去报功啦，不要再追了！"于海涛默不作声，指挥伪军继续追击，那样子好像是不砍了李向山的头，誓不罢休似的。

又跑了一气后，李向山不高兴了！他冲于海涛大喊："于海涛，你不要得寸进尺，我看在咱俩是拜把兄弟的份儿上，我给你面子，我退了，你不要欺人太甚！"于海涛求功心切，又仗着自己武器好，好不容易逮住这个机会，岂肯罢休。他带着他的士兵，边向山上爬，边开枪，穷追不放。李向山终于明白，这家伙是"王八吃秤砣，铁了心了！"这样的汉奸不除，日后必是祸害。于是，他下令道："咱们的枪射程不行，队伍马上散开隐蔽，待于海涛靠近时，咱们再冲上去，把他除掉！"

一心想为主子立功的于海涛，冲在最前面。俗话说，上坡三步紧。正当他累得大汗淋漓，气喘吁吁的时候，突然间，由树丛中杀出"老家亲"队员，他们手持大刀和扎枪，像猛虎下山，直奔他杀来。"冲呀杀呀"，声震天地。眨眼之间，就冲到于海涛跟前，他身边的自卫队员，一看"老家亲"会众这么猛，吓得调头就跑，各自逃命。身为指挥官的于海涛，当时已经四十多岁，又矮又胖，再加上抽大烟喝大酒整天玩女人，身体早被掏空，如何跑得快。他的警卫员宋庆春和伪军曹善清，见团长跑不动，就一边一个，左右架着他的胳膊跑。这时，于海涛已是真魂出窍，两腿发软，一步也迈不动了。

宋庆春回头一看，妈呀，"老家亲"的人已经冲到眼前了，再不跑就会人头落地，他再也顾不得他的长官了，松了手，自己撒丫子蹽了。于海涛瘫软在地，像一只断了脊梁的老狗，呼呼地喘着粗气，这时，一个"老家亲"会员冲上前来，一扎枪就把他扎死了。宋庆春、曹善清二人拼命往沟外跑，跑着跑着，曹善清慌不择路，跑到一块大冰趟子上滑倒了，还没等他爬起来，一个"老家亲"会员冲到跟前，上来一枪，送他去见了阎王。

我要死在干净的席子上

辽东山区的新宾县，是清太祖努尔哈赤的肇兴之地，因而被清朝人称为"兴京"。3月的天气，在江南已是杂花生树、群莺乱飞的时节，可在伪满统治下的新宾，依旧朔风凛烈，寒气逼人。在阴森恐怖的新宾县伪十四监狱的大墙外，站立着7位戴着手铐脚镣、马上就要被执行死刑的犯人。其中，一位30岁左右的青年人，虽然面容憔悴，伤痕累累，但他仍然腰身挺拔，气宇轩昂。这时，一个日本走狗，走到他的跟前，问道："黄先生，你还有什么要求？"他轻蔑地看了对方一眼，斥责道："我是个堂堂正正的中国人，我的血不能洒在被侵略者玷污的土地上，我要死在干净的席子上！"伪警只好去给他买了领新席子，待汉奸们把席子铺好，他用右手理了理好久没剪的头发，然后，一个健步跨在席子上。面对刽子手的枪口，他淡淡地说道："可以了，来吧！"在一阵口号声中，他与战友们一起倒在了血泊中——他就是本溪县抗日志士黄拱宸。

黄拱宸，原名成庸，字拱宸，满族。清光绪二十五年（1899）生于本溪县清河城镇前央村一个富有农民家庭。其父黄景武原是北京王府的奴仆，做事勤谨，王爷没有儿子，便把本溪县清河城前央城记一带的山林土地赏赐给了他。从此，黄家便成为清河城地区的富户。黄拱宸面容白皙，身材高大，英武矫健，一表人才，不怒自威。他为人正直，做事公道，心直口快。黄家是个三十多人的大家庭，每见到家中有不公平的事，不管你是谁，他都会直接指出来，连黄家的当家人，也惧他三分。

　　黄拱宸中学毕业后，考入沈阳陆军讲武堂。民国十四年（1925），汤玉麟升任东北国防军第 11 师师长，驻军热河、朝阳、北票一带，黄拱宸毕业后，即投到其麾下，任连长。他干了两年，因不满军阀的腐败，便退出军旅，随其父及兄黄成序在沈阳北关开设了一家客店——聚成客栈。在经商过程中，他目睹了旧社会的黑暗，特别是对日本帝国主义在东北的经济掠夺和国内军阀混战局面深感忧虑，逐渐厌倦官商场面。民国十六年（1927），父亲去世后，他便携带妻子和 3 个孩子回到家乡清河城，以经营果树、养畜和养蜂为业。黄拱宸为人豪爽耿直，重义气，好交朋友，他在经济上从不吝啬，经常资助别人衣物钱财，因此在本溪、新宾一带很有名望。

　　九一八事变后，日本侵略者在中国土地上横行霸道、烧杀奸淫、无恶不作，激起了黄拱宸的满腔怒火。带过兵的黄拱宸说："一个堂堂正正的中国人，怎能容忍小鬼子在我们的土地上杀我同胞，烧我房屋，夺我财产！"于是，他开始联络各界朋友，四方豪强，准备举义。一时间，从清河城、泉水、小市，到新宾、抚顺，不到一个月，就聚集起包括山林队、保甲队、青年学生等组成的千余人的队伍。队伍初建，资金、武器以及被服都十分短缺，于是，他跟妻子商议，把自己家的财产、粮食都拿出来，购买军需。在他的带动下，乡亲们也都纷纷解囊，有钱出钱、有力出力，把手中多余的粮食、枪支弹药都捐献出来，支援义勇军。

　　义勇军成立后，不断袭击附近乡镇的伪军汉奸。伪军都是地痞、流氓、无业游民组成的乌合之众，根本不是他们的对手，大多一击就溃，乖乖地把手中的枪支弹药交出来。

　　义勇军的不断壮大，让日寇胆颤心惊。1932 年 2 月，日本守备队调集本溪附近的几百日伪军，向清河城北沟扑来。可是，这边敌人一出发，那边黄拱宸就已经知道了。于是，黄拱宸下令坚壁清野，让老百姓都撤到原始森林中。两个多小时后，日寇指挥官带着日伪军闯入了北沟。可进沟一看，一个人影也没有，到各家去搜察，家家户户都是空的。鬼子心存疑惧，便命令手下向两边山林开枪，进行火力侦察，还是什么反应也没有。于是，便大胆地指挥喽啰向沟里前进。待敌人全部进入口袋阵后，黄拱宸一声枪响，义勇军的子弹像暴雨一般扫向敌人，霎时间，日伪军纷纷中弹。日本指挥官方知中计，叽哩哇啦，急令撤退。这时，义勇军吹起冲锋号，一时间，坡前、坡后，坡左、坡右，到处都是义勇军，他们像猛虎一样扑下山来。几百名日伪军狼狈逃窜、溃不成军。这一战共缴获日伪军机枪3挺，机枪子弹多盒、步枪百余支；毙敌数十人，包括十几个日本鬼子。义勇军牺牲5人、十几人受伤。这次胜利，很快传遍了附近的四乡八村，极大地鼓舞了当地人民的斗志。

1931年10月，邓铁梅在凤城举起义旗，组建东北民众自卫军。各路抗日义士，纷纷来归。黄拱宸经邓铁梅叔父邓吉道介绍，于1932年3月，率领所部，参加了邓铁梅的抗日队伍，被任命为东北民众自卫军左参赞。此后，他与苗可秀总参议一起，成为邓铁梅的左膀右臂。三人志同道合，共图抗日救国大业。

1932年4月21日，唐聚五在桓仁誓师举义，同年8月15日又成立了辽宁省临时政府，唐聚五代理省主席。根据东北民众抗日救国会的指示，为了便于指挥对敌作战，将辽宁民众自卫军编为7个方面军。邓铁梅部为第四方面军，邓任第四方面军总指挥兼第十三路军司令，黄拱宸被任命为第十三路军少将左参赞。

邓铁梅部队的抗日活动，以凤城、岫岩、庄河、大孤山等地区为中心。由于邓铁梅、苗可秀、黄拱宸三位主要将领都是本溪县人，本溪县的一些小股义勇军与邓铁梅部有着千丝万缕的联系，为了壮大抗日力量，黄拱宸受命回本溪收编小股抗日义勇军。

1932年夏，黄拱宸与李海山等人由凤城回到本溪，随即在小市观音阁李兴山大院召开了群众开会。他在会上发表演说，揭露了日本帝国主义在东北的滔天罪行，号召广大爱国志士积极行动起来，参加抗日斗争。随即黄拱宸以东北民众自卫军"行征部"收编委员的身份，先后收编了"青山好""青山乐"和"双虎"等部山林队。1933年2月末，黄拱宸率领警卫队三十余人在清河城成记村开会，会后，他携带印信袖标等物，来到新宾县苇子峪一带，欲与"占东边""双虎""碰马"。当时，日伪奉天警备司令部派一个姓姚的参谋率部在本溪、新宾一带"围剿"抗日义勇军。3月3日，汉奸姚某带领伪军向"双虎"成国军部"进剿"，成国军部被迫转移，黄拱宸没见到成国军，便与黄新田、于长海、邹景山住进了兴京西厢小通沟赵景文家中。3月4日晚6时，敌军"追剿"义勇军来到小通沟，挨门逐户地进行搜查，发现了黄拱宸，立即将他们包围。敌人先让一个汉奸翻译进屋劝降，黄拱宸对他说："你是中国人，要给中国人办事，怎么能替鬼子办事？叫外国人占咱们的国土？"说得汉奸哑口无言。这时，敌人逼近了房门，大声喊叫："黄拱宸在不在？"黄拱宸昂首挺胸，高声答道："在，行不更名，坐不改姓！"因寡不敌众，黄拱宸与黄新田、于长海、邹景山等人被捕，被押到新宾县城，关进第十四监狱。

日本军官通过翻译审问他："总指挥官先生，你很会用兵，作战英勇我很佩服。上次一仗，你打死了我们几十个人，我不计较这些，两军交战嘛。现在，我已请示上级，同意委任你为本溪地区剿匪司令，要死要活，你可要当机立断！"黄拱宸听了日寇的劝降话，怒斥道："你要我当汉奸，妄想！我头可断，血可流，但绝不向日本鬼子低头！甲午战争后，日本强占了我国台湾、澎湖；日俄战争后，你们又从沙俄手里夺占了我国的旅顺、大连和南满铁路；这次又侵占我国东北三省，烧杀奸淫，你们对中国人犯下了滔天罪行！东北三千万同胞，全中国四万万同胞，一定会和你们血战到底！"日本鬼子见黄拱宸宁死不屈，便对他施以各种酷刑。几十天不间断地严刑拷打，把他折磨得骨瘦如柴，奄奄一息。

其妻刘继琳去探监，看他被折磨得遍体鳞伤，十分心疼。她告诉他，准备变卖家产，通过他哥哥黄成序，向日伪上层疏通，把他赎出来。黄成序曾任民国驻外蒙高级官员，九一八事变后，拒绝敌伪劝诱，在长春经商，有一定的社会影响。黄拱宸知道，如果通过这种办法获释，必将是苟且偷生一辈子，有损于弟兄两人的国格、人格。因此，他对妻子说："我不能屈膝求饶，我为抗日救国而死，死得其所，没有任何怨言。你们花钱托人把我赎回，只能是当亡国奴，甘受日本人的奴役，这样即使活着，又有什么意思！"

此时，黄拱宸的部下陶春和、赵广福和成国军等部，重新整顿了队伍，在本溪、新宾边界加紧活动，试图用军事压力迫使敌人释放黄拱宸。他们在一起商量，如这个办法不能奏效，就组织人员劫狱。汉奸孟凌云探知义勇军的计划后，给日本指导官送去了一封密信，劝他抓紧处决黄拱宸，以防夜长梦多。

1933年3月19日，黄拱宸被日寇杀害于新宾县第十四监狱北大墙外。同时被杀害的，还有黄拱宸的随员黄新田、于长海、邹景山以及辽宁民众自卫军营长马锦坡、参谋长李祥凯等。新宾地区称黄拱宸他们为"七烈士"。

黄拱宸就义前，给他的夫人刘继琳留下一封遗书，嘱咐他的儿子黄新鉴："你要明白，我是为抗日而死。你要孝敬母亲，替父报仇！"黄拱宸牺牲后，他的部下陶春和、赵广福、成国军等，按照他的遗嘱，将他葬在家乡清河城成记村大坎子一棵梨树下。

他的绰号"邓倒霉"

在清代，省与府之间还设有一级行政机构——"道"。光绪三年（1877），朝廷在辽东设立了"东边道"，道署在凤凰城。民国时期，东边道辖属达二十余县。1924年，陈奉璋出任奉天省警务处长。针对东边道各县土匪长期流窜作案、东边剿了窜西边、西边剿了跑东边，而各县警甲仅能按行政区划分清剿土匪的实际，提出了若要彻底肃清匪患，必须正本清源，破除条块分割，多县联防；成立一个领导机构，统一指挥各县警察，集中力量，打击悍匪。为此，他将当时匪患最为严重的凤城、岫岩、安东（今丹东）、宽甸、本溪、桓仁、庄河等7县，编为一个联防区，并在岫岩设立七县联防剿匪指挥部，任命其表弟、岫岩县公安局长宫文超兼任总指挥，一旦遇有情况，七县警甲统一调动、集中使用。这一措施，对维护地方社会治安，起到了很大的作用。尤其是邓铁梅所率的凤城县警察大队，数创巨匪，屡建奇功。

话说本溪窟窿山的"黄家帮"，相传是清末金镖黄天霸的后代，其家族历来有尚武之风。在清末民初的乱世之中，几代为匪。当时的当家人黄义河人称"黄四懒王"，为非作歹，凶残成性。清河城村有个黄义富，和他是平辈，是个挑八股绳四方卖货的货郎。这天，黄义富娶亲了，亲戚邻居都来祝贺，场面还挺热闹。"黄四懒王"不请自到，他一看新娘子长得如花似玉的，不觉动了心思。便跟黄义富说："老弟新婚，哥哥跟你一样高兴。你媳妇这么漂亮，哥也挺喜欢的，先把她借给哥哥用3个月吧。"黄义富哪敢说别的，只能苦苦哀求。他说："老哥，咱们一笔写不出两个黄字，求您老人家高抬贵手。""黄四懒王"一看黄义富还说三道四的，三角眼顿时立瞪起来，抬手一枪，就把黄义富给崩了！告诉手下人："把新娘子扛走！"那时候，本溪县村庄之间，大多是羊肠小道，不通车辆，来回上哪，都是步行。他们扛着新娘子，从清河城往窟窿山走，半道累了，大伙坐下来休息。新娘子说，她内急要方便。"黄四懒王"想，量你一个女子，在我们这些惯匪面前，还能跑了不成？就说："那边有个小树林，你去吧！"谁知新娘子已抱定了必死的决心，解下腰带，就在小树上吊死了。再说"黄四懒王"一等她不回来，两等她不回来，派人去找时，发现姑娘已经上吊死了。黄匪大怒，命令手下人轮番奸尸，然后，抛尸荒野。他对本家如此，对外人更是凶残。黄匪把绑票来的妇女，藏在一个山洞里，供匪兄匪弟们大家享乐。为防止她们逃跑，把她们的衣服全部拿走。这些妇女没了衣服，怎么出去？只能待在山洞里，饱受凌辱。当地许多人家被黄匪搅得家破人亡。

对这个恶贯满盈的惯匪，邓铁梅不动声色，暗中派人查寻黄匪的行踪，终于逮着了机会，把他堵到了老窝里。在枪战中，黄匪手下的喽啰都被打死了，黄匪本人的手腕也被警察打断。洞里的妇女们一看救兵来了，黄匪的手腕又断了，大家呼喊着，一拥而上，将他按倒在地。手撕、牙咬、石头砸，活活把黄匪给弄死了。附近的老百姓知道了，把黄匪的尸体从洞里拖出来，割了一百多块，回去祭奠被其害死的家人。

邓铁梅部剿灭了罪大恶极的匪首，在东边道引起了很大震动。县里表奖，省里通令，宫文超总指挥自然也脸上有光，遂保荐他任副总指挥。

邓铁梅这么一折腾，打了土匪们的饭碗，断了他们的财路，土匪们自然对他咬牙切齿，必欲除之而后快。一天，邓铁梅带着40余警察进山剿匪，当晚，宿营五区石门子村。土匪们感到机会来了！迅速集结了四百多人，趁夜色把石门子村团团包围。一个匪首很会用攻心术，冲着警察队大喊："各位警察兄弟，你们已经被包围了！我们今天是特来找邓铁梅算账的，与你们无干！识相的，就老老实实地呆着，我们绝不会为难你们！"这些警察都是邓铁梅的生死战友，十分钦佩铁梅的为人，岂能受土匪的挑唆？双方接战后，土匪恃压倒性的优势，攻入村内，双方演成夺屋战。铁梅在沉着应战中，发现土匪帽遮均朝后，估计这是土匪用以识别彼此的暗记，遂命令全体警员将帽遮全部朝后，寻火力弱处突围。是役警队无一人伤亡，而土匪反遗下 7 具尸体。土匪惨遭失败，十分恼怒。临去时，大肆纵火，烧毁了村民好多的房屋，以泄其愤。从此，匪徒们送邓铁梅绰号为"邓倒霉"。土匪内部遇有争议，彼此发誓言明心迹时，经常会说：谁要是昧良心说谎话，明天出门就碰到"邓倒霉"。

不久，凤城公安局长时远岫奉令转调宽甸县，于是，宫文超便保举邓铁梅做了凤城县公安局长。

邓铁梅，乳名泰来，大名邓古儒，字铁梅。清光绪十七年（1892）旧历十二月二十九日，出生于本溪县磨石峪村。邓家祖上为镶红旗佐领，世代簪缨，也算是名门大族。可铁梅祖父邓荣昌（字锦堂），秉性淡泊，不事产业，到铁梅出生时，邓家已经没落，全家老少三十多口人，仅有三十多亩耕地和几处山场。铁梅父亲邓吉新，为人慷慨爽直；母亲刘氏，性情温和，持家有方，以善良见称于乡里。铁梅 7 岁时，就读于本村私塾，跟随族叔邓吉修学习《百家姓》《千字文》以及《四书》《五经》。

铁梅记忆超群。每次背书时，老师指定的篇章，他都能一字不落地背诵下来。放学后，他最大的爱好，就是听老师讲故事。族叔邓吉修（字却凡）是当地名儒，曾任县中女师国文教员，在乡里深孚众望。但他秉性孤高，不合时宜。虽两度到黑龙江省克山、通河两县去做官，但都任职不长。回乡后，在家开馆授徒。每天晚饭后，他爱给村里的孩子们讲故事，除讲《聊斋》《西游记》《试场异闻录》一些规过劝善的故事外，还讲历代兴亡。清朝末年，极端腐朽，内政不修，外侮迭至，割地赔款，时有所闻。清统治者的丧权辱国、屈膝投降的苟安政策，激起了广大人民的反抗，而他们不仅不在政治上改革弊端，反而对人民进行疯狂的镇压。由于邓老师的内心存有强烈的民族意识，在给孩子们讲历史故事时，特别爱讲述异族入侵的惨痛史。有一次，邓老师给他们讲民族英雄文天祥的故事，邓老师幽幽地对他们吟起了文天祥抗元兵败被俘、被解往大都、路过金陵驿时，在墙壁上的题诗：

> 草合离宫转夕晖，孤云飘泊复何依！
>
> 山河风景元无异，城郭人民半已非。
>
> 满地芦花和我老，旧家燕子傍谁飞？
>
> 从今别却江南路，化作啼鹃带血归。

铁梅听了，竟忍不住哭了。当邓老师讲到，当时的执政群奸，庸碌误国，为谋自身利禄，置国家民族利益于不顾之时，铁梅"腾"地一下子从凳子上跳起来，跺足唾骂奸雄，凡此情形，足见少年邓铁梅爱憎分明、疾恶如仇的性格。

1905 年，清政府正式下诏，"自丙午科为始，所有乡会试一律停止，各省岁科考试，亦即停止"。在取消科举同时，清政府着手兴办新学堂。1906 年，本溪县小市区成立了高等小学堂，由于经费等原因，校址选在了山城子庙后山下的娘娘宫。庙后山是个不大的小山，因在娘娘庙后而得名。20 世纪 80 年代，人们开山取石，在山上发现距今五十万年前古人类遗址，此是后话。

邓铁梅的父亲非常开明，积极支持铁梅到新式学堂读书。从此，15 岁的邓铁梅便和村里的小伙伴们一起走进了离家六七里路远的"本溪县三门洞高等小学堂"。学堂里开设修身、读经讲经、中国文学、算术、中国历史、地理、格致、体操等课程，邓铁梅在这里受到了比较系统的教育。

还是在光绪三十年（1904）的时候，清政府划辽河以东地区为日俄战争的战场，任凭两个帝国主义国家在我国神圣的领土上践踏，自己却无耻地宣布"局外中立"。适逢战火、匪患愈炽，或效忠于日俄，或打家劫舍，绑架勒索。民不聊生，哀鸿遍野。铁梅的祖父邓荣昌是个开明的士绅，看到家乡疮痍满目，毅然愤起，倡组大团（地方武装），勉济时艰，保卫乡里。将为害地方最大的"黄家帮"匪首报号"二楞铜"的黄义山，捕获送官，从此与黄姓匪帮结下冤仇。

黄义山家族聚居在本溪县的窟窿山下，世代为匪，从来都是欺负别人的主儿，岂能咽下这口气，于是，"黄四懒王"（黄义山的胞弟黄义河）决定全员出动，铲除邓家。不料邓家防备谨严，一战下来，仅烧了邓家大院的门房，打死了几个护院，没有占到什么便宜。于是，"黄四懒王"便勾结日本人，得到了200条快枪。有了枪，他加紧联络其他匪帮，誓为其兄"二楞铜"复仇。1906年6月，黄匪请来桓仁巨匪"栾六"，两股土匪合起来两百余众，再次突袭磨石峪村。铁梅的父亲邓吉新率众奋起抵抗，但实力悬殊，邓吉新与家人、亲属、团勇12人皆死于土匪刀枪之下，邓家房舍也尽被焚毁，铁梅因当时不在家，才免遭罹难。

铁梅怀着满腔仇恨，开始拜师习武，苦练枪械。1908年，铁梅高等小学毕业后，考入本溪师范学校。本打算毕业后从教，但他祖父不同意。因他六叔邓吉述在小市总甲所任总甲长，于是，邓铁梅到总甲所担任了一名文书。民国六年（1917），邓铁梅考入本溪县警察训练所。

警察训练所在县公署所在地本溪湖。一天，邓铁梅从本溪湖回来，路过黄匪的老巢窟窿山。他走在前边，后边还有几个村里的孩子。突然，从路边窜出一个人，他冲邓铁梅大喝一声："站住！"邓铁梅定睛一看，知道是黄家的人。那人问道："你们是哪里的？"邓铁梅说："我们是邓票子的。""啊，正好，你这是送上门了！"说罢，一把抓住邓铁梅，就往院子里拖。邓铁梅心想："不好，今天要是跑不掉，就没个好！"只见他伸手一把抓住了那人的枪，手腕一翻，胡子的枪就到了他的手中。铁梅抢起枪，一枪托砸在他的头上。那个胡子鼻口蹿血倒在地上，铁梅端起枪冲他就是一枪。打完后，铁梅拔腿就跑，后边的孩子们听到枪响，也跟着撒腿跑。跑到三架岭，又遇到两个黄家放哨的土匪。那两个土匪把枪栓拉得直响，冲他们大喊："喂，站住！"邓铁梅急忙命令大伙趴下。铁梅伏在地上，端起枪来，一枪一个，这两个土匪就报庙了（方言，死了的意思）。邓铁梅和孩子们一路奔跑，到了家，邓铁梅还上气不接下气地直喘。他叔叔和伯伯见他累成这样，就问："怎么了？"他说："差点叫窟窿山的胡子给抓住，胡子的枪叫我给掰下来了！"叔叔和伯伯都夸他是好样的。

在警所受训6个月后，铁梅被分配到本溪县警察大队任巡警，后升为班长。

本溪地处长白山余脉，境内群山环抱，沟壑众多，交通阻隔，最适宜于土匪潜藏。用盛京将军赵尔巽的话说，"历来为盗匪渊薮"。邻县的土匪经常把绑架待赎的肉票（人质）转移到本溪县境内隐藏，等待家属筹钱来赎。由于县境匪盗猖獗，时任本溪县公安局长的吴醒三（沈阳县白塔铺人），屡遭上司斥责，心中愤懑。他多次召集县警大队训话，要求严剿匪盗，非但毫无成效，反而匪患愈炽。其主要原因就是这些警察出剿时，不知是蓄意纵匪还是惧匪，总是与土匪保持着一定距离，从不碰硬。每次吴醒三听到的汇报，都是警队到达后，土匪闻风而逃。有一次，警察大队奉命进山进剿，队长仍想援引旧例，吓跑土匪了事。邓铁梅对队长的态度颇有看法，便主动请缨道："大队长，胡子一定藏在沟里，鄙人愿带领本班人马，进山搜索。"大队长看了他一眼，虽嫌他多事，但也不便多说什么，只好说："好，注意安全！"邓铁梅率部出发了，不到一个时辰，即与土匪相遇。在警匪互射中，铁梅发枪稳准狠，当场击毙 2 名土匪，缴获步枪 2 支，其他土匪惊骇四散。铁梅将击毙的土匪首级割下，悬挂在土匪经常出没的大树上，给当地的土匪很大的震慑。这是本溪县警队剿匪以来的第一次斩获，回县后，局长吴醒三对铁梅大加褒扬。

当时，本溪县属于三等县而凤城是一等县。吴醒三同东边道镇守使兼暂编陆军第十一师师长汤玉麟有瓜葛亲，民国十年（1921），吴醒三得汤的助力，升任凤城县公安局长。吴醒三非常赏识邓铁梅，便将铁梅带往凤城县公安局任警察大队副大队长。

本溪县南部草河口、草河城、草河掌 3 个乡镇原属凤城县，1906 年，本溪县建县时，才划拨归本溪县，因此，凤城县的县情与本溪县一样，匪盗横行。在吴醒三未来凤城之前，凤城县还有二十多家被土匪绑架的，"肉票"没有赎回。吴莅任伊始，即责成铁梅侦办此事。铁梅为了解匪情，亲自到受害者家中走访，到老百姓中了解土匪的活动情况。一些受害者家属恐触怒土匪撕票（即杀害人质），多以没有音讯为词，拒不配合。但是，也有一部分家属，因土匪索要的赎金数目过大，无力筹措，便以实情相告，寄万一之希望于警察。经过多方了解和侦察，铁梅得知，土匪已将"肉票"转移到本溪县南营坊的老边沟里（即今天的本溪县老边沟风景区）。

老边沟位于宽甸、凤城、本溪三县交界，沟深长达二十余公里，森林茂密，道路复杂。如不经过周密安排，土匪随时可能跑路。邓铁梅将了解到的情况向吴醒三汇报后，遂亲率精选警员七十余人，向本溪县急行。傍晚，他们抵达老边沟门的一个小村落。一进村里，他立即派警员把村子封锁起来，许进不许出。夜幕降临时，邓铁梅在村里留下10名警员，监视村民。自己亲率警察六十余人摸进老边沟。在一个路口，他下令将队形散开，隐蔽埋伏，等候土匪动静。等了将近两个时辰，忽然看见远处似有几个小黑点移动。临近时，方看出前行的是两个挑担子的，后面有两个背枪的跟行。铁梅根据多年的经验判断，这一定是土匪在给山里的人质及同伙送饮食的。他举起手枪，"叭、叭"两枪，两个匪徒倒地身亡。两个挑担的人，吓得一屁股瘫坐在地上。铁梅他们冲到跟前，向他们交待了要求，随即令他们在前面带路，直驱土匪老窝。匪窟内众匪徒听到沟口枪响，不知发生了什么，纷纷端起枪，向沟外冲来。土匪们见沟外来了一伙人，走在前面的匪首挥着短枪喊道："来人是哪个绺子的？"铁梅也不作声，抬手一枪将其击毙。刹那间，警匪双方互相射击，枪弹如雨。铁梅弹无虚发，又连毙3匪。余匪见势不妙，遂舍弃人质，遁入深山。此次行动，凤城县警察大队共击毙匪徒6名，缴获长短枪7支，救回被各股土匪绑架的"肉票"四十余人。

警队凯旋回城后，凤城县全城百姓欢欣鼓舞。吴醒三更是异常兴奋，立即提升铁梅为警察大队长，并当场宣布，凡是参加战斗的警员每人奖现大洋10块！救回的各县"肉票"，警察局分别通知其家属前来认领。前来领人的家属们喜出望外，一再恳求，赏给诸警员的奖金，由他们分摊。

邓铁梅嫉恶如仇敌

　　1925 年秋，本溪、凤城一带的土匪，在邓铁梅等人的围剿下，基本销声匿迹。邓铁梅终于抽出时间，回到了家乡磨石峪。民国时期，磨石峪村归本溪县第二区（小市区）管辖。晚上，家乡的老亲少友，听说铁梅回来了，都来到邓家老宅，看望他。晚上吃完饭，他和大家一起，坐在炕头上聊天。偶然提到区长，一个远亲骂道："肖文波，太他妈的不是东西了！"铁梅问："咋的了？""他私自加征地亩捐，设赌抽头，坑害老百姓。"铁梅问："你们咋不去告他？""我们告了。可是他哥肖文范是县里的教育局长，势力太大了。没人搭理俺们。"铁梅听了，立时涨红了脸，愤怒道："这还没王法了不成？你们跟我详细说说，怎么回事。"于是，大家七嘴八舌地讲了肖文波的所作所为，邓铁梅一一记在心上。第二天，邓铁梅又做了一番深入的调查，反复核实了证据，一纸诉状，把肖文波告到奉天省长公署。他在状子中，列举了肖文波的四大罪状：

　　一、违背加地章程。本溪农民私自垦荒现象比较普遍，上级要求各区，对多垦的土地进行测量，可肖区长非但不进行实测，而且不管每村的土地浮多与否，小村逼加五千亩，大村逼加六七千亩不等；并告诉老百姓说，县长特批他，允许他每亩地加征大洋两角，作为酬劳。他为了自己多得酬金，便把山坡、沙石、河套等地都算在内，强行苛量，以图多得，不顾老百姓的疾苦；如有反抗，就绑送区里治罪。

　　二、肖文波聚众赌博抽头。磨石峪村长王则信愤愤不平，到县里举报他。肖文波听说后，星夜赶到县里，将此事摆平。

三、肖区长下乡丈地，率十余恶役，挨家索要好吃好喝的。土地丈量完后，还要索要劳务费、用餐费，大村七八十块；小村五六十大洋，违则押送区里处罚。且区长下乡丈量土地，有办公经费，如此勒索老百姓，穷民何堪？

四、肖区长违背区村制章程，尚留用乡勇20名，在区公所里常驻，以供驱使，作威作福，不计老百姓的负担，不仅如此，这些乡勇还到处骚扰百姓。

在当时政治腐败、贪官污吏横行的情况下，邓铁梅能够不计个人利害，敢于同恶势力作斗争，抓住肖文波的贪污勒索的劣迹，仗义执言，替百姓说话，这在旧官吏中实属凤毛麟角，十分少见的。奉天省长公署接到呈文后，于同年7月6日下达第八号训令："呈悉既据查明，区长肖文波御下不严溺职，应准撤革，听候查办！"乡亲们听到此信后，群情振奋，奔走相告。当然，告倒一个贪官污吏，不可能解除老百姓所受的压迫剥削之苦，但却反映了邓铁梅疾恶如仇、敢于向邪恶势力作斗争的可贵精神。

1904年，日本借口战时军需、强行修筑安东（今丹东）至奉天间的军用轻便铁道。1905年9月，日本战胜沙俄，11月26日，日本与清政府签订了《日清满洲善后协约及附属条约》，清政府同意日方将安奉线轻便窄轨改建为标准轨距永久性的商业铁路。12月15日，全长303.7公里的安奉线通车，全线设25个停车站。

民国十七年（1928）初夏，满铁铁路验道车在凤凰山路段的铁轨上发现了一块石头，即将石块挪置路边，并没影响到列车的行进。但是，日本驻鸡冠山守备队接到报告后，借故生事，意欲讹诈。他们向凤城县政府提出抗议，硬说是中国人有意想制造列车颠覆事故，并认为这是危害大日本帝国利益的外事行为，遂向县政府提出以下要求：

一、限期将置石人犯捕获并交日方处理；

二、由于发现石块，使列车误点，所造成的损失，由县政府负责赔偿；

三、保证今后不再发生类似事件；

四、要求县长亲自到安东日本领事馆道歉。

日方就上述条件，让县长签字，并限期24小时内答复。凤城县政府、公安局立即分别致电省政府、东北交涉总署、省公安管理处，报告事件发生详细经过，并请示处理办法。事过两天，仍未有回复。于是，鸡冠山守备队长率全副武装日军四十余人，将凤城县政府包围。

县长姜某看到日军骄横的气势，吓出一身冷汗。急忙拨通县公安局的电话，说自己身体有恙，让邓铁梅速来县政府同日军交涉。并请铁梅转告日本人，待省令到达时立即答复。邓铁梅立即带领6名警员赶到县政府。

他们进门时，日军并未阻拦。到办公室后，翻译杨贵九向日本守备队长介绍说："县长身体微恙，现由公安局长邓铁梅前来商谈。"日本守备队长拿出自己拟定的"保证书"，冲邓铁梅叽哩哇啦一阵。杨贵九翻译道："县长敷衍塞责，对大日本皇军极不尊重，既然他避而不见，责成你邓铁梅来跟我谈，那你就代替县长在保证书上签字吧！"邓铁梅解释说："没有上宪命令，地方官员无权对外签署任何文件！"守备队长一听，勃然变色，"唰"地抽出佩刀。恐吓说："如果你今天不在上面签字，那你就别想走出这间屋子！"铁梅见鬼子蛮不讲理，也来了气。"刷"地从腰间拔出手枪，站在身后的6名警员亦迅速端起步枪，瞄准了几个鬼子。一时间，双方剑拔弩张，大有一触即发之势。

日军守备队长见铁梅大义凛然，毫无屈服之意，忽然收起了淫威，转呈了笑脸。他向铁梅讨好地说："你的，我早就知道你，我们是没有会过面的好朋友。"接着，又对邓铁梅说："既然姜县长有病，那就等他病好后再说吧！"寒暄一阵后，即率队解围而去。此后，铁轨置石事件不了了之。而经过此事后，铁梅对日军欺软怕硬的本质有了更深的了解。翌年，日本商人所经营的青城子铅矿，倚仗日本守备队势力，违反规定，越界开采，凤城县长委派邓铁梅查办此事。经过调查，发现日商越界开采属实，铁梅遂采取断然措施，查封矿井，狠狠地打击了日商的嚣张气焰，替中国人出了一口气。同年，邓铁梅又把盗卖国土的亲日分子曲明冗逮捕入狱，并将国土赎回，再次维护了国家利益。

邓铁梅自1924年任凤城县公安局长，在任期间，他目睹警政积弊，深感旧中国的官场政治腐败，百姓饱受压榨之苦。对此，他廉洁自守，率先垂范，严格约束部下不准侵扰百姓，并对那些勾结官匪，鱼肉乡里的土豪劣绅进行严厉打击。他对上不阿，对下不凌，耻与贪赃枉法的官吏为伍，他的正直在旧中国的官场中是行不通的，因此，他屡遭陷害和排挤。

当时官场风气，省公安处每当新处长莅任，各县公安局长都要赴省晋谒，并要送上贺礼。铁梅认为，我既没有金钱，徒手往谒，更会引起反感，不如不去。反正我这个局长，也不是花钱买来的，干脆就听之任之吧！旧社会，在地方上任县长、税务局长、公安局长的人，虽需要有资历，但更主要的是要有靠山和金钱，如缺乏这两个条件，都不能维持长久。1926年以后，东边道匪患基本肃清，地方平安，铁梅这个靠枪杆子起家的局长也就到了"鸟尽弓藏"的时候了。民国十八年（1929），陈奉璋转任安东关监督，高纪毅继任处长，他借召集全省公安局长来省会议的机会，对邓铁梅大发雷霆，横加指责。凑巧的是，适逢东北讲武堂教育长鲍文樾（字志一）到警务处去看望铁梅，高以为邓铁梅与鲍有关系（鲍是凤城人），才没给邓铁梅穿"小鞋"。高纪毅之后，继任辽宁省警务处长孙旭昌，莅任伊始，即委任吉林省主席张作相的姐夫王清吉任凤城公安局长，调邓铁梅任省警务处督察员。在督察岗位上，邓铁梅再受排斥，于是，他愤然辞职。民国十九年（1930），老乡鲍文樾出任东省特别区公安管理处处长，电召邓铁梅赴哈尔滨，任特别区警察督察员。民国二十年（1931）春，邓铁梅调任牡丹江警察分署署长，到任不久，因与上司不和又遭革职。

邓铁梅尖山窑举义

1931 年 4 月，邓铁梅怀着沉重的心情回到辽宁，先后在沈阳、锦州一带谋职，未能如愿。正在这时，九一八事变爆发了。让邓铁梅特别痛心的是，当时的一些东北军高级将领，不但没有率部奋勇抵抗，反而屈膝求降。如时驻吉林的熙洽、驻洮南的张海鹏等，竟屈膝事仇、为虎作伥。邓铁梅气愤地说："如斯将领，如斯军队，人民能有何希望！"可是，尽管他满怀报国之情，奈何身非军职，怎么办？经过反复思考，他决定回家乡本溪县组织民团，训练民众，抗击日本侵略者。

10 月初的一天，铁梅在沈阳街头巧遇在东北军当排长的族弟邓卓然，他跟族弟谈了自己的想法。恰好邓卓然也对东北军的不抵抗不满，有离开东北军的想法。于是，两人一起来到锦州，找到了好友东北军下级军官云海清（字子林）。邓铁梅跟云海清说了他们想回本溪组织抗日队伍的事，云海清也非常赞同，3 人一拍即合。于是，邓铁梅前去拜访辽宁省警务处长黄显声，向他详陈了自己的想法。黄显声沉思了一会儿，对邓铁梅说："你乃一介布衣，面对外房入侵，能有此想法，实在难能可贵。但是，你回本溪不如回凤城，我是凤城人，知道你在凤城口碑好，又有声望，这样易于号召……"研讨既定，第二天黄显声给邓铁梅办理了一张委任状，名义是"东北民众抗日救国自卫军总司令"，并交给他旅费 1000 元。得到了黄的支持，3 人一起乘火车回到了沈阳。

沈阳警务处长秦华（字伯秋），是凤城葛条峪人，和铁梅很要好，铁梅把想法跟他说了。他说："铁梅呀，已经晚了，凤城的'占中洋'、徐甲太、李子英、

'吴大酒瓶子'都拉起了队伍，有七百多人，你去也没有枪了！铁梅说："你给我弄几支做垫补。"秦处长说："怕上不了火车。"铁梅说："不怕，我先和站长联系一下，中国人还是能向着中国人的！"就这样，警务处长给他们弄了3杆大枪、两支"撸子"。他们3人背着大枪，外面穿着大衣，撸子别在腰间，来到了车站。铁梅找到了值日长李云普。铁梅告诉他，他们3人要去凤城做事。李云普问："你们带枪没有？"铁梅说："可不有枪咋的。"李略微思索了一会儿，说："好吧。"随即找来3名铁路警察。吩咐他们说："这是中国的干将，无论怎么的，也要把他们3人送到凤凰城。"那几个警察说："行，弄个专车，咱们几个坐专车。"到了凤凰城，铁梅说："你们几个功劳不小，日后，我弄好那天，你们都来找我。"说完，他拿出300元钱，这是他在牡丹江任上积攒的，给了他们每人100元钱。

铁梅他们安顿下来，以同乡、同事关系拜会了一些旧友，又对安东、凤城的敌情做了一番了解，然后，转赴小汤沟（今属岫岩县），来到堂弟邓乾儒的岳父家。老人也姓邓，排行老七，是地方上的开明士绅，结交很广，乡里人称"邓七爷"。老人看见他们很吃惊，问明来意后，邓七爷也非常赞同，大力支持。晚饭后，他们在一起研究了联系的人员、行动的方案等。确定了起兵的宗旨后，他们马上分头到各村去联络，动员群众参加义勇军。

许多人都是铁梅旧契，国难当头，遂慨襄义举。青壮主动携械来归者，接踵而至。不到10天，就召集到二百多人，征得大枪三百余支。庄河"老刀会"侯大法师听说邓铁梅要起兵，一下子就带来会众五百多人。其中，男会众二百五十多人，拿的全是红缨枪；女会众二百五十多人，拿的全是大刀片。依靠这七百多人，邓铁梅在凤凰城尖山窑（今属岫岩县大营子镇）正式成立了"东北民众抗日救国自卫军"，邓铁梅任司令。在成立大会上，邓铁梅宣布了自卫军的纲领："武装抗日，保卫家乡；抗日救国，保民第一；不妥协、不投降。"战斗口号是："不爱钱、不怕死、军民一体、抗日救国、收复失地。"

不久，土匪"占中洋"在石棚沟杀猪召集周边的山林队集会，密谋缴邓铁梅自卫军的枪。"占中洋"说："邓铁梅当局长时，咱们当胡子可叫他打惨了；这次他回来了，咱们还是不得安宁。这回咱们必须先下手，把他的枪缴了……"何家堡子有个何连长，受"占东洋"的邀请，参加了他们的集会。酒足饭饱之后，何说要回家。"占中洋"怕事情外泄，留他晚上住在石棚沟。何推说："家里有事，不回去不行。"

何离开石棚沟，直奔尖山窑，找到邓铁梅。何进了屋，就把石棚沟里发生的事，一五一十地对邓铁梅说了。铁梅吩咐邓卓然立即去找侯大法师来商议。当天晚上，"占中洋"一伙都喝多了酒，睡得正酣，没承想，忽啦一下子，前后窗户被围了好几层。侯法师高喊："不准动，你们不投降，就杀了你们。"这些刚喝完酒、吃完肉的庄稼人，都是新入伙的，胆子很小。一见此情景，把枪往炕上一扔，趴在地上一动不动。"占中洋"的手下李子英、"吴大酒瓶子"见势不妙，都劝"占中洋"说："咱们降了吧！""占中洋"见大势已去，乖乖地举起双手。这一仗，收编"占中洋"所部七百多人。到12月，队伍已扩大到一千五百余人。邓铁梅组建了司令部：参谋长为王兆麟（前凤城教育会长）、副官长王少伯、秘书长傅恩琛（前凤城公安局总务科长）、军需处长马瑞禾、军械处长汪晓东、军法处长王雅轩、军医处长关立芝。下设3个大队、一个武术队、一个侦察队。第一大队长于琛海，第二大队长孙耀庭，第三大队长云海清，武术大队长佟玉清、侦察队长柴玉璞。至此，"东北民众抗日救国自卫军"组建完成。

自卫军初建，士气旺盛，斗志倍增。邓铁梅抓住战机，决定率先进攻安奉线的重镇凤凰城。在行动之前，他们对城里的日伪驻军情况进行了详细的侦察：他们是连山关独立守备大队板津直纯派出的西河小队、铁路日本警察、宪兵分遣队和日本自卫团等百余人；伪警察近四百人。根据城里敌人的部署情况，自卫军作了如下部署：以第二大队和武术大队（大刀队）为进攻主力，兵分两路：第一路由邓铁梅亲自率领，直插凤城街，包围王秧子大院日本参事官驻地，并攻击伪警察大队、日本守备队；第二路由孙耀庭指挥，负责进攻火车站；第三大队一部在凤城以南的张家堡子切断电话线，使凤城与其以南的高丽门、安东车站断绝联系，一部在凤城车站以北的四台子设下路障和埋伏，阻击从连山关、鸡冠山北来的增援之敌。第一大队作为总预备队，布防在二龙山一带。筹划既定，即分头出发，秘密向预定地点集结。1931 年 12 月 26 日晚 10 时，战斗打响，民众自卫军把车站和城内的敌人分割包围，切断联系，使敌首尾不能相顾，捣毁了县衙、公安局和日本特务机关平井药房，砸开监狱，救出九一八事变后，日伪逮捕的爱国人士。伪警察大队里的官兵，很多是邓铁梅的旧部，在夜间仓皇应战时，经义军喊话宣传，很快就放下武器。伪警大队长"何大马棒"一看事情不妙，带着十几个亲信，乘夜幕遁逃。日军守备队龟缩在营房内，被打得哇哇惨叫。车站日军亦被围攻，死伤惨重。战斗持续到第二天凌晨 4 时，在敌人增援部队到来之前，撤出战斗，此役共击毙日伪军三十余人，俘伪警察四百多人，缴获机枪 3 挺、迫击炮 2 门和步枪三百二十余支。东北民众自卫军夜袭凤凰城，狠狠地打击了日本侵略者的嚣张气焰，在国内外引起了很大震动和反响，自卫军威名大震。

1932 年 3 月，在北平的抗日救国会派代表苗可秀前来与邓铁梅联系，邓铁梅向苗可秀详细介绍了民众自卫军成立的经过和现状。苗可秀返回北平、向救国会汇报后，救国会立即委任邓铁梅为东北民众义勇军第 28 路军司令。同年 4 月 21 日，唐聚五在桓仁成立辽宁民众自卫军，又委任邓铁梅为第 13 路军司令。邓铁梅率部先后进驻庄河、大孤山，该地区的伪政权和伪警察在义勇军的威慑下，接受义勇军的条件，交出武器，共收缴火轮枪四百余支，各种步枪五百余支，迫击炮 2 门。1932 年 3 月，本溪爱国士绅黄拱宸率队伍到凤城接受改编，此时，邓铁梅直接指挥的战斗兵员达 1.6 万人，加上其他各地请领番号、接受改编的武装力量总人数达 3 万人左右。

邓铁梅接受了中共南满团省委书记邹大鹏关于加强军队政治工作的建议，提出"不爱钱、不扰民、军民一家，抗战到底"的群众工作方针。具体提出"四不""三愿"。即"不打人、不骂人、不惊扰人、不欺压人"和"愿吃剩饭，愿睡闲炕，愿给群众干活"。所以部队每到一处，都能做到不挑吃、不挑喝、不贪财、不扰民、不戏女。主动地帮群众锄地，收割庄稼、打柴、挑水、扫院子。对于个别违犯群众纪律的，不论职位高低、功劳大小，一律给予严厉惩处。每逢部队离开驻地时，邓铁梅总是派稽查队前去老乡家了解情况，若有问题，必须回去向老乡当面检讨错误。

有一次，稽查队发现队员孟广志到老乡家索要 2 两大烟土，那人家里没有，孟便逼他进城去给自己买。邓铁梅知道后，立即派人将孟抓来，召开军民大会，当众讲明了孟的勒索事实，就地正法。在行军作战时，邓铁梅和战士们一样步行，从不骑马，也不许别人骑马。他对干部战士们说："一匹马一天吃的粮食够一个人吃好几天，我们吃的粮都来自老百姓，老百姓负担本来就够重的，你再养几匹马，老乡们能负担得起吗？"有一次，从本溪归附一支抗日义勇军，他们在途中从老乡家拉来一些牲口。邓铁梅在欢迎大会上，向前来参加自卫军的战士们说："咱们吃粮靠乡亲们支援，你们把乡亲们的牲口拉来，他们用什么种地？地种不上，拿什么来支援我们抗日？"经过教育，战士们把牲口送还了原主。

由于得到了老百姓的支持，自卫军不断发展壮大，为了规范管理，司令部下设秘书、参谋、副官、军械、军需、军法、军医、财务等 8 大处，将直属部队改编为 18 个团（包括警卫团、骑兵团、炮兵团各一）、3 个支队、1 个大刀队，民众自卫军达到鼎盛时期。

我白纸不能画黑道

    1932 年 12 月，日伪当局急调多门二郎的第二师团和独立守备队第三、第四大队及伪军一万余人，从盖平（今盖县）、海城、岫岩、本溪、凤城、安东（今丹东）等地向邓铁梅部占据的辽东南三角抗区的龙王庙、尖山窑等地发起了大规模的进攻。民众自卫军由于没有大规模作战经验，伤亡过半，仅剩五千余人。1933 年 4 月 15 日，敌人再次纠集大批兵力，采取步步为营的办法，"围剿"三角抗区，所到之处，建据点、修公路、实行保甲连坐法，割断了自卫军与人民群众的联系。民众自卫军伤亡惨重，又得不到补充，战斗部队减员只剩下一千余人。

    日寇在进行军事打击的同时，还派出大批汉奸、特务，利用各种人事关系，从义勇军内部进行瓦解破坏。在艰苦的斗争环境中，义勇军内部一些不坚定分子动摇了。如时任第五旅旅长李庆胜（前骑兵团长），因听信他住在城里的汉奸舅父关五爷的话，认为抗日胜利无望，得不到好结果，竟率部叛变。第八团团长李福田，因受同乡汉奸刘作周的利诱，叛变投敌。代理警卫团长鄂文华，也在汉奸收买下叛变，并引导敌人将义勇军藏在山里的重机枪、迫击炮等重武器尽行起出。在日寇的一手"拉"，一手"打"的双重打击下，义勇军遇到了空前的困难。

    形势非常严峻，邓铁梅在高家堡子召开紧急会议。他要求各位军官要忍耐住暂时的困难。他说："虽然我们的兵士减员了，根据地缩小了。但是，我们的机动性增强了，我们可以更加机动灵活地打击敌人。坚持下去就是胜利，政府总不会丢下东北三千万人民不管的！"1934 年初，日伪军又对自卫军进行了第三次和第四次讨伐。自卫军改变战术，灵活应战，并取得了局部胜利。1934年1月下旬，为保存实力，邓铁梅决定把自卫军改编成若干支队，分散行动，化整为零，并约定来年春暖花开时再行汇合，重振自卫军。

经过几年较量，日寇终于明白：三角抗区义勇军不能彻底肃清的主要原因，是由于邓铁梅的存在。要想消灭自卫军，必先除掉邓铁梅。于是，他们派出了大批暗探、特务，捕杀邓铁梅。此时，由于长年征战操劳，邓铁梅身体羸弱，罹患多种疾病。有人劝他暂避关内休养，他说："拼将此身一死，也不离开抗区半步！"1934年5月间，邓铁梅又患痢疾，不能随军行动，遂于5月27日，被秘密送往凤城县小蔡沟张家堡子（今岫岩县大营子镇）张文燮家中养病。

这年4月间，伪军第二旅旅长赫慕侠部，进驻抗区腹地大营子。赫利用部下营长郑希贤，买通了义勇军军官教导队大队长沈廷辅，密谋逮捕邓铁梅。沈廷辅原是唐聚五旧部，1932年唐部失败后，来到凤城参加义勇军。由于他毕业于东北讲武堂，又是抗日同志，颇为邓铁梅所倚重，遂委任他为军官教导队大队长。不料这个人面兽心的家伙，竟醉心于敌人悬赏的一万元巨额赏金，甘心出卖良心。沈廷辅接受任务后，即秘邀同伙，由伪军提供大枪8支，伺机行事。

1934年5月29日夜，沈廷辅带领沈吉武、沈吉昌、沈吉春、沈廷相、沈吉玉、宁善乙、李寿春等7名帮凶，潜伏在张家堡子村外，待夜深，前往张家探望邓铁梅病情的各部队首长离开后，即到张家叫门，诈称有紧要事报告。沈廷辅骗开大门后，留两人持枪把守大门，防止张家人外出送信；其余6人进屋。邓铁梅见沈等6人站在面前，手持大枪，知道有异。遂问沈廷辅说："你有什么事情？这5个人是哪来的？"沈廷辅当即跪下说："我对不起司令，这5个人都是赫司令（指赫慕侠）派来请司令的。"邓铁梅当即问沈廷辅："你当然是图钱啦！得多少钱？"沈廷辅毫不知耻地说："报告司令，奖金一万元。就请司令同我们辛苦一趟吧！"邓铁梅平素不设警卫，自己也不携带自卫枪支，因此无法反抗。

沈廷辅等将邓铁梅劫走后，怕张家人给部队送信，仍留下两人监视。一直到天快亮时，两人方才离开。及至张家人给部队送信，部队分头追击时，沈廷辅等已逃之夭夭，不知去向。沈廷辅是当地人，熟悉地理，为防备义勇军追击，沈廷辅当夜把邓铁梅转移至一个人迹罕至的山沟里，再派人给赫慕侠送信。几天后，6月3日，由伪军用大车（马车）将邓铁梅押往凤城，马车行至二龙山自卫军枪毙6名日伪谈判代表的坟前，给邓铁梅照了一张相。枪毙日伪谈判代表的经过，我将在下篇《苗可秀两探虎狼窝》中讲。邓铁梅到凤城稍事停留后，即被解往沈阳，押入伪陆军监狱。

日伪档案记录了邓铁梅在接受伪奉天警备司令部军法处审讯时的一段供词：

问：你叫什么名字？答：先给我拿座位来。（伪法官当即令差役给搬张木椅，邓坐下后始回答）答：我是邓铁梅。

问：你现在多大岁数？答：四十七岁。

问：你原籍是哪里？答：本溪县。

问：你的家现在住在什么地方？答：我和家人好久不通音讯，不知道现在流落到什么地方。问：你为什么要反"满"抗日？答：国家兴亡，匹夫有责。日本制造借口，用武力占领中国领土，凡是中国人都有责任抗战。

问：你的力量，能够抵抗日本这样强大的国家？答：不能因为日本的国力强大，我们就甘心地去当亡国奴。楚虽三户，可以亡秦。况且中国有同仇敌忾的四亿五千万人民！

问：那么中国人都是爱国的喽！沈廷辅是你部下军官，为什么还捉你呢？答：我的部下很多，难免良莠不齐，像沈廷辅这样的民族败类，不但在我的部下中绝无仅有，恐怕在整个中华民族里面，也只占极少数。

问：你能指挥的军队现在还有多少人？答：凡是在三角地区活动的武装部队，我都能指挥。问：你现在已经离开你的部队，还有什么人能代行你的职权？答：苗可秀总参议能代行我的职务。

问：现在你的部队还能接受你的命令么？答：我的部队到什么时候都听从我的命令。

问：你现在能不能命令你的部队接受招抚为新国家效力呢？答：我现在虽然被叛徒出卖，失去身体自由，但是头颅可断，热血可流，救国之志不可夺。我的部队所有官兵，一定能本着我的精神，坚持抗战到底。我不能给部队下达接受任何条件的命令。

为拉拢劝降邓铁梅，日伪当局一些政要如于芷山、王冠英等纷纷出场，许以高官厚禄，让他命令民众自卫军接受招抚。邓铁梅说："我生为中华人，死为中华鬼，不知其他；头可断，血可流，接受投降的命令坚决不能下！"在狱中，邓铁梅经常书写岳飞的《满江红》和文天祥的《正气歌》来抒发自己报效祖国、至死不渝的情怀。对狱中的伪军看守，邓铁梅也晓以民族大义。

一天，一个日军搜查队长来到邓铁梅的囚室。非常傲慢地向邓铁梅问话，邓铁梅坐在桌旁，低头练字，毫不客气地回答说："今天我不舒服，不愿意多说话。"这个日军军官无奈，只好改用谦恭的口气问长问短。邓铁梅也只冷冷地回了几句。日本军官临走时，递过自己的折扇，虚伪地请邓铁梅题字留念。邓铁梅接过折扇，略加思索，挥笔写下了"五尺身躯何足惜，四省失地几时收"这一气势磅礴的诗句，日本军官看后恼羞成怒，将墨迹未干的折扇撕得粉碎，气急败坏地走了。

日伪施行了很长时间的怀柔手段，都没有让邓铁梅改变初衷。鉴于直接对邓铁梅说服无效，鬼子又暗中唆使邓铁梅的夫人张玉姝以夫妻感情去影响他。同时以生死存亡和高官厚禄，进行威逼利诱，也遭到失败。邓铁梅对来探监的亲友说："我白纸不能划黑道，粉墙不能沾黑点，我决不会投降。事到如今，我活着将与草木同朽，死了可与古人并存。我宁愿死，决不贪生！"敌人在一份内部通报中称："邓已抛弃生死之念，求死更重于求生。"

日寇鉴于邓铁梅威武不能屈，利禄不能诱，乃挟持夫人张玉姝同伪军官一起回到抗区，假传邓铁梅的命令，招抚余部归降。他们来到抗区后，义勇军各部将领争相向夫人询问邓铁梅近况，但他们都说："要接受命令，必须等司令亲来！"挫败了日寇的阴谋。日寇看邓铁梅已无利用价值，马上收起了虚伪的礼遇，对邓铁梅的肉体进行百般摧残，可丝毫没有动摇他的抗日意志。

1934年9月27日晚，关押邓铁梅的伪陆军监狱，中国看守一概被驱出，从狱吏到门岗，全部换成了全副武装的日本宪兵。邓铁梅知道自己的日子不多了，便跟夫人交待后事。张氏很悲伤，铁梅抚着她的头劝道：你还记得我们结婚时，东北民众抗日救国会代表石培基的祝词吗？他最后说："祝司令救国大业早日成功！"我当时的回答是："不成功也一定要成仁！"今天不是正好实现了我们结婚时的愿望吗？有什么可悲伤的？"次晨，伪满洲国报刊即登出邓铁梅死亡的消息，并附有照片。新闻标题为："匪首铁梅于昨晚患急性肠炎逝世"。据解放后伪旅长赫慕侠交待，邓铁梅系被日寇用毒药毒死，终年47岁。

未几，汉奸宁善乙被义勇军将士捕获，在高家堡子就地正法。

苗可秀两探虎狼窝

苗可秀，原名苗克秀，又名景墨，号而农。光绪三十二年（1906）生于本溪县下马塘苗家堡子。苗家有薄田十余亩，一家7口赖此为生。父亲苗维新是个老实的庄稼人，务农之余，挑担做些小本生意，以补贴家用。民国三年（1914），9岁的苗可秀入本村私塾读书，塾师是从山东逃荒来的一位老秀才，旧学根底很深，在他的教导下，苗可秀自小就对文学发生了浓厚兴趣。因苗可秀读书用功，成绩突出，深得老师喜爱，破例免了他的学费。1919年，苗可秀考入下马塘高等小学，两年后考进沈阳第三中学。1926年，苗可秀以优异成绩考入东北大学文学院预科，1928年转入本科。

苗可秀考入东北大学以后，十分珍惜得之不易的读书机会，精勤奋勉，孜孜不倦，潜心向学，阅读了大量的经典名著，因而，理解问题常有独到之处。他曾致力于先秦诸子的研究，著有关于《论荀子》的文章二十余万字。文章立意新颖，观点独特，令师友惊诧。苗可秀家境并不宽裕，上大学时，家里已是入不敷出。父亲为了供他读书，把家中仅有的10亩农田卖掉，苗家族人也出粮、出钱接济他。苗可秀平日生活十分俭朴，布衣布鞋，一身乡土气。他经常给各报纸杂志撰写文章，以稿酬购置书籍、文具等以自救。

苗可秀对日本帝国主义在东北的政治欺凌和经济掠夺十分气愤，他劝说同学们要使用国货，反对日货。1928年5月，日本帝国主义借口日商被抢，在济南大肆杀戮中国官民，这年暑期放假时，苗可秀为了表示他对日本帝国主义的抗议，拒绝乘坐日本经营的安奉线火车，徒步往返于本溪、沈阳间。有一次，他穿行一段铁路隧道时，差一点被火车撞到。

九一八事变后，东北大学被迫解散。十月下旬，苗可秀和其他同学一起，流亡到了北京。当时的教育部虽有通令，号召北京各大学以借读名义收容东北流亡学生，但各校常以额满为由拒收。在北大林公怀教授的帮助下，苗可秀才得以在北大中文系借读。

国难当头，具有一腔爱国热忱的苗可秀怎能安心读书？因此，他除每天听课外，日夜奔忙于抗日救国事业，他参加了东北民众抗日救国会。抗日救国会是1931年9月27日，由流亡到北平的东北名流士绅阎宝航、高崇民、卢广绩、王化一等人发起的，会址设在北京旧刑部街奉天会馆内。东北各界流亡人士经常聚集在这里，共谋抗日救国之策。为了聚集人才，以备东北抗战之需，救国会组成了东北学生军，推举苗可秀为学生军队长。

1932年2月，苗可秀受救国会的委派，回辽东一带了解义勇军抗战情况。他听说邓铁梅部攻占凤凰城后，除将日伪物资运往抗区外，对中国商民财产寸草未动，便来到邓部。苗可秀与邓铁梅本有同乡之谊，两人一见，相见恨晚。邓铁梅再三邀请，希望他能留在自卫军中参加抗战。苗可秀说："司令，我先回北京参加毕业考试，考完试我就马上回来！"1932年7月，苗可秀信守诺言，毅然回到邓铁梅军中。

苗可秀来到邓铁梅部之前，1932年4月，日军以河野旅团为主力，纠集伪军李寿山、王殿忠等3个步兵旅共两万多人，并配备有飞机、大炮、装甲车等现代化武器，对邓部进行了一次长达四十多天疯狂的扫荡，邓铁梅部损失很大。日伪主力撤退后，留下伪军李寿山旅驻扎在龙王庙、黄土坎。1932年6月，邓铁梅部经过短暂的恢复，一举将龙王庙、黄土坎两镇收复，李寿山的胞弟该旅二营营长被击毙。经过这次胜利，士气复振，遂乘胜进攻岫岩县城，城内的迫击炮大队六百多人闻风缴械。此役，自卫军俘虏日本顾问、参事官、指导官等多人，此外，还有日本商人十余名。

进入 1932 年下半年，由于日伪的经济封锁，自卫军的给养越来越困难。缺衣少药，没有子弹，许多战士甚至整天打赤脚。这时，被俘的日商代表说："如果释放我们，我们愿意送 2 万双军鞋。"鉴于眼前的困境，自卫军司令部经过研究，决定跟他们周旋一下。遂开出条件：若要全部释放，除送 50 万双军鞋外，还要 50 万发子弹。日商代表说："军鞋我们能解决，弹药必须通过衙门，是否先放我们一个人回去联系？"于是，自卫军当即释放了一名日商。第三天，那个日商回信说，让司令部派人去谈判。邓铁梅决定派总参议王召白进城去谈，谁知王召白胆小如鼠，临行装病，邓铁梅十分生气。苗可秀听说后，主动请缨。

自卫军参谋处长王者兴与伪凤城县长康选三有金兰之谊，邓铁梅考虑到苗可秀的安全，遂派王者兴陪同苗可秀一同进城。

苗可秀他们到凤城后，和日本参事官、伪县长康选三见了面，把谈判条件说了，两人听了，未置可否。饭后，康选三对他们说："关于弹药问题，我们无权解决。今天晚车，我和参事官陪同你们一起去沈阳，向军部请示。"可是，苗可秀他们来到沈阳后，日方绝口不谈换俘之事，反而大谈对邓部的招抚条件。苗可秀听了这文不对题的谈话，当即指出："本代表是奉命洽谈换俘条件，不是对自卫军的招抚；关于招抚问题，未有邓司令委托，本代表无权洽谈！"这时，一个缺了一条腿的汉奸接话说："什么司令，还不都是自起番号。你回去对邓铁梅说："我叫王子洞，现在是警务厅长。在东北军当过旅长，直奉战争负伤，损失了一条腿，又有谁管？张学良吃喝玩乐，拥兵二十多万，还不是一枪不放就跑到北平去了？邓铁梅就凭他纠集的万八千乌合之众，还想抵抗大日本皇军，那不等于痴人说梦？你回去对邓说，识时务者为俊杰。张仙涛（张海鹏）、于澜波（于芷山）这些拥有军权的地方镇守使，都甘愿为新国家效力，难道你们要自取灭亡吗？"苗可秀正色道："这些问题，与我的使命无关，本人无权回答！"一个老鬼子接过话，威胁道："如果你不接受，就把你们扣在这里！"苗可秀看出，日方连一点诚意也没有。心想，我不能把事情弄僵，被他们扣留在这不好办。便缓和了一下语气，说："你们把我们扣留起来，对邓司令的实力来讲，是没有什么损失的；

你们提出的是招抚问题，本人没有接受这项使命，当然是没有权力来谈；如果你们强行让我接受，没有得到邓司令的许可，恐怕结果也不会生效。况且招抚这样的大事，你们最好还是派代表到'抗区'去同邓司令亲自谈。不放我们回去，只能是堵住了你们和平招抚的道路。"老鬼子听了苗可秀的话，觉得非常有道理，立即向苗可秀表达了歉意。

1932 年 8 月 17 日，苗可秀、王者兴与敌方代表伪凤城县参事官友田俊章、秘书西辰喜在凤城西南 40 里处的红旗堡举行了第一次谈判。谈判中，苗可秀提出："全体官兵一律不能拆编或缩减；部队仍驻扎原地；按 3 个旅、3 个独立团的编制给发粮饷弹药；总司令邓铁梅要继续统率这支队伍，不得调离。"这些条件，让日方大吃一惊。这无疑是让日方承认这支抗日武装，所以，根本就不能接受。但他们害怕堵死谈判的道路，没有一口回绝，表示让苗可秀跟他们一起回凤城去商量。苗可秀则利用敌人招抚心切的心理，采取了若即若离的拖延战术，同日方代表去了凤城。

到了凤城，参事官友田才说："你们开的条件太高了，我们作不了主，必须去沈阳向上级请示！苗代表可否跟我们同去？"苗可秀请示邓铁梅后，决定再次深入虎穴，探听虚实。

9 月 5 日，他们一同再次来到沈阳。在沈期间，苗可秀先后与关东军司令部的有关人员接触，可谈判毫无结果；后来伪警务处、情报处等机关也派人前来进行所谓商谈。在与敌伪周旋中，苗可秀观察到日寇与汉奸们为了争功争权，互相间有很大矛盾。这样耗下去，不会有什么好结果，应迅速脱身为上。于是，他通过康选三向日方说："这些谈判条件，是邓司令定下来的。要改变条件，必须返回凤城征得邓司令的同意。"日方乘机提出，派几名日本代表亲见邓铁梅，苗可秀同意了。10 月初，苗可秀同康选三等人离沈返回凤城。

到凤城后，日方拟定了一个代表名单：他们是伪凤城县参事官友田俊章、参事官秘书西辰喜、警务局指导官白井成明、日本警察署警察贺门、藤井、翻译刘大周等 6 人。苗可秀将这 6 个人带到凤城以西 70 里的雕窝堡住下。对他们说："义勇军驻地不能轻易进出，我去请邓司令亲自到这里来！"当时，司令部驻地在龙王庙，苗可秀星夜赶到司令部，向邓铁梅汇报了近期发生的一切。邓司令立即召开紧急会议商讨对策。会上，大家认为，敌人毫无诚意，谈判之策已经行不通，继续拖下去，势必混乱人心，瓦解斗志。幸喜苗、王两位代表安然归来，无有后顾之忧，可以采取断然措施，挫败敌人的招抚计划。

当时，司令部已得到确实情报，敌人在玩弄招抚伎俩的同时，一方面大造舆论，说邓铁梅部已接受招安，妄图弄假成真、逼自卫军就范；一方面调兵遣将，准备向自卫军"进剿"。鉴于此，苗可秀力主将日本代表处决，以昭示自卫军抗日的决心。对此，邓司令表示赞同，并派苗可秀具体执行。

10月13日，苗可秀同旅长张锡藩率自卫军战士在雕窝堡后沟把前来谈判的日方代表6人全部处死。至此，敌伪方面喋喋多日的招抚伎俩，随着友田俊章等人的被处决而告终。

事后，警卫团长邓卓然问苗可秀："你三番五次去鬼子老窝，不害怕吗？"苗可秀嬉皮笑脸地对他说："我有保人呀！"邓卓然一愣，没明白他的意思。又问："谁敢给你做保？"苗可秀说："邓司令呀。日寇几次劝司令投降，均被司令拒绝；日军使用机枪、飞机、装甲车，也没把我们消灭，他们怎么能加阻我军代表，自己堵死招降之路呢？何况，他们还有二十多人质在我们手里呢。"邓卓然听了，深为苗可秀的智慧所折服。不久，苗可秀被邓铁梅委任为民众自卫军的总参议，参赞军务。

二十一路军三打奉天城

白广恩，字云普，本溪县歪头山村（今属溪湖区歪头山镇）人，少年时代，入沈阳八旗学堂学习。毕业后，到铁岭县古城子小学当教员。不久，升为学校校长。九一八事变后，白广恩目睹日寇入侵，山河破碎，十分愤慨，毅然辞去教职，回到家乡歪头山，联络故旧，秘密从事抗日活动。

1931 年 11 月，东北民众抗日救国会派遣原东北军军官赵殿良到沈阳、本溪一带组织抗日义勇军。因白广恩是本地人，对这一带的情况比较熟悉，而且与一些自发的抗日组织有过接触，所以赵殿良一到，便与白广恩取得了联系。从此，白广恩以小学校长的身份作掩护，不辞辛劳，奔走于各个抗日武装山林队之间里，他先后联络了林子升、孙文峰、黄云臣、大祥字（吴殿祥）、"小白龙"（许树春）、董玉占、"黑虎"（许虎臣）、崔队长，以及已编入第二十四路义勇军的"燕子"（沈宝林）、"平日"（赵俊峰）、"天地荣"（李巨川）、于志超等等自发的抗日武装和山林队，又到苏家屯联络龙武军首领刘海泉和修子宾等人。这些武装组织的首领虽然成分复杂，但他们都有一颗爱国心，一致赞同联合抗日。

1932 年 5 月，东北抗日义勇军第二十一路军正式成立，人数近千人。赵殿良任司令，白广恩任参谋长，下辖 4 个支队，沈宝琳、吴殿祥、林子升等人分任支队长。司令部最初设在沈阳小西门屠宰胡同，后迁至本溪县歪头山白广恩家中，部队主要活动于奉天、本溪和辽阳的交界地区。他们多次主动出击，破坏敌人交通线，捣毁日本鬼子的军事设施。

白广恩身为参谋长，出谋划策，参赞军务，赵殿良对他十分倚重，有什么事情都跟他商量，倾听他的意见。白广恩参加抗日后，又动员其弟白广泽、妹夫刘永丰等亲属当义勇军的交通员，因为他们人小，不会引起敌人注意。

义勇军刚刚建立，武器装备很差，有些人还使用土枪、大刀和棍棒。为解决武器问题，白广恩多方筹划。当时歪头山村一些大户为保护自己的利益，正在组织一支有四五十人的洋枪队。白广恩得到这个情报后，通过内线联系，采取里应外合的办法，把洋枪队全部缴械，补充了义勇军武器装备。不久，北平抗日救国会又派李兆麟、张国威等人来到二十一路军中指导工作，义勇军战斗力明显增强。由于义勇军纪律严明，因而受到人民群众的欢迎，群众自动组织起来为义勇军筹备给养。

1932年7月，是辽宁义勇军发展高峰时期，各路义军频繁出击，使日伪当局焦头烂额。这时东北抗日救国会派王兰田等人与赵殿良联系，部署会攻沈阳城事宜。赵于7月25日，在沈阳浑河堡秘密召集各路义勇军首领开会，定于9月1日联合进攻沈阳城，并派白广恩赴邓铁梅、李春润等处联络，相约由他们袭击安奉铁路、沈海铁路，以牵制日军。同时，他们还秘密联络沈阳城内的伪靖安军游击队王仲一营长和伪警察一部，届时反正，里应外合，以图一举收复沈阳。

恰在此时，北平抗日救国会拨给邓铁梅部一笔巨款，委托赵殿良护送。白广恩感到护送巨款任务艰巨，赵司令身负指挥攻打沈阳的重任，不能分身，让别人护送又不放心，自己与邓铁梅有过联系，便主动提出由自己护送。

1932年8月28日傍晚，天降大雨，在赵殿良的指挥下，二十一路军和辽阳二十四路军一起，由黄泥坎、浑河堡出发，分南、北、东3个方向向沈阳城发起进攻。

晚11时30分，枪炮声大作，第一支队长吴殿祥和第二支队长沈宝林带领的部队首先从东南面攻入大东航空处，驻守机场的伪靖安军王仲一营长率领40多人立即行动起来，配合义勇军，烧毁东塔飞机场油库，炸毁飞机7架，缴获机枪12挺、步枪数十支。随后，义勇军又袭击了与飞机场相邻的兵工厂和无线电台等处，还攻打了小东门，围攻了伪警察七分局。在攻占讲武堂时，一些伪军警自动缴械。进攻大南门的义勇军在第三支队长林子升和董振华（董玉占）、吴兆林等人的带领下，攻占了药王庙，将勒石胡同西头至头条胡同一段电网割断，攻到大南门城根，包围了伪警察三分局，一部分伪警察缴械，另一部分三十余人反正参加了义勇军。

随后，他们乘胜攻击大南门，遭到日本宪兵队和伪警察阻击，双方展开激战。伪警务厅长齐恩铭乘汽车督战，司机被义勇军击毙，齐狼狈不堪，弃车逃命。攻入大北边门的义勇军，进至北大营附近，击伤日本顾问吉川和伪第十一警察分局长赵云峰等人。这一夜，沈阳城内一片混乱，义勇军放火焚烧了日军的一些重要军事设施，毙伤日伪军数十人。29 日凌晨，日军出动大批军队在坦克和装甲车的掩护下，向义勇军发起疯狂反扑，各部义勇军被迫撤出战斗。王仲一率部随义勇军撤出，后被编为第二十一路军第五支队。

29 日晚，赵殿良组织所部再攻沈阳城。派孙国长率部进攻大南门外敌人；组织冲锋敢死队一百人，进攻大南门，然后再攻飞机场；命令沈宝林、吴殿祥等率部向飞机场一带进攻；赵殿良率部埋伏于大南门外、沙岗子做增援梯队。由于日伪军已有准备，加上配合攻城的各路义勇军未到，激战两小时，攻城义勇军退回娘娘庙一带。这次攻城，义勇军损失很大，因天降大雨浑河水暴涨，一支队长吴殿祥率数十名战士进攻兵工厂，在涉水渡河时，落水牺牲。孙国长所部"在大南门之役伤亡约二十余人"，由大南门向飞机场进攻路上，冲锋敢死队队长李景奇阵亡，战士死 4 人，伤十余人，"共损失步枪四十余支"。

9 月 1 日零时，第二十一路义勇军沈宝林、许黑虎等各率本部战士第三次攻打沈阳城。据日伪档案记载："袭击大南边门之匪贼约有百名，由本城南面沙岗子方向窜来"，警察放枪威吓，"而该匪等全然不睬，吹号前进，继续攻城"，"袭击大东边门外之匪数约 600 名，亦吹号前进，行到德化街警察防御线处，被兵工厂之野炮击退"。

为配合第二十一路军攻打沈阳城，邓铁梅所属韩耀忠等部接连袭击了安奉铁路秋木庄、四台子等车站，李春润部袭击了清原和本溪县城。

第二十一路义勇军在 5 天之内，连续 3 次攻打沈阳城，虽因各部配合失机，未能达到预期目的，但却给日伪当局以沉重的打击，特别是烧毁日军飞机库，还缴获了许多枪支和军用物资，在国内产生了很大影响。8 月 30 日，《盛京时报》以《兵匪遽然挺袭奉天城，三路并逼三面受敌》为题，报道了义勇军攻打沈阳城的情况。甚至日本陆相荒木在给众议院的报告中，把这次沈阳事件看作是满洲形势"十分可虑"的标志之一。此后，二十一路军又连续袭击了石桥子、歪头山、姚千户等火车站，9 月又联合攻打了本溪县城本溪湖。

二十一路军活动中心处于平原地带，上秋以后，由于庄稼被割倒，失去了青纱帐的掩护，活动极为不便，加之日伪军的封锁，义勇军内部一些中层领导人产生动摇，鉴于此，赵殿良、白广恩决定解散队伍。

1933 年 1 月，白广恩为重新组织抗日武装，派人去抚顺购买炸药，准备再次举事。不料此人在抚顺被日伪特务逮捕，供出了白广恩的身份和住处。在监狱中，面对敌人的严刑拷打和诱降，白广恩大义凛然，宁死不屈，英勇就义。

铁血军司令苗可秀

鉴于民众自卫军斗争的失利，苗可秀认为，主要是因为自卫军素质不高，组织松散，相反，目标却很大造成的。他说："欲达到此目的，必须联合纯洁热烈之青年，努力作救国家之奋斗，救人类之奋斗。其斗争之精神，应纯为大众而不为个人，为良心而不为功名，于是才可以达到抗日之目的。"换句话说，就是把一些有理想、有文化、有激情的爱国青年组织起来，组成一支精干的抗日队伍，才能达到抗日救国的目的。1933 年 3 月，苗可秀与赵侗等人在岫岩县红旗沟商议，在民众自卫军内部组织一个秘密的组织——"青年抗日别动队"，任命刘壮飞、白君实为正副队长。会后，苗可秀回到北平，将他们的计划，提交给救国会讨论。

1934 年 2 月 1 日，苗可秀在岫岩三道虎岭召开了有赵侗、赵伟、刘壮飞、白君实等 18 人参加的会议。会议决定在抗日别动队的基础上，成立"中国少年铁血军"。其宗旨是："用黑铁赤血之精神，采全民革命之手段，收复东北，振兴中国。"苗可秀为"少年铁血军（团）"总裁，赵侗为参谋长，下设 3 个大队。少年铁血军提出的口号是："爱护老百姓，联合警备军（指伪军），团结义勇军，打倒日本人。"铁血军的这个口号，从策略上说，它克服了过去的片面性和绝对化，在实际斗争中起到了积极作用。

少年铁血军对外仍是东北民众自卫军的一部分，但内部有独立的建制。到1934 年末，人数达到三百多人。由于队员都是清一色的青少年，成分较纯，又有文化，因此，战斗力很强。

1934 年 4 月，苗可秀率领一、二大队在沙里寨与日军遭遇，激战 2 小时，歼灭日军十余人；5 月，苗可秀率部一百五十多人，趁雨天进攻大岔沟伪军，打死打伤中尉连副以下二十多人；7 月，邓铁梅被捕，苗可秀得知第八支队司令汪晓东欲挟队投降后，立即率队将汪部缴械。9 月，邓铁梅牺牲后，日伪派出大批便衣密探下乡，通过各种关系对民众自卫军余部进行招抚、诱降，自卫军中少数不坚定分子产生了动摇情绪。苗可秀着力整顿自卫军余部，规劝那些动摇分子，但收效不大。到 1935 年春，在辽东三角地带的各部义勇军，除少年铁血军外，大部分已瓦解。杨靖宇率东北人民革命军来到本溪地区后，苗可秀于 1934 年末、1935 年初先后两次派赵侗、刘壮飞等人跟革命军联络，双方约定联合攻打日军鸡冠山火车站，劫军火列车。因为当时日伪军在安奉路两侧实行大规模"讨伐"，作战计划未得实施。

铁血军战术灵活，一般不主动攻击伪军，大多是高呼口号、唱歌，开展政治攻势。1935 年 2 月 15 日，苗可秀率部在凤城境内田家堡子活动，发现西沟驻有伪军五百多人。铁血军一面高唱唤醒伪军反正的歌曲，一面往山后撤退。他们唱道：

想，大家想，伪军未必无心肠。

眼光短小，勇气不足，才到这下场。几元薪饷，背祖卖国，丧尽天良。

快快唤醒，快快联合，共争荣光！

看我们登高一呼，众山响！

日寇为了掌握、控制伪军，常在伪军部队里安插一些日本军官，为避免抗日军注意，他们常常穿着伪军的服装。遇到抗日部队，他们就用枪逼着伪军开枪。这支伪军队伍中也有化装的鬼子，在日寇的淫威之下，他们不得不开枪射击。苗可秀率三百余名战士边还击边后撤，行抵猞猁沟附近时，已把伪军甩开很远。

到了沟口以后，当地群众赶来报告说：南边汽车道上有敌人汽车开来，离这大概有 10 里路。苗可秀迅速把武力配置好，埋伏在两面山头上。不一会儿，满载日伪军的 5 辆汽车，驶进伏击圈，苗可秀一声令下：打！刹那间弹飞如雨，血肉横飞，日伪军纷纷滚下汽车，势如山倒。铁血军战士争先恐后冲下山坡，把敌人围住。车里一个伪军营长说："饶命吧，苗总司令，我们都是中国人啊……"苗可秀把他叫下车审问。伪营长说："鬼子见伪军追击不利，很不放心，便另派我们坐汽车前来堵截，结果遭到了失败。"此役共缴获步枪 50 支、手枪 4 支、轻机枪 1 挺、手提式重机枪 1 挺。

1935 年 3 月中旬，日寇集中几千人对三角抗区进行大"讨伐"，这次的主要目的就是消灭少年铁血军。他们采取的策略是，四围包抄，重点突破。独立守备队第四大队长板津直纯和井上大佐对伪官吏训话说："这次不把苗可秀、赵侗、赵伟、刘壮飞、白君实、阎生堂几个人打死，誓不收兵！"

苗可秀率铁血军避敌主力，沿岫岩、盖平（今盖县）两县交界的山区迂回行动。1935 年 4 月 21 日下午，铁血军到达岫岩、盖平交界的沟汤，埋锅造饭，准备在此休息一下。苗可秀则抓紧时间，召开民众大会，宣传铁血军的抗日主张。群众正听得入神，突然南山鸣枪数响，接着如连珠响个不停。苗可秀迅速分散转移群众，命令部队往北山撤退。队伍刚过一个山头，敌骑兵七百余众就赶到了村里。此时天色已晚，敌人开始就地宿营。苗可秀把队伍带到山上后，便派人进村侦察，得知在沟汤附近 50 里以内有 3 股敌人，总数约在 2000 以上，内有日军五百余人。在沟汤宿营的敌军全是骑兵，有 200 日军，五百多伪军，由西泽少佐、长岗指导官率领，分住两个地主大院。

苗可秀决定夜袭。他派白君实率第二大队部分战士监视、围困东边大院里的伪军；派刘壮飞率第一大队全体及第二大队部分主攻日军驻地西边大院。二更时分，刘壮飞带小分队爬到大院门前，日军哨兵刚一发现，就被刘壮飞一枪击毙。铁血军战士迅速登上墙头，向屋内射击，喊杀连天。大门被打开后，铁血军战士冲进院内放火烧营，日军在屋里被火力封锁住不能逃脱，西泽少佐、长岗指导官，挥舞战刀狂叫，被乱枪打死。整个院子里日军哀鸣、战马暴跳，敌人被打得惊魂丧胆。住在东大院的伪军在梦中惊醒，跑出屋外据墙应战。白君实喊话说："如果你们是中国人，赶快逃走，我们专打日本人。"伪军听后，大部分从后院翻墙逃出，少数顽固分子被当场消灭。天一放亮，铁血军战士迅速撤出战斗。此役，铁血军缴获大枪百余支、手枪 4 支、机枪 2 挺。当敌人增援部队赶到沟汤时，我军已撤出七十余里。这一仗对日伪震动极大。一个月之后，日伪在岫岩县城召开追悼会，祭奠被打死的日军官兵，伪满洲国上自傀儡皇帝，下至一些政要大臣，均送了挽联。其中一日本要人的挽联写道："血泪青纱吊忠魂，素车白马送英灵"，可见当时日军的损失有多惨重。此后，日寇对苗可秀更加恨之入骨，必欲置之死地而后快，他们一方面调集兵力加紧"进剿"，一面大造谣言说苗可秀已被打死。

大敌压境，三角抗区的斗争形势越来越严峻，部队在白天根本无法行动。1935 年 6 月 12 日夜，是一个无月的夜晚，苗可秀率部渡大洋河向岫岩转移。一路上走的是山林密道，到处是溪涧、深沟，稍不小心就会掉队失散。行军中不能高声喊话，只能小声拍手或吹口哨进行联络。

走了一段时间，突然发现山下有一簇火光，时隐时现。苗可秀断定是一个村庄，但摸不清村里有没有敌人。于是，部队采取包围队形接近村庄，到了近处才发现，是庄户人家唱皮影戏。这个小村离哨子河不远，叫羊角沟。群众见是铁血军到来，都非常高兴，于是，军民一起看皮影戏。散戏之后，战士们经过大半夜的行军，困倦已极，分散到各家休息。苗可秀布置好岗哨，又和几位领导人开会，天快放亮了，苗可秀才躺下休息。蓦地枪声四起，大批敌人包围上来。原来，是汉奸刘仁安告的密。苗可秀迅速将队伍集合好，根据哨兵的报告和枪声判断，敌人主力在南山，于是，苗可秀组织部队往北山撤退。不料一颗炮弹落下，炸伤了他的臀部。卫士王德才奋力背起苗可秀，绕过山坡，冲出了敌人重围。

因伤势严重，苗可秀不能再随大部队行动，遂派几名战士保护，躲在当地老百姓刘清兰家调治。白天，他们躲进密林，以青天为棚，草地作床；晚上，回到刘家吃饭和换药。但是，敌人很快就得知苗可秀身负重伤的消息。日军井上司令官威胁当地群众说："姓苗的已经负了重伤，他一定在这一带调治，你们知道了，赶快报告我们，不然，我对你们绝不宽恕！"同时派大批兵力，拉网搜山。

情况紧急，必须尽快转移。6 月 21 日凌晨，赵伟把苗可秀扶上担架，转移至凤城境内碑家岭朱运成家。刚进屋不久，就有群众报告说，日伪军已把村子包围了。苗可秀听后镇定自若，他命令身边的人立刻往后山转移。战士们痛哭失声，不肯离开。苗可秀说："不要同归于尽，要活着继续打击日本强盗！"几个战士方才哭泣而出，他们刚出后院，敌人已进了大门。

苗可秀被捕后，日伪欣喜若狂。先将他关押在凤城火车站日本警察署的地下室里，后用装甲车把他送到安东（今丹东）医伤。当地日伪官吏纷纷前来，作各种伪善、丑恶的表演。一个日本军官对他说："我们是来替你们求解放、争自由的，你不谢谢我们，还打我们，太没有人情味了！"苗可秀反驳鬼子说："你们是残暴不仁的帝国主义，你们是吃人如麻的饿鬼，你们是贪得无厌的猪狗！你们灭绝我们的生路，践踏我们的人格，还用伪装的面目来欺骗、诱惑我们。请问自由在哪里？解放又在何时？现在，我们见到的不过是满目疮痍罢了！"一个汉奸不知趣地问苗可秀："你上山几年了？"苗可秀大怒说："你是什么东西，是人是鬼？你不配和中国人说话，赶快滚出去！我天天在山上走，也天天在地上走，不像你们这些汉奸，天天在日本人胯下走！"骂得这个汉奸鼠窜而出。

日寇对苗可秀施以惯用伎俩，对他极尽拉拢利诱。许以中将军衔、警备司令职位，劝其投降。苗可秀对此嗤之以鼻。鬼子劝降不成，露出了凶残本性。威胁他说："你打死了那么多日本人（指的是处决谈判代表），这些人的家属都要求对你处以极刑。你若投降，还有一线生机；如若不降，必死无疑！"苗可秀坦荡地说："打死日本人是抗日军指挥者的天职，死是我的最后归宿！"日寇见其志不可夺，便下令将他处死。当时，有一个日本翻译官叫前山，对苗可秀的人格十分敬佩。他请苗可秀给他写一幅书法留作纪念，并嘱咐苗可秀快给家属、友人写信，并愿意代为邮寄。至此，苗可秀知道自己死期已近，于是，为他书写了"正气千秋"4个大字；作"誓扫倭奴不顾身"一首诗，给同情他的日本军人。

6月23日，苗可秀给他的老师王卓然及东北民众抗日救国会阎宝航、王化一、卢广绩、车向忱等人写信，请他们代为照顾遗属，并给自己6岁的儿子取名为"苗抗生"。信的最后，苗可秀说："生自入狱以来，心地坦然之至，此境殊不易作

106

到，生不知由何修养得来也。古语谓'慷慨就死易，从容赴义难'，生观之，两者皆易耳，予视其能知义与否？"表现了他为中华民族正义而战，视死如归的伟大气概。另一封信是写给同学张雅轩、宋忱二位的。信中，他殷殷致语好友说："伏床自思，尚堪自慰者，死得其所耳。"嘱托他们，在自己死之后，"可在西山购一卧牛之地，为余营一衣冠冢，竖一短碣：正面刻苗可秀之墓，背面略述之行事。墓旁植梨树四五株，小亭一间，每有休假日，弟等千万要到此游，每到此处要三呼老苗，我之孤魂其可以不寂寞也。山吟水啸，鸟语虫声，皆视为余歌余语，余泣余诉(泣系为国事而泣，非为私人泣也)。凡国有可庆之事，当为文告我；有极可痛可耻之事，亦当为文告我，弟等思想要正确，精神要伟大，不要忘了我们要作新中国的主人，要作重整山河的圣手。做事不可因为一次的失败，便灰心；不可因为一次危险，便退缩。须知牺牲是兑换希望的一种东西，我们既然有希望，便不能不有牺牲，不过我们的希望，务须正大而已。"

1935 年 7 月 25 日下午，凤城街道两旁军警林立。日寇用一辆马车将苗可秀押到被处决的鬼子友田俊章等 6 人的纪念碑前，强迫苗可秀跪下谢罪。苗可秀拒不下跪，昂首挺立。无奈，日寇只得将其押往城郊南山沟里，把苗可秀绑在一棵小松树上。对他说："你现在答应投降，还来得及。"苗可秀说："抗日不怕死，怕死不抗日！我已做好死的准备，你就来吧！"然后高声吟道："而农(苗可秀号而农)松下折颈枝叶茂，可秀日久还田重复生！"日寇给友田俊章等人的家属每人发一支枪，叫他们行刑。贺门的妻子开第一枪，白井的哥哥开第二枪，接着枪都响了，苗可秀在枪声中英勇就义，牺牲时年仅 29 岁。

唐聚五桓仁誓师讨贼

　　1932 年 4 月 21 日，阳光明媚，春风和煦。桓仁县师范学校的操场上，正举行着一场隆重的誓师大会。由课桌、木板搭成的宽大的主席台，结实平阔；拱门上，装饰着从山上采来的松枝、翠柏，显得异常庄严肃穆。横额上，悬挂着"东北民众抗日自卫军誓师大会"十几个苍劲有力的大字，左右是一副四言对联："涤荡丑虏，还我河山！"会场内外，人山人海，每个人手里，都执着标语小旗。大会由原桓仁县公安大队长郭景珊主持。随着高音喇叭传出郭景珊宣布开会的指令，刹那间，巨炮轰鸣，震天动地；升旗奏乐，鼓号齐鸣。郭景珊首先致开幕词，接下来，选举自卫军总司令。话声一落，群众欢呼，大家齐声高喊：唐聚五！唐聚五！这时，一位中等身材，肩宽体壮的青年军官，在如雷的掌声中，登上主席台。只见他热泪盈眶，声音铿锵："天下事最痛心者莫过于亡国。日本强占我东北三省，生灵倍遭涂炭。凡有民族气节者，怎能容敌猖獗！今天，我们成立民众自卫军，就是肩负光复祖国山河的重任。宁可毁家纾难，也要与日军血战到底，不达目的，决不罢休！"说到这里，只见他拔出佩刀，划破中指，用鲜血在白绸上写下了"杀敌讨逆，救国爱民"8 个大字（后来自卫军臂章上就写的这 8 个字），全场上万群众，无不为之感动——他就是东北民众抗日自卫军司令唐聚五。

　　接下来，大会主席王育文，辽宁民众救国会张宗周，政治委员会代表孟伯钧，军事委员会代表唐玉振先后登上主席台，发表演说。有的人讲到沉痛处，声泪俱下，与会群众无不痛哭流涕。突然，有一名身着朝鲜民族服装的老人跳上主席台，有认识的人说，他是流亡在桓仁的朝鲜学者金东耳。金东耳满腔悲愤，控诉了日本吞并朝鲜并杀戮朝鲜同胞的罪行，再一次激起了与会群众的愤怒。会场上"打倒日本帝国主义"的口号，此起彼伏，山呼海啸。这时，一大批学生、青年，涌到报名处，纷纷要求参加自卫军，一时竟达几千人。会后，自卫军举行了声势浩大的示威游行，游行队伍绕桓仁县城一周，唐聚五骑着黄骠骏马，走在队伍的最前面。直到深夜，桓仁县城里依然是灯火通明，无人入眠。

游行结束后，唐聚五召集会议，成立了辽宁民众救国委员会、军事委员会、政治委员会，同时组成自卫军临时司令部：

军事委员会，委员长：唐聚五。委员7人：唐聚五、张宗周、黄宇宙、郭景珊、李春润、孙秀岩、唐玉振。

誓师大会后，唐聚五向全国发出通电：

昊天不吊，日军内犯，焚杀淫掠，横施蹂躏。半载以来，迄无宁日；且复威胁溥仪，建造伪国，强奸民意，勒令服从。灭朝鲜之故技，重施于我，凡有人心者，谁不义愤！聚五等分属国民，兴亡有责；职为军人，尤须杀敌。今而不举，更待何时？况荷国家之重任，受人民之委托，大义所在，万难苟全。今择四月二十一日，爰整所部，与民众联合，共同一致，起而讨逆。国难当前，人必奋勇；仇不戴天，誓必歼敌。临阵之际，弹尽则短接，刀折则肉搏，渴饮敌血，饥餐虏肉，前则仆而后则继，不灭叛逆，誓不生还。光武一人，犹能中兴；楚余三户，终亡秦国。我东北民众三千万，人具救国之心，士怀杀敌之志，痛饮黄龙，指日可期，还我河山，克日可待……

唐聚五，原名唐福隆，字甲洲，1899年生于黑龙江省双城县兰棱乡，东北讲武堂第六期毕业生。原为东边道镇守使于芷山部第一团中校团副。九一八第二天凌晨，驻连山关的日本铁道独立守备第四大队，突然包围了第一团团部，团长姜全我被俘投降，近一营的官兵被缴械。当时，正在乡间的唐聚五，惊闻事变，星夜直奔山城镇，向于芷山汇报。但于芷山被日方拉拢，态度暧昧。在这种情况下，唐聚五不顾危险，乘车潜赴北平。于9月30日，秘密求见了张学良，报告了姜全我投敌之事。张学良听后，非常气愤，立即委任唐为第一团团长。并指示他"召集自卫军，抗日救国"。不久，唐聚五换防桓仁，他把张学良的嘱托时刻铭记在心间，一到桓仁，就开始进行秘密组建抗日武装工作。

唐聚五找到早年结拜的盟弟郭景珊（字峻杰）。郭原来是东北军的营长，在部队缩编后，转入沈阳新民同泽储才馆警察班学习，毕业后，派到桓仁县任公安大队长。

为了了解盟弟的想法，唐聚五邀郭一块到桓仁县城东袁家参园买人参。到参园后，唐聚五见左右无人，便小声试探着问郭："峻杰，买参是假，我想跟你讨论一下局势。国破家亡，作为军人，守土有责，你看怎样办才好？"郭景珊说："甲洲，我想打日本，但这不是小事，咱们得仔细研究一个办法。"唐聚五看了一眼郭景珊，两人的手紧紧地握在了一起。

1931 年 11 月 27 日那天，郭景珊怀着急切的心情去找唐聚五，正好唐一个人在家，于是，他们俩就聊了起来。唐聚五说："我就两个营，你一个大队也不过是一个营，总共不足 2000 人，能打日本吗？"郭景珊说："甲洲，我可以联络，辽宁 58 个县的公安局长和公安大队长，差不多都是我的同学。"唐聚五一听，高兴地说："真若是这样，那就太好了。事不宜迟，你快着手联络，但事属机密，千万要慎重，弄不好会有杀身之祸啊！"

郭景珊首先想起近邻宽甸县公安局局长时远岫和公安大队长李月林，随即写了两封信，派外甥陈自周（骑兵队长）去联络。过了几天，陈自周从宽甸回来了。他前脚刚迈进门，就兴奋地大喊："舅舅，时局长和李大队长看了你的信，都很高兴，说，愿意听你指挥！"12 月 1 日，郭景珊又派分队长刘振海（郭的姨表兄）去集安面见公安局长林振清。第四天，刘振海回来报告说："林局长说了，愿听你指挥！"次日，郭景珊又派侄子郭春田（大队庶务员）带信到抚顺找公安大队长李振山。李振山见信后，对郭春田说："你回去跟老郭和唐团长说，抗日之事，我坚决响应！"过了几天，集安县派袁亚东、宽甸县派赵督察员、抚顺派李督察员等一行人，来桓仁询问起义日期。看到大家热情这么高，唐聚五心里非常高兴。

他对郭景珊说："人多了，打日本才有力量。峻杰，你继续跟各县联络！"

1931 年 12 月，东边道镇守使署中校参谋处长李滨浦（字春润）调到新宾，接任唐聚五一团第三营营长。唐聚五听说后，非常兴奋。因为原来的营长态度不明，而李滨浦是唐聚五东北陆军讲武堂的同学。他拿起电话，约李滨浦第二天来桓仁，说有要事相商。第二天，李滨浦骑着一匹枣红马，如约而至。唐聚五把他让进团部，待他歇息稍定，对他说："春润兄，我同郭大队长决心抗日，已经联络了几个县的老同学、老同仁，对这件事，你有什么想法？"李春润也是热血青年，当即表态说："团长和郭大队长既已决定，我也不甘落后，愿听团长指挥！"唐聚五听了，两人拊掌大笑，连连说："好、好、好啊！那你就赶紧回去准备吧！"于是，李春润连夜赶回了新宾。

1931 年 12 月 15 日，在北平的东北民众抗日救国会派秘书黄宇宙，来桓仁面见唐聚五。黄宇宙说："我这次来是奉张学良手谕和救国会的指示，到东边道联系抗日的。"说着，他把棉袄的衣襟拆开，取出了张学良的手谕。张的手谕是写在白绸上的，唐聚五展开一看，只见上面写道：

辽、吉、热、黑军政民钧鉴：

兹派黄宇宙秘书前往代为问候，并协助组织联防部，以防胡匪。

张学良

民国二十年九月二十三日于北平

上面盖着公章和张学良的私章。为防止这封信落到日本人的手里，引起不必要的麻烦，张学良这份手谕写得比较隐晦。黄宇宙接着说："我先到山城镇见了于芷山，他心怀鬼胎，看样子不赞成；又到通化找了第二团团长廖弼宸，他的态度也不明朗，我看他也靠不住。我到通化找县长裴焕星，裴说：'我是文人，没有能力抗日。'此时二团团副孙秀岩恰在裴家串门。裴指着孙秀岩说：'他是军人，你和他谈谈吧！'我跟孙谈了抗日之事，孙十分高兴，并表示要坚决抗日。"唐聚五说："黄老弟来得正好，我与郭大队长已准备一个多月了，现在又有张将军的手谕和救国会的支持，这更坚定了我们的信心！"黄宇宙在桓仁住了几天，又到别处去了。

1932年初，于芷山公开投敌，任伪奉天警备司令。于一月底，纠集两个团人马，赴辽西镇压义勇军。2月中，于芷山从辽西回来，命令唐聚五到山城镇开会。唐问郭景珊："峻杰，我去不去？"郭景珊说："你不能去，如果去了，恐怕扣你，还是叫唐玉振（团副）代你去，就说你有病。"过了几天，于芷山又派第二团团长廖弼宸来桓仁。廖弼宸见到唐聚五，假惺惺地说："镇守使同意你们抗日，但是不能着急，将来我们会跟你一起抗日！"唐聚五看看郭景珊，说："那不是鸡蛋碰石头吗？我们才不干那样的傻事呢！"他们找来商会会长、农会会长等人陪廖弼宸打牌，廖弼宸玩了一阵子，就回山城镇去了。

1932年2月20日，黄宇宙又来到桓仁。他对唐聚五说："我又走了几个县，临江县公安大队长徐达三、森林警察队长王凤阁、清原中学校长包景华、本溪县中学校长刘克俭、新宾旺清门校长王桐轩等人，都赞同抗日，愿意听唐团长指挥。希望唐团长和郭大队长早举义旗！"3月31日，孙秀岩骑马来到桓仁，同唐聚五等人一起研究举义之事。正在这时，桓仁县长刘铮达和公安局长张宗周两人来到团部。唐聚五说："刘县长、张局长，很对不起，我同郭大队长想起来抗日，现正在秘密活动中，所以没对你们讲，不知你们是什么意见？"刘铮达、张宗周说："抗日救国，义不容辞，怎么能少了我们呢？！"

1932年4月15日，唐聚五在桓仁召开了第一次秘密筹备会，会上决定由张宗周、郭景珊、唐玉振等3人起草抗日公告以及制作军旗、军衔、服装，刻制司令名章和各路军大印等。4月20日，又召开了第二次秘密筹备会。会议决定，设立东北民众抗日自卫军总司令部，唐聚五为总司令、黄宇宙为副总司令。

东北民众抗日自卫军举义后，首先攻取通化。于芷山闻报，联合安东、旅顺等地日本武装警察200人，前来争夺。唐聚五布阵城外，将来犯的日本警察队包围全歼。同时，第六路军李春润部也一举光复了新宾县城。接着，集安、抚松、临江、柳河、宽甸等县也相继被攻克，自卫军的势力迅速扩大到辽东13个县，收复县城十余座，歼灭了大量日伪军，缴获了一批武器弹药，自卫军的声威大震。

辽东各地的爱国民众，青年学生以及大刀会、红枪会、民团、绿林武装等纷纷来投，一时间达二十余万众。唐聚五把部队编为37路军，13个大（支）队。同时，建立起以通化为中心，西连新宾，南接桓仁，东控临江，北至柳河的抗日武装根据地。

8月15日，唐聚五在通化主持召开各路司令、县长以及总部各部门负责人会议，根据张学良的指示，成立"辽宁省临时政府"，唐聚五代理省主席，并晋升为陆军中将。

唐聚五于戎马倥偬之中，不忘肩负辽宁省临时政府代主席的重任，他严饬各部遵守军纪，不得扰民；为降低税收、保护春耕，发展生产，特颁布《财政税收施行大纲》，他还要求各部队在战事之余帮助当地民众春耕，不得征用农耕马匹；为了发展教育事业，他在通化创办了一所高级中学，自卫军阵亡官兵及贫苦百姓子弟免费入学。他还设立赈务处，专门负责赈济灾民、难民事宜。由于唐聚五采取了一系列救国爱民的措施，自卫军深受广大民众的拥护和爱戴。许多青年人踊跃从军，地方士绅、商民积极捐款献粮，还有的爱国人士不惜毁家纾难，帮助自卫军。

1932年10月，日伪军在飞机、重炮掩护下，北由沈海路，南起鸭绿江，西从抚顺、本溪，对辽东自卫军根据地进行空前的大"讨伐"。唐聚五部署各路军分头阻敌。但是，由于弹药匮乏、后继无援，终于抵挡不住日伪军的猛烈攻势，伤亡十分惨重。为避免更大牺牲，唐聚五下令各路军向抚松转移。可是，驻抚松的第37路军司令王永成率部投敌。在这种情况下，唐聚五决定将自卫军化整为零，分头进关。

在离开辽东前，唐聚五心中无限感慨。面对辽东的大好河山和为他饯行的官兵百姓，他禁不住热泪横流。他说："青山常在，绿水长流，我唐聚五入关请到了援助，一定会回来再和大家一起抗日！"

唐聚五入关后，与八路军并肩作战，相继参加了热河抗战和长城抗战。1939年5月，日伪军对冀东地区进行疯狂大扫荡。5月18日清晨，唐聚五部在长城脚下迁安县柳沟浴村与日军遭遇，几经突围未成，唐聚五壮烈牺牲。时年 42 岁。唐聚五牺牲后，八路军冀东军分区为他举行了隆重的追悼会。《新华日报》发表社论，深切悼念这位民族英雄，南京国民政府追授他为陆军上将军衔。

东北人民革命军篇

由于没有先进政党的领导，风起云涌的抗日义勇军很快被敌人各个击破。鉴于此，中共满洲省委决定选派优秀干部，到农村去，在东北抗日武装的基础上，创建自己的武装。从此，中共领导的东北人民革命军，担起东北抗战的重任。

革命军和尚帽子密营

革命军来到咱本溪

　　清晨的阳光照耀在山岭沟壑间，漫野是望不尽的林海雪原。在桓仁老秃顶子山下一个不大的山坳里，稀稀落落地散落着一些人家，厚厚的积雪已将他们的房顶全部遮盖。如果不是那些炊烟，那些鸡鸣犬吠，站在岭上，你很难发现这里还有一个村庄。这是 1934 年农历正月桓仁县木盂子镇仙人洞村的一个早晨。尽管近些年年景不好，也经常有土匪骚扰劫掠，但人们的心中，仍然没有泯灭对春天的渴盼。

　　仙人洞村因村中有一个古洞而闻名，它位于桓仁、兴京两县的交界处。这里河谷纵横，峰岭如浪，更有"辽东屋脊"之称的老秃顶子山。南毗宽甸，西连本溪，东望通化，进可向任何方向出击，退则像鱼儿潜入浩瀚的大海，是一个天然的游击乐园。至于屯兵存粮，疗伤养病，大山深处，万无一失。不仅如此，这里还与抚顺、本溪等重工业城市近在咫尺，紧邻连接朝鲜半岛的安奉铁路，战略位置十分重要。革命军要在南满有所作为，这里是必争之地。更可喜的是，由于这里交通非常闭塞，沟谷纵横，九一八事变两年多了，日伪的统治势力还未能伸展到这里，村里至今没有敌伪机构。

　　时间到了下半夜，鸡叫头遍的时候，村里的狗开始狂吠不已。住在村头的潘国权被惊醒了，他侧耳细听，忽然听见门外有脚步声。他心里咯噔一下，心里暗说：不好，胡子来了！那时候，遍地起胡子，还有"棒子手""砸孤丁"什么的，穷人家没什么可抢的，可好吃好喝总是要伺候的，有大姑娘小媳妇的人家，就更

117

担惊受怕了。潘国权吓得大气儿也不敢出。心存侥幸地想,这胡子八成是路过的?还没等他往下想,就听见了敲门声。"大爷、大娘,开开门,让俺们进屋暖和一下,俺们不是胡子!"潘国权心想,这倒奇怪了,半夜三更找上门来,还有不是胡子的?

是不是也得开门呀,把人家惹火了,就会把你的房子烧了。

那时候,潘国权刚满18岁,是个毛毛愣愣的小伙子。潘国权穿好衣服,刚要下地,他爹把他拦住了。爹怕他年轻冒失,说话不周全,冲撞了人家。爹赶忙起身,把儿子挡在身后。

门打开了,可门外的那些人却不进来。一个领头的人说:"请你们家里人,把衣服穿好,俺们再进屋。"那时候,农村老百姓人家,不管是大姑娘、小媳妇,哪有衬衣呀,都是空筒子棉衣棉裤。晚上睡觉,都脱得"光巴溜竿子"的,这还是不错的人家;有的人家,全家人就一套破棉衣,谁出门谁穿,还谈什么衬衣?潘国权又寻思,这么讲究的胡子,是一帮什么胡子呢?那时候,他全家老小二十来口人,南北大炕住得满满的。大家一边穿衣服,一边腾出了一铺大炕。这帮人进屋后,看潘家人把炕腾了出来。领头的说:"你们睡你们的,俺们睡地下就行。"又转过身问潘国权:"小兄弟,家里有没有谷草,没有谷草秫秸也行。"潘国权寻思,要谷草做什么呢?这是要喂马?也没见到他们有马匹呀。潘国权领着他们来到草垛旁,这些当兵的一人抱几捆谷草铺在里屋、灶房地上,就睡下了。大冬天,谷草上面都是雪呀,有的粘在谷草上,怎么抖落也不掉,抱进屋里就化了,潮乎乎的,他们也就那么睡了。这一夜,潘国权翻来覆去睡不着。就寻思:这是什么世道呀?怎么来了这么一帮胡子呀?他们说不是胡子,那又是什么队伍呢?

此时,潘国权还不知道,就是这支穿着破烂的部队,改变了他们很多人的命运。

天亮后,潘国权才看清,他们身穿杂色衣服,有的是日、伪军服和警察服,有的是自做的黄绿土布衣,也有的是自己缝制的老羊皮袄。唯一统一的标志是,每个人的右臂上都戴着一个"红胳膊箍"。有识字的人说,上面写的是"东北人民革命军独立师"。他们看见村里老年人喊大爷大娘,对中年人叫老乡、大嫂、大姐，对年轻人叫小兄弟、小妹妹，态度特别亲热。他们见到村里人，开口第一句话就是向对方介绍自己说："俺们不是胡子！"

这些官兵一进老百姓家，便找扫帚，找水桶，给老百姓扫院子、挑水，见大家手里有什么活计，就主动伸手干。一天下来，老百姓见着他们，就不再生分了。大爷大娘们拉着他们的手，请他们进屋上炕，喝热水、吃鸡蛋、剥花生；吸烟的，就把自己装满烟叶的烟袋递到他们面前，这是旧时东北农村最热情的一种待客方式。坐下来一唠，才知道他们是"红军"[a]。老百姓一听说是红军，打心眼里高兴，越唠越近乎。傍晚，官兵们借老百姓一间屋，自己烧火做饭，老百姓看他们吃粗米野菜，纷纷送来鸡蛋、鸭蛋、猪肉蘑菇炖粉条，还有的杀鸡宰鹅，大盆大碗地端给他们吃。到了晚上，官兵们就在屋地里铺上草和衣而卧，不动老百姓的一床被褥。

正月十五是元宵节，杨靖宇率司令部来到仙人洞。老百姓私下里传，红军的大官来了。一个人问：哪个呢？另一个回答：就是那个大高个，长瓜脸，高颧骨、单眼皮、浓眉毛，两眼特别有神的那位。杨靖宇来了之后，就带着战士们走家串户搞慰问。派战士到村外木盂子高俭地村请来秧歌队，在仙人洞村热热闹闹地闹起了秧歌。潘国权是当地有名的民间艺人。秧歌扭得好，唱得也好。大家叫喊着让他唱一个，他跳下场子，开口就唱："十三大辙唱江洋，杨司令在上听其详……"即兴自编自唱颂扬红军的歌曲，赢得一片喝彩。唱完了，扭完了，杨靖宇给秧歌队的人，逐一发烟卷，这在民间是很高的礼遇。能得到红军杨司令给的香烟，是一件非常荣耀的事，秧歌队员们逢人就说。还有的队员把香烟夹在耳朵上炫耀，几天都舍不得抽。趁着大家聚在一起，杨靖宇站在石头台阶上给大家讲话。村里老人们后来回忆说："杨靖宇当时的模样，高个，挺瘦，瓜子脸带点儿棱角，大眼睛，高鼻梁，穿青色棉袄，披黄呢大衣，挎一支匣子枪。声音洪亮，关里口音，

---

a　九一八事变后，东北党组织先后创建了十几支抗日游击队。1932年6月，中共"北方会议"决定，东北游击队统一改称"红军"。老百姓分不清革命军和抗联，此后，凡是共产党领导的抗日队伍他们都称为"红军"。

管日本叫"儿本"，革命叫"给命"。杨靖宇给百姓讲："红军是穷人的队伍，是抗日救国的队伍。谁愿当兵，俺们欢迎；不愿当兵，以后，我们部队常来，抽出时间能给我们跑个腿，送个信，帮帮忙，也是抗日救国。日本子占了东三省，咱不能光顾自己家的小日子，没有国哪有家呀……"

杨靖宇的演讲深深地打动了老百姓的心。他们奔走相告："自古以来，没见过这样好的军队，中国有了这样的军队，一定能打败日本鬼子……"还说："自古兵匪是一家，可是这红军却和咱老百姓是一家……"大家都抱着一个信念，全力以赴地支持红军。

革命军此行目的，是考察老秃顶子山区一带的地理环境，着手开辟和建立新的抗日游击根据地。杨靖宇同老乡们亲切攀谈，了解老秃顶山区的地理情况，几位老乡还亲自带领杨靖宇上山去踏察山势地形。

红军虽然在仙人洞只住了几天，却给老百姓留下深刻的印象。老百姓也从红军那里学到了许多新东西，也称呼起"同志"来了。少年儿童学红军用木棍削作刀枪，站队列，喊口号。一些孩子对娘说："娘，我长大了也要当红军！"木盂子街王玉林不仅自己参加了抗日委员会，还叫他的两个儿子王传清和王传圣都参加了红军。司令部保安连刚到仙人洞村时，只有20个人，到了夏天，已发展到一百多人。面对老百姓火热的抗日热情，杨靖宇更加坚定了建立本溪、桓仁抗日游击根据地的信心。

几十年后，抗联史的研究者中有人提出，当年来到木盂子仙人洞村的那位革命军领导人不是杨靖宇，是革命军的其他领导人，可当地的老百姓却相信当年给他们讲话的，就是杨司令本人。

王传圣参加革命军

王传圣的家住在桓仁县木盂子村头道岭子沟里，这里是本溪、桓仁两县的交界地。老秃顶子山、草帽顶子山、摩天岭大山依次向南排去，山峦起伏，险峰耸立，林深草茂。

1934年2月21日，东北人民革命军独立师三团团长韩浩带领先遣队，在海清伙洛大沟里，与唐聚五余部李向山接上了头。提起李向山，在那个时代可是桓仁县有名的人物。李向山在参加唐聚五的民众自卫军前，不仅是铧尖子三乐学校（中学）的校长，还是桓仁县的教育局长，桃李遍天下，当地很多老百姓都认识他。王传圣听过他的训导报告，也算是他的学生。

1934年的秋天，韩浩带三团再次来到桓仁，在桓仁铧尖子一带活动了半个月，又转道通化回濛江（今靖宇县）去了。这次走的时候，李向山带着他的人马，也跟着革命军走了。1934年11月7日，东北人民革命军第一军成立后，军部决定派第一师副师长韩浩和军需部长韩震带领一部分队伍，到新宾县巨流河，桓仁县洼子沟、海清伙洛、横道河子一带开展游击活动。李向山因地理熟，人情热，作为一师的副官，又随一师部队回到了家乡。

革命军这次回来，在老百姓中引起了很大震动。老百姓看他们纪律严明，不打骂群众，打鬼子保护老百姓，每到一处就召开群众大会、宣传抗日救国的道理，认定这才是一支真正抗日救国的好队伍。

王传圣当年刚刚15岁，个子小，人单薄，一看就是个孩子。看到很多人都参加了红军，他也活了心，可又怕父亲不同意。晚上，他与父亲聊天时，开始拐弯抹角地打探父亲的想法：

"爹，小汪柱子跟红军走这么长时间了；李向山当红军又回来了，还都挺不错呢！"

"队伍好嘛。"他爹手里正编着荆条筐，漫不经心地回答。

王传圣一听有门儿，就试探着说："爹，我也去当红军吧？"

他爹放下手里的活计，点着烟袋，狠狠地抽了两口，抬头看了他一眼。说道："你今年才15岁，人长得又小，跟队伍走了，我不放心。挺两年再去吧！"

王传圣说："爹，小汪柱子年龄、个头都跟我差不多，他都不怕，我怕什么！"父亲不作声，一个劲地抽着烟。王传圣见爹没拒绝，觉得有希望，便带着撒娇的口吻缠着爹说：

"爹，你就让俺去吧！行不行？"

他爹没办法，将烟袋锅在炕沿上狠狠地磕了磕，回了句：

"去吧，去吧，别忘了常给家来个信！"

王传圣一听，一个高儿蹦了起来，抱住了爹。激动地说："爹，你真好！"

由于极度兴奋，王传圣这一宿没合眼。第二天一大早，爹已将他路上带的干粮准备好了。王传圣洗了把脸，背起包袱，趴在地上，"咚咚咚"，给爹磕了3个响头，起身对爹说："爹，儿子不在家，你要好好照顾好自己。等我找到红军以后，就马上给家里捎信回来，不用挂记我！"说完，撒开腿就飞了。

王传圣听说红军在暖河子、金坑一带活动，就直奔那里去了。一打听，老宫家的大权告诉他说，昨天晚上从东边来人，把部队调走了，往东走了。

王传圣一听，挠了头。他自己问自己："这可怎么办？"也不能刚出来就回去呀。追！对，追！于是，他迈开大步，从金坑直奔大坎子，又从木盂子街村西头直奔马圈沟。在马圈沟沟口，他看到了红军。他想，这回可不能错过了，就急匆匆地往堡子里闯。到了堡子头的第二家，几个巡逻的红军战士把他给拦住了。问道："小兄弟，这里住有红军，你是干什么的？"王传圣急不可耐地呼哧带喘地说道："我要找李向山，我是他的学生；我要当红军，你们要不要我？"几名战士笑了，详细地问明了他的情况后，把他领到一间屋子里。一进屋，就见有一个瘦高的老头，四十多岁的样子，站在地上，正在和别人商量着什么。王传圣一眼便认出了他——他就是校长李向山。

"哈哈，我可找到您了！"王传圣冒冒失失地说了一句。

李向山一愣。弯下腰问道："孩子，你是谁家的？你怎么认识我？"王传圣说："我在暖河子小学念书时，你到我们学校去过好几回，还给我们作过报告呢！"王传圣停了停，喘了口气又说："我爹是王玉林。我姑父在你当局长时，还给你当过勤务兵呢！我来找您，就是要跟您说，我要当红军！"

李向山一听，笑了。说道："孩子，你年龄太小了，走路都跟不上。再说，当兵是要吃苦的，你能行吗？"

王传圣说："校长，请您放心，走路落不下我，我准能跟上队伍，你就收下我吧！"

李向山想了想，说："你是我的学生，又坚决要当红军，我不留下你，也对不起你父亲。好吧，那你就留下来干革命吧！"

这是 1935 年 2 月下旬的一天。

午后，部队开始向东出发。走到马圈沟东岭时，王传圣看见前面爬山的队伍里有一个非常熟悉的身影，那人怎么像大哥王传清？心想："他怎么也来了呢？"

队伍爬到岗顶上休息了。王传圣跑到近前一看，果然是他的大哥王传清。

"哥，哥，你怎么也来了？"

王传清一看是弟弟，吃惊地问道："你怎么也来了？"

王传清说："在家里待不住，这支队伍又好，抗日打鬼子，我为什么不来？！"正在这时，李向山走过来问道："小王，你认识他？"

"他是我哥哥。"王传圣回答说。

这时王传清说："咱们两个人都出来了，家里怎么办？你还小，你还是回家去吧！"王传圣哪里肯依，回道："我来找老校长当兵是爹同意的。你来了丢下我嫂子可不行，要不，还是你回去吧！"

哥俩争论了半天。李向山说："你们哥俩就不要争了，都留下来吧。等我见到你们的父亲，我跟他说一下。"

原来，王传清也是那天上午参军的。王传清媳妇快要坐月子了，王家没人照顾她，王传清只好把她送回了娘家。早春头，家里没有活可干，王传清也就跟着媳妇住在了岳父家。王传清是在岳父那里参军的，父亲根本不知道。真没想到，哥俩在部队上遇见了。王传清被编在九连一排当战士，王传圣被编在二排当战士。后来，王传圣的五叔和姑父也都参加了革命军——可是，这4个人，后来只有王传圣一个人活了下来。

当时，部队里枪支很缺，一个战士给王传圣弄了一支红缨枪。大概看他太小吧，李向山叫王传圣暂时跟着他，有事他吩咐王传圣跑腿。

跟着部队走了几天后，一师军需部部长韩震来到九连，他跟李向山说："我需要个小家伙给我当传令兵，不知队上有没有小孩儿？"李向山说："太好了，正好咱们队上有几个小同志没法安排呢。你看中哪个就领哪个吧。其中有一个是我的学生，你看看他行不行？"

韩震部长指着王传圣说："这几个里头，我就要这个小家伙了！"李向山说："他就是我的学生。"

韩部长问王传圣："小家伙，你姓什么？"

"姓王。"

"十几岁了？"

"十六岁。"

"走，你给我当传令兵！"

从此，王传圣就跟着韩震，给他当传令兵。韩震是朝鲜人，出身汉城一个大地主家庭。由于一只眼睛失明，群众都叫他"韩瞎子"。他经常晚上从仙人洞村去海清伙洛、洼子沟的司令部去开会，然后，再乘夜返回。因为王传圣熟悉情况，就在前面领路，他在后面跟着。有时，他走到半路上，太疲劳了，就对王传圣说："小王，你站10分钟岗，我睡一会儿觉，到时候你喊我，咱们再走。"就这样，韩震带一支 2 号匣枪，王传圣带一支枪牌撸子，两人在仙人洞、海清伙洛之间不知往返了多少趟。后来，韩震痔疮病犯了，很厉害，去海清伙洛小病院养病去了。王传圣又回来给李向山当传令兵。当时，部队每到一处都要召开群众大会，揭露日本侵略者烧杀抢掠、无恶不作的罪行；揭露汉奸走狗帮助鬼子屠杀中国人民的罪恶；宣传抗日救国人人有责，号召大家有钱出钱，有人出人，有枪出枪，有粮出粮；号召大家团结起来、武装起来，组成抗日救国会、妇女救国会、青年义勇军、儿童团，同敌人作斗争。

1935 年 4 月末，树叶刚刚发芽，杨司令带着军部从河里根据地来到新宾。一天，王传圣所在的部队在一个堡子里集合后，看见一位首长在六七个传令兵的簇拥下，一边说笑着，一边向他们走来。只见那人身材高大，红红的脸膛，浓眉毛，大眼睛，特别威武。李向山见他来后，便发出口令，整队报数，然后请他讲话。他讲话是关里口音，声音宏亮，越讲越有劲，还一边打着手势。虽然王传圣不能完全听懂他的话，但他知道他讲的是当前国内形势和部队所面临的任务。王传圣站在李向山身后，看这个人气度不凡，说话尽讲道理，一定是个很大的官。便偷偷地问李向山："校长，这个人是谁？"

"不要说话！"李向山警告他。

散会后，王传圣好奇地问别人。他们告诉王传圣说，那个人就是杨靖宇军长。

不久，王传圣被调到军部当传令兵了。到军部好呀，成天跟首长们在一起，学的东西多，进步快，配枪也好，还有马骑。可一看到那匹马，王传圣立刻就傻眼了。那是军长的备用马，一匹红色大洋马。他长得又瘦又小，也就 1.50 米出点头。别说这匹大洋马，就是一般的马，他也爬不上去。平时踩块石头，或是站到高处，好歹能爬上去，可打起仗来怎么办呀？王传圣琢磨一大气，终于想出了一个办法：弄两根木棒，在两头拴上绳子，接在两边马镫子下边，做了个"二梯蹬"。可是，这只解决了能爬上马背的问题；上了马后，两脚还是够不着马镫子。如果把马镫绳剪短些，杨军长用时又不够长了。于是，他就用木棒、绳子在马镫上面又做了个"三梯蹬"，总算是解决了问题。

歪脖望革命军巧突围

东北抗日游击战争是残酷的，抗联无论从人数到装备与日伪军相比，都处于极端的劣势。为了获得战场上的主动权，唤醒伪军的良知，削弱其战斗力，抗联采取了十分灵活的对敌斗争策略。有时，他们会利用两军对阵的机会，直接向伪军喊话、唱劝降歌曲，来分化瓦解争取敌人。

革命军来到南满不久，与日伪军几次交手，每次都重创敌军。一些伪军私下里在一起议论说："杨靖宇领导的革命军，那才是真正打鬼子的军队呢！我们要是遇着，放几下朋友枪就行，中国人哪能真打中国人呢！"

1935 年 5 月 16 日，杨靖宇率一军军部直属部队骑兵和一师步兵共三百余人，从桓仁县果松川出发，经大小石棚沟，连翻两座岭，来到油瓶子南山岗，正准备向歪脖子望前进时，被敌人发现了，上千敌人迅速包抄过来。日伪军以一部兵力回头北上，占领了石灰窑岭和歪脖望西、北两面，一部占领了歪脖望以东的鹿圈子沟，大部队则在抗联后面追击前进。

歪脖望海拔八百多米，山高坡陡，部队上下山都不能骑马。抗联的马匹不仅用不上，还成了累赘。杨靖宇一看事态严重，马上命令副官李向山带几十名战士，照料马匹，每个人牵 2 匹马，往山上转移；自己则带领主力边打边往山上撤。且说李向山带人，牵着马匹翻过大岗，从大丫口向北顺坡道下山，刚到歪脖望山沟底的停车场，就遭到了从通化来的伪军廖弼宸旅的一个连的堵截。前面的道路被截断了，过不去了，战士们只得牵着马，调头撤回。伪廖旅的这个连则抓住时机，迅疾抢占了东西两条山岗。李向山带着尖兵和四五十匹战马，越过大沟占领了红塘石北山头，准备接应主力部队。杨靖宇看到后有追兵，东、西、北3面全部被敌人包围，便命令部队迅速抢占歪脖望大山的各个主峰，准备居高临下，南北还击。军指挥所则设在大岗上，并构筑了临时工事。

上午十点多钟，日伪军乘汽车到达山下后，调十多挺机关枪向革命军疯狂扫射，很快就撕破了一军的防线。在这万分危急的时刻，杨靖宇将军十分冷静。他命人立即将目标大的马匹隐蔽到两侧的树林里，派少数人看管，其余的战士全部投入战斗。他观察周围的敌人，发现东面的全是伪军，于是，集中火力，全力打击日军。在革命军的全力反击下，日军的攻势大大减弱。

下午一点钟左右，歪脖望山北坡也接上了火。铧尖子保甲、自卫团从趟子沟向上攻，被一军一阵机关枪打到沟底。形势稍缓，杨靖宇发现，对革命军构成最大威胁的是伪廖旅的这个连，他们占据的这两条小山岗距一军最近，我军全在他们的步枪射程之内。而且，革命军下山的两条山沟也都被他们用机枪封死了。这时，杨靖宇命令战士们："停止射击，开展政治攻势！"于是，战士们开始齐声唱起了劝伪军反正的《起来，齐心！》歌：

日本强盗占领满洲已五年

杀我同胞，奸我妻子，还夺我财产

猪税狗税鸡鸭税数也数不全

强迫归屯遭上水灾，无吃又无穿

看我们灾难同胞多凄惨

……

接着，战士们又唱起了《满军士兵兄弟们》：

满军士兵兄弟们

眼看立了春

大家提精神

还不反正杀日本

你们别在梦中睡沉沉，

日本是仇人

占满洲，杀中国人！

……

雄壮的歌声，震动田野，每个山谷都响起了回音。除日军方面以外，其他三个方向的枪声都少了许多。

唱完了歌，战士们又齐声大喊："中国人不打中国人！""满军兄弟们，我们是东北人民革命军，是杨司令的队伍，我们是为了把日本人赶出东三省，才拿起枪和日本人作战的，我们有什么罪？日本人侵占东北，奸淫烧杀，无恶不作，你们为什么还要帮助鬼子屠杀中国同胞？你们有良心吗？你们帮助日本人打抗日的部队，你们对吗？你们的家中也有父母妻儿，你们不留条后路吗？你们拍拍良心好好想想吧！"伪军们听到这里，有的持枪的手颤抖了；有的情不自禁地流下了眼泪，低声啜泣。

喊着喊着，敌人的枪声停了。

这时，伪廖旅那边有一个人站起来喊道："你们真是杨司令的队伍吗？现在我们不打了，枪只往空中放。我们上去一个连长，你派下来一个人，咱们到中间讲和怎么样？"革命军这边听了，回答道："好呀，我们这就派人过去！"

革命军派排长樊宝喜为代表，他随身带了一块大烟土和大家凑起来的十多盒香烟作为见面礼。伪军那边代表是连长高文禄，他带了两袋子子弹。他们到了指定地点，双方互赠礼物后，樊排长向高连长讲了抗日救国的道理。高连长接过话头说："你们是红军，抗日的，我们打你们那还叫中国人吗？我们的枪都是往空中打的，我已告诉士兵不准打你们的马。我们要是真打，你们的马一匹也剩不下。你们放心，我姓高的绝不打你们。你们注意南边的日本军就行了。我们也是执行命令，身不由己，不得不来，来了又不能不打枪，只好把枪口抬高。"就在高文禄讲话的当口，远处从二户来方向开过来两辆汽车，车上坐的全是小鬼子，到红塘石，汽车停下了。高连长说："我是真帮助抗日，还是假帮助抗日，这两车小鬼子就是证明，你们看着，我马上就把这些小鬼子打回去！"樊排长看时间紧迫，就说："那就看你的实际行动了！"说完，各自回到自己的部队里。

高连长回去后，真的命令部队调转枪口，向小鬼了汽车猛烈射击。日本汽车以为遇上了革命军的攻击，便调头开跑了。谈判继续进行，高连长说："你们现在被四面包围，只有从我连控制的沟底撤走。但是，白天撤走有诸多不便，请你们天黑后，从这条小沟撤出去，我保证不打你们，说到做到！"同时，两人商定了撤退暗号。

谈判结束后，杨靖宇召开了连以上的干部会议，作出了夜间撤退的部署。当晚9点钟左右，一军从各个制高点撤下来，并在原来的阵地上点燃了火堆，以迷惑敌人。为了防止有诈，杨靖宇派一个排为尖兵，按协定从高文禄连占领的阵地上撤退。高连的士兵不但一枪没打，还在让开的路上，留下了不少弹药。于是，杨靖宇命令战士拿出一些钱，送给高连长。他对高连长说："同胞们，你们也是当兵的，一个月薪饷也不多，还得养活老小。这些钱，就算是我们买你们的子弹吧。"伪军们非常友好。他们安慰从身边走过的革命军战士说："慢慢走，不用忙，小鬼子离得远着呢！"就这样，被包围在山上的一军全部兵马，顺利地撤出歪脖子望，经羊咩子沟，到老学堂集合后进入洼子沟，当晚在海清伙洛宿营。

革命军撤出后，高连的伪军立即向抗联原来占领的山头开枪，结果刚摸上山头的日军，误以为廖旅是红军，向他们还击，双方打得难解难分。天亮后，日军的一个军官爬上抗联的阵地，瞅瞅这，看看那，晃着大脑袋，不解地自言自语道："怎么，杨靖宇长翅膀飞了？"

杨靖宇的"镜面匣子"

1940 年 2 月 23 日，东北抗联第一路军司令杨靖宇，在吉林省濛江县（今靖宇县）三道崴子牺牲。据当时日本人的《阵中日志》所载，杨靖宇牺牲时，随身带有 3 支手枪："毛瑟手枪一支同子弹 160 发；匣枪二号一支同子弹 30 发；匣枪三号一支同子弹 40 发……"这里说的毛瑟手枪，就是民间所说的"大镜面匣子"，提起这支枪，还有一段感人的故事呢：

咱们关东山这地方历来匪盗猖獗。成立本溪县时，盛京将军赵尔巽向朝廷打报告说："辽阳州属，本溪湖附近一带，毗连兴京（今新宾县）、凤凰（今凤城市），万山重叠，路径分歧，为盗渊薮，应另设知县。"有人说，本溪县是因为土匪才设立的，从这份报告上看，这话不算夸张。九一八事变后，各地山林队、大刀会更是蜂拥而起，如雨后春笋。他们中有抗日的，有由土匪转抗日的，有借抗日之名行匪盗之实的。杨靖宇司令十分重视团结、改造各方面的抗日力量，以便形成更广泛的统一战线。

1933 年 11 月的一天，杨靖宇正与李红光并马而行，忽然，前面跑来一名尖兵报告说："杨司令，有报号'海乐子'的山林队头领要与您'碰马'。杨靖宇问道："在哪？""就在前边的黑松林。"

杨靖宇和李红光毫不犹豫，策马向前。"海乐子"和他的弟兄们下了马，正站在一块大石头的旁边。见杨靖宇二人赶来，按着江湖的规矩，抱拳一揖。杨靖宇说："海乐兄弟，我们是共产党领导的人民革命军，我们的目的是团结一切可以团结的抗日力量，赶走小日本。怎么样，兄弟跟我们联合抗日如何？""海乐子"冲杨靖宇抱拳说："联合抗日行，可有一件事，不知你能否办到，办不到的话，就别怨我"海乐子"不讲义气了！"

杨靖宇翻身下马。对他说："什么事，请讲吧！"

"海乐子"哼了一声道："你们想踢开头三脚，必须拿邵本良开刀，能把他打'趴蛋'，我就领着弟兄们跟你杨司令干！"

杨靖宇的浓眉舒展开来。笑道："邵本良嘛，其人我早有所闻。先前是个炮手，在安图县占山为王，后被东北军收降。直奉战争中，他巧于钻营，得到了张作霖的赏识，升任步兵团长。九一八事变后，随于芷山投了鬼子，当了少将旅长、东边道讨伐司令。"

"海乐子"一听，吃一惊，他想，你杨靖宇真有两下子，连邵本良的老底都摸得一清二楚。就试探地问："司令对邵本良的厉害，有所不知吧。他剽悍凶狠，枪法娴熟，他率领的老三团大多是猎户出身，凶猛异常呀！咱们这旮旯的弟兄可没少吃他的亏。"

杨靖宇笑道："红军 3 天内就开到柳河，一个礼拜之内就打邵本良的据点三源浦。""海乐子"说："司令的话说得太大了吧？"杨靖宇说：""君子一言，驷马难追'。今天，我也学你们绿林的规矩，跟你三击掌为证。如果我办到此事，你就跟我们一起抗日如何？"海乐子"在绿林里也是个有影响的人物，被杨靖宇这一"军"将得不轻，只好举起右手，迎着杨靖宇的右手，"啪、啪、啪"连击 3 掌。随后上马。3 天后，杨靖宇果然率部赶到了柳河县老鹰沟，第七天头上，杨靖宇使用调虎离山计拿下了三源浦。接着，又端了邵本良的凉水河子后勤基地。

话说这个"海乐子"，本名朱海乐，祖籍辽宁盖县，生于抚顺县安家峪黄药沟，后迁到本溪县富家楼子英守村。从小给地主扛活，受了不少苦，后来以养蚕为生。1933 年，他筹划"拉杆子"。由于担心日寇报复他的家人，从此也断了念想、少牵挂，便一刀杀了年轻的妻子，义无反顾地带着兄弟们上了山。由于他讲义气，做事果断，他的队伍很快就发展到两百多人，从此，他自称是救国军团长，打起了"杀富济贫"的旗号。其实，他是只"杀富"不济贫，将得到的钱财，全部用于吃喝玩乐了。因此，"绺子"战斗力并不强。在与日伪的几次交手中，吃了不少亏。

1935 年 5 月，"海乐子"听说杨靖宇来到大四平，就抓了大四平村一个跟红军有交往的村民，名叫蒋国恩的，用绳子将他绑上，让他在前面带路，去见杨靖宇。两人一见面，朱海乐就兴奋地对杨司令说："司令的手段，实在让人佩服，今日有幸再见，三生有幸！杨靖宇也握住朱海乐的手，连说："客气了，客气了。欢迎，欢迎！"突然，朱海乐双腿一软，竟一下子跪倒在杨司令面前。他说："杨司令，今后若不嫌弃，就带朱某一起打鬼子吧！"杨靖宇赶忙弯下腰将朱海乐扶起。还没等他开口，朱海乐又说道："杨司令，我今天杀猪宰羊，安排了酒席，要与你们喝一次见面酒！"

"好，感谢你们！"杨司令爽快地答应了。

杨司令本来不会喝酒，也不吸烟，可是这次，他却开了戒。他和朱海乐坐在炕头上，一边喝酒，一边交谈。杨司令很风趣地跟朱海乐说："你是朱（猪），我是杨（羊），咱们'猪''羊'一圈嘛。日本霸占东北，肯定是既要杀猪（朱）又要宰（杨）的呀！"大家听了，都哈哈大笑地起来。就这样，杨司令打着比喻，深入浅出地给他讲了许多抗日救国的道理。讲当亡国奴的悲惨，讲"国家兴亡，匹夫有责"。正交谈着，朱海乐忽然话题一转："杨司令，你使的是什么枪？怎么样？"

杨司令下意识地摸了一下枪套。说："我的枪不好，是三号匣子。"朱海乐一听，放下酒杯，眉飞色舞地炫耀说："我的大镜面匣子，在这一带谁也比不上！"说罢，他把自己的枪掏了出来，拿在手里不停地摩挲着。继续说道："就是有了这支枪，我才拉起了这支队伍，它可是我的心肝宝贝！"你看，它大狗头，通天档，满槽、全机，打起来百发百中。"

这里我们要介绍一下"大镜面匣子"，它是一种驳壳枪，东北人叫"匣子枪"。驳壳枪因其枪管长短，又分"大镜面匣子"、二号匣子和三号匣子。"大镜面匣子"弹夹最多能装填 20 发子弹，用起来像一把小机枪。九一八事变后的市价，换一支这样的枪需要一万多斤大豆呢，可见这种枪的珍贵。

朱海乐稍停顿了一下，叹息道："不过，这支枪在我手里不能发挥太大的作用。'红粉送佳人，宝剑赠英雄。'杨司令指挥千军万马，在你手里肯定比在我手里用处大。为表达我抗日的一片赤诚，请司令收下。"说着，他双手捧起枪，送到杨靖宇面前。又补充说道："等东北抗战胜利了，只要司令不忘记我朱海乐就行！"

杨司令站起身，笑道："朱团长太谦虚了，只要你一心抗日，咱们同心协力，这支枪在你手里和在我手里是一样的。今天，我只收下你抗日的决心，枪，我可不能夺爱！"朱海乐见杨司令不肯收，沉下脸不高兴地说："如果杨司令不收下这支枪，就是不相信我朱海乐的诚意，也就是没看得起我朱某！"杨靖宇一看朱海乐认了真，盛情难却，只好说："朱团长一番美意，那我却之不恭。好好，我收下！"朱海乐听了这句话，咧开大嘴笑了。

两人下了炕。杨司令让张副官拿来 2 支三八枪，同自己的三号匣子一起送给了朱海乐。他说："朱团长枪少，这 3 支枪就作为我们团结抗日的开始，留做纪念吧！"朱海乐高兴地说："好，有杨司令当家，俺朱海乐就是老虎了，我要用更多小鬼子的脑袋，来报答司令的抬爱！"杨靖宇说："朱团长，说一千，道一万，咱们今儿个见面，就是一个意思，同心协力打日本！你说是不是？"说完，杨靖宇伸出右手，与朱海乐握手话别。两双大手热乎乎地握在了一起。朱海乐眼噙热泪："杨司令，从今儿个起，你说打到哪儿，俺朱海乐要是皱下眉头，就不是站着撒尿的爷们儿！"

不久，朱海乐在兴京查家铺子的山林队首领大会上，接受了东北人民革命军第一军的改编，任游击大队一中队长。这件事在江湖中传开了，各路山林队帮头都争先恐后地与革命军结盟。

柞木台八方群英会

1933年1月26日，共产国际代表团以中共中央的名义发出了"给满洲各级党部及全体党员的信"（简称"一·二六指示信"）。指示信中心内容是"尽可能地造成全民族的反帝统一战线，来聚集和联合一切可能的，虽然是不可靠的、动摇的力量，共同地与共同敌人——日本帝国主义及其走狗斗争。"其实，早在1932年11月，自杨靖宇来到磐石起，就非常注意团结山林队，给与游击队有矛盾的山林队"常占"赔礼道歉。当时的县委书记全光不理解，杨靖宇指着被大风吹折的一棵杨树问："老全，这树怎么折断了呢？""孤树，又处在风口上，能不吹折么？"杨靖宇意味深长地说："孤木不成林呀！打鬼子不能单靠咱游击队呀！我们做错了事，就应当道歉。"当时，在磐石一带活动的山林队不下几十股，其中比较有名的有毛团、赵旅、马旅、殿臣等等。至今，在吉林省磐石一带还流传着杨靖宇与"赵旅长""马团长"之间发生的一段故事：

赵旅长叫赵宝林，马团长叫马立三，他们是南满地区势力较大的两支抗日义勇军。他们都是东北军的旧部，两人都能骑快马，善使双枪，既不把小日本放在眼里，也不把杨靖宇的游击队放在眼里，而且还同游击队发生过一些小摩擦。杨靖宇不计前嫌，几次派人去找赵旅长、马团长，要求与他们联合抗日，可是，都被他们拒之门外。1933年3月，当时，"一·二六指示信"还没带回国内，在一个叫玻璃河套的山沟里，日本关东军将这两支义勇军团团包围。面对数倍于己的日伪军，他们左突右冲，从太阳露面一直打到日到中天，却无论如何也冲不出包围圈。危急时刻，赵旅长和马团长只好放下所谓的自尊，派人向杨靖宇求援。杨靖宇马上集合队伍，做战前动员。但是，很多战士包括有些干部都不理解。战士们说："他打过我们，我们不落井下石就不错了，干嘛还去救他？"杨靖宇开导大家说："抗日救国，是我们全民族的事情，光靠我们共产党是不行的，对于那些山林队，只要他们抗日，就是我们的同盟军，就是我们的好战友。对他们我们要晓之以理，更要动之以情、待之以诚，在这种情况下，我们决不能坐视不救。现在，他们在危急之中，拉一把就过来了；推一把就过去了。如果他们被歼，敌人进攻的锋芒必然会指向游击队。大家说说，一拉一推对革命哪个有利呀？再说，人家犯了错误，要允许改正嘛，大家说说，咱们要抗日，能计前嫌吗？能见死不救吗？"

傍晚时分，玻璃河套的战斗还在继续，"赵旅""马团"已经伤亡过半，面临全军覆没的危险。就在这生死攸关的危急时刻，步步逼近的日伪军背后突然响起了密集的枪声。"赵旅""马团"见杨靖宇率领部队从敌人背后杀来，精神立即振作起来。两面一夹击，就把日伪军打败了，还缴获了很多战利品。绝路逢生的赵宝林、马立三和杨靖宇见面了，此时，他们对杨靖宇领导的共产党游击队已经心悦诚服。马立山、赵宝林当即跪下，行大礼来见杨靖宇，杨靖宇把他们扶起。赵宝林紧紧握住杨靖宇的手，满脸热泪。激动地说："杨政委，平时我对你们冷眼相看，可是你却对我们鼎力相助，我真是于心有愧啊！这一回我算知道了谁是我的朋友。以后我姓赵的如有二心，天地良心不容！杨靖宇笑道："赵旅长，你这么说可就客气了，抗日一家嘛。以后我们还得齐心合力，有难同当！过去的事，就不要再提啦。只要我们能够坚定地依靠群众，团结起来，枪口一致对外，胜利终归是我们的！"赵宝林要求将他的部队编入红军，杨靖宇没有答应。他说："我们红军是为了抗日，不是大帮吃小帮的胡子。"最后，杨靖宇呢，还把战利品全部给了他们，这件事在山林队中传为美谈。

此后，不仅"赵旅""马团"和红军达成了联合抗日的协议，大的、小的，所有鸭绿江北、老龙岗山一带主要的抗日队伍，皆向红军游击队靠拢。

1933 年 8 月，在桦北八道河子，杨靖宇召开了抗日游击队和各抗日军代表会议，与会者七十多人，大家共同商定，成立"抗日军联合参谋部"，杨靖宇为政治委员，抗日义勇军首领毛作彬任总司令，李红光为总参谋长，下设 6 个科，一千六百余人；1934 年 2 月，杨靖宇在濛江县（今靖宇县）那尔轰附近的城墙砬子，主持召开了东北人民革命军第一军独立师与南满 17 支抗日武装参加的大会，成立了"东北抗日联合军总指挥部"，杨靖宇当选为总指挥，隋长青为副指挥，将山林队编成 8 个支队。

本溪是唐聚五辽宁民众自卫军的发源地。民众自卫军失败后，除极少数民族败类投降日伪军外，大多数都遁迹深山，坚持抗日斗争，总人数近万人。1934 年 7 月，杨靖宇事先派桓仁本地人解麟阁、李向山回到桓仁八里甸子区的柞木台子村建立反日会，不久，他率军部一百二十余人来到这里。他在反日会会长刘春增家里，召集活动在桓仁、兴京边界一带的山林队头领开会，参加会议的各路抗日军首领达一百二十余人。杨靖宇向他们宣传了抗日救国的道理，讲了联合抗日的优势，收到很好的效果。会后，绝大多数山林队都与革命军订立了同盟，并接受了革命军的改编，先后被改编的队伍达 12 个团另 1 个营。八里甸子伪警察署和驻桓仁县日本守备队得知杨靖宇来桓仁的情报后，立即调兵扑向柞木台子，企图堵住独立师退路，一举消灭刚刚组建的联合抗日指挥部。杨靖宇立即调动新改编的山林队，和革命军一起，就地设下埋伏圈。当日伪军队伍进入西大河套时，遭到独立师和山林队的四面伏击，许多日伪军被当场击毙，日本小队长秀乙被生擒。

义勇军左子元部被革命军改编为一军直属支队。为加强对左部的改造，杨靖宇先后派入左部十多名政工干部。按着红军的要求，严令战士们"不打骂百姓，不拿群众财务，不调戏妇女，不抽大烟"。这支队伍被改编后，抗日的信心更加坚定。1937 年 3 月 1 日，日伪军趁夜色悄然包围了左子元西北天密营。左子元大哥举枪自尽，左子元在打光了所有的子弹后，纵身跳下了百米悬崖；绰号"于黑子"的土匪头子于万利，听说杨靖宇改编了左子元部队，立即带着自己的 200

多人，来找杨司令，要求加入革命军。1936年1月3日夜，杨靖宇率部攻打本溪碱厂街时，朱海乐、高维国等山林队四百余人参战。

1935年初秋，东北人民革命军第一师师长程斌（后叛变投敌）根据杨司令的要求，在邓铁梅的家乡本溪县磨石峪召集各路义勇军和"绺子"（土匪）头目开会。到会的有"南侠""九江好"、黄锡山、陆明林、"占东洋"等十几路抗日武装的三十多位头面人物。会上，程斌宣传了抗日救国的道理，号召大家同心协力，团结一致，组成抗日统一战线。开过头目会议后，又在大地里召开了全体队员大会，参加大会的有一千多人。主要是各山头、各"绺子"的人，多的七十多人，少者十几人。会上，程斌宣读了统一抗日的组织纪律：各部单独活动，服从领导；听从指挥，协同作战；广泛地开展游击战，机动灵活地打击敌人，等等。还规定，各部不许在游击根据地绑票，不许骚扰老百姓。

义勇军"南侠"首领王殿甲，是辽阳东亮甲山（今辽宁省辽阳县河栏镇亮甲山村）人，出身贫苦，没有文化。1934年，他组织起一支十几人的队伍。经常在本溪县内的甬子峪、南黄柏峪、冰沟子、浑岭、朝天背等地活动。刚拉队伍时，只有2支枪。为了扩大实力，他们决定攻打南芬火车站，夺取枪支弹药。

1935年，清明节前的一天夜晚，义勇军12人从南黄柏峪悄悄来到南芬街。王殿甲根据南芬街日本人的分布情况，命令2名队员监视车站南面的日本守备队营房，阻击日本守备队的增援，命令一名队员监视"黑帽子衙门"警察所，其余人员冲进了火车站。日本站长见他们冲进来，惊慌得大叫起来，炮头孙治国抬手一枪，正中他的要害；另一个日本人吓得脸色苍白，一头钻进桌子底下，被另一名战士举枪打死。这次战斗共缴获长枪20支，手枪一支，子弹一千六百余发。

"南侠"部被改编为一师独立营后，一师向营里派了教导员兼政治处主任袁喜仁、参谋长兼军事教官孙宝国等十几名同志。这些同志帮助官兵学习政治军事、帮助部队练兵、加强组织纪律教育、教唱歌曲、开展文艺活动等。独立营的战斗力明显增强。他们不断袭击敌人。袭破辽阳王家堡子警察分所，火烧日本讨伐队。

独立营接受抗联改编后，纪律严了，不像拉"绺子"那样随便，生活越来越艰苦。在日伪特务的诱降下，一些人思想产生了动摇，其中，有一个叫周四的领着他侄子跑到本溪，投敌当了汉奸。

日本人派周四等人回到甬子峪来瓦解独立营。他们先到桦树甸子找到和尚李焕忱，托李和尚给二当家的冯振邦捎信。冯振邦将计就计，带着警卫员来到庙上，把这两个汉奸拽到柳条甸子里枪决了。

面对这种"赤化匪团"，日伪统治者异常忧虑，感到制服它"绝不是容易的事情"。1936 年 7 月，东北人民革命军第一军正式改编为东北抗日联军第一军，杨靖宇任军长兼政委，下辖 3 个师。此时，队伍已达三千余人，接受一军指挥的抗日武装达八千余人。

李红光血洒老爷岭

1935年5月，东北人民革命军第一师师长李红光率所部二百余人从新宾出发，向西南奔桓仁而来。目的是进一步扩大抗日根据地，筹措马匹组建第一师骑兵队。一路上，他回想起几年来戎马倥偬、历尽艰险的战斗往事，不禁怀念起为革命流血牺牲的战友们。当他们走到桓仁北部的蒿子沟时，在一个坍塌的旧房框里，他主持召开了纪念烈士的大会。会上，他讲述了第一师从无到有，从小到大的成长历程。他说："当年，我们工人、农民开始闹革命的时候，没有武器，是用锤子、菜刀跟敌人作斗争。在斗争中，多少革命先烈献出了生命，我们一定要继承他们的遗志，把抗日的红旗扛到底！"默哀后，大家以沉痛的心情唱起了悼念烈士的歌：

革命烈火，永在焚烧

战士们的头颅作燃料

百万丈的光芒在辉耀

百万丈的光芒在辉耀

生命虽牺牲，精神永照耀

鲜血培植着新的世界，赶快来到

同志们，同志们！

脚踏烈士们的血迹

紧紧握着我们的枪刀

瞄准敌人永往前进

最后的胜利定归我们，前进！

这悲壮有力的旋律，既是对烈士的深切怀念，也是每个战士抗日到底的誓言。会后，战士们个个浑身充满力量，迈着坚定的步伐，沿着崎岖的山路向南进军。

天近中午，队伍来到新宾与桓仁交界的老爷岭。

老爷岭是一座平顶小山，上面有一座青砖瓦庙，里面供奉的是关公关云长。部队原计划是到橙厂宿营，因一时找不到向导，只好暂时进入庙院休息。下午三点多钟，队伍集合完毕，正准备向橙厂出发，突然，从西南方向来了二百多日伪军。双方遭遇，相距只有几百米，但谁都未发现对方。李红光派出的侦察兵，刚下山走了不到三十几步远，就发现了西面山下的敌人，为给师长报信，侦察员抢先开了火。山上的李红光听见枪声，命令大家迅速散开，找好掩体，与敌人展开了枪战。岭下的敌人从四面包抄上来，几次向山上冲锋，都被革命军打退了。战斗从下午 4 时，一直打到日落西山，双方都没有太大的进展。这时，一伙敌人从隐蔽的北沟塘里，架起了一挺机关枪，向我军指挥部扫射。李红光正在山岗上指挥战斗，看到敌人的机枪火力很猛，便举起望远镜查找机枪火力点，就在这时，一颗罪恶的子弹射进了他的右胸膛。顿时，鲜血透过他的破旧军衣，洒落在地上。他的警卫员急忙把他抬下阵地，送往海清伙洛后方密营。但由于伤势太重，抢救无效，这位的杰出指挥员的心脏永远停止了跳动，时年 26 岁。

李红光，曾用名李弘海、李义山，1910 年，出生于朝鲜京畿道龙任郡丹山洞的一个贫农家庭。少年，在乡村学校半工半读地读了几年小学。16 岁时，因不堪忍受日寇的统治和奴役，随父母迁到了吉林省伊通县三道沟流砂咀子，李家在一个小山岗上，盖起了两间简陋的茅屋。当时，李红光弟妹年幼，一家 6 口人，全赖父母和李红光开荒种地来维持生活。然而，在那黑暗的时代，穷人逃到哪里也见不到光明。

哪里有压迫，哪里就有反抗。在党的领导和教育下，李红光很快成长为革命斗争中的骨干，并于 1930 年加入了中国共产党。1931 年，他被选为双伊地区特别支部组织委员，磐石中心县委委员。

九一八事变后，中共磐石中心县委，建立起武装赤卫队（当时叫"打狗队"），李红光任队长。赤卫队初建时，7个人，5支手枪，两颗手榴弹。在他的带领下，不久，"打狗队"就发展到三十多人。1932年5月，中共磐石县委在呼兰镇正式成立了"磐石工农义勇军"。下设3个分队，李红光先任第二分队政委，不久，调任工农义勇军参谋长。

在呼兰镇西南二十多里的二道岗，有一股二十余人的地主武装，为首的地主外号叫"李二阎王"。这家伙是个铁杆汉奸，抓捕、杀害反日会员，巧取豪夺，无恶不作，民愤极大。一天晚上，李红光带队乘夜色摸进敌营房，敌人正在赌钱，丝毫没有察觉。李红光大吼一声："不许动！举起手来！"面对黑洞洞的枪口，正在吆五喝六的歹徒们全部举手投降。这次战斗，兵不血刃，不仅营救了二十多名被捕的反日会员，还缴获了二十多支长短枪。战后，李红光召开群众大会，处决了"李二阎王"，从此，义勇军的威名大震。

杨靖宇来到磐石后，将工农义勇军改编为"中国工农红军三十二军南满游击队"(简称"南满游击队")，下设3个游击分队和一个教导队。李红光任教导队政委，随同杨靖宇转战磐石、双阳、伊通、海龙、桦甸等广大地区。

李红光足智多谋，是杨司令的得力助手。当时，游击队没有地图，而从日军手里缴获的，又不那么详细。所以，队伍每到一地，李红光安排好部队宿营后，便会立即寻找当地的年长者，请他带领自己勘察山形地势，了解山间有无居民，村庄住多少人，以及他们的食粮、水源供应；驻地的道路情况，哪条路能通车马，哪条路只能过人；河流的源头、流向，哪里能渡车马，何处只能过人，夏季水势大小；日伪军是否来过，他们的来去方向等等，他都一一标注在亲手绘制的地图上。因此，凡是部队所到之处，李红光都会留下比较详细的军用地图。一条路只要他白天走一趟，晚间他就能照原道返回。南满游击队凡有重要的军事部署，杨靖宇都要找他研究。有一次，李红光负伤躺在担架上，还同杨靖宇研究作战计划。同志们都称赞他说："李参谋长，是杨司令的小诸葛、大家的主心骨，只要有他在，我们的心里就有了底。"

1933年春，南满游击队已发展到三百多人。为补充武器，他们决定袭击伪十四团，缴他们的武器，武装自己。不慎，计划被叛徒出卖，游击队中了埋伏，陷入重围，情况万分危急。杨靖宇和李红光商议，决定化装突围。于是，李红光化装成日本指挥官（会说日语），一个战士扮成翻译，带领四十多名"守备队员"，由东南角大摇大摆地走了出去。他们来到伪团部，下了岗哨的枪，了解到团部里还有6个鬼子正在睡觉。李红光便走到床前，把他们喊了起来。怒斥道："那边有红军，为啥不去打？"6个鬼子从睡梦中惊醒，正在惊愕中，李红光突然举起战刀，一刀劈死了为首的日本军官，其余的5个鬼子稀里糊涂地做了俘虏。

1933年9月18日，"东北人民革命军第一军独立师"在磐石玻璃河套成立，李红光任师参谋长。独立师的成立，标志着南满党领导的抗日武装力量进入了一个新的发展阶段。日伪统治者十分恐惧，立即展开了疯狂的大"讨伐"。在这种严酷的形势下，独立师决定向南转移。他们抢渡辉发江，向濛江、辉南、通化、柳河等山林地带挺进。11月下旬，队伍进入柳河境内，乘守敌兵力空虚，李红光率队攻克了三源浦，全歼了邵本良伪军一个连。杨司令和李红光调虎离山，乘夜突出包围圈，并绕到了邵本良的后方，攻占了凉水河子，第二天，又乘胜攻打了柞木台、草市等小城镇。等邵本良的追兵赶到，革命军又不见了。就这样，革命军神出鬼没，忽南忽北，把这位"剿匪名将"耍得团团转。邵本良无奈地哀叹道："我的兵，打胡子，一个能打十个，打人民革命军，十个打一个，也还打不过啊！"

经过战争的磨炼和刻苦的学习，李红光的军事经验愈加丰富，指挥才能也得到进一步发挥。1934年6月，李红光随杨靖宇率部队来到了通化地区。听内线同志报告，从日本新来了一个叫铁坂的司令官，要来通化视察工作。随同有许多车辆，铁坂坐的是前头第一辆敞篷的汽车。于是，杨靖宇、李红光率领师部少年营、保安连、教导连、三团及农民自卫队等四百多人，埋伏在敌人必经之路的两侧；李红光另派2名同志装扮成修路工人，怀里揣着两颗手榴弹，等敌军车来到，见机行事。敌人的汽车来了，第一辆车正是敞篷的，两名同志迅速把手榴弹扔进车内，"轰、轰"两声巨响，铁坂就"坐飞机"上了天。李红光随即率队杀出，经过3个小时的战斗，击毁敌汽车11辆，歼敌一百多人，缴获机枪5挺、步枪百余支、其他物资若干。

独立师在广泛的游击战争中，不断发展壮大。1934年11月，东北人民革命军第一军成立，杨靖宇任军长兼政委，李红光任第一师师长兼政委。一军成立后，为了避实攻虚，李红光和杨靖宇研究决定，将部队化整为零，分散活动。同年12月间，李红光带领一师轻骑兵，利用鸭绿江封冻之机，突袭朝鲜境内的罗山城，包围了日本衙门，歼敌一百多人，缴枪五十余支。1935年初，李红光又率部攻进了朝鲜平安北道的东兴县城。东兴是日寇"国际警备线"上的重要据点，城防坚固，素有"铜墙铁壁"之称。自鸭绿江至东兴，设有几道警备网，水陆警巡，日夜不断。一师趁着月色，偷渡鸭绿江，冲破敌人防线，直捣东兴城。炸得敌人血肉横飞，逮捕日韩豪绅十几人，缴获了大批军需品，然后从容转回密营。这一壮举，吓得敌人失魂落魄。当时各报评论说，此役为"九一八以来抗日军的第一壮举"。日寇的关东军报也承认"这是国境警备史上的空前事变"。最为可笑的是，敌人竟不知道李红光是男还是女，在《大同报》上登出"女匪，李红光者，又开始活动"的消息，可见李红光行动之神出鬼没。

1935年3月的一天，从内线得知，伪通化县长徐伟儒和一名日本指导官由通化去柳河开联防会。徐伟儒是一个铁杆汉奸，诡计多端，多次袭击我军，因此，根据地军民对他恨之入骨，叫他"徐老狗"。一师侦察到徐老狗回县的日期，决定在他必经之路——驼腰岭堵截。李红光率领少年营、五团等二百多人连夜出发，埋伏在公路两旁。第三天上午十点多钟，徐伟儒他们回来了。当汽车进入埋伏圈时，刹那间枪声四起，少年营首先冲锋，就地处决了徐老狗，缴获大枪三十多支、手枪3支。

李红光的牺牲，是抗联一军的重大损失。杨靖宇说他是"难得的将才"，他的牺牲是"红军的严重损失"，为了纪念他，杨靖宇还把他的名字写进《东北抗联第一路军军歌》。毛泽东同志也高度赞扬他说："李红光是东北有名的义勇军领袖之一。"

革命军一军第一次西征

革命军第一军的西征是有重大战略意图的。东北抗日游击战争在很长的一段时间里，是在与党中央和关内红军断绝直接联系的情况下进行的。

自 1934 年初，中共满洲省委代表何成湘前往中央苏区参加第二次全国苏维埃代表大会以后，由于负责同满洲省委直接联络的上海中央局遭到破坏，东北党组织与中央的联系一直处于中断状态。同年秋，在"左"倾冒险主义者的错误领导下，中央苏区第五次反"围剿"失败，主力红军被迫撤离中央苏区开始长征，党中央与东北党组织便彻底失去了联系。此后，东北党组织及其领导的抗日游击运动，便由中共驻共产国际代表团直接领导。

为了打通与中共中央和关内抗日军队的联系，一军在辽宁境内的游击根据地建立起来并进一步巩固之后，杨靖宇即考虑如何向西发展的问题。这时，在陕北的中共中央为了扩大陕甘宁根据地，并以实际行动表达红军抗日的决心，决定红一方面军以"中国人民红军抗日先锋军"的名义东征，首先向山西、绥远进军，再逐步向接近抗日前线的华北广大地区发展。同时，根据中共中央的战略部署，中共驻共产国际代表王明、康生给东北革命军写信，1936 年 2 月，由参加莫斯科共产国际第七次代表大会的魏拯民带回。因此，在 1936 年 7 月初召开的南满、东满抗联第一、第二军主要干部联席会议（在河里召开，史称"河里会议"）上，除将第一军、第二军编为东北抗联第一路军，东、南满省委合并成立南满省委外，还确定了西征这一战略任务。

早在梨树甸子战役后，杨靖宇就有了西征的部署。1936 年 5 月 1 日，杨靖宇率一军军部和一师部队，到小道沟附近休息。后经四平街、佛爷沟、天桥沟、孤山子、胡家堡子，于 5 月 6 日，在大错草沟与伪警包锡文部交战。5 月 13 日，来到本溪县草河掌山区的汤池沟沐浴征尘，坐在一块巨石上，杨靖宇召开了第一军师以上干部军事会议。会上，杨靖宇详细分析了第一军面临的险恶处境，就落实共产国际代表团的指示精神做了充分的研究，他认为辽南三角地带是邓铁梅、苗可秀抗日义勇军活动过的地区，尚有余部在继续坚持斗争。如果部队向这一带发展，与之结成抗日民族统一战线，就能开辟出新的抗日游击根据地，以威胁日伪统治的沈阳、辽阳等中心城市，使东北抗日运动与关内红军遥相呼应。于是，杨靖宇作出了立即组织部队西征，将抗日游击区域向辽宁中部和西部扩展，配合红军北上抗日，打通与党中央和关内人民抗日武装力量的直接联系，改变东北人民革命军孤军奋战局面的重大军事决策。

不久，杨靖宇从日伪报纸上看到"林匪部队在热河一带活动"的消息，他判断是林彪率领中央红军到了热河，于是一个战略构想在他的脑子里形成。作为一名卓越的军事指挥员和游击战专家，他看得很清楚：虽然几年来他率领一军取得了许多胜利，但从本质上来讲，一军的战略回旋余地太小，处于重重包围之中，唯一的方法就是去寻找战略上的支持。如果红军能东征到热河，红军就可以从西南至东北两个方面对承德、奉天的敌人构成战略夹击，形成互为犄角之势。那样不但能够获得急需的战略支援，而且整个伪满的南部甚至整个东北的局面都会改观。

军部对西征非常重视，把政治部主任宋铁岩留下来，具体落实西征事宜。6 月 23 日，宋铁岩在和尚帽子山里召开一师各部门主要负责人会议，传达了军部的指示。25 日，在西于沟，宋铁岩又召开了西征连以上干部会议。他首先向大家讲了西征的目的："是与关内红军接头和开辟游击区"，强调"西征的任务很重，很困难"，"要求每个人在西征途中一定要联系群众，积极宣传抗日救国的事情"，模范地遵守群众纪律，"为了东北 3000 万同胞的解放，不能怕困难，不能怕牺牲流血……"经过思想动员，收拢部队，补充武器弹药，征集粮秣，战前动员等一系列的工作，1936 年 6 月 28 日，参加西征的部队全体 (师司令部二十多人，少年营一百五十多人，三团一百五十多人，保卫连七十多人，计四百余人) 将士四百余人，从本溪县蒲石河抗日游击根据地出发，向辽西、热河一带西征，史称东北人民革命军第一军第一次西征。

西征部队兵分两路：一路由宋铁岩率领，由本溪县草河掌崔家坊经套峪到草河口。打了一仗后，又经套峪向下马塘太平山撤退；另一路由程斌、李敏焕率领，经沙窝沟、大平沟，到达铁路草河口站，与守敌交战 30 分钟后，主动撤出。29 日，程斌一路又返回了沙窝沟，然后绕过山岭，经后石头砬子移向响水沟子。30 日，在矿洞沟与宋铁岩及 "占东洋" "黑字" 等抗日部队联络后，又在太平山附近的双岔头发现敌情。一师部队迅速投入战斗，并很快击退了敌人。7 月 1 日，西征部队来到下马塘与南芬之间的三道沟附近。这里山高林密，山势连绵。安奉铁路从山间穿过，隧道一个连一个，这种地势很利于西征部队穿越铁路。

西征部队在南芬的义勇军冯部的配合下，越过安奉铁路到达朝天贝。这时，敌人才如梦初醒，慌忙调集兵力对西征部队进行围追堵截。2 日，西征部队刚做好早饭，就遭到敌人的袭击，西征部队迅速撤向昆岭制高点。午后一点，又发现敌情。此时，部队抵辽阳境内的长青沟。一师越过安奉铁路后，原打算径直西进，横穿辽阳县，直向辽西。由于此时日军已发现他们的意图，西征部队只好放弃原来的计划，改为在辽阳、本溪、凤城交界的崇山峻岭间迂回行进。3 日，追击的敌人又赶上来，部队摆脱了敌人后，来到青城子界内的小长岭。4 日，凌晨两点钟，西征部队集合沿山岭西行，进入坟茔沟宿营。5 日，来到辽阳县的翁家堡子，拟向西北方向挺进。通过窃听敌电话，得知日本守备队正向西征部队追来，便经榛子岭又折回岫岩县姚家街 (时属凤城县)。6 日，西征部队在高家堡子截获了日伪满载货物的马车，双方交战，日落后撤出，双方均无大伤亡，转移到大阳休息。此后，日伪军对西征部队更是紧追不舍。日军不仅从沈阳、辽阳、海城等地调集了大批兵力，跟踪追击，四面包围，而且还在辽阳、岫岩、海城一带紧急实行集家并屯，强令各屯组成自卫团，同日伪军警一起站岗搜山。由于缺少群众基础，对当地地理环境也不够熟悉，西征部队的活动遇到了极大的困难。7日凌晨两点，西征部队转移至狸狐沟潜伏。上午7时，从沟外来了一百三十余名敌人，但没有进入我潜伏地带，而是经西方山脊过岭。7月8日晨两点钟，到达道岔沟姜家堡子（今岫岩县大房身乡太阳村）。西征部队所到之处，来不及做群众工作，缺乏群众基础，只能终日在深山密林之中，昼伏夜进，生活条件异常艰苦，饥饿时，只能以野菜、树皮充饥，在此险恶环境下，部队行进速度减慢。此时敌人已发觉这支部队兵力相当大，又从奉天、辽阳、海城调兵，对西征部队进行三面合围。由于西征部队是步兵，机动性十分有限，为争取主动，西征领导人临时召开会议，决定化整为零，分3路返回根据地。第一路，师部和保卫连，由程斌和李敏焕率领；第二路，三团由团政治部主任李铁秀率领；第三路，少年营由营长王德才率领，回师本溪根据地。

师长程斌、参谋长李敏焕带领师部、保卫连为一路，自龙眼沟西行至陈家沟（今岫岩偏岭镇丰源村）北上，经南马峪（今岫岩牧牛乡南马峪村）抵大桃沟，7月13日，越赵家岭进入辽阳境内，奔向本溪县摩天岭；李铁秀带领三团在岫岩磨扇子沟附近同敌人打了一仗之后，沿岫岩的阳沟岭、姚家街、姚家北沟进入凤城界内，然后到达摩天岭；王德才率少年营北上，在弟兄山被敌人包围。突围后，二连部分战士由王德才率领奔向和尚帽子，一连在连长张泉山的率领下，继续向南运动，行进至岫岩哈达碑境内，接到营部下达的回撤命令后，返至弟兄山，在北交界牌（今属海城）同敌人遭遇。此时，一连仅剩27名战士。他们与敌人展开了殊死战斗，最后只剩下连长张泉山和2名战士，在敌人的重兵包围下，他们毅然把枪摔坏，纵身跳下悬崖。

7月15日下午2时半，一师司令部及保卫连返回至连山关摩天岭，被连山关日本守备队二中队发现，一师先发制人，击毙日军中队长今田益男大尉以下48人。参谋长李敏焕在战斗中不幸牺牲。

此次西征，部队遭受到了严重的损失，但以摩天岭大捷而告终。后来，杨靖宇司令为鼓舞士气，亲自谱写了一首《西征胜利歌》，来纪念这次大捷。

杨司令果断除内奸

1935年12月的一天，司令部刚到宿营地，司令部史号长不知从哪里拎回来了3只大野鸡。传令兵王传圣亲眼看到他把野鸡扔到伙房，并对李司务长说："把这野鸡收拾好炖了，给杨司令补补身板。"

开饭了。传令兵们刚迈进军部门槛，就闻到炖肉的香味了。有人用鼻子嗅了嗅，说道："哎！什么好吃的？这么香？"王传圣说："野鸡。"进了屋，王传圣见屋里南炕上坐着韩仁和秘书长、高大山参谋长和军医处徐哲处长，于是，王传圣他们都纷纷跳上北炕，大家围坐在桌子旁。不大一会儿，杨司令迈着大步走进来，后边跟着传令兵大陈和小张。杨司令笑着走向南炕，低头看看桌子上的饭菜，又抬头望望军部其他首长，问道："什么肉这么香啊？""野鸡肉。"一个传令兵们抢着回答。"哪弄来的野鸡肉？"这时，李司务长乐呵呵地回答说："是司号长老史买来的，一共3只。叫炖给首长们吃，军长快吃饭吧！"

可是，杨靖宇坐在那里两道浓重的眉毛拧成一团，他用筷子点着那盆野鸡肉，慢腾腾地说："这，不是山珍野味，这是一盆野鸡药！"

"啊！野鸡药？"王传圣脑袋里嗡的一声，手里的筷子差点掉到地上。心想，史号长对人挺热乎，肯帮助别人，今天他又掏津贴费买野鸡，给司令补身板，杨司令怎么说这盆肉是野鸡药？

根据军部的部署，吃完午饭后，部队立即向窟窿榆树村（今新宾县大四平镇）转移。几个传令兵在杨司令的周围不离左右，准备随时接受任务。一路上，杨司令同教导一团安政委、高大山、韩仁和走在一起，一边走一边谈着事情。走到倒杨树岭上休息时，他们还在一棵大松树下研究了好久。望着司令员那严肃的表情和有力的手势，王传圣猜想准是发生了什么严重的事情。部队翻过岭后，向西北方向直奔四平街，军部驻进了姜家大院。部队刚一驻下，军部就召开了团以上的干部会议。会上决定，由高大山带领王传圣等4名传令兵去执行任务。传令兵们刚刚打好地铺，还没打开背包，杨靖宇就命人把王传圣和另外一名传令兵叫去了。

他们迈进屋抬头一看，杨司令表情严峻，两眼圆睁。看他俩进来，杨靖宇摆手示意让他们坐下。十分严肃地对他们说："现在，派你们随高参谋长到教导三连，去执行一项特殊任务，你们一切要听从高参谋长的指挥！"

他们俩齐声答道："是！"转身就跟随高参谋长出发了。

快到教导三连驻地时，高参谋长站住脚，才向王传圣等人交待说："检查一下枪，都压满子弹，随时准备战斗！"他又说："今天，我们执行的是一项特殊任务，要把教导三连全部缴械。不管是谁，不服从就枪毙他！要注意，指导员和他的通讯员是自己人，不能伤了他们。"高参谋长又向他们交待了具体办法："到了三连，马上通知集合，说有紧急任务。下手的暗号是，我一举手，喊道：'同志们'，就是缴械的命令。行动一定要果断，绝不能手软。"

他们进了屋，只见屋里这些人，一个个贼眉鼠眼的，有的留着大背头，头发梳得油光光的；有的歪戴破礼帽，穿着大长袍，前大襟还掖在腰带上。这帮人正在屋里啃着鸡大腿，一边喝，一边猜拳行令。他们一看高参谋长进来，慌忙扔掉了手里的骨头和大酒碗。三连长说话舌头都硬了："高、高、高参谋长，你，你也来一盅……这是，是二锅头！"

高参谋长一见这个样子，气不打一处来。命令他马上集合部队，传达杨司令的紧急命令。不大一会儿，一个个东倒西歪地来到屋里，分坐在南北两铺大炕上。高参谋命令把岗哨也撤下来。到齐后，三连长向高参谋报告说："报告首长，教导三连全部到齐！"这时，高参谋长来到屋地当中，环视了一下，举起手来使劲一挥，喊道："同志们！"

　　两个传令兵一听，高参谋长发出了事先约定的暗号，把枪一端，两挺手提式轻机枪，对准了大炕上的人。这时高参谋长、王传圣把枪对准了连长和副官。他们一齐喝道："不准动，谁动就打死谁！"三连长还想反抗，早有枪口顶在了他的腰间。"你敢动一动就打死你！"他只好束手就擒。紧接着，他们把教官和三个排长也捆起来了。刚缴完械，一师五团的一个连就赶来了，说是军部命令他们来看押三连的。等王传圣他们回到军部，又发现军部的史号长、关号兵、一排长、机枪手和弹药手也都被抓起来了。

　　到底是怎么回事？为什么把教导三连全部缴械了？这还要从头说起：

　　日军占领柳河后，为了封锁革命军龙岗根据地，在三源浦驻扎了日本守备队，为了加强联防，他们在周围的村屯，都派驻了伪警。驻防在三源浦的日本守备队队长丸山，唯恐柳河到通化的四道沟大桥被革命军炸掉，便调集了一支三十多人的警察分队，驻防在四道沟。杨靖宇和李红光商定，破坏四道沟大桥，打击一下敌人的嚣张气焰。

　　1934年9月2日，独立师政治部主任高国忠带领战士，神不知鬼不觉地来到了距三源浦4公里的小城子公路两侧设伏。两个小战士扮成农民，背着箩筐，从桥南头走了过来。当他们来到北头的哨所，两名哨兵上前正要盘问，小战士迅速从筐里抽出了手枪，对准了他们的胸膛。俘获了他们，高主任带人潜到桥下，锯断桥柱子，但又不让桥塌下来。这时，派去河南霍家街的一路战士，把一个大秫秸垛点燃，点着火后，又对空鸣枪。四道沟警察慌了，急忙向三源浦守备队报告："红军来到霍家街，把老百姓的房子点着了！"丸山听到报告，立即派了一个曹长带领18个鬼子，架着两挺机关枪，乘卡车向四道沟开来。当敌人的汽车行驶到桥上时，轰隆一声，桥塌了，车翻了，鬼子连车带人一齐栽进河里。这时，隐藏在公路两侧的革命军战士一跃而出，向敌人猛烈开火。敌人只顾在河里挣扎，哪里还能还击？18个鬼子被击毙12人，剩下的全部被俘。

　　第二天，气急败坏的丸山把四道沟警察分所的电话员抓来，喂了狼狗。这还不罢休，他怀疑保安队、四道沟警察分所、自卫团都通匪，下令把护路保安队长李德宾和自卫团长仪兆祥等 4 个人都抓到了守备队。一边审讯，一边用皮鞭抽、压棍压、灌辣椒水，严刑拷打了一夜。有两人抗不住了，屈打成招，被丸山劈了。李德宾和仪兆祥两人，被放回。他们回到四道沟后，两人一合计，日本人肯定饶不了我们，不如趁早投红军！两人商定后，李德宾连夜命令警察和自卫团丁紧急集合。他向大家说："这次大桥被炸，守备队加罪我们，要下毒手，置我们于死地，我们不能白白死在日本人手里。现在我宣布：我们现在投红军，如果有人反对破坏，我李德宾的枪不是吃素的！"大家听罢，齐声喊道："听队长的！"于是，三十多名警察和二十多名自卫团丁带着武器，投了抗日军。起义官兵被编为师直属教导团第三连，李德宾为连长。

由此可以看出，李德宾等人参加抗日，是当时形势所迫，并不是出于真心。参加抗日后，生活条件异常艰苦，渐渐地，他有些后悔。这种思想动态，被鼻子像狼狗一样灵敏的邵本良嗅到了。

1935 年秋天，革命军军部驻扎在桓仁县的摇钱树岭。一天，一个人赶着小毛驴驮着两面袋食盐，大摇大摆地闯进了革命军驻地。哨兵截住他盘问，他声称自己是个小盐贩。哨兵动员他参军，他说家有老母无人奉养，不能参军。这时，有个战士说："什么有老母，就是怕死！但不怕当亡国奴。"他被人这一将，驴也不要了，盐也不要了，老母亲也不管了，穿上军鞋就参了军。这个人参军后被分配到教导三连，不久就被提拔当了教官，他刺杀、投弹、射击样样都会，还能讲些军事上的道理。这可奇怪了，一个小盐贩子怎么会这么熟知军事呢？这引起了杨司令的警惕，指示教导三连的金指导员暗中监视他，注意他的言行。后来，金指导员发现这个人暗地里散布一些吃呀、喝呀、嫖女人等乌七八糟的东西。更让杨司令警惕的是，他经常和三连长李德宾、史号长、一排长及关号兵在一起拉拉扯扯。经过调查，他是伪军的一个中尉，是邵本良派来跟李德宾接洽的。

原来，日伪"围剿"革命军的计划屡遭失败，他们便想出派奸细打入革命军内部，从内部瓦解革命军，再暗杀首长的奸计。这些人预谋就在当天夜里行动。史号长他们先从军部下手，杀害杨司令和其他首长，等军部这边一打响，教导三连那边再由外面包围军部，打军部一个措手不及，然后把队伍拉出去，投降鬼子。

在审讯时，他们很狡猾，妄图把水搅混。一会儿说这个参加了他们的组织，一会儿又说那个参加了他们的活动，反反复复，弄得真假难辨。根据这种情况，杨司令命令审讯人员采取分开轮番审讯的办法。经过一天一夜的反复审查核对，终于弄清了他们妄图叛乱的内幕。

最后，一军召开了全体官兵大会。将反革命骨干三连长李德宾、史号长、关号兵等7人，当场处决。对受蒙蔽被利用的人，给路费遣返回家。军部又从一师五团抽调了一个连，改编为教导三连。

杨靖宇七袭邵本良

邵本良是伪满东边道的少将"剿匪"司令，与王友成、李大善3人被日本人称为"东北三大厉害"，其中邵本良又是"东北第一大厉害"。他这"第一大厉害"可不是浪得虚名，是靠枪杆子打出来的。以至于南满各路的义勇军、山林队一听到他的名字就"迷糊"。

邵本良当过二十多年的土匪，诡计多端，心狠手辣。后来他接受"招安"，当了东北军的团长。九一八事变后，他投靠了日本人。日本人发现他是个"人才"，便提拔他做了东边道的少将"剿匪"司令。邵本良在对付抗日游击队这方面确实比日本人厉害。日本兵虽然经过严格的军训，军事素质好，又有武士道精神，但他们那两下子一进山就玩不转了。邵本良可不吃这个亏，他是山地丛林战的老手。他手下的兵大多是土匪出身，这些人在和游击队打仗时腰上别着一把刀，一进林子就开始砍路标。这样，他们在山里怎么转也迷不了路。冬天下雪时，游击队钻进林海雪原，然后把地上的脚印一扫，日本人就不知去向了。这办法对久钻山林的邵本良可不管用，任你把雪做得再"自然"，他也能找到你的踪迹。也正如此，邵本良才敢在日本人面前夸口说："有我邵本良，就没有杨靖宇！"

邵、杨之间的较量，开始于1933年11月15日。当时，杨靖宇率部初到松花江以南活动，其后卫部队就与邵本良遭遇了。那一仗，虽然杨靖宇取得了毙伤敌人11人的战果，但却付出了3伤4亡的代价。在牺牲的人里，还有杨靖宇的老战友、中共满洲省委巡视员金伯阳。杨靖宇悲痛之余，把仇恨埋在心里。

一袭邵本良。一个多月后，12 月 20 日。杨靖宇和李红光采用调虎离山计，把邵本良的主力调出了他的老窝——柳河三源浦。乘虚而入，全歼邵本良一个连。烧毁营房十余间，逮捕了汉奸走狗二十余人，摧毁了伪满铁路工程局和伪警察署，缴获了大批军用物资和武器弹药。

三源浦是日伪梅（河口）集（安）铁路线上的重要据点，地势险要，戒备森严。杨靖宇不费吹灰之力就拿了下来，这给与义勇军作战战无不胜的邵本良的自尊心该是一次怎样的打击，可想而知了。邵本良发誓道："我一定要让杨靖宇知道我的厉害！"

二袭邵本良。不久，邵本良调集 3 个连，在柳河县大、小荒沟将革命军包围。但他不知革命军兵力虚实，不敢贸然攻击，又怕革命军越山东走，进入密林。于是，邵本良虚发了一封给其下属的信，信中假称东部有他的重兵，然后又故意让这封信落到革命军的手上。

杨靖宇仔细地分析了敌情和地形情况，看穿了邵本良的把戏。将计就计，也以司令部的名义给各部队发出一封信。命令部队按邵本良信中所说的时间、地点，立即开往南边，速与司令部会合，消灭邵本良于某地。此信发出后，也落入邵本良手中。邵得信后大喜，急忙将他北面的兵力调到南边，又抽调了凉水河子的驻军。革命军则趁夜从东部突围，当夜绕到了邵的后方，乘虚攻占了邵本良的后勤基地——凉水河子，缴获大批枪支，逮捕了日本人和走狗数人。邵本良气急败坏，咬牙切齿，调兵遣将，要同杨靖宇决一雌雄。

三袭邵本良。1935 年 7 月，在海龙县，邵本良求战心切，盯住革命军不放。杨靖宇于黑石嘴子（也叫黑石头）设伏，打了他一个意料之外。邵本良仗着人多势众，实在想不到杨靖宇敢停下来打他。这次战斗只用了半小时，毙伤日伪军六十多人，俘虏敌人 16 人。邵本良把日本人刚给他的一门小钢炮和几挺机关枪也送给了革命军。

四袭邵本良。正当邵本良为黑石嘴子中埋伏气得不行的时候，这次，杨靖宇则主动来找他了。1935 年 9 月，军部秘书长韩仁和侦听敌人的电话，获得一个重要消息：说邵本良老七团后勤部要从孤山子移防八道江，有一二十辆大车物资，还有些伪军官眷属随行，由副官刘大绝户带领一连人护送。杨靖宇得知这一情况后，埋伏在他们的必经之路旱葱岭。不仅消灭了伪军一个连，截下了十几辆大车，而且还俘获了邵的老婆等"花货"（军官家属）。邵本良赔了夫人又折兵。

五袭邵本良。1936年2月，杨靖宇接到内线报告，说邵本良的伪团部住在热水河子。于是，杨靖宇派出了一支25人的小分队，在凌晨一点奇袭了伪团部。虽然邵当晚到通化开会，逃过了一劫，但其副团长以下以及伪税务局长、商会会长等七八十人全部被俘。革命军缴获长短枪八十多支，马克沁轻机枪一挺，以及大量布匹、鞋子等物资。

六袭邵本良。杨靖宇端了热水河子邵本良老窝，邵本良嗅到了气味后，亲率主力粘住了革命军。可杨靖宇不跟他交手，邵本良率队刚一接近，革命军就转移了。杨靖宇对大家说："这回我们要走了，牵着这条老狗。领他们爬大山，走小路，遛瘦了再收拾他们！"革命军开始向西急行军。

邵本良一看革命军西行，便调集飞机、上千伪军，从4月开始，天上轰，地上追，其势凶猛，大有不达目的誓不罢休之势。

杨靖宇早已胸有成竹。他说："就让我们领着他来个大游行吧。"革命军出通化，进集安，来到一个叫台上的地方，攻破了台上伪警察署，缴获三十多支枪和许多子弹。第二天早上，杨司令诙谐地问大家："邵本良能不能跟上来？不行再等他一下！"于是，又进攻桦甸县，打下桦甸还没撤走，邵本良就跟上来了。革命军一听到炮声，知道邵本良跟了上来，就直奔桓仁县刀尖岭和摇钱树岭。一路上，革命军爬大山，走小路，不住脚地走，领着邵本良转了一个大圈。后来，革命军一个急行军，又把邵本良甩下二三天的路程，趁一个大雨天，突袭桓仁马圈子伪自卫团，缴了他们的枪。

革命军来到浑江边，杨司令立即组织队伍过江。当时，只有3条小船，部队三四百人，外加马匹，整整渡了一天一夜。第三天，侦察员报告说，邵本良已赶到浑江南岸的马圈子。杨靖宇听了，又率领战士开始了急行军，向北方转移。

邵本良得知革命军的动向后，误以为革命军要经过岗山（位于桓仁县与通化县交界处）回河里，立即抽调兵力在岗山一线布防。杨靖宇则率领部队继续向二户来方向挺进。在一个叫大花鞋的地方住了一宿后，第二天却扭头向西，这一转，把邵本良彻底搞糊涂了。

邵本良摸不清杨靖宇的意图，停下来观察。革命军看他不追了，就派小部队摸到他的驻地揍了他一顿。这一揍，惹得邵本良又开始追击。革命军刚到木盂子街，日本飞机就跟过来了，一番轰炸，杨司令看到有的房子着了火，立即组织战士救火。这时，邵本良赶了上来。

日本人和邵本良一看革命军光走不打，便调集兵力包围了老秃顶子山区的第一师，想来个围点打援。杨靖宇看透了他们的阴谋后，便来了个将计就计，不顾连日的倾盆大雨，率部向老秃顶子急进。敌人一见杨靖宇"上了圈套"，便铆足了劲儿在后面追。可没想到，杨靖宇围着老秃顶子转了一圈后，又走了。与此同时，被敌人包围的一师，也跳出了敌人的包围圈。

军部和一师在宽甸县的佛爷沟门汇合，在那里休整了几天后，杨靖宇传下命令：走！

离开佛爷沟门，部队又开始兜圈子。今晚向南走50里，明晚又向北走60里，后天又不知向什么地方走了一夜。忽东忽西，忽南忽北，把警卫员也搞糊涂了。有人沉不住气，跟杨司令说："快把尾巴打掉吧，别叫他老跟在我们后边瞎咋呼，怪难受的。"杨司令听了，哈哈大笑。说："怎么，着急了。心急可吃不了热豆腐。咱们累，敌人像狗熊一样更累。我们领着他们转，叫他肥的走瘦了，瘦的走不动了，再和他算总账！"杨靖宇接着又说："明天你们丢些破鞋烂袜子，再扔些饭菜，通知各团都这么办！"借老乡家的碗筷，由于走得急，来不及送，就留下一张字条说："老乡们，情况紧急，所借之物，无暇奉还，请各位自己认领吧！"邵本良看到革命军丢盔卸甲的狼狈相，暗中得意。不知不觉，他们已走了6个县，近1000公里了。邵本良不知杨靖宇用的是拖刀之计，立功心切，仍带着他的部队在后面穷追不舍。他的兵还穿着大棉袄，一个个累得像个狗熊，呼哧呼哧地跟在革命军的后面跑。

4月29日，革命军来到了本溪县东南的赛马山区梨树甸子。杨靖宇见两条大山夹一条东西走向的大沟，地势非常险要，是一个打伏击的好地方。此时，正是梨花盛开的时节，那满山满谷洁白如玉的梨花，把这幽僻的山野，装扮得如仙境一般。然而，如此美丽的山川，却要做战场了……杨靖宇骑着战马，望着山路两旁含笑迎人的梨花，心里一阵刺痛。

这天拂晓，杨靖宇集合部队讲话："同志们，咱们走了一个月零三天了，不走了！"大家奇怪地问："现在该干什么？""打！"杨靖宇兴奋地说："老早就跟大家说过，咱们有'四不打'：地形不利不打、不击中敌人要害不缴获武器不打、付出太大代价不打、对当地人民有大损害不打。这里山高路险，居民不多，敌人疲惫，打的时机成熟了！"现在，咱们就在这梨树沟摆下一个口袋阵，让邵本良来钻。

杨司令刚跟战士们讲完在此打伏击，就像变了戏法似的，不多时，一师的队伍赶来了，碱厂农民自卫队赶来了，义勇军高维国、老北风的队伍也赶来了，聚在一起，五六百人。原来，敌人从磐石刚一出发，杨靖宇就派交通员来到本溪，联络一师以及其他抗日武装。为什么要带着邵本良划圈子走呢？杨司令知道，邵本良是个狡猾的敌人，打游击战，是很有经验的。尤其是春天有雪的时候，你想消灭他是困难的。因此，他就带着战士们整天和敌人绕圈子来拖延时间。等革命军来到本溪县梨树甸子时，一师早就把地点选好了。这天晚上，杨司令就带着部队住在路边的村子里。这时，敌人已经离他们不远了。杨司令住下后，给邵本良写了一封信。派当地的农民给邵本良送去。邵本良接到信，气得大怒，没等把信看完，就带着他的先头部队气冲冲地杀来。等他们来到红军宿营过的村子，一问，农民回答说："红军才走了不多时。"邵本良一听红军刚走，马上命令部队急行军。杨司令在指挥部里看看邵本良率部走进山谷时，他们还在用急行军的速度跑步前进呢。

杨靖宇作了战斗部署：一师六团埋伏在沟里，处在口袋底的位置；一师三团埋伏在沟口，等敌人进来扎口袋；军部教导一团及一师少年营、一师警卫连和军部重机枪连在中间埋伏；军部指挥所设在中间的一座小山头上。

邵本良最初追击革命军时，也非常小心，他怕中了杨靖宇的埋伏。他追了半个多月后，见革命军只是不停地走，以为革命军真害怕了。就造谣说，杨靖宇部"被我军追得溃不成军，疲惫不堪，仓皇逃窜，近日将被歼灭。"伪满的报纸，也大造声势，说什么"共军南北蠢动，难逃天罗"等等，目的是激将革命军停下来与他们决战。等邵本良见到革命军丢弃的东西，更加相信了自己的判断，胆子宜发大起来。

上午10点，敌机飞临梨树甸子上空侦察，不一会儿就飞走了。邵本良带着他的先头营三百多人，一头钻进红军的口袋里。待他们全部进入伏击圈后，军指挥所重机枪响了，各阵地上的战士们一齐开火。与此同时，一师三团已把口袋嘴扎上。伪军被这突然一击，立即乱了套。一些伪军拼命往沟里冲，迎头被一师六团的机枪给打回来。于是，又扭头向沟外撞，又被三团的机枪打了回来。军部教导一团及一师的少年营，把敌人拦腰切成几段。阵地上枪声、"缴枪不杀""优待俘虏"的喊声震撼山谷。邵本良见中了埋伏，慌忙命令撤退。可是，后面的辎重、车队，惊马狂奔乱窜，阻塞了退路。邵本良见大势已去，只好命令警卫连保护日本顾问英俊志雄撤离战场，却遭到英俊志雄的破口大骂。这时，一颗子弹飞来，打中了邵本良的脚跟，他痛得险些栽下马来。

话说在北面有一个突出的小山头，是一师少年营一个排在那把守。排长看山下打得很热闹，待不住了。就命令一个班守着阵地，自己带两个班冲下山去抓俘虏。邵本良由两个伪兵架着，看到此处防守薄弱，便组织敢死队，向北山上猛冲，结果那个班没顶住，邵本良逃跑了。日本炮兵中队长菊井少佐，仍然不肯放下武器，举着战刀在那里吱呀狂叫。杨靖宇举起大镜面匣子枪，"叭！叭！"两枪，结果了他的狗命。

英俊志雄见菊井被击毙，心里一颤，他的武士道精神已被吓跑了一半。他惊惶四顾，尸横遍地，求生的欲望，让他忘记了日军大佐的尊严。他就地滚了一身血水，往脸上胡乱涂几把鲜血，然后一头钻进死尸堆里。一个战士打扫战场时，看到他这副丑恶的样子，照屁股狠狠地踹了一脚，发现他没有反应，以为他死了，便收走他的枪支、军刀、望远镜等。等革命军撤走后，这老鬼子爬起来一溜烟儿跑了。

这次战斗，历时 4 个小时，毙敌八十余人，俘敌数十人，缴获迫击炮一门，长短枪一百多支。在这次战斗中，还缴获了一部军用电台。在战斗中，有一个战士，发现了 4 个灰色箱子。他以为是饼干箱，用刺刀撬开一看，里面是电池，就扔了。杨司令仔细问清了情况后说："可能是军用电台。"马上派韩仁和带人去取了回来。

七袭邵本良。邵本良回到沈阳治好了伤后，又带着日本人给的机枪、小炮返回八道江。杨靖宇得到情报后，便在邵本良的必经之地四道江，设下埋伏。邵本良遭到突然袭击，慌忙扔下战马，一头钻进一户朝鲜族老乡家里，抢了一件老百姓衣服套在身上，逃走了。

从此，邵本良一蹶不振，失去了日本人的信任，不久就忧郁而死。

诗人投笔上疆场

　　四月的早晨，天亮得格外早。在吉林省前搜登河村的一个大户人家里，一位英俊的小伙子早早地起床了。他今天要到吉林去，去见他的舅舅、也是他的好朋友曹国安。一切行李收拾停当，他来到卧室，亲了亲还在熟睡中的一双儿女，转身看了看妻子林小云。对她说："小云，我走了！"妻子伸出双手紧紧地揽住他的腰，眼里早已满是泪水。过了好一会儿，妻子擦干了眼泪，说了声："走吧，别晚了！"于是，他们挽着手，一起出了大门。到了村口，他望着依依不舍的妻子，一阵心痛袭上心头。他知道，这一去，很可以就是永诀。于是，情不自禁地一把抓住了妻子的手。沉默了好久，忽然，他对妻子说："小云，我的那本诗集你要收好，等孩子大了，给他们看看，诗里怎么说，就要怎么做。"他提到的诗集，是他25岁时写成的，题为《前进》的诗集。

　　妻子的泪又流了下来，点点头。她对他说："你身体不好，一个人在外，千万要保重！"他回答说："我记下了！不过，我这回走，与往次不同，也许十年，也许二三十年。你要让孩子好好念书，'满洲国'不倒，不要出来做事，宁肯在家种地！"说完，他用低沉的声音吟起了他那首悲壮的《前进》：

前进 前进

高举着反抗的大旗

杀向那资本帝国主义用鲜红的鲜血

森白的额骨

创造起未来的世界

创造起未来的世界

要自由 求平等

渴望着全人类的和平只有凭借着工农兵

英勇地前冲 前冲！

这个年轻人名叫宋铁岩，原名孙肃先，字晓天。1909 年 12 月 6 日，出生于前搜登河村。宋铁岩自幼聪颖好学，8 岁入私塾，12 岁入大绥河学堂。宋家是前搜登河村的大户，家产丰厚，人口众多。由于其父孙焕忠为人忠厚老实，在大家庭中地位十分低下，铁岩虽出身于这种富裕人家，但他的生活却一直比较拮据。1925 年秋，宋铁岩考入吉林省立第一师范学校，虽然学习生活很清苦，但他刻苦自励，在班级，成绩总是名列前茅。在这里，他接触到了进步思想，在老师谢雨天、楚图南（地下党员）等人的影响下，他的社会活动能力日益增强。

1928 年春，宋铁岩升入吉林省立第二师范学校。吉林二师在当时东北是一所很有影响力的学校。他学的是理科，为了传播新文化、新知识，他试着用文学语言，把自然科学知识写成科普文章，在校刊《秋声》上发表。

生活的艰难，却不能熄灭他的理想之火。他是一位有远大抱负的青年。他为《秋声》撰稿，是在履行自己的社会职责。他在日记中写道："努力吧，晓天，你的职分时刻不要离了脑海呀！社会要作什？你就为社会作什，努力呀！"

1928 年的中秋节来到了，一轮明月高悬碧空。宋铁岩举头望明月，禁不住泛起思乡之情。于是，他持笔写家书。可是，当他叠好信纸，封好信封，伸手向口袋里一摸，却分文皆无。最后，长叹一声，将厚厚的一迭家书付之一炬。第二天早晨，宋铁岩来到食堂吃饭，看见自己的名字上画了白圈（画白圈，意味着停伙），像是被判决的囚犯一样。同学们围上来，有的劝慰，有的气愤不平。学校的目的是逼学生速交伙食费，怎奈一贫如洗的宋铁岩拿什么去交伙食费呢？宋铁岩再也忍受不了了！他愤愤地离开食堂。来到作业室，回想起自家的身世，禁不住泪水夺眶而出。但一转念，些许刺激，何足挂怀！他奋笔写道："既生于人群，这样的事就不能不有，泪涕沾襟，妇人孺子之行（为）也！奋而起，赶课程焉。"宋铁岩在发愤攻读之余，更加勤奋地为《秋声》撰稿。后来，主编《秋声》的重任，也落在了他的肩头。

当时，日本帝国主义加紧侵略中国，宋铁岩密切关注着时局的变化。一天，宋铁岩在公园里，找到了并肩散步的谢雨天和楚图南先生，他们在学校享有很高的声望。宋铁岩施过礼，请教道："楚先生，日本侵略者的阴谋，真让人坐不安席，食不甘味啊！"楚图南说："天下兴亡，匹夫有责啊！"宋铁岩得到先生的鼓励。便坦率地讲出了自己的想法。他说："我想发起创办秋声书社，以此为中心，团结进步青年，宣传革命道理，先生赞同否？"听了他的话，两位先生大加赞许。从此，宋铁岩便以秋声书社为中心，以他所主编的《秋声》为阵地，介绍进步书刊，传播革命思想。一次，反动当局抓捕了学校的几名进步教师，宋铁岩得知消息后，立即准备材料，以秋声书社的名义，代表全校师生出庭辩护。他娴于辞令，能言善辩，曾荣获全校讲演比赛一等奖。在法庭上，宋铁岩毫无惧色，义正辞严地说："爱国无罪，反日有理，此乃中华民族之良心，倘连这点起码的良心都没有，无乃丧尽天良乎！"宋铁岩的发言，博得当庭一片喝彩。反动当局在社会一派声讨中，宣布几名进步教师无罪释放，从此，秋声书社威名大振。

当时，日本帝国主义为了实现其侵占东北野心，掠夺中国资源，强行修建吉会（中国吉林至朝鲜会宁）铁路。这种肆意凌辱中国领土主权的罪恶行为，激起了吉林人民的义愤。1928年10月28日，在党的领导下，宋铁岩和其他学生会负责人一起，组织和领导了以吉林二师为骨干的两千多名学生的上街游行示威：他们高喊："反对日本人强行修筑吉会路！反对政府出卖吉林市商埠！"沿街讲演、贴标语、撒传单。他们还深入到农村，进行反日宣传活动。在社会各界强大的压力下，日方修筑铁路计划受阻。

1930年秋，宋铁岩赴北平投考大学，因患病误了考期，遂随其舅父曹国安暂居北平沙滩的文华公寓。在此期间，他用汹涌的诗情表达了自己的理想和志愿：

流水不断地流过去了，

那新生的浪头已经掀起，

恬静、安闲，是过去的习染，怒马奔腾着的战场，

要实现着我的身形，

严烈的炮火下，

攫取那新的人生！

1931 年春，他考入中国大学。中国大学初名国民大学，是孙中山等人为培养民主革命人才创办的。入学不久，他就加入了中国共产党。被选为学校学生会主席和北平市大学学生联合会理事。

宋铁岩有较好的文学素养。他不仅写得一手好文章，而且善于将满腔革命激情化为悲壮的诗篇。1933 年，宋铁岩把他写的许多诗歌，编成一部诗集，题名《前进》。

在诗集《前进》的封面上，他用墨笔画出一面猎猎招展的旗帜，旗上画有代表工农兵的斧头、镰刀和枪的图案。收入诗集的诗有《前进》《红旗》《轰杀》《跃进啊，中国》《太阳》《暴动》《走吧》等许多热情澎湃的诗篇。这些诗，深刻地揭露了帝国主义的滔天罪行，热情地讴歌了工农劳苦大众的斗争精神，是那个时期宋铁岩斗争生活的形象记录：

阴沉黑暗多忧郁，

万众血肉被吸吮，

生存已失去生存权，必要生存，

只有消灭旧匪奸。

1931 年秋，九一八事变爆发。在这民族危亡的紧急关头，宋铁岩怀着对家乡沦陷的悲愤和对日本侵略者的无比仇恨，积极响应党的号召，组织中国大学学生走向街头，参加反日集会，组织反日示威大游行。10 月间，他被选为北平学

生请愿代表团负责人之一，率领代表团奔赴南京请愿，向国民党反动政府呼吁停止内战，一致抗日。蒋介石政府顽固地坚持"攘外必先安内"的政策，对来自全国各地3万多请愿学生，采取了血腥屠杀，制造了骇人听闻的"珍珠桥事件"。宋铁岩也在这次惨案中被捕入狱。在敌人的法庭上，他痛斥敌人说："爱国无罪！你们卖国，我们就爱国，我们一定坚持斗争到底，爱国的火焰是永远扑不灭的！"南京政府慑于人民的强大压力，不得不将他们释放。

1932年秋，宋铁岩被党派回到东北从事兵运工作。他对投笔从戎，开展武装斗争充满激情：

年光催驶青春少，风云搅扰势正好。

莫使雄心付流水，壮志应勿泻榻间。

伟业丰功标青史，儿女柔情视等闲。

策马提鞭走战场，巨觥三杯热胸膛。

怒火交流我心烧，将把人类大敌消。

资本恶魔扑杀尽，工农专政牢又牢。

1933年初，宋铁岩和曹国安、张瑞麟3名同志，先后打入伪军铁道警备第五旅十四团迫击炮连当兵。他们在士兵中积极宣传党的抗日主张，启发他们的爱国思想。

同年4月，迫击炮连移防到磐石县烟筒山，这里是长白山区，离红军游击队不远，既易于行动，又便于与红军联系，起义的时机已成熟。于是他们3人开会，研究了行动口号、出发路线、集合地点。端午节晚上，连队摆下了酒筵，连里官兵在一起大吃大喝，赌钱打牌，放松了警惕。宋铁岩他们趁机击毙了伪连长，把队伍拉到了玻璃河套，与杨靖宇领导的南满游击队会师。会师后，正式改为"中国工农红军三十二军南满游击队迫击炮大队"，宋铁岩任政委，曹国安为大队长。

1933年，东北人民革命军独立师成立，宋铁岩任独立师政治部主任。1934年4月，独立师进入桓仁山区，伪军廖弼宸的4个连（二个步兵连，一个迫击炮连，一个重机枪连），一路上尾随追击，始终咬住不放。一天傍晚，队伍来到黑牛沟，这里山势险要，靠山根只有一条通道，利于打伏击战。于是杨靖宇和宋铁岩研究决定，在此设伏，割掉这条尾巴。第二天上午九点多钟，匆匆向前追赶的伪军进入伏击圈，我军一举将其歼灭，击毙二百多人，缴获大批枪支弹药。战斗结束后，杨司令带司令部继续向前，宋铁岩率领师部二、四连，带着缴获的武器，回到根据地。

宋铁岩不仅是杰出的政治工作者，也是一位智勇双全的指挥员。1934年初夏，他随师部从柳河大牛沟出发，南下桓仁、兴京（今新宾县）。队伍走到英额布附近，发现不少百姓在这里修公路（由通化到新宾的公路）。从修路的老百姓口中得知，将有一个日本军官乘汽车从这里经过。杨靖宇和宋铁岩见公路两面都是大山，山上树木茂密，是个打伏击的好地方。于是，他们把修路的百姓带到山里，队伍迅速埋伏在公路两旁的树丛中。不久，护送日本军官的两辆汽车进入埋伏圈，杨司令指挥枪一响，勇士们一拥而上，车上的十几名伪军和日本人被全部缴械。第二天，队伍走到新宾东昌台时，又遇敌拦阻。这个镇子里驻有伪军两个连。一个连住在镇中心，另一个连住在镇西南。为了拔掉这个钉子，打开通道，师部决定化装袭击。宋铁岩找块白布，撕成小条，又用一块肥皂，刻成图章，涂上了红颜色，做成了伪军的袖标，让化装成伪军的一、二连战士戴上。第二天清晨，趁天还未亮，两连战士的马队飞快地冲进东昌台，一连奔东昌台子西边的兵营；二连冲进街中间的兵营，天色微明，伪军看不清，辨不清真假，等他们明白过来，已经被革命军包围了，只好乖乖地举手投降。

宋铁岩是一位坚强的革命者。他上大学之前就患有肺病，参加革命后，艰苦的军旅生活使他的肺病不断发作。尤其是1935年以后，日寇实行了野蛮的"集家并屯"政策，抗联的处境愈加艰难。夏日，淫雨霏霏，部队无处避雨，只能栖息于大树下，雨水浸透了衣、被，浑身冰冷不堪；寒冬腊月，雪地露营，"火烤胸前暖，风吹背后寒"，加上部队终日在深山老林里辗转，常常吃不上饭，营养极度不良，宋铁岩病情逐日加重。一个夜晚，队伍在山林里宿营，大家点燃篝火围拢在一起取暖，宋铁岩因病先躺下休息，衣服被火燎着了却全然不知，待大家把他扶起，扑灭身上的火，他的手已被烧伤。

1936年5月，梨树甸子战役后，军部和一师主力来到了风景秀丽、气候宜人的本溪县草河掌山区的汤池沟。官兵们在天然温泉中，痛快地洗了个热水澡。紧接着，在温泉旁的一块大石头边，杨靖宇召开了师以上干部军事会议。会议决定，以一师主力西征，具体安排由军政治部主任宋铁岩负责。于是，宋铁岩留在一师，6月23日，宋铁岩召开了一师连以上干部会议，对西征作了具体部署和思想动员。6月28日，宋铁岩与一师两位领导人程斌、李敏焕率四百余人的队伍，从本溪县赛马蒲石河出发，开始了第一次西征。

当时宋铁岩肺病复发，师领导劝他留下来休养。可他恳切地说："西征是到新区斗争，这任务很艰巨，再加上道路不熟，困难会很多，需要强有力的政治思想工作。你们指挥战斗和开辟地方工作的任务已经够重了，再把思想政治工作的担子加在你们身上那还得了？我必须得去！"他毅然抱病西征。当行至岫岩温家堡子，由于行军劳累，再加上饮食甚差，宋铁岩病情加重，几度昏迷，不得不返回和尚帽子密营。

1936年7月中旬，西征部队受阻返回本溪境内后，宋铁岩虽卧病榻，但仍与一师干部们一起总结了西征的经验教训，并协助师领导肃清了西征过程中有叛变行为的少年营政委等人。病情稍好一点，宋铁岩就写歌，教战士们唱，给枯燥的密营生活，增添了些许欢乐，也稳定了大家的情绪。现在流传下来的有《四季歌》《当红军歌》《追悼歌》《儿童歌》等。

1937年2月10日，是农历丙子鼠年大年三十，他与一师部分指战员在和尚帽子山顶上的密营中过年，为了让终日征战的抗联战士过得快乐些，他还组织战士们扭大秧歌。大年初一凌晨，数百名日伪军包围了和尚帽子密营，宋铁岩指挥密营中的战士奋勇抵抗，终于撕开了敌人的包围圈。然而，宋铁岩病体未愈，行动缓慢，走在队伍的最后，在越过一个小山岗时，被子弹击中，献出了他年轻的生命。

韩震休妻赴国难

韩震，曾用名韩光、韩珍、黄甫等，1900 年生于朝鲜汉城。汉城位于韩国西北部的汉江流域，初称汉阳。1394 年，朝鲜李氏王朝开国君主李成桂迁都汉阳并改称"汉城"，1948 年，又改称"首尔"。韩震的家是一个大地主家庭，家里良田千顷，奴婢成群，因此，他从小一直过着锦衣玉食的生活。1910 年，日本占领朝鲜后，为了灭绝朝鲜文化，强迫学校只许教日语，还勒令百姓不许说朝鲜语。若违犯禁条，轻者打耳光，重则坐牢。

韩震虽然生活优裕，但他从小就耳闻目睹了日本侵略者的暴行，心中埋下仇恨的种子。他加入了青年进步组织"反帝爱国基督青年会"，深入到贫苦市民中间进行反日宣传。1919 年，朝鲜爆发了著名的"三一运动"，韩震同千万名爱国青年一起走上街头，高呼"打倒日本帝国主义！""独立万岁！"等口号，向殖民当局示威。穷凶极恶的反动军警，对爱国青年大打出手。他们用水枪和棍棒对付这些手无寸铁的游行者，游行队伍很快便被军警冲散。事件平息后，日本军警开着警车，开始到各学校搜捕参加上街游行的学生。由于韩震是这场运动的骨干分子，被人告密，列入了重点逮捕的黑名单。

韩震决定和其他的朝鲜爱国者一起，到中国的东北，继续从事爱国独立活动。他把自己的想法跟父亲说了，父亲大为震惊和恼怒。他冲儿子大吼道："我就你一个儿子，指望你用心读书，将来功成名就，光宗耀祖，继承家业，谁想你不用心读书，在外惹是生非，还要离家出走，今天我非打死你这个逆子不可！"父亲越说越生气，上前就扇了他两个耳光！可毕竟虎毒不食子，等父亲气消了后，便想方设法疏通关系，替儿子摆平此事。当局虽然不追究了，但父亲发现，儿子于读书依然心不在焉。为把儿子的心拴住，父母费了很多心思。最后两人一合计，反正儿子也不小了，干脆给他娶一房媳妇。说办就办，不久，就花重金为儿子聘到了一位资本家小姐。新媳妇才貌双全，温文尔雅，与韩震感情甚笃。结婚后，父亲将他找到书房，跟他作了一次长谈，父亲一改往日的严肃，很动情地跟他说："儿子，你如今已经长大了，已是为人夫的人了，做事不能太任性，要前思后想，不能丢掉做丈夫的责任。那什么革不革命的，千万不能干了；你再干，就先把爹的命革了吧！"但是，父亲的软硬兼施，丝毫没有动摇韩震的革命意志，他表面表现得十分恭顺，实际是在等待着时机。

1928年春，韩震终于找到了机会，离开了汉城，只身来到吉林磐石县草石山村。为了有一个合法的身份作掩护，他谋得了朝鲜族小学教员的差事。白天，他给学生们讲抗日救亡故事，启发学生的觉悟；晚上，他走家串户，向贫苦的朝鲜族群众宣讲穷人要翻身闹革命，解放自己的道理。就这样，韩震很快就同贫苦百姓结下了深厚的友谊，成了当地朝鲜族群众反帝斗争的主心骨。

1930年8月，中共磐石县委成立后，韩震多次找到负责人，要求加入中国共产党。县委根据他的一贯表现，同意了他的申请。入党后，韩震工作更加积极主动。由于他经常出头露面，频繁接触群众，引起了当局的注意。1931年夏，当局以韩震扰乱社会治安罪将他逮捕。在狱中，无论敌人怎样拷打，他始终没有承认自己是一名中共党员。由于反动当局没有抓到任何把柄，1932年冬，将他释放。韩震出狱后，磐石县委根据组织规定，要对他在狱中的表现情况进行审查，因此暂未分配他党内工作，韩震心情很烦闷。

正在这时，妻子从汉城赶来。妻子见韩震萎靡不振的样子，抱住他好一顿痛哭。韩震也难过得流下眼泪。妻子对他说："父母亲都老了，家里有很多生意也无人照料；母亲病中经常念叨儿子，想起来就哭，你跟我回家吧！"韩震默不作声。妻子见没说动他，便打定主意，留下来，陪陪他，再慢慢做他的思想工作。

妻子本是资本家的小姐，平时出门，都穿着高跟鞋，打扮得花枝招展的，这和当时贫穷落后的中国东北农村极不协调。因而，引起了党内一些人的反感。这些人不仅看不惯韩震的妻子，对韩震的党性也产生了疑问。鉴于这种情形，县委决定暂不恢复韩震的党籍，不准他参加党内的任何会议。此时的韩震，像受了莫大委屈的孩子。想不通，不理解，他吃不好饭，睡不好觉，整天愁眉苦脸地坐着发呆。妻子一看，时机来了。便劝他说："你抛家舍业的，条件又这么艰苦，还受这么多委屈，何苦呢？回家我们俩在一起，恩恩爱爱生活，多好呀！"韩震使劲抹了一把泪水，对她说："我现在不能走，我要用行动证明自己的清白！"

1932年末，为了证明自己的清白，韩震一气之下跑到山区，组织了几个人，弄了几条枪，拉起了一支游击队。韩震本是地主家的少爷，根本不懂得带兵，也不懂游击战术，再加上他求胜心切，在短短几个月中，处处碰壁，几乎陷入绝境。这时，磐石县委派人找韩震谈话，韩震终于明白了党组织的意图。他诚恳地检讨了自己的错误，并主动要求党组织对自己进行严格审查。

回到家后，他对妻子说："家我是肯定顾不上了。我在这干革命，风里来雨里去的，脑袋挂在裤腰上，随时都有可能死掉。你还年轻，我也不想耽误你，我给你一纸休书，你回去找个好人，安安稳稳地过日子吧！"

妻子哭了。她委屈地说："你不回就不回呗，干嘛要休了我？"韩震说："这是为你考虑呀！我从事的是掉脑袋的勾当，我们脱离了关系，免得你跟我受连累！"

妻子气呼呼地走了。

经过党组织认真审查，没发现韩震在狱中有任何问题，便恢复了他的党籍，重新安排了他的工作。

1933年6月17日，大兴川战斗中，韩震右眼中弹导致失明。李红光看他眼睛上蒙着纱布，跟他开玩笑道："你这是修成正果了，开枪瞄准时，不用再闭上一只眼了！"韩震气得哭笑不得。李红光的传令兵，站在一边看他两人开玩笑，灵机一动，脱口喊道："这不成了独眼司令了吗？"从此，在革命军中，韩震就有了"独眼司令"的绰号。

1934 年，韩震被任命为独立师三团政治委员。他同团长韩浩一起，率部在桓仁县的洼子沟、高台子、木盂子、暖河子老岭沟，兴京县 (今新宾县) 的哈塘沟、岔路子、平顶山、大四平，本溪县的小直沟等地与日伪军周旋，巧妙地打击敌人。1934 年 12 月，韩震参加了中共南满特委第一次代表大会。不久，担任一师军需部长。作为军需部长，韩震根据杨靖宇的批示，在极端困难的情况下，组织动员革命军战士和群众在本溪、桓仁山区的高山密林中修建了大量的军事密营。

修建密营的艰苦，令人难以想象。开山洞时为了保密，不能打眼放炮，就靠镐刨、铁棒撬，挖出的石块不但要往远处抬，还得在石头上面盖上土，种草栽树隐蔽起来。为了把密营建得坚固、耐用又隐蔽，韩震不仅参加总体设计，还要和大家一起苦干。他的手和战士、群众一样打起了血泡。经过一段时间艰苦的努力，终于建成了十几处密营，形成了以老秃顶子为中心的密营网。这些密营用来贮藏物资、治疗伤员、修理机械、印刷传单、制作被服以及部队休整等，在抗战斗争中发挥了极为重要的作用。

1935 年 4 月，韩震率部到新宾县东昌台附近活动。东昌台是日伪军一个重要据点，驻扎着四十多名伪军和一些自卫团员。他们依仗背靠高山、前临苏子河，易守难攻的险要地形，气焰十分嚣张。在摸清敌人的兵力部署、火力配备和活动规律后，韩震召开"诸葛亮会"，让大家献计献策，最后，决定采取化装奇袭。韩震把部队分成 3 部分：一部分化装成日本守备队，进东昌台缴敌人的武器；一部分负责偷听敌人电话，监视敌人的动向；另一部分人到东昌台西部的白旗村隐蔽，准备阻击敌人援军。第二天清晨，一队"皇军"来到东昌台，进了寨门，"指导官"把战刀向前一指，"守备队"队员，立即将伪警察和自卫团围住了。这时，忽然听到"指导官"用中国话高喊："枪是日本的，命是自己的。我们是中国人民革命军，缴枪不杀，赶快投降！"伪军和自卫团一听，好半天才醒过味来，个个吓得魂不附体，纷纷跪地缴枪投降。一个伪军企图反抗，被韩震一枪击毙。战士们砸开牢房，救出了地工人员和无辜的百姓后，迅速撤离了东昌台。这次战斗共缴获47支长短枪，两千余发子弹，还有大批粮食和军用物资。

为了更有力地打击敌人，上级决定，将当地农民自卫队、游击大队组织起来，改编为一师四团，由韩震任团政委。

1936年3月2日下午，韩震在仙人洞的二道岭子老王家，召开了相关领导会议。由于当地一个日本走狗向兴京县平顶山日本守备队告密，会议将要结束时，哨兵进来报告："外边来了一帮人，估计是敌人！"韩震问："是不是五团的人……"话音未落，敌人已将房子包围了。在敌人的突然袭击面前，韩震临危不惧，沉着地指挥战友突围，但终因敌强我弱，几次突围均未成功。经过2个小时的激战，敌人火力稍微弱了下来，韩震抓住时机，再次组织人员从后窗突围，他和几名战士留下来掩护。待同志们脱险后，他们才开始撤退。当他撤到后山坡的一片撂荒地时，不幸中弹牺牲，时年36岁。

"老家亲"归附革命军

1934 年初，东北人民革命军独立师遵照党的开辟新的游击区的指示，以三团长韩浩为首的先遣队，越过辉发江，来到桓仁。韩浩在老百姓嘴里，了解了李向山的一些情况，认为他是一个可以团结的对象，便决定去会会这位"老家亲"大当家的。

为了慎重起见，2 月 21 日下午，韩浩穿着一件露棉花的破棉袄，腰间扎了根绳子，腰后还别了一把镰刀，化装成一个农民，来到海清伙洛大沟李向山家。两人见面寒暄之后，韩浩说："李校长，我是桦甸县人，流落到此地，混不下去了，听说你的'老家亲'是打日本子的队伍，我想入'绺子'打鬼子。"李向山抬眼看看眼前这位陌生人，怎么看也不像个普通农民，害怕是敌伪的密探，便笑笑说："你弄错了吧？我们都是良民百姓，和日本人友好共荣，怎么能打日本呢？"说完，两人都直视对方。片刻，韩浩哈哈大笑起来。

这一笑，引起了李向山妻子陈发荣的猜疑。于是，她抱起不满 3 岁的儿子，对李向山说："还磨蹭啥，咱们快去给孩子看病吧！"此刻，韩浩已看出他们的疑虑，便亲切地说："李校长，听说你举旗抗日，率众杀敌，我是专程来拜访你的；如果孩子真有病，那就抓紧去吧！"李向山听韩浩这么说，便问道："你是什么人？从哪里来的？怎么知道我抗日？"韩浩微笑着说："我们是东北人民革命军，我从根据地来。"说着掏出了证件。并自我介绍说，我姓韩，名浩。李向山阅人无数，又看过证件，知道眼前这位是真红军，上前一把握住韩浩的手，激动地说："以前几次派人去找你们，都没有找到；没想到你们今天光临到此，真是有失远迎呀！"说完，兴奋地对陈发荣喊道："老婆，快，快，备饭，贵客到了！"饭做好后，他们边吃边聊。吃完饭后，李向山叫人把谢教头找来，安排了一些事情。说完，就跟韩浩走了。

半个月以后，李向山从外地回来了。一进屋就对妻子说："这次我见到红军的杨司令了，大高个，关里人，岁数不大，有能耐！中国有这样的英雄好汉就不会亡国。等着吧，红军不久就开来了！"

1934年秋，李向山率领他的"绺子"，60人，48支步枪，在洼子沟正式参加了革命军。杨靖宇很器重李向山，夸他有文化，能写能讲，于是，安排他在军部当秘书。后来，李向山多次要求，要到一线去打鬼子，没办法，杨司令便派他到一师当副官，协助师长李红光工作。一师经常活动在宽甸、桓仁、新宾、本溪、通化、集安等地，李向山地熟人熟情况熟，由于他的协助，一师在这一带的工作开展得十分顺畅。

自从一师到达桓仁后，陆续在老秃顶子、八里甸子、仙人洞、高俭地、川里、海清伙洛、洼子沟等地建立了地方抗日组织。李向山每到一地，就召集村里的群众，宣传共产党的抗日救国主张。他在群众大会上说："亡国就是亡命，要想不亡命，就得保住国家不灭亡。小鬼子的侵略就是要屠杀中国人民，强占我们的美好河山和毁灭我中华民族，凡是有志气的中华儿女，都应该起来与敌人作斗争！愿意抗日救国的青年们、勇士们，赶快起来参军参战，我们拍手欢迎啊！"他还亲手写歌词谱曲，教广大群众唱歌。他教唱的《雪花飘飘》《红军四季歌》等十余首革命歌曲，在游击区四处传唱。他在歌曲中这样写道："我们不怕飞机大炮新式武装，死不投降，绝不卖国，坚决把日抗！"他是这样说的，也是这么做的。

李向山在铧尖子一带威信很高，他常劝说铧尖子一带的财主，出钱出粮支援红军。李向山的活动也引起了日伪汉奸的注意。1936年，铧尖子东西堡和他相好的8家财主找到他对他说："李校长，我们每户出一锭银子（一锭银合80块银元），你拿到奉天还是天津，开个买卖或隐居都行。你赶快逃吧，这里是日本人的虎口！他们不会饶了你的！"李向山说："我决不能眼看着家乡人民当亡国奴，自己躲起来，去安享富贵吧？我要革命到底，哪儿也不去！"在李向山的宣传鼓动下，有很多青年纷纷报名参军，其中有很多是他的学生。

当时，在桓仁地区，有"绺子"几十股。这些山林队中，绝大多数是抗日的，其中还有不少是原民众自卫军的旧部。针对这种情况，一师派李向山率领政工队去宣传、开导他们，要他们以国家民族利益为重，一致对外，抗日救国，不干危害老百姓的事。由于政工队较好地执行了党的抗日民族统一战线政策，从1935年到1936年，能够听从一师指挥的大小山林队有三十余支，总数达千余人。这些山林队，跟革命军订立同盟，互相配合，打击日伪军。通过联合、改造、改编山林队，一师在本桓地区的威信大增。桓仁群众纷纷组织起来，拿起刀枪，参加反日会和地方武装，有力地配合了一师在本溪、桓仁地区的抗日斗争。

李向山不仅自己参加过大小数十次战斗，还安排儿子李在野为一师采购物资。李在野暗藏革命军护照，以车老板为公开身份，多次从沈阳、本溪等地买回枪支弹药、油印机、缝纫机、布匹、药品等军需物资，为一师建立兵工厂、被服厂、医院等做了大量工作。1935年8月13日，韩震、李向山在高俭地成立了抗日地方委员会，任命阎桂铭为地方工作委员。地方委员会为革命军筹款4次，总计伪币127元，军粮95石，还有服装、鞋子等物资。

1935年秋开始，日伪调整工作方针，对抗日武装采取了一手拉，一手打的两手政策。在军事上加紧"围剿"、经济上推行"集团部落"的同时，利用汉奸、特务、土豪劣绅，对抗日义勇军进行封官许愿、金钱利诱。很多山林队经不住威胁利诱，一批批下山投降。在这种情况下，一师主力撤出桓仁转移到外线，只留少量部队与敌人周旋。当时，李向山身患疾病，师部留他带一部分人在原地坚持斗争。

1936年3月，日寇为抓住李向山，逮捕了他的妻子陈发荣和他不满5岁的儿子，还有李向山的堂弟。敌人把他们关在了二户来警察署28天后，又押到县城警察署。日寇对他们严刑拷打，追问李向山的下落，可他们的回答就3个字：

"不知道"。敌人一看，确实问不出什么名堂，只好释放了他们。

不久，日伪特务抓到了他的大儿子李在野。问他爹李向山在哪？李在野说："哪去了，我也不知道。反正300里地以内没有。"特务们不相信李向山能离开桓仁。又问李在野："在桓仁境内找着他怎么办？"李在野毫不犹豫地回答说："砍我的脑袋！"敌人为了放长线，钓大鱼，就释放了李在野。从此，李在野的大车不能赶了，他怕特务跟踪。有人劝李在野逃走，李在野说："我父亲身体不好，不能离他太远。如果他有什么情况，我在家也好有个照应。"在李向山被捕的前两天，李在野又被抓起来了，抓到县城后，被鬼子点了"天灯"，遗体被填入了浑江。

敌人为了抓捕李向山，做足了功夫。二户来警察署特务股长康太贤，派出田宝昌、唐金两个特务，整天跟铧尖子一带的老百姓厮混在一起，跟归降的李向山的部下交朋友，暗中探听李向山的行踪。

当时，由于敌人"集家并屯"，李向山带领的部队在山上打游击，接触不到群众，时常没有吃的。偶尔能吃到带壳的高粱、苞米粒子已经很不错了。长期营养不良，再加上他患病在身，李向山身体极度虚弱，路都走不了了。传令兵心里非常着急，便翻过岭来到了洼子沟，打算找机会弄点粮食。在路上，他遇到了东堡村的王则香用牛车往回家拉柴火，便上前把人和牛带到黑瞎子望密营。李向山对王则香说："由于抗联的活动有困难，现在缺粮少米，你让家里给我们送点粮食来，我们就放你回去！"晚上，王则香的父亲和弟弟见人和牛车都没回来，知道出事了。便找到跟李向山有关系的金凤山、于增尧二人。这事很快被特务田宝昌知道了，田把情况向康太贤作了汇报。康、田密谋后，找到老王家问明了情况，便与老王家合谋设下了陷阱。

1937年1月27日早晨，老王家请金凤山去吃早饭。康、田、唐等特务伪装成抗联，来到了老王家。唐金先发话问道："老王家，东西还没准备好吗？"说着，他们就进了屋。田宝昌趁金凤山一分神，一步跳上炕，一拳将金凤山打倒，几个特务上前一齐动手，七手八脚地把金凤山绑了起来。然后，连拉带拖地来到了于增尧家，把于增尧也绑了起来，把他们一同带到铧尖子警察署。金、于供出了李向山藏身的详细地点，并答应由他们带路去抓李向山。

当天下午，署长兰仁居（绰号兰豆包）带着很多警察，封锁了海清伙洛和洼子沟沟门，只准进，不准出。傍晚，桓仁警务科主任金某坐汽车到了铧尖子。会同"兰豆包"等150名警察及自卫团，由金凤山、于增尧二人带路，连夜摸到了黑瞎子望。李向山和传令兵被捕，当晚他们被带到铧尖子警察署。

抓到抗联这么大的干部，特务们高兴极了！他们想撬开李向山的嘴，把抗联连窝端，特意从饭馆要来一桌好酒好菜，请李向山吃。李向山向菜里"呸"地吐了一口痰，鄙视道："我不当亡国奴，也不吃满洲饭！"

第二天早晨，敌人怕遭到抗联堵截，特意从县里调来了3卡车宪兵押送李向山，这还不踏实，还把李向山藏在车厢里宪兵中间，绕道回了县城。

当汽车开到八里甸子，由于道路施工，汽车被堵住了。李向山趁机向民工喊话："乡亲们！同胞们！我李向山从没当过一天亡国奴！我死了不要紧，中国有共产党的领导，东北有3000万同胞，全国有4万万人民，中国不能亡，日寇必须滚出去，胜利一定是属于我们的！"

李向山在县城关押不久，又被敌人用飞机押解到沈阳。面对敌人的威逼利诱、严刑拷打，他始终没有低头，不久，壮烈牺牲。

铁骨硬汉赵文喜

唐代大诗人岑参在其《白雪歌送武判官归京》诗中写道："北风卷地白草折，胡天八月即飞雪。"这并不是夸张，其实，在上个世纪三四十年代的辽东，阳历10月份就已经落雪了。

赵文喜身穿一件破棉袄，迎着漫天飞舞的雪花，沿着公路从那吽到偏砬河去。他一边走，一边想着怎样跟老乡们谈心。来到一个山脚的急转弯处，他一抬头，猛地发现路边停靠着两辆汽车，车上架着机枪，车厢里站满了日伪军。他们是新宾平顶山的日伪搜查班，路过此处，在此地休息的。也许是思考太专注了，赵文喜没有听到汽车声，一点心理准备也没有，想躲已来不及，于是，赵文喜只得硬着头皮，"从容"地从汽车边擦肩而过。眼看他就要成功了，突然，车上的汉奸赵文礼认出了他，大喊一声："赵文喜！"日伪军听到赵文礼的喊声，呼啦一下子涌到赵文喜跟前，把他包围起来。赵文喜站住脚，大义凛然地说道："对，我就是赵文喜，抓吧！"

抓到了赵文喜，对平顶山警察署来说，那可是天大的事。日本指导官很热情地"会见"了他。这老鬼子备了满桌酒菜很客气地对他说："久仰、久仰！赵大队长，让你受委屈了！皇军大大赞赏你的能力，你杀了我们很多人，我们不怪你，各为其主嘛！只要我们今后能精诚合作，你的高官厚禄大大的。"赵文喜瞪了他一眼，没吱声。这老鬼子以为赵文喜动了心，便进一步劝道："中国有句顺口溜'四大好'，你的听说过吧，'中国的馆子，美国的楼，日本的姑娘，高丽的牛。'

皇军今晚就为你选一个日本绝色姑娘。一个男人活着不就是为了金钱美女吗！"

说完，指导官击掌3声，一位粉面朱唇、身着和服的日本女郎，轻挪细步，来到跟前。她殷勤地为赵文喜布菜斟酒。赵文喜已经好几天没吃饱饭了。心想要与敌人周旋下去，没有体力不行。于是，就拿起筷子，一阵风扫残云。指导官看着赵文喜的吃相，脸上露出了满意的笑容。他扭过头来对女郎说："好好地侍候，朋友大大的。"说罢离座而去。

饭毕酒罢。女郎轻舒玉臂，揽住了赵文喜的腰。赵文喜吼了一声："给我滚，老子不吃这一套！"右手一挥，将那女郎推个仰面朝天。

软着不行，鬼子开始动硬的。审问他：

"你们的枪支弹药与服装是从哪里弄来的？"

"是你们的警察署与治安队拱手献给我们的。"赵文喜面带得意地说。"你带多少兵？他们都叫什么名字？都在什么地方？"

赵文喜回答说："我带几百人呢，都没有名字只有编号，有多少兵就有多少个号。他们神出鬼没，在什么地方我也不知道。"

日本指导官被耍戏了，驴脸拉得老长。狂叫道："给他上刑！快给他上刑！"

赵文喜被打得皮开肉绽，体无完肤，但他一声不吭。日本指导官见这招不行，又换另一招"灌凉水"：

"灌凉水"是把人放倒在桌子上，用木棍把嘴撬开，用水壶一壶壶地把凉水灌进受刑人的肚子里。不多时，受刑人的肚子就鼓起来了。这时，便会有一个鬼子跳上桌子，用脚踩踩着受刑人的肚子。不一会儿，水便会从那人七窍中流出。赵文喜一次次昏厥，但是，仍是半字不说。凶残的鬼子，又换了"老虎凳""剜骨挑筋"，赵文喜依旧是怒目而对，不吭一声。

鬼子见他不说话，便把抗联草盆村的地下工作员孙纯有、王庆春、孟昭辅抓来，让他辨认。赵文喜摇着头说："我不认识。"敌人无可奈何，便把这些人折磨一番释放了。

老鬼子的耐心受到了挑战。他吼道："再不说，刑罚厉害的有！"赵文喜淡然一笑。这时，一个鬼子拎来一壶热水，扒开赵文喜的后衣领，一壶热水倒了进去。赵文喜一声惨叫，但他仍咬紧牙关，不吐半个字。

赵文喜被捕的消息传开后，与他有联系的抗联地方工作员忧心忡忡。特别是那些支援过抗联的士绅、官吏、伪警察更是坐卧不宁，惊恐万分。可是，当他们听说了赵文喜在审讯中的表现，放心了。

敌人没有捞到半点口供，恼羞成怒，开始进一步残害赵文喜。

一个汉奸将上坟用的黄草纸蘸上煤油点燃，塞进赵文喜的裤裆里。赵文喜的腰间、裤腿不断地有黑烟冒出，转瞬间，大腿内侧皮焦肉黑。

赵文喜硬是咬紧牙关，始终不吐半个字。

敌人为什么会对赵文喜这么凶残？这话还要从头说起：

1906 年，赵文喜出生于新宾县平顶山杉木厂村的一个贫苦农民家庭。少年时代读了几年书。1930 年，他参加了平顶山保甲团。由于他在剿匪中机智勇敢，在镇里颇有名声，是一个文武双全的人物。

九一八事变后，赵文喜所部被日伪改编为伪公安队，赵任副队长。1934 年春，革命军独立师南下桓仁，因赵文喜有抗日愿望，杨靖宇便派解麟阁跟赵文喜联络。赵文喜接受了红军的抗日主张，带着三十余名弟兄，加入了"桓仁反日农民自卫队"。一次，他偶然得知，伪八里甸子警察署派人到县城取给养，由 5 名警察押着 3 辆大车（马车），返回时会在暖河子一家商户吃午饭。赵文喜觉得机不可失，决定孤身夺枪。他用计来到这家帮助洗菜、烧火。正当伪警察们喝得兴起时，他趁其不备，夺走了 5 只大枪。并高喊："不准动，我是赵文喜，你们已经被包围了，动就打死你们！"伪警察一听是赵文喜，没做任何反抗，乖乖地跪地求饶。不久，"赵大侠"的神奇故事就像风一样在桓仁流传开来。

1935 年初，一师政治部主任程斌在桓仁县六区四平街(今属新宾县)，成立"桓兴反日农民自卫队"，自兼司令。主要任务是"捉杀走狗，破坏日、满、匪交通，扰乱日、满、匪后方，破坏其军事设备及交通工具，与人民军共同作战，以冲破日伪军的讨伐。"自卫队下辖两个大队，赵文喜任第一大队队长，刘成烈任指导员。赵文喜大队成立后，经常活动在平顶山、苇子峪、窟窿榆树（今新宾县大四平镇）一带，在他的宣传带动下，一个个热血青年参加了抗日组织。如，后来知名的抗日人物宋福才、老李、王玉才、宋丫旦以及黄生发都是他发动的。

1935年春，赵文喜侦悉，日本守备队有一个运输车队要从窟窿榆树经过。他抓住战机，在闹子沟公路边设伏。当6辆汽车驶入埋伏圈时，他一声令下："打！"战士们双眼冒火，枪弹齐发。不到半个小时战斗就结束了，活捉日伪军33名，击毁敌汽车6辆，缴获大量武器弹药和食品。

赵文喜打起仗来不仅勇敢，还很会用心思。攻心搞策反，这是他的专长。智破窟窿榆树伪警署，他化装侦察、和队员扮作土匪，有力地配合了程斌、李敏焕。一次，他带人攻打桓仁县横道川区公所。区公所围墙3米多高，里面设有炮台，驻有四十余名伪军。敌人紧闭大门，负隅顽抗，自卫队久攻不下。赵文喜心生一计，暗嘱战士们准备好手榴弹。然后，他用命令的口吻对战士喊道："同志们，不要打了，我去调大炮来轰！"接着，战士们甩出一排手榴弹，响声震天动地，霎时天昏地暗。伪军以为真的开炮了，吓得在里面高喊："不要打了，不要开炮，我们投降！"乖乖地把四十多支枪扔出墙外，我军顺利地占领了区公所。

赵文喜成了鬼子的心病，他们密切关注他的一举一动。为了躲避敌人，赵文喜秘密地把家搬到了平顶山板桥子。板桥子背靠庙后沟大山，沟深林茂，只有十几户人家。越过山梁便是抗联密营地黄木厂与李麻沟。很快，他家便成了抗联的联络点。1935年秋，赵文喜在战斗中负伤，在家养伤。伪搜查班、苇子峪警察署探知赵文喜在家，便乘黑夜，将赵家包围。赵文喜发现敌情，拔出了匣子枪，欲掩护妻儿先走。可是贤惠的妻子史氏，坚决不肯。他说："你与警卫员快走，弟兄们不能没有你！"妻子故意做出动静，把敌人注意力引开，赵文喜与警卫员乘机从后窗跳出，钻进密林深处。

汉奸没抓到赵文喜，便在他的妻子史氏和儿子小喜子身上打主意。他们甜言蜜语，让史氏劝丈夫回头是岸。史氏怒斥道："你们这些狗汉奸，忘掉了自己的祖宗，你们迟早会下地狱的！你们就死了那颗狗心吧，我丈夫永远不会当叛徒、汉奸！"鬼子汉奸见软的不行，又来硬的。对史氏施以暴行，史氏一次次被打得昏死过去，又被凉水一次次浇醒。问她伤病员在哪里，她始终坚定地说："不知道！知道也不告诉你们这些狗强盗！"

鬼子见在史氏身上没有油水可捞，又哄骗小喜子。把饼干、糖球塞到小喜子手里，可小喜子当着他们的面，就把东西摔在地上。脚一边踩，嘴里一边说："臭，臭，我嫌臭！"鬼子威胁道："告诉我，伤病员在哪里？不然，要枪毙、要喂狼狗，死了死了的！"小喜子说："我是小孩子，我怎么会知道！"

汉奸一边把这娘俩当诱饵，等待赵文喜上钩；一边冒充史氏给赵文喜写信，劝降。伎俩用尽了，没有收到丝毫效果。鬼子与汉奸彻底绝望了！惨无人道的日寇把他们娘俩押向万人坑。一路上很多群众噙着泪花，从家门走出来，目送他们远行。小喜子一边走一边哭诉："大叔大婶们，我爹救国有什么罪！我有什么罪？"送行的群众议论道："这娘俩真了不起，是个中国人。小喜子跟他爹大喜子一样，只是可惜了了，不然长大了，又是一条好汉！"万人坑边，罪恶的枪声响了。接着，一群饥饿的狼狗扑向了他们。第二天，小喜子的叔叔赵文明偷偷地来收尸，看到地上只剩下凌乱的骨头和碎布，已是无尸可收。

1935年12月，李敏焕率一师一部及赵文喜大队来到宽甸与凤城交界处。这里有个恶霸地主王家真，是个大汉奸，有武装团丁二百余名，据深宅高墙负隅顽抗，死不投降。革命军运用火攻，把火把投掷到院里草垛、草房、马棚上。顿时，王家大院里火光冲天，浓烟滚滚，敌人大乱。赵文喜趁机喊话策反，很多团丁内心动摇无心恋战，王家真一看事情不好，挥枪亲自督战。赵文喜率队趁机杀入，击毙了王家真，其余团丁全部投降。此役，缴获了二百余支步枪和大量弹药。

赵文喜广交社会各界朋友，三教九派，五行八作。他经常与新宾县商会会长黄金来、商人王少岩、苏炳千等人来往，募捐资金。他胆大心细，孤身闯进抚顺县公署，与地下党、县公署股长张贵横接头。赵文喜上天入地、神出鬼没，搅得日寇胆战心惊，因此，他们对赵文喜恨之入骨。

苇子峪警署日本指导官，听说了赵文喜的故事，想亲身领教一下。便让人把赵文喜押送到苇子峪。他们怕抗联来救，不仅重兵护送，还残忍地把赵文喜的两只手用大铁钉钉在马车的车厢板上，一路颠簸二十多公里，其痛楚可想而知。日本指导官见状，摇着皮球一样的脑袋，哀叹道："共产党，不可理解！不可理解！"

1936年12月，鬼子把赵文喜押向刑场。赵文喜向前来送行的人们频频点头致谢，并用微弱的嗓音，喊出了最有震撼力的心声："打倒日本帝国主义！"

这一年，赵文喜年仅30岁。

革命军中"小苏武"

苏武留胡节不辱，雪地又冰天，苦忍十九年。渴饮雪，饥吞毡，牧羊北海边。

心存汉社稷，旄落犹未还。

历尽难中难，心如铁石坚，

夜坐塞上时听笳声，入耳恸心酸。

……

这首歌曲的名字叫《苏武牧羊》。讲的是汉朝天汉元年（公元前100），40岁的汉中郎将苏武，出使匈奴，被匈奴单于扣留。逼迫他投降，苏武拒绝。于是，单于命人把他扔进一个天坑里，不给吃的喝的。苏武在天坑里，渴了，吃一把雪；饿了，就吞吃皮衣上的毡毛。好多天后，单于以为他死了，派人去察看，没承想他还活着。单于以为他有天祐，便把他放出来，流放到了遥远的北海（今贝加尔湖）牧羊。告诉他，等羊生了羔，才能放他回去，可给他的全是公羊。就这样，苏武手持汉朝符节，在荒原上放牧着岁月。没有粮食，只能吃野草和老鼠。年复一年，节杖上装饰的旄牛尾掉光了，头发和胡须也都白了。直到19年后，汉昭帝始元六年（公元前81），苏武才回到了长安。听说苏使节回来，长安百姓，万人空巷，都称赞他是个有气节的大丈夫。2000年后，苏武这种不屈的民族精神，在一位革命军小战士身上，得到了弘扬。

1934年早春，杨靖宇率领的革命军独立师挺进老秃顶子山区。在果松川的村子里，遇到了一个十三四岁的孩子。他长得特别瘦小，穿着一件露棉花的破棉袄，腰扎一根麻绳，脸上虽有菜色，但一双眼睛却透着机灵。他拉住连长的手说：
"叔叔，叔叔，我要当红军！"连长看了看他说："你太小了，能行吗？""我
行！你别看我长得小，我会武术！"连长笑着说："噢，真的吗？你比划两下子，
给我看看。""好嘞。"孩子脆生生地答应一声，把腰间的麻绳紧了紧，在手心
里吐了口唾沫，像模像样地，在大家面前，打了一套拳。一招一式，干净利落。
大家看了，都欢呼鼓掌。这一鼓掌，小男孩更来了兴致："我让你们看看我的气
功！"说罢，他扎起马步，吸了两口气，一使劲，腰间小手指粗的麻绳竟然"咔
嘣"一声，断了！旁边围观的村民、革命军战士不由得叫起好来！

连长很高兴，说道："小伙子，你真行！我要了！咱们做个登记吧，你叫什
么名字？"男孩摇摇头，旁边一位老大爷说："这孩子命苦啊！7岁死爹，8岁丧母，
哪里有什么名字。八九岁就被地主抓去放羊，替父还债，有一顿没一顿的，能活
下来，实在是命大呀！"孩子说："叔叔，我从小就敬仰汉苏武，爱唱《苏武牧
羊》，乡亲们给我取个外号叫"小苏武"……我姓尹，就叫我'尹小苏武'吧！"
站在一旁的战士听了，忍不住大笑起来："哪有4个字的名字，哈哈哈……"饱
学的三团团参谋长李明山听了，笑了笑，说道："这样吧，你姓尹，就叫尹小苏
吧。"从这一天起，这个在苦水中泡大的孩子，才有了自己的名字。连长说："好，
尹小苏同志，你先到三班当战士吧！"

参军后的尹小苏好像换了一个人。平时孤僻少语的他，变得非常活泼开朗。
1934年冬，为了解决部队的给养和弹药，杨靖宇和一师师长李红光带领部队在
辉南、金川一带活动。来到凉水河子东边的轱辘屯时，被伪军包围了，打了3天
3夜，仍然没有突围出去。同志们已经3天没吃东西，子弹也快打光了。这时，
李红光化装成日本守备队大队长，带着四十多名"守备队"队员，砍死日军尤马
小队长，劫了6辆敌人的汽车，顺利突出重围。一师凯旋回到桓仁后，举行联欢
会。尹小苏扭大秧歌，跳朝鲜舞，唱《苏武牧羊》，博得了大家的热烈掌声。

紧张而愉快的部队生活，让他感受到了革命大家庭的温暖，他从内心深处把
自己的生命和革命事业紧密地连在一起。一次行军路上，尹小苏破例地挨近政治

部主任宋铁岩的肩头，羞羞答答地小声问道："铁主任，你看我够不够个党员？"宋铁岩伸出热乎乎的双手，握住他，说了许多关怀和勉励他的话，让尹小苏感到十分亲切、温暖。顿时，他觉得浑身充满了力气。

1935年3月的一天，抗联一师副师长兼三团长韩浩率七十余人在桓仁洼子沟与敌守备队遭遇。九连立即抢占桦树底东山制高点。面对强敌，尹小苏沉着机智，建议首长用火攻。他的建议被采纳。于是，尹小苏和战友在山坡上堆起许多干柴和蒿草，点燃后火借风势，烟雾滚滚，烧向敌人。三百多日伪军被熏得张不开嘴，睁不开眼，不停抹眼泪，三团趁机钻出了敌人的包围圈。就是在这次战斗中，尹小苏肩头被子弹擦伤，住进了后方医院。医院设在农家的茅草屋里，条件十分艰苦，伤员每人每天只能喝上二三两苞米粥。尹小苏看在眼里，就把平时节省下来的粮食拿出来，熬粥给伤病员们吃。每次换药，他都是用一部分留一部分，把省下的绷带、盐水送给重伤员，自己咬牙忍着痛。他的伤一好，就带着轻伤员上山采野菜、捡蘑菇、木耳，背回医院，给伤员们改善生活。

1935年5月16日，杨司令率领军部及教导团骑兵队三百余人，打完兴京县（今新宾）东昌台警察署后，进入桓仁县海清伙洛，欲与一师会合。日寇野田守备队闻讯后，迅速调来通化伪军廖弼宸旅，在桓仁地方反动武装的配合下，集结上千人，将革命军包围在歪脖望，叫嚣着要活捉杨靖宇。杨司令一看战场态势，十分危急。要想争取主动，必须抢占制高点。于是，命令尹小苏所在的九连，迅速抢占歪脖望主峰，阻击敌人。敌人看九连占领了主峰，便向山顶发起了猛烈的攻击。

情势危急，尹小苏不顾危险，跃出掩体，把一颗颗手榴弹砸向敌人。前面的敌人被炸倒，后面的敌人又扑了上来。子弹打光了，同志们端着刺刀，向敌群冲去。一个鬼子持枪向他刺来，尹小苏人小胆大，挥枪就迎了上去。几个回合之后，鬼子的刺刀被他挑掉了。那个鬼子手里没了家伙，胆虚了，心慌了，转身就想跑，尹小苏赶上去就是一刀，那鬼子惨叫一声，倒下了。鬼子身后尾随的几个伪军，原以为一个小孩儿，好欺负，一见这阵式，吓得"啊"的一声，像屎壳郎滚屎球一样，滚下了山坡。

　　战友们一个个倒下了，敌人却愈聚愈多。尹小苏打倒了几个敌人，自己也多处负伤。这时，有几个鬼子饿狼般向尹小苏扑来，尹小苏一步步向后退。这时，一个伪军官喊道："他没有子弹了！抓活的！"借着昏暗的月光，尹小苏发现身后是深不见底的悬崖。他想：宁死也不能当俘虏，拼一个够本，拼俩赚一个！于是，尹小苏突然扑向前面的一个鬼子，把他按倒，鬼子毕竟是成年人，力气大，几经搏斗，翻过身来又把小苏按下。此时，尹小苏已战斗了一整天，筋疲力尽了。小苏急中生智，张口咬住了鬼子的耳朵。鬼子兵疼痛难忍，惨叫着，向悬崖边滚去，尹小苏就劲抱住鬼子，滚下了悬崖。

　　就这样，年仅17岁的尹小苏牺牲了。牺牲时，嘴里还叼着敌人的半只耳朵。

孟二爷踢残审讯官

1937 年的夏天，异常闷热。日伪的白色恐怖就像这鬼天气一样，闷得人喘不过气来。古老的奉天城，街上行人寥寥，像一个垂死的病人，死气沉沉。伪陆军监狱二楼监室的铁门被"哗啦"的一声打开了。两个看守看到蜷缩在地上、遍体鳞伤的中年男子，狼嚎一般地叫喊道："孟昭堂，走！"男子默不作声，站起身来，掸去身上的草末，跟着看守来到审讯室。

审讯室的中央，放着一张桌子，桌子后面，坐着一个日本军官，他的身边，站着两个横眉竖目的日本宪兵。坐在桌前的是日本奉天宪兵团特高课长小川。孟昭堂轻蔑地向他们扫了一眼，从容地坐在了桌前的椅子上。虽然他身负刑伤，双手带铐，但他动作干净利落。小川皱皱眉，语气和缓地问道："你就是孟昭堂？"男子不理不睬，默不作声。小川见他不说话，追问道："我们友好的有，你给抗联送给养，送到什么地方？联络人是谁？"任凭小川怎样问，男子只是怒目而视，一句话没有。小川气急败坏，站起身来，绕过桌子，来到男子跟前，左手揪住他的衣领，狠狠地抽了他十几个大嘴巴。瞬间，鲜血从孟昭堂的口、鼻流了出来。只见他抬起右臂，用袖口拭了一下鼻子，看了一眼袖子上的鲜血，猛地蹦了起来。大吼一声："操你妈的！"飞起一脚，朝小川裆下狠狠地踹了过去。小川猝不及防，被踢了个实实成成，当即口吐白沫，倒在地上。这一脚太突然了，等身后的宪兵反应过来，小川已经昏死过去。他俩急忙把小川送到陆军医院，虽然保住了一条命，但他的睾丸被踹碎了。

这个叫做孟昭堂的人，是桓仁县人，1899 年出生于北岔屯（今向阳乡北岔村）一个开明的地主家庭。小时在家乡读私塾，清政府兴办学堂后，入县中读书。1910 年左右，朝鲜的一些爱国者流亡到中国东北，并在东北组建了爱国抗日武装——朝鲜革命独立军。1929 年，一支朝鲜独立军来到北岔沟，一位叫朴正造的连长同孟家兄弟相处得很好，他向孟家兄弟介绍了日本侵略者侵占朝鲜的经过以及残杀朝鲜百姓的暴行，独立军的爱国思想极大地影响了孟昭堂。

1930 年，孟昭堂考入东北陆军讲武堂学习。九一八事变后，他目睹了国民政府的无能，愤然放弃学业，返乡闲居。由于孟昭堂喜欢习文弄武，为人意气豪爽，社会上朋友很多，三教九流各色人等，都尊称他"孟二爷"。他表面上是一个玩世不恭的公子哥，可谁也没想到，他却是抗日救国会的骨干。1932 年 7 月，他又在家乡秘密成立了"马圈子村反日救国会"，并亲任会长。

1934 年 4 月，时任伪满新兵训练营营长的哥哥孟昭儒，看到弟弟吊儿郎当不务"正业"，整天跟一些"狐朋狗友"在一起鬼混，长此以往，也不是个办法。便通过大汉奸、伪奉天省警备司令官于芷山的关系，推荐弟弟做了桓仁县日满协和会会长。伪满协和会总部在长春，是 1932 年 7 月，在日本关东军司令官本庄繁授意下成立的。协和会表面上宣传"王道""民族协和"，实际上是日本人统治东北人民的工具。有了这个特殊身份，地方上的日伪特务，都给孟昭堂"面子"，孟昭堂工作起来更加方便了。一次，有一个老实巴交的村民，被财主诬告偷牛，让警察抓去，受尽折磨。孟昭堂听说后，出面将村民要了回来。1935 年清明，他借植树的机会，给小学生作报告，语重心长地对他们说："同学们，树有根，人有祖，我们不能忘记祖宗啊！"

孟昭堂知道革命军缺衣少粮，于是，他变卖了自家的一些土地、货栈，筹集钱款，购买军需，送给抗联。孟家马车队很"达腰"（方言，有特殊、看重的意思），遇到日伪路卡盘查，只要一提是孟二爷家的，很快就会放行。但时间一长，次数多了，而且经常是往日伪的禁区（治安强化区）运东西，也就引起了鬼子的注意。一次，车队被森林警备队堵住了。当天，桓仁县日本宪兵分遣队队长杉木森平，把孟昭堂请去宪兵队问话。孟昭堂说："我是协和会长，但也是商人，我经营一个货栈，你们是知道的，难道你们的禁区里，老百姓就不生活、不吃饭穿衣、不看病吗？"日本宪兵知道这个人在省里有"根子"，又是县里的头面人物，况且，也没抓住他什么真凭实据，只好以"误会"作罢。但从此，他们开始留意孟昭堂的一举一动。朋友们都建议他到外边去躲一躲，可他不走，继续从事抗日活动。

1936年9月7日，日伪警探发现乡绅吴兴业、孟继一等为抗联提供经费的线索，将抗联地方工作员冷玉春逮捕。不久，桓仁县士绅金聚庭为抗日救国会捐款之事被人告密，金聚庭也随即被捕。9月中旬，在杉木森平指挥下，伪桓仁县警务科、县警察署和日本东边道特别工作部的军警特务，对桓仁地区的抗日救国会成员和群众进行了一次大搜捕，相继逮捕了桓仁中学校长李德恒、县农会会长孙余三、商会会长钟德滋、教育会长孟佐忱、县内务局长邱春伯、警务股长于济舟、司法股长杨国桢、会计股长杨海清等各界人士115人。日伪军对被捕的爱国人士采取了灌汽油、坐老虎凳、钉手指等酷刑逼供，但他们宁死不屈，拒不交代。县农会会长孙余三、内务局长邱春伯、老学者王宅京被折磨致死；还有的人被扔进狼狗圈，或被塞进浑江的冰窟窿。日本参事官三轮健儿审问救国会长李德恒："你捐了多少钱？"李德恒答道："不少，少了就不能表达我抗日的决心！"日伪军无奈，将这些爱国人士押解到沈阳陆军监狱，以"叛国罪"和"国事犯"等罪名分别判处这些爱国人士死刑、无期徒刑和有期徒刑。其中，李德恒，吕敬五，刘子藩、孟继武、王居久，宋禹言、关麟书、富广贵、李剑秋、王增智等10人被判处死刑，其他人分别判处无期和有期徒刑，押送抚顺监狱服劳役。

因孟昭堂身份特殊，日本宪兵队决定对其实施密捕。1936年9月16日晚，几个日本宪兵来到孟家，说请孟先生到宪兵队去一趟，队长有话说。孟昭堂刚走出大门，宪兵就对孟家开始大搜查。孟昭堂来到宪兵队，宪兵队长杉木见他进了屋，拉着铁青的老驴脸，气呼呼地问他："你的，救国会的干活？"孟昭堂看了杉木一眼，坚决否认："我怎么能参加救国会呢，以我现在的身份，荣华富贵，我才不扯那个蛋呢。"由于当时尚未掌握孟昭堂反满抗日的有力证据，去他家也没搜出什么东西，杉木只好把他先关在办公室，向上级请示后再处理。次日，他们怕被抗联劫持，特意调来一架小飞机将孟押往奉天，关押在第一军管区看守所。

因桓仁县日本宪兵分遣队属抚顺宪兵团管辖，所以预审由他们来进行。他们早晨把孟昭堂从看守所提出来，押到抚顺审讯，晚间再押回沈阳。有一次在押回途中，孟昭堂突然踢倒了3个宪兵，跳车逃跑。但因他关押日久，身体虚弱，最后还是被日本宪兵抓了回来。为了惩罚孟昭堂的越狱行为，他们把孟昭堂绑在旗杆下示众。当时，正是寒冬腊月，北风呼啸。孟昭堂在外冻了3个多小时才被押回监号，孟昭堂病了，感冒发烧一连好多天。这件事发生后，军法处为了安全起见，决定暂停一切外押提审，此后，孟昭堂一直被关押在第一军管区看守所。

孟昭堂踢残小川后，日本宪兵将他押到当时位于马路湾的宪兵团，对他进行了非人的折磨。两个月后，才将他押回陆军监狱。这时他已是遍体鳞伤，骨瘦如柴，奄奄一息了。

1938年初，孟昭堂的家人通过关系，去监狱与他见了最后一面。孟妻见到他时，孟昭堂已是满身刑伤，浑身溃烂，脓血直流，完全脱相了。在生离死别之际，孟昭堂忍着剧痛对妻子说："老婆，我对不起你呀！我不行了，你带着孩子过吧！家里那些产业，也够温饱的。日本人不会放过我的，小鬼子长不了！"妻子悲伤得说不出话，只是抱着他一个劲儿地哭。他抚摸着她的头，对她说："不要在鬼子面前流泪，记住咱是体面的中国人……你要告诉我们的儿孙，中国人要有骨气，他们的爷爷是为抗日而死的……"

家人走后不久，孟昭堂的病情加重，昏迷数天后，于3月18日牺牲于狱中，年仅39岁。3月20日，家人接到监狱送达的孟昭堂死亡通知书，连夜派人用大车将他的遗体拉回桓仁。那份监狱给家人出具的尸体认领单上，草草地写着"叛徒孟昭堂"几个字。

岭上杜鹃血染红

春天来了，连山关摩天岭上的杜鹃花又开了。远远望去，一丛丛、一簇簇，像片片红霞飘落在山间。这哪里是杜鹃，是烈士的热血，烈士的精魂！正如一首歌唱的：

岭上那个杜鹃谢又红

春风吹来忆英雄

英雄就是那李敏焕呀

血沃那个杜鹃遍山岭

……

摩天岭海拔 969 米，山体由北向南绵延 150 余里，由小高岭、大高岭、摩天岭诸山峰组成。因地处中国辽东到朝鲜半岛的交通要道，且地势险要，因而，是辽东的东南部屏障和兵家必争之地。早在汉魏时期，就有从辽阳翻越摩天岭沿着太子河谷、瑗河河谷通往马訾水（鸭绿江）的古道。隋唐以后，朝鲜作为中国的藩属国，向中国朝贡，多走此路。一路上最艰难处，就是这摩天岭。

摩天岭是一座英雄的山。1894 年 7 月 25 日，甲午战争爆发。由于中国积贫积弱，清军海、陆战场一败涂地。10 月，日军突破清军鸭绿江防线，攻陷凤凰城后，更是狂妄至极，叫嚣道，要到"奉天度岁"。11 月 26 日，中国守将聂士成亲率铁骑，雪夜突袭连山关，连续收复失地，取得了历史上著名的"摩天岭大捷"。

1936 年，也是在这座山上，又发生了一场让日本侵略者闻之丧胆的事件：

1936 年 7 月，抗联一军第一次西征受挫后，决定放弃西征计划，化整为零，兵分 3 路返回本溪根据地。

话说一师师长程斌、参谋长李敏焕率领一师师部和保卫连七十多人，从辽阳境内，回返本溪县和尚帽子。他们在前边走，敌人就在后边顺着脚流子追，不停不歇。一连好几天，同志们根本得不到休息，更谈不上吃饭了。7 月 15 日这天上午，李敏焕率人来到本溪与辽阳交界的摩天岭上。他们打算在山上隐蔽起来，好好休息一下。于是，他派人"做"了一个下山的"脚流子"。就是让人从岭上往下踩一条下山的草道，到山下后，再踩着石头回到山上，以迷惑敌人。而后，他们埋伏在树棵子里休息。上午十点多，李敏焕突然发现山下有日军开来。立即命令部队转向右侧的对面炕山梁，隐蔽在山坡上的树丛中。

对面炕山梁自摩天岭主峰腰部突兀探出，长七十多米，宽不过 5 米，顶端稍平坦些，横躺竖卧着几块大石头。

上午十一点多，连山关守备队二中队长今田益男，带着他的喽啰们奔对面炕山梁而来。他们是奉命前来堵截西征部队的，顺着我军的脚流子追上山来。到了山上，今田没发现有抗联，便派两个鬼子到摩天岭顶上看看，看抗联是不是下山了？这两个鬼子爬上山，一阵"撒目"（方言，观察、察看的意思），正好看到了李敏焕他们踩的草道，回去向今田报告说，抗联下山了。临近中午，鬼子们都饿了，今田便命令喽啰们原地休息，吃午饭。于是，这些鬼子把枪架在一起，各自打开饭盒，狼吞虎咽地吃了起来。

今田这老鬼子这些年，让抗联给"整"怕了。虽然没发现抗联，但他还是有点不放心，独自一人来到山梁一端，左脚踩在一块大石头上，用望远镜向远方瞭望，看了半天，也没有发现什么情况。正当他放下望远镜，欲转身回去吃饭时，忽地发现脚下不远处，树丛中埋伏的抗联战士。他惊恐得刚要张口大叫，便被抗联战士一枪击毙。

李敏焕随即指挥战士向日本兵一阵猛射，打得鬼子毫无防备。有的嘴里还嚼着饭，有的手刚摸到枪，便都见了阎王。只有一个汉奸翻译鬼机灵，一个就地十八滚滚下山坡。另有一个鬼子趁乱钻进草丛中，侥幸逃命。仅10分钟，今田大尉以下48个鬼子全部"报庙"了。

听到枪声，山下千余名日伪军包抄上来。李敏焕见四面都是敌人，心想，白天不可能突围出去了，只能坚持到天黑。于是，他对保卫连连长说："你带一些人占领后面的山头，我在这据守，形成椅角之势，利用有利地形，坚持到天黑再分路突围。"连长见李敏焕的位置更危险，就说："参谋长，还是我在这吧！"李敏焕大吼道："服从命令！"部队刚分布开，日伪军就冲上来了，战斗十分激烈。李敏焕指挥战士打退了敌人一次又一次进攻。

下午4点钟，敌人总攻开始了！李敏焕身边的机枪射手中弹牺牲，敌人乘机扑到阵地前。李敏焕见情况紧急，便抱起机枪向敌人横扫过去，就在他跃起的一瞬间，一颗罪恶的子弹击中了他的头部。在一旁战斗的传令兵刘福林，见首长受伤，便奋不顾身地扑了过来，可当他刚刚抱起参谋长，又一颗子弹击中了他。牺牲时，李敏焕年仅23岁；刘福林17岁。这时，后面山头上，也只剩下了保卫连连长和两名战士，他们的子弹打光后，便高呼"打倒日本帝国主义"的口号，纵身跳下了悬崖……抗联战士们用热血，浇灌了岭上的红杜鹃。

李敏焕是朝鲜族人，他中等个，稍瘦，瓜子脸，单眼皮，有点赤红面，不笑不说话。因他身体单薄，脖子稍长，战友们送给他一个"李长脖"的绰号。1913年，他出生于朝鲜咸境北道一个贫苦农民家庭，后逃荒到中国延边。不久，父亲早逝，母亲改嫁，姐姐出阁，他成为孤儿。后来，由龙井镇大成中学（朝鲜族学校）的老师们资助他读了几年书。1930年，李敏焕加入中国共产党，不久，受组织委派，任中共清原县委委员和共青团县委书记。这期间，他曾带领两名同志处决了叛徒崔小峰，震慑了一大批汉奸走狗。

在东北抗日联军第一军中，盛传着这样一句话："前堵后憋八九连，冲锋陷阵少年连。"这里被抗联一军指战员交口称赞的少年连，就是李敏焕亲自创建的。

九一八事变后，在中国共产党"组织抗日游击战争，直接给日本帝国主义以打击"的号召下，东北人民掀起了一场反抗日本帝国主义侵略的高潮。1932年秋，党派李敏焕来到柳河县工作，他经常召集当地百姓，向他们揭露日寇侵占东北，杀戮中国人民的暴行，号召穷苦百姓拿起武器，把日本帝国主义赶出去。翌年春，他组织起一支三十多人的农民自卫队，不久又吸收了一批青少年。1933年秋，革命军独立师成立后，农民自卫队被改编为独立师直属少年连，李敏焕任连政委。少年连当时有四十多人，分两个排，一排是朝鲜侨胞，二排是中国人。全连小的只有十三四岁，大的十八九岁，李敏焕当时也不过20岁。

李敏焕非常善于做思想政治工作。他凡事以身作则，循序善诱，很少枯燥的说教。

1935年7月间，一师在桓仁县某地住了几天。正好这个堡子有一家娶媳妇，听说红军来了，就将待客的好饭好菜送给他们。大家都高兴极了，正待开饭时，李敏焕下达命令不准吃。随后让传令兵把那家当家人请到司令部。李敏焕对他说："你们把待客的饭送给我们吃，我们很感谢，但是我们不能吃。要是我们把好'嚼咕'吃光了，你们的客人来了吃什么呢？"事后，这件事就在当地群众中传开了，纷纷夸奖："红军可真好！"第三天，李敏焕病了，一天多没吃东西。他让传令兵找点苞米面糊糊喝，传令兵便跟一位老大娘说了。老大娘热情地说："红军都是好人啊，我家有大米，给他熬点绿豆粥吃了去火……"传令兵听了，正合心意，便默许了。当老大娘做好粥送过来的时候，李敏焕问传令兵是怎么回事？老大娘把话接过去说："这是我给你做的……"李敏焕拒绝了，他说什么也不吃。并对传令兵说："我是领导，有点小病就吃好的，那么，战士有病怎么办呢？我是不能吃这碗粥的，赶紧给老大娘送回去……"

有一年冬天，李敏焕他们被困在山上一天没吃上饭，大家伙儿走得又饥又渴。司令部的机枪射手丁三（人名）个人带了一壶水，边走边喝。当李敏焕走到他跟前时，他把水壶递了过来，对李敏焕说："政委，喝口水吧！"可是李敏焕没接。丁三问他："参谋长，你不渴吗？"李敏焕回答说："我渴，大家伙都渴；要喝不能我一个人喝，大家伙分着喝才好。"丁三又说："这点水也不够大家喝呀。"

李敏焕说："一家一口，每个人少喝点，可以多给几个人喝嘛。"丁三听了，将水壶盖取下，一人一小瓶盖，分给同志们喝了。李敏焕就是这样：缴获的饼干罐头，不管有什么好吃的，都是和大家一起分享。还有一次，部队连续行军走了几天几夜，没能吃上一顿像样的饭。刚端起饭碗，就来了一个小孩儿。他告诉李敏焕，他的爷爷奶奶好几顿没吃饭了。李敏焕听了，马上放下碗，让战士把自己的这份给老人送去。在他的影响下，战士们也都分出一些送给当地的老乡吃。从此，少年连每次来到这个屯子，群众都主动地腾出自己的炕给他们住，为他们缝补衣服，传送情报。当少年连离开屯子时，许多群众都恋恋不舍地送出去多远。

一次，队伍行军来到本溪县汤池沟，看到一家 14 口人，因不愿归大屯，全部被日寇杀害了。望着横七竖八的尸体，李敏焕立即把队伍集合起来。他对大家说："这一家老少有什么罪，犯了什么法，被万恶的日本鬼子全都杀害了。我们是红军战士，要为父老兄弟姊妹们报仇，誓死抗日到底！"战士们看到这种惨景，听着他慷慨激昂的讲话，个个摩拳擦掌，义愤填膺。

李敏焕常对战士们说："打仗一要勇敢，二靠智谋，不能硬拼蛮干。"在行军时，他一边走，一边把走过的山和沟都记在本子里，画在地图上。后来，抗联史专家研究革命军第一军第一次西征的行走路线，参考的第一手资料，就是《李敏焕日记》。他的日记把他们经过的地点，与敌遭遇的战斗，记载得十分清楚，是研究抗联史不可多得的史料。休息时，他就向战士提问，咱们爬过的山，走过的路叫什么名，你们谁能说出来？地势怎样？在什么地方埋伏袭击敌人好？我们在这个岗上，敌人在那个岗上，你们说应该怎样指挥队伍？指挥所放在哪里？从哪边攻击敌人有利？敌人若从另一边岗上来了增援怎么办？打不好我们要撤退，朝什么方向撤？战士们答对了，他由衷地高兴；若说得不对，他就会讲给他们听。每打完一次仗，他都要召开战术讨论会，总结成功的经验和失败的教训，在他的引导下，很多战士都用心研究战术，战斗本领提高得很快。

凤城县东五村的伪自卫团团长王家真，不仅杀害了许多无辜的老百姓，还专门与革命军作对。李敏焕和一师主要领导研究后，决定拔掉这颗钉子。

　　1935 年 12 月的一天，李敏焕率一部分战士占领了王家真大院的后山头，用机枪向坐落于山下的王家大院扫射。另有一部分战士将王家大院包围起来，使里边无法突围。王家真兄弟 6 个，连同其老婆都会打枪，还有 3 个炮手，他们负隅顽抗，猛烈还击。李敏焕命人向那 3 个炮手喊话："中国人不能给汉奸当走狗……"向他们采取政治攻势，但是，他们迫于王家兄弟的压力，不敢投降。李敏焕又让战士向王家真喊话，让他不要反抗赶快投降，可得到的回答是一阵更加猛烈的还击。李敏焕见劝降不成，强攻院墙太高，肯定吃亏，便命两个战士用棉花团子蘸上火油扔进院里，顷刻间，王家大院的草垛、马棚和厢房都燃起了熊熊的烈火。战士们趁机冲进院去，打死了王老六，俘虏了王老三。王家真胳膊被打断，躺着装死，在烟火的掩护下蒙混过去。他在被抬往县城治伤的路上，被抗日义勇军打死。王老三被俘后态度较好，表示愿为抗日出力，李敏焕从大局出发，将其放回。

　　王老三回去后，向抗联献送了一门旧式小炮，据说是邓铁梅义军留下的。这一仗不仅缴获了四五支步枪和七八支手枪，更主要的是攻下了王家大院这个堡垒，解除了日伪对和尚帽子根据地的威胁。

抗联一师的"智多星"

李敏焕的机智聪敏，在一师可是出了名的。还是在大成中学读书时，有一天，他正在教室里上课，无意中瞥见院子里进来一个人。虽然他只看了一眼，就感觉那家伙不对劲。李敏焕马上举手，向老师请假道："老师，我要上厕所！"老师也没多想，说道："你去吧！"于是，李敏焕假装上厕所，离开了学校。原来，那家伙真是个暗探，正带着特务来抓李敏焕。

李敏焕创建少年连后，没有武器，大多数队员手里只有棍棒、大刀、长矛。为了进一步武装自己，打击敌人，李敏焕动了心思。

1933 年 9 月的一天，他发现在柳河县城至三源浦镇的公路上，有十几个伪警察背着枪，正押着老百姓修筑公路，便有了办法。第二天清晨，他带几名战士拿着锹、镐，混入修路的队伍中。另有几个战士，装成走亲戚的村民或小贩，他们挎着筐提着篮，里面装的都是鸭梨、麻花、鸡蛋等好"嚼咕"，慢悠悠地从路边走过。伪军们见到好吃的，像一群苍蝇似的，"嗡"的一声，围了上来。这个要麻花，那个抢鸡蛋，嘴里嚷着买，可谁也不掏钱。他们把大枪挎在肩上，两只手只顾吃。装成小贩的小战士故意吵闹着跟他们要钱；化装成修路的战士也凑了上来"看热闹"。李敏焕见时机成熟，一声令下，小战士们当即打倒几个伪军，把枪夺了下来。另几个伪军见势不妙，掉头就跑，队员们跟在后面紧追。几个伪军跑到柳河边，想逃过河去，谁知水急浪大，刚一下水，就被水流打倒了，吓得他们赶忙又退了回来，回到岸上，乖乖地举手投降了。少年连轻而易举地夺取了

13支大枪、2支短枪和千余发子弹。就是靠着这些枪支起家，少年连逐渐武装起来了。

1934年夏，李敏焕得知，通化日本宪兵队要从山城镇运回一车军服。于是，他化装成日本军官，带领少年连的几十名战士，埋伏在三源浦滴台公路两旁。可等了好长时间，不见动静。李敏焕心里有些着急，便来到公路上侦察情况。恰在这时，日军的汽车迎面开了过来。此时，李敏焕想躲闪已经来不及了，怎么办？战友们都替他捏了一把汗。只见李敏焕大大方方地迎着汽车走了过去。汽车上的3个鬼子，见迎面走来一个"日本军官"，以为是自己人，便将车开到他跟前，停了下来。这几个鬼子下了车，一边活动着麻木的手脚，一边比划着问李敏焕："通化去的，这个路的对？"李敏焕回答："通化去的对！"话音未落，他顺手拽出匣子枪，"刷"地就是一梭子，3个鬼子应声而倒。就这样，他们缴获了3支匣枪和一汽车军服。这件事，在独立师中可就传开了："李政委随机应变，一举干掉3个日本兵。"

1935年秋，围歼"张轴子"治安队不久，李敏焕率部到桓仁县六区窟窿榆树（今新宾县大四平镇）一带活动。窟窿榆树与兴京西河掌村毗邻，西河掌是抗联的根据地，很多密营都设在这里。因此，窟窿榆树的战略位置特别重要。窟窿榆树被日军占领后，在这里设立了伪警察署，成立了伪保安队。这个署长叫孙海臣。他宽鼻阔嘴，尖嘴猴腮，清瘦的疙瘩脸，活像一只活猴子，因此，老百姓都叫他"孙猴子"。这个孙猴子是个铁杆汉奸，整天挎着匣子枪耀武扬威，仗着日本鬼子势力，欺男霸女，无恶不作。警察署的存在，是对西河掌根据地一个极大的威胁！

一次，农民自卫队赵文喜大队长截听电话，得知一支日本守备队从县城出发，要到窟窿榆树来。李敏焕得知这一情报后，觉得这一消息可以加以利用。于是，程斌、李敏焕、赵文喜等几位革命军领导坐在一起，合计攻打警察署的办法。经过研究，他们决定利用警察署还不知道"张轴子"治安队被歼的消息，化装成"张轴子"治安队，进入警察署，再里应外合。为了确保知己知彼，万无一失，赵文喜亲自进窟窿榆树村侦察。赵文喜是当地的名人，认识他的人很多。为了不让别人认出他，这天，赵文喜贴上小胡子，戴上毡帽头，弯腰驼背，腰扎麻绳，腰后还别着一把镰刀，看上去就是一位饱经风霜的老农民。他的担子上，一头担着几个杏条筐，一头担着两捆小杏条，在大街上叫卖。

头一天夜里，下了一场大雪，足有二三尺深。赵文喜进了村子，正巧警察署到处抓人扫雪。天赐良机，赵文喜凑上前，有意被警察抓去，混进了扫雪的人群中。警察署所在地，原是清末光绪初年的巡检衙门，是一个南北长方形的大四合院。砖石高墙，四角筑有炮台。在村周四角，还筑有 5 个炮楼，设有流动岗、固定哨，戒备森严。村里共驻有伪警察、保甲官兵四十余人。

摸清情况后，一师选出四五十名身强力壮的战士，换上"张轴子"治安队的军装。李敏焕发挥他的日语特长，化装成日本翻译官。师部机枪射手丁三扮成日本指导官，少年连的一个排长扮成治安队长。程斌、赵文喜等人化装成"土匪"，头一天晚上到小四平街里住下。第二天鸡一叫，李敏焕便带着"治安讨伐队"，来到了四平街，与"土匪"打了起来。一时间四平街里，鸡飞狗跳，孩子哭女人叫，老百姓吓得像没头的苍蝇一样到处乱跑。渐渐地，"土匪"力量不支，败下阵去。顺着街道，跑上了窟窿榆树后山。李敏焕带着"治安队"，在后面紧追不放，来到了窟窿榆树村南门，这时，李敏焕在人群里发现了一个绅士模样的人，灵机一动。命令战士把那个人喊来，从口袋里拿出一张日本指导官的名片，交给那个人，让他赶快到警察署去报告。赵文喜则带领弟兄们，以迅雷不及掩耳之势，迅速地控制了村里四角的 5 个炮楼，为李敏焕进入警察署解除了后顾之忧。

再说李敏焕带着"治安讨伐队"，挑着膏药旗，气势汹汹地来到了警察署。

孙猴子接到绅士的报告及名片，马上集合警察列队欢迎，并向"指导官"举刀敬礼。"指导官"怒气冲冲地向"孙猴子"喊了几句日本话。李敏焕翻译道："指导官说你们通匪！"孙猴子忙分辩说："太君，我们不敢通匪！"只见"指导官"更加暴躁地吼了几句，李敏焕又说："指导官问你，你们不通匪，我们打土匪，你为什么不出来支援？先缴你们的枪！"战士们迅速下了他们的枪。等敌人醒过腔来一切都晚了，他们都成了网中之鱼，瓮中之鳖！赵文喜命人拿来汽油与柴草放在这些俘虏的眼前说："你们想立功赎罪吗？那么，就把警察署烧了！"不多时，警察署大院浓烟滚滚，火光一片。这一仗，不仅处决了孙海臣，还缴获敌人步枪四十余支，手枪1支，还有其他军用物资。

李敏焕心思缜密，机警过人。一个秋天的傍晚，他的传令兵小甄到三团八连去办事。当时，八连全体正在场院上坐着开会。有人看见甄传令兵来了，就喊了一声："敌人来了！"事后，小甄回到师部就把方才发生的事情，向师长程斌和参谋长李敏焕汇报了。程斌没在意，说了一句："那是他们在和你开玩笑。"也有的同志说："你可能听错了吧？"小甄说："肯定没听错！"就这样在司令部里，你一言我一语的，当着笑话说了一会儿，谁也没往心里去。可李敏焕不这么看。他私下里对程斌说："师长，我们还是注意点好啊。"程斌不以为然地说："你也太不相信自己人了！"

过了一会儿，李敏焕跟传令兵们玩游戏。李敏焕跟大家商量说："我们今天玩翻棍游戏吧？传令兵们说：不会翻，参谋长教教我们，先给我们翻一遍看看。"于是，李敏焕拿起棍就翻，一下子没翻好，失手摔倒在地上，引起大家一阵哄笑。其实，失手是李敏焕故意装出来的，他的目的是逗大家高兴。他坐在地上，扫视了大家一眼，发现张、刘两个传令兵，不是真笑，而是冷笑。李敏焕意识到，这里面一定有文章。到了晚上要睡觉的时候，李敏焕出去了。当时值勤的是机枪手丁三，他光顾看书，忘了叫下一个班值勤的张传令兵。下半夜一点多钟，李敏焕从外面回来了。一看，师部机关人员在炕上睡觉的位置和往常不一样了。平时睡觉都是领导干部睡一头，传令兵睡一头。而今天，却是刘传令兵挨着程斌睡，张传令兵靠着一个空铺（给李敏焕留的），这更引起了李敏焕的怀疑。再看看刘、张两个传令兵的匣子枪，都叫着机头（保险打开了）。他决定试探一下，以便弄清全部真相。李敏焕上来就把刘、张两个传令兵的枪下了。然后，用枪口对着张传令兵，把他捅醒。张刚一睁开眼睛，就见一支黑洞洞的枪口，对准了他，心里一下子毛了。便说："参谋长，我明白了！"李敏焕追问道："你明白就好，说老实话，你们怎么回事！"

张憋住不肯说。李敏焕一看他不说，又把刘传令兵叫醒了。刘传令兵一看这场景，知道不说不行了，就说出了真相：

原来，八连里有个人是邵本良的亲戚，混进八连后，做策反活动。结果全连和警卫排，还有程斌的两个传令兵，都叛变了。他们计划在这天下半夜，由刘、张两个传令兵，将师长程斌、参谋长李敏焕枪杀后，以开枪为号，集体拉出去投奔邵本良。

由于李敏焕的革命警惕性高，及早地发现了这起兵变事件，处理了叛变分子。事后，程斌感激地说："李参谋长，要不叫你警惕性高，我们可就全都玩完了。"

关东汉子解麟阁

庄稼上场后，村长解麟阁在家杀了一口猪，邀请村里的老少爷们到家里来喝酒。一年忙碌，进入冬闲，面对美酒佳肴，乡亲们欢聚一堂，说说笑笑，好不热闹。

酒至半酣，解麟阁突然一个健步跳上高桌，放开了喉咙，用他那浑厚的男中音对大家说："父老乡亲们，兄弟姐妹们，我十分感谢大家前来捧场，今天，邀请诸位光临寒舍，是有事相商……"这时，有人抢话说："解村长，有事您尽管吱声，别整那些文绉绉的，俺们不习惯！"说得大家哈哈大笑。解麟阁说："好，那我就直说："大家都知道，日本占了咱们东三省，我们就认了吗？保国卫家，匹夫有责。我们都是有血性的关东汉子，不能做孬种。我想拉起一支"杆子"，跟他妈的小鬼子干……"话音刚落，立刻跳出来二十几个精壮汉子。他们齐刷刷地喊道："大哥，不用说了，我们跟你干！"当夜，解麟阁就告别乡亲和妻小，扛着自家的老洋炮，带领这些小伙子，上了牛毛大山，报号"爱国军"。

解麟阁，字明勋，桓仁县二户来小恩堡村人。1895 年出生在一个农民的家庭里。父亲解丑、叔父解俊。解麟阁弟兄 5 人，他排行老四。经过几代人的努力，此时，解家已有良田百亩，屋舍百间，牛羊成群。

解麟阁出生在这样一个家庭，自然受到良好的教育。他 13 岁念私塾，17 岁进学堂。他的老师王天栋，通晓历史，学识渊博。在王老师的影响教育下，解麟阁逐渐成长为一个爱国的进步青年。外族入侵，社会动荡，民不聊生，他心情苦闷，常常朗诵岳飞的《满江红·怒发冲冠》，来抒发自己的报国情怀。1922 年秋，王天栋退隐，解麟阁继承王老事业，开始从教。不久，他当了桓仁县村立第八小学校长。解麟阁改进乡学，推行陶行知"生活即教育，社会即学校"的开门办学方式，教学质量提升很快。十里八村的孩子都爱来他们学校上学。课余，他从省城亲戚那里弄来《新青年》杂志，在青少年之中播撒爱国、反帝、反封建的种子。

30岁那年，乡村改制，附近的大恩堡村缺一名村长，经乡民举荐，解麟阁当了村长。解麟阁当上村长后，经常与各区、各村的官员往来。不久，他结识了铧尖子建道员（民国时期，乡村小吏）李向山，两人意气相投，常于酒后茶余，谈今论古，议国政，斥时弊，志同道合，遂成莫逆之交。

九一八事变后，解麟阁痛感国家危亡，民族耻辱，毅然辞去村长职务。乡亲们相继来到解家，规劝他不要执拗。解麟阁痛楚地说："日本鬼子就要进村了，我才不当那屌村长呢！"

牛毛大山里，生活异常艰苦：住"馇子"，吃野菜，难见荤腥，但他却非常乐观。夜晚，他把弟兄们召集到一起，讲英雄豪杰的故事。他说："朝鲜有个民族英雄，名叫安重根，亲手刺杀了日本首相伊藤博文。我们是中国人，是英雄国度的人民，难道我们就不能去杀掉东条英机、本庄繁吗？"大家听完他的一番话，齐声回答道："我们也要当安重根！"

1932年4月21日，唐聚五桓仁举义。解麟阁闻知欣喜若狂，带领弟兄们主动投靠自卫军。他在二户来街拜会了第一路军司令唐玉振，被唐玉振司令任命为工程兵中校团副。从此，解麟阁带领本团战士，在桓仁与宽甸交界地，挖战壕、修工事，积极备战。有一次，他们正在抢修工事，汉奸徐文海的白帽队从山下冲上来。没有武器，解麟阁以锹当枪，非常凶猛，砍得敌人血肉横飞。乡亲们惊叹一个书生的勇猛，送他一个"四虎将"的雅号。辽宁民众自卫军受挫后，解麟阁带着原来的"爱国军"部下，继续坚持斗争，队伍逐渐扩大到近百人。

1933年秋，解麟阁派人去辽阳买武器，获悉杨靖宇革命军独立师已南下东边道，十分高兴，马上叫儿子解吉庆去吉林柳河，联系"老长青"，探听虚实。解吉庆临行前，解麟阁再三嘱咐，快去速归。可儿子走了好几个月，音信全无。

解麟阁日夜盼望，望眼欲穿。直到这年腊月，他才接到了儿子的回音。原来，解吉庆到了柳河，通过"老长青"介绍，直接参加革命军了。

1934 年 2 月 28 日，这一天是农历的正月十五，杨靖宇率独立师司令部、教导团和政治保安连，经打牛沟、三岔河来到桓仁仙人洞。杨靖宇对李向山说："向山同志，你去趟小恩堡，去找解麟阁。就说，我想见见他这位红军家属。"解麟阁听了李向山的转述，心情十分激动，热泪横流，连夜跟李向山来到仙人洞。当时，革命军正在和村民一起联欢，吹吹打打，载歌载舞，热闹非凡。不一会儿，杨靖宇登上土台子，给群众讲话。那洪亮的声音，振荡着解麟阁的心弦。

大会结束后，解麟阁在李向山引荐下，拜见了杨靖宇。杨靖宇紧握着解麟阁的手，亲切地称他"老解同志"，给他拜年问好。接着，叫出一个人，请他认一认。解麟阁一见这位被称作解指导员的小伙子，从头到脚，全是红军打扮，愣了好一会儿，方才认出是自己儿子。他高兴地朝儿子的后背，猛地拍了一巴掌。转身抓住杨靖宇的手，对他说，我也要求参加红军。杨靖宇知道，他的"爱国军"，是一支不可多得的抗日武装力量。当即就批准了解麟阁的请求，并给了他一个任务，让他去做伪公安队队副赵文喜的工作。5 月末，解麟阁和李向山，来到大四平，通过拜把子等手段，迅速打入了伪公安队。在他们的努力下，赵文喜率三十余人，参加了农民自卫队，被改编为第一分队。

1934 年 7 月，杨靖宇决定召集八里甸子、宽甸四平街一带山林队开会。发动大家，联合抗日。解麟阁本是绿林中人，与这一带山林队都很熟悉。他便自告奋勇，到各个"绺子"去联络。第二天上午，各路山林队头目，共一百二十多人，全部来到。其中包括"老北风""朱海乐""三省""天龙""靠山红"等大头目。由于他们绝大多数是唐聚五辽宁民众自卫军的旧部，认同抗日主张，很快就接受了红军改编，杨靖宇把他们编成 12 个团。

会议刚结束，八里甸子警察署听说杨靖宇来到了柞木台，便与日本守备队一起，聚集了七十多人，以到柞木台子附近修道做幌子，准备偷袭柞木台。然而，杨靖宇料事如神，早已安排了解麟阁、李双录率队设下伏击圈。当日伪军大摇大摆地开进西大河套时，刹那间，枪声四起。解麟阁首先冲入敌阵，生擒日本守备队小队长秀乙。这场战斗，缴获15支马钩子枪，俘敌30余人。"四虎将"的雅号，再次传遍桓仁。

1934年秋，解麟阁被任命为三团参谋长，李向山为三团副官。解麟阁足智多谋，善于用兵，成为一师副师长兼三团团长韩浩的得力助手。

二户来警察署是桓仁西部最大的反动堡垒，有警察白帽队及自卫团、保甲队共107人。11月间，韩浩带领三团，兵分两路：一路由李双录带队，插入果松川；另一路由解麟阁带队，直奔柳林子。

更深半夜，二户来警察署大门紧闭。解麟阁带领三团一部及游击连共八十多人越墙而入；李双录将少年连安排在警察署周围进行警戒，自己率游击连一部从大门进攻。外号叫"小潘中央"的战士，打倒门警，找到钥匙把大门打开。解麟阁指挥兵分几队，迅速包围了伪警的各个宿舍。解麟阁带人闯入正房，伪警察们睡梦正酣，解麟阁大吼一声："不许动！"随即朝天开了一枪。惊醒的警察狗子，被这突如其来的天降神兵吓蒙了，乖乖地趴在了炕沿下。有几个家伙，踢开窗户想逃跑，被少年连抓获。不到一小时，战斗就结束了。歼敌六十多人，缴获各种枪支百余支，马车10辆。

1934年末，日伪开始对抗日武装活跃的地区，实行野蛮的"集家并屯"政策。由于一师刚刚建立，军需物资异常短缺。为了迅速打开困难局面，经师部研究，调解麟阁任一师参谋。从此，解麟阁带领警卫连，迎风雪、冒酷暑，来往于老秃顶山、花脖山、前后夹道子、牛毛大山各个抗联密营之间。视察军风军纪、检查部队生活学习情况；同时，协助军需部长韩震开展地方工作，解决军需物资。

1936年初，解麟阁带领九连、十一连来到二户来镇黑卧子。黑卧子抗联地方工作员姜从发、赵志和向解麟阁汇报说，铧尖子警察署长栾仁居的儿子栾五瘌子，在这一带欺男霸女，坏事做绝。解麟阁十分气愤，当即派人抓来栾五瘌子。罚款1000元、粮食10石。正在解麟阁处理栾五瘌子时，小恩堡来个了老乡，他对解麟阁说："我可找到你了，你媳妇在家生孩子，难产大流血，病情十分危急，你赶快回家看看吧！"解麟阁虽然心中焦急，但军务缠身走不开。韩震部长听说了这件事，从军医处徐哲那里弄了一服草药，交给解麟阁，让他赶紧把药送回去。解麟阁无奈，安排了一下工作，就带着警卫员下山了。

解麟阁回家的事，被叛徒王海峰知道了，他一口气跑到铧尖子警察署，向署长栾仁居告密。1月21日（农历腊月27日），伪警长黄贵福带着20多警察摸进小恩堡，悄悄地包围了解家。解麟阁和警卫员正在煎草药，忽然听到外面有枪声，便放下药壶，跑到门口，看个究竟，发现房子四周已被敌人包围了。便立即拔出手枪，向敌人射击，掩护警卫员冲出重围，而自己身中数弹，光荣牺牲，年仅41岁。

杀人不眨眼的黄贵福，割下解麟阁的头，留着去向主子请赏，而后闯入屋内，把解麟阁的妻子，父亲抓走，一齐押到二户来警察署。栾仁居为泄私愤，把解麟阁的父亲活活烧死，还把解麟阁的头挂在二户来街中心的大树上。解麟阁牺牲后，韩震在二户来黑卧子沟里召开了追悼大会。号召大家，要化悲痛为力量，血债要用血来还。一周后，韩震亲自抓获了叛徒王海峰，把他拉到解麟阁墓前处决。

东北抗日联军篇

日本占领中国东北后，又把魔爪伸向华北，中华民族到了最危险的关头。1935年8月1日，中共发表了"八一宣言"。呼吁"兄弟阋墙，外御其侮"，组成统一的抗日联军，打击日本侵略者。

抗联一路军警卫旅

本桓抗日根据地的密营

1936 年 4 月，日伪当局推出了所谓的"满洲国三年治安肃正计划纲要"，确定了"治标""治本"和"思想工作"三位一体的反动方针。治标，就是"专凭武力进行剿匪，以现存匪帮为目标，从事积极的讨伐和归顺工作"。治本，就是拔本塞源，达到"匪民分离"。具体措施一是建立"集团部落"，彻底切断民众与抗联的联系，从而切断抗日部队的物资供给；二是建设警备公路，提高部队机动能力，压缩抗联活动空间；三是建设通讯网络，提高部队反应速度；四是加强宣抚以及收缴民间枪支等。

这些阴损的招数，最核心的是建立"集团部落"，断绝抗联与民众的血肉联系。他们深知，"'共匪'仍然有顽强的抵抗力，其主要原因就在于此"。

针对敌人的这个计划，1936 年 8 月，杨靖宇在夹皮沟汤石岭会议上，再一次强调一军及所收编的各抗日军要加强密营建设，储备粮食，以静制动，粉碎日伪军的冬季"大讨伐"。其实，早在 1934 年秋，杨靖宇将军就已指派韩震在本溪、桓仁、兴京（今新宾县）交界山岳地带，筹划建设军事密营了。

所谓密营，即建在大山深处的秘密营地。之所以叫密营，是因为它隐秘在深山老林的崇山峻岭之间。在老龙岗山脉的密林中，有一个叫蒿子湖的地方。这里山高林密，沟谷纵横，怪石嶙峋，走入山中，可见川流纵横交错，分延四周，地形十分相似，不熟悉的人很快就会迷失方向，因此，当地人称之为"迷魂阵"，抗联一军的司令部就设在这里。

蒿子湖建筑是木克楞连体式"戗子"，房盖用桦树皮及木桦子苫盖，上面移植茂密的杂草。饸子为"暖饸子"（有炕或地火龙），烟筒是用空心木做成的。密营群设施完善，有宿舍、厨房、仓库、药房、粮仓、枪械所、哨所、水井等设施。

1938年以后，鬼子为了找到抗联，经常派特务、叛徒进山，他们白天看烟，晚上看火；后来，鬼子又加强了空中侦察。为了隐蔽，战士们将一株高大的青松掏成空心，连作烟筒。这样，在大松树下做饭，产生的柴烟就会慢慢地消散在树洞里，被松树吸收了。

通常，密营的选址以山高、林密、隐蔽、避风、向阳、临水、地势险要、易守难攻等为先决条件，建筑方式有木克楞式、有马架子式、有地窨子式，最多的是木克楞式。所谓木克楞式，就是用原木干打垒"砌"成的，老百姓称之为"饸子"。"饸子"大多是地下或半地下的，即贴山坡挖进去，后边形成自然墙壁，前边砌石作墙或用木头垒成墙，房盖用桦树皮及木柈子苫盖。饸子内有火炕或地火龙的，叫"暖饸子"，没有的叫"冷饸子"。这是从当地的猎户那里学来的。猎户们常年在山上生活，为了躲避严寒和野兽的袭击，他们就在山里修建了这种临时居住的"饸子"。

本溪地区，抗联的军事密营主要分布在桓仁的老秃顶子、海清伙洛、前后夹道子、高俭地和本溪县的和尚帽子、洋湖沟、红土甸子及城门沟等地，形成了以老秃顶子、和尚帽子两座大山为中心的军事密营网。

老秃顶子密营群

1934年，革命军来到桓仁当年的秋天，就着手在本溪、桓仁、兴京（今新宾县）交界山岳地带修建军事密营（又称饸子）。老秃顶子山海拔1368米，位于兴京之南、桓仁之西北的交界处，其山脉纵横交错，延伸至宽甸，东望通化，西连本溪，日伪统治力量相对薄弱；且林木茂密，峭壁耸立，地势险要，易守难攻。在杨靖宇、韩震的亲自领导下，大大小小的兵工厂、被服厂、医院、仓库等密营设施陆续在深山幽谷中建立起来。最大的当数老秃顶子山二层顶子的密营，是由几个木棚子组成的，能住几百人。1936年冬，杨靖宇率一军军部、教导团等来到老秃顶子山，与一师游击连等会合，驻扎在密营之中。日寇闻讯后即调集兵力，令其收降的土匪宫德财带路前来偷袭。杨靖宇指挥部队击退了敌人的进攻，然后在密营里过春节。密营附近有块撂荒地，坡度稍平缓些，冬季下雪后，战士们用积雪补平低处、踩实，就成了战士们的练兵场。在老秃顶子上边还设有一个器械所，有专人，负责修理枪械。那时，战士们在战斗结束后，弹壳都要回收，重新装药。这个枪械所，后来扩建成一个小兵工厂（亦称修械所），有几十名机械工人，除修理枪械外，还能翻制子弹，制造手榴弹、土炸弹。另外，在老秃顶附近的草帽顶、黑瞎子望、碗铺等地，也建有许多小型密营。到1937年，老秃顶子周围等地已经建有十多处密营，可容纳千余人居住。

和尚帽子密营群

和尚帽子主峰海拔1234.4米，位于本溪县南部草河掌镇，因形状酷似和尚帽子而得名，区内海拔千米左右的高山有多座。1934年春，革命军挺进本溪后，一师部队曾以此为依托开展游击活动。和尚帽子密营修建于山梁隐蔽处，用木头作墙壁和屋顶，上覆树木和杂草，下面修地窖，冬暖夏凉。据抗联老战士回忆道，有20间房子。内部储存粮食、药品等物资，供来往部队休息和伤员养伤，是部队休整、训练的后方基地。1936年、1937年的春节，一师主力部队就是在和尚帽子山顶两个规模较大的密营中度过的。1937年2月11日，日伪军突袭和尚帽子密营，抗联一军政治部主任宋铁岩牺牲，和尚帽子密营遭到破坏，以后逐渐废弃。山下，蒲石河村（今属凤城县）也有好几处密营，抗联一师第一次西征，就是从这里出发的。此外，在红土甸子红通沟里的小山坡上，抗联也修有一处密营，抗联一军第二次西征会议，就是在这里召开的。往沟里走不远，当时，还有个临时医院。

"外三保"密营群

"外三保"是日伪统治比较薄弱的地区，因此抗联在此建有密营群。比如，倒木沟医院、洋湖沟印刷厂、被服厂还有仓库等。1936年9月至1937年5月，南满省委机关就设在这里。省委秘书处长李永浩和秘书处编辑主任傅世昌在这里印制了大量宣传品。大地密营，一军军需部长兼一师政治部主任胡国臣在此被捕。城门沟被服厂，内有二三台缝纫机，还有一个能住二十余人的屋子。刘金碧沟被服厂，内有2台缝机，曾有5名缝纫工人在里边做军装，另有一处可住三十来人的屋子。

"杨洞"密营

羊洞密营位于四平村（今宽甸县双山子镇四平村）村西的羊洞沟半山腰。这里西依本溪和尚帽子山区；东靠桓仁老秃顶子根据地，经高丽盘道岭与桓仁八里甸子游击区相通；北经五兰子岭达本溪县"外三保"；南通八河川、步达远、太平哨游击区。该洞是一个天然石洞，洞口虽小，洞内却可容纳四五百人。洞内石壁上有一股流淌的泉水。抗联一军除了在羊洞内储存一些粮食外，还在山外开了一家大车店，做为密营联络点。1936年10月末，杨靖宇曾率部进入羊洞密营，因此，附近百姓把羊洞改称为"杨洞"。

在流动性较大的抗日游击战争中，密营起到了简易后方基地的作用。在密营中，部队得以隐蔽休整，伤病员得以医治，给养得以补充，从而保存了部队的实力。1936年冬和1937年春，除三师因西征有些损失外，抗联一军大部安全无恙。

密营里的生活异常艰苦。日伪军和密探轮番搜山，抗联战士白天不能出密营活动。特别是冬天，不能在雪地上留下任何足迹。密营里吃住都很难。为防止暴露目标，往往不能生火做饭，只能嚼生苞米粒子吃。密营面积窄小，人多时，只能抱着枪睡觉。在漫长的冬季里，很多抗联战士身上没有棉衣，脚下没有鞋子。

粮食不足，医药奇缺，非战斗减员十分严重。最困难的时候，只能吃草根树皮。树皮十分难消化，会造成严重的大便干燥。有一位抗联老战士讲，有一次，教官正在上党课，课间不断有人请假上厕所，课还没有讲完，人已经走光了。教官出去一看，他看见战士们在树林里蹲成一排，每个人脸都憋得通红，全都拉不出屎来！

为鼓舞士气，在密营中，抗联领导在做好部队政治思想工作的同时，利用各种可能的条件开展文娱活动和军事训练。1936年春节，宋铁岩在密营中亲自教战士们唱《四季歌》《当红军歌》《追悼歌》《儿童歌》等歌曲，这些歌都是他自己编写的。

1937年正月，杨靖宇率军部在老秃顶子密营过春节，他除向战士们宣传全国抗日形势外，还组织指战员扭大秧歌、唱歌、排剧。

杨司令亲自编写了一部歌剧《王小二放牛》，他到附近各密营巡回演出。这是根据一个真实的故事创作的：

一天早晨，王小二上山放牛，爸爸也上山砍柴了。日寇"讨伐队"进了村，日本指导官踢倒了妈妈，抢走了姐姐。王小二到山上找到了抗联，带领战士们攻进了警察署，救出了姐姐。抗联处决了日本指导官后，王小二带头和乡亲们参加了抗联。杨靖宇的传令兵王传圣、黄生发分别扮演王小二和姐姐。一个战士看到激愤处，情不自禁举枪射击，险些将扮演日本指导官的军医处长徐哲打中。这部话剧在抗联部队曾多次演出，起到很好的宣传教育作用。

抗联艰苦的露营生活

雪地里游击不比夏秋间，

朔风吹大雪飞雪地又冰天，

风刺骨雪打面手足冻开裂，

爱国男儿不怕死哪怕艰难。

……

这是当年抗联战士最爱唱的《四季游击歌》，真实地反映了当年抗联战士们艰苦的斗争生活。

1935年8月1日，中共驻共产国际代表团，根据共产国际第七次代表会议有关在各国建立反法西斯统一战线的精神，起草了《为抗日救国告全体同胞书》即"八一宣言"，号召全国人民团结起来，停止内战，组织国防政府和抗日联军。1936年1月28日，东北各抗日武装将领联席会议在汤原召开，决定把东北各抗日部队改为"东北抗日联军"，2月20日，他们发表了《东北抗日联军统一军队建制宣言》。1936年7月，中共南满特委第二次党员代表大会在金川县河里根据地召开，原东北人民革命军第一军正式改编为东北抗日联军第一军，杨靖宇任军长兼政委。

在日伪的"治标"与"治本"的双重打击下，活动在本溪地区的抗联一师，军事密营连续遭到破坏，游击根据地不断遭到洗劫。1937年1月，一师副官李向山在桓仁县海清伙洛的黑瞎子望（今属新宾县）密营中养病，被日寇网罗的特

213

务康太贤、田宝昌二人侦知。李向山被捕,密营被付之一炬。1937年12月中旬,一军军需部长兼一师政治部主任胡国臣、四团团长隋相生、军需部一分队长甄宝昌等近四十余名干部战士在"外三保"洋湖沟的倒木沟密营中休整,因站岗的战士拢火取暖,被特务发现,敌人将密营层层包围。突围中,隋相生牺牲,密营被敌人破坏。几天后,洋湖沟门南满省委机关的印刷所也被敌人侦破,省委秘书处长李永浩和秘书处编辑主任傅世昌事先转移,幸免于难。1938年3月10日,由于叛徒安光勋的出卖,日寇找到南满省委隐藏物资的"杨洞"密营,抄到重要文件及印刷机、照相机等106件物品,然后炸毁了该洞。

抗联的活动区域越来越小,加之日寇"围剿"的步步升级,剩下的几座密营也因敌人到处搜山放火而无法栖身,抗联战士不得不转入深山老林,开始了艰苦的露营生活。当年的抗联老战士回忆说:

在野外露营,夏天,最让人难受的是蚊子、小咬、草爬子(蜱虫)。林子里蚊子、小咬特别多,吃食又少,一只只跟饿死鬼似的,一见到人,就"忽拉"一声围上来。你走到哪,它跟你到哪。眼前、头上、身后一团一团地嗡嗡着,寸步不离。呼吸进嘴里,眨眼进眼里,如果你停下来,他们会立刻向你发起集团式的攻击。所以,在林子里,手里必须时刻拿根树枝子,不停地前后紧划拉。小咬专门攻击你的头发根、耳根、脖子,咬上就是一片包。有种黑褐色的长腿蚊子,个头奇大,喙很长,像一架架小直升飞机,一旦落在你身上,隔层衣服也能叮你一身包。脱裤子方便时,两只手得前后紧忙活。稍微麻痹点儿,觉得痒了,伸手在屁股上一拍,黏糊糊的,都是血。

在关东山里,民间有这样一个传说:当地的胡子惩治仇人,在夏天,最恶毒的招就是把仇家扒光绑在树上,不一会儿,那人身上就被蚊子叮满了。这时,你再看,看不见那人的头脸,看不见前胸和后背,只有一个黑乎乎的人形的东西。第二天再看,那人浑身苍白得吓人,一点儿血都没了。

草爬子(蜱虫)模样像臭虫,饿着的时候,只有小米粒大小,瘪瘪的,刮风时像粒灰尘,在林子里飘。等它吸足了血,就会胀得像气球似的,膨胀到黄豆粒那么大。老百姓都说，这东西光吃不拉，说是一嘴两用，边喝血边把粪便排泄到人体里，毒性特别大。这怪物嘴上长着倒刺，叮进肉里后，倒刺立即张开，休想拔出来。强拉硬拽，它宁可身首异处，也要把脑袋留在人体里，让你痛痒无比，溃烂发炎。只有用烟头、香火烧它，它才肯出来。有人说，草爬子能传染一种森林脑炎，治愈率为万分之几。当年有些战士病死了，不知道什么原因，大家就说是"闹病死了"，其实，有很多人的死跟这些蚊虫有关。一到夏天，战士们身上就难得见块好地方了。那时，哪有雨披，在林子里逢雨时，只能用树棍支个破棉被，人在篷下铺着树枝树叶睡觉。雨一大，人就睡在了泥水里了。

可这些比起冬天遭的那些罪，就不算什么了。寒冬腊月，战士们将地上的雪踩实，铺上树枝树叶就睡觉。每当大雪封山、枯枝败叶难以找到时，则干脆用雪把全身埋起来，睡在雪里。敌人"围剿"的间歇，冷时，战士们可以在四周点上篝火，人在火中间的空地上睡；有时，敌人追得太紧，一生火，火光照出去老远，青烟飘上林梢，鬼子就会像一群绿头苍蝇一样扑上来。那年月，零下三十多摄氏度很平常，零下40度不稀罕。枪冻得经常打不响，树干冻得咔吧咔吧直炸。不能生火，又冻得受不了，战士们只能不停地在雪地上蹦高，蹦不动了，就坐下来歇会儿。队伍开拔，有人还躺在那儿不动，一摸，没气了，身子早就硬了。李兆麟的《露营之歌》"朔风怒吼，大雪飞扬，征马蹰躇，冷气侵人夜难眠。火烤胸前暖，风吹背后寒"。是当时抗联生活的真实写照。

在深山密林中生活，吃饭成了第一个大问题。最初密营还有一点粮食，或者群众冒着生命危险送来一点，尚能吃上生苞米粒或带壳的高粱。有时也能用铁锅炒一下，或用雪水煮着吃。至于油盐，就别想了。到后来，密营都被敌人破坏了，日寇封山，群众也很少送粮食来了。这时，抗联指战员们只能以山菜（如大叶芹、山菠菜）、野果（如山里红、橡子、山葡萄）、树叶（如杏树叶、榆树叶）、野蘑菇（如榛蘑、松蘑），甚至于草根、树皮为食。有人误食毒蘑菇，全身浮肿，腹泻不已。最难吃的是树皮，他们先把树皮的老皮刮掉，把里面那层泛绿的嫩皮一片片削下来，放到嘴里吃。嚼呀嚼呀，就是咽不下去；勉强咽下去了，肚子也不好受。战士们长期饮食不济、缺乏营养，嘴唇暴起一层层的干皮，一动就出血。

穿衣服也很成问题。由于被服厂被破坏，又得不到群众的支援，战士们的衣服大多衣不遮体，鞋多数都露了脚趾头，有的则透了底。临时编双草鞋，爬山越岭，很快就被磨坏。光脚不能在林子里走，特别是冬天，有的战士就割下衣襟或一块麻袋片，把脚缠上，当鞋子用。吃穿很难，又无暇讲究仪表，战士们头发一成几个月不理，胡须也很长，成了"原始部落的山里人"。

尽管条件异常艰苦，可抗联战士们仍非常乐观。他们歇下来，就会高唱："天大的房子，地大的炕，火是生命，森林是家乡。"他们还风趣地把露营生活说成是"三碧绿"、"三卫生"的好生活。夏季睡在草地上，铺着树叶，盖着树叶，叫做"碧绿炕""碧绿褥""碧绿被"；冬天睡在白雪上，铺的白雪，盖的白雪，叫做"卫生炕""卫生褥""卫生被"。至于露营遇雨睡在泥水中，他们说：身上脏了有天然淋浴、天然浴池，淋一淋，我们更卫生了。

抗联战士在与侵略者斗争中，激发出无穷的智慧。敌人常常能根据炊烟，发现抗联的宿营地。战士们就发明了"排灶"。即在地上挖一长土沟或用石头垒成一长洞，上边放一排锅盆，底下用长劈柴样子烧火，这样既快又省事。待做好饭后，马上用水浇灭。这么一来，敌人再也无法根据炊烟发现抗联宿营地了。

在白雪茫茫的森林里行军，脚印特别显眼。抗联战士会根据需要，有时，无论多少人走，都要踩一个脚窝；有时，走过之后，又会用树枝把脚印做掉。一次，杨靖宇让战士们排成单行纵队，后面的人踩着前面人的脚印往前走。走了一段距离，杨靖宇又下令，队伍分成两路，从两侧绕回去到刚才走过的树丛中隐蔽埋伏。鬼子像狗熊一样，愚蠢地顺着脚印朝前追，一直追进抗联的伏击圈，正当他们望着由一行变成两行的脚印，不知所措时，抗联战士的手榴弹，已经像雨点一般飞来了。

艰苦的露营生活中，并没有磨灭指战员的斗志。他们以深山老林为依托，四处寻机打击敌人，一些小股或零散的敌人屡屡被歼，不少敌占的大屯常常遭袭。使得驻扎在本溪、桓仁山区的日伪军终日难得安宁，不敢贸然活动。为了解决粮食问题，抗联与日本"讨伐队"斗智斗勇，从"讨伐队"手中夺粮。

　　日寇进山"讨伐"抗联，要带足粮食，而山区不便于车辆行走，他们便抓老百姓给他们背粮。500 人的"讨伐队"，就要有上百群众给他们背粮。抗联先派小股部队把"讨伐队"往山险路窄的地方引，再派精干队伍打穿插，把日寇与背粮的群众拦腰截断，打掉看守的鬼子，群众背的粮食，就全部归抗联了。

　　抗联还想方设法伏击敌人的运输车辆，以补充军需的不足。有一年腊月，杨靖宇司令率军部在桓仁，得到内线报告说，要过年了，伪商会要从安东（今丹东）往回运一批食品，这个机会当然不能错过。出征前，王传圣知道杨司令已经两三天没有吃到一粒粮食了，便给他收集了一小捧炒黄豆。杨司令知道，这是全军最后的一点粮食了！他接过王传圣手里的黄豆，全部分给了即将出征的战士，每个战士 5 粒！战士们含着眼泪，不忍心吃。杨司令却以命令的口吻说："这黄豆不是给你们白吃的，每人吃 5 粒炒豆，要给我拿回 5 袋白面来！"

　　战士们埋伏在岭上，冻了一天一夜，没有喊苦的，终于截获了 16 马车货物。其中，面粉 340 袋，砂糖 150 公斤，挂面 50 公斤，鱼 50 公斤。

抗联的口号能杀敌

　　杨靖宇司令十分重视抗联与老百姓的关系，时刻注意保护老百姓的利益。他常说："人民才是我们的靠山，如果离开他们，我们一天也站不住脚啊！"平日里，他不仅要求自己的队伍，要严格遵守群众纪律；同时要求跟一军合作的山林队也不准祸害老百姓。一旦发现有谁违犯，他会严肃处理，毫不留情。当时，本溪、桓仁地区的山林队、胡子特别多，大大小小有百余股，上万人。他们一住下来，就赖在村里不走。结果，日伪军一旦发现哪个村子住过"胡匪"，就会以资匪为借口，把村子里的房子烧掉，逼迫老百姓"归大屯"。

　　杨司令知道后，当即决定，从此以后，抗联无论是在什么时候，都不允许住在村子里。不管是天多冷、雨多大，抗联战士都是住在山上，跟村子保持一定距离。在杨司令的领导下，红军在吃住方面从来没有给村民添过什么麻烦。正是因为这些原因，抗联才越来越受到百姓的拥戴。部队所到之处，老百姓都争先恐后地送来慰问品。有时部队已经走出很远了，大爷大娘们还派年轻后生，追赶队伍为他们送去吃的。

　　1936年10月末的一天，杨靖宇率司令部由本溪县关门山的夹砬子翻山向赛马集转移。当天，正下着小雨，战士们没有雨披，冒雨行军。冷雨淋在身上，又湿又冷。地面湿滑，山路又陡，翻过岭来到汤沟里的宋家街，时间已将近中午了。杨司令看大家走得累了，便下达命令，停下来原地休息，烧壶开水喝。同时，他派出一个侦察班，向前方侦察前进。不久，侦察员回来报告说："北面5公里处有敌人。"杨司令对侦察兵说："我知道了，你们回去，继续监视，弄清情况！"又过了不大工夫，又有侦察员回来报告说："敌人在北面烧房子。"杨司令听到敌人正在烧群众的房子，顿时，红了眼睛。他气愤地对韩仁和参谋长说："现在敌人烧房子，真是活坑人呀！农民种了一年的地，收割的庄稼刚上场。如果房子点着了，那么粮食也不会剩下，这冷风嗖嗖的，没住的，又没吃的，这个冬天可怎么活呀！"

说到这里，杨司令下达命令："紧急集合，全速前进！"部队向前走了不远，有一条横道，杨司令见山坡上，有一座古庙建筑群，便命令部队停下来就地隐蔽。他自己则带着韩仁和等人，踏察地形，准备伏击敌人。杨司令对大家说："他们出来祸害老百姓，我们今天决不能让他们顺顺当当地回去！我们一定要让他们付出代价，为我们的父老乡亲们报仇！"杨司令的话刚说完，用望远镜监视敌人的传令兵报告说："报告军长，敌人的骑兵下来了！"杨司令说："好！我正等着他们来呢！"他转身对韩仁和说："韩参谋！"韩仁和说："到！""传我命令，敌人来了，前面是骑兵，通知部队立即做好战斗准备！"接着，杨司令又说："告诉大家，一定要等敌人靠近了再打。射击时，大家要尽可能地少打枪，多喊口号，把鬼子的战马吓毛！"

敌人越来越近了。前面是鬼子骑兵，大约是一个中队的样子，后面跟着两个排六七十的伪军。等日本鬼子的骑兵离抗联只有三四十米远时，杨司令的发令枪响了！刹那间，抗联的机关枪狂啸起来。大家一边射击一边大喊："举起手来！""缴枪不杀！"二百多人，放开嗓门，齐声大喊，山鸣谷应，振聋发聩。几十匹战马受此惊吓，队形"唰"地就跑乱了，在山坡上横冲直撞，又蹦又跳。马背上的鬼子，根本掌控不住，哪还顾得上还击，只能一手抓紧马鞍，一手紧勒缰绳。不到两分钟，就有几个鬼子中弹掉下马来。最有意思的是，有十几个急忙从马鞍子上滚下来的鬼子，由于马受到惊吓，上蹿下跳，不听使唤，他们人虽滚下马，一只脚却还别在马镫里。马跑得又快，拖着他们，上，上不去；下，下不来，急得"吱哇"乱叫。就这样，被马拖着跑出阵外的这些个鬼子，虽没被枪打死，却被马拖死了。战士们看到这个热闹场面，都乐坏了！一名战士说："比正月十五走马灯还好看呢！"四五分钟后，有八九个鬼子，终于下得马来，就地卧倒，负隅顽抗。其余三十多个鬼子，不是被打死，就是被拖死了。

后面的伪军赶上来了，开始向抗联射击。但是，由于抗联战士躲在古庙里，又占据有利地形，居高临下，他们知道进攻是徒劳的，所以，也就伏在地上，噼里啪啦乱放一顿枪，应付一阵子了事。

天渐渐黑了，杨司令命令留下一个班，粘住敌人。自己率领大部队，翻过岗，到黄柏峪去休息了。不多时，留下的这个班也撤了。说心里话，抗联打伪军，多少手下还是留着情面的。

第二天下午，杨司令派了两名便衣，向老百姓打听村子的损失情况。一个村民说："鬼子硬说我们通匪，把我们吃的和住的都给烧光了，而且临走时，还把我们的人绑去五六个，鬼子可把我们害苦了！"

两名侦察员又向前走，来到胡家堡子"集团部落"。在围子边，遇到一个村民。那村民说："杨司令在大庙打鬼子，老百姓心里老高兴了！那些白帽子（伪军）回来也很高兴，这不，中午杀了两口大肥猪，大呼小叫的，在一起喝呢。"

侦察员很纳闷，问那个村民："白帽子不是打败仗了吗？为什么还这么高兴？"村民接着说："我听一个狗子说，这次跟鬼子去扫荡，多亏老佛爷保佑，鬼使神差地走在了鬼子身后，好几十人一个也没伤着。要不是前面有鬼子挡着，说不定挨多少枪子呢。能不能回来可就说不上了，不是被抗联打死，就是当人家的俘虏。所以，我们得杀猪上供，谢谢老佛爷保佑不是？你说红军也怪，打仗就打仗呗，还大喊大叫的，这一喊不要紧，可就要了小鬼子的命喽！有6个小鬼子不是被枪打死的，而是被活活拖死的！四五十个小鬼子，死的不算，回到家时，只剩下13个没挂彩的。"

侦察员回来，把情况向杨司令汇报了，杨司令乐得哈哈大笑，连说："好！好！"韩仁和在一旁笑着说："这是咱们抗联新创的战法，用口号杀敌！"

桓仁抗联三兄弟

九一八事变后，一大批热血男儿放下手中的锄头、镰刀等农具，揭竿而起，加入到反抗日本侵略者的洪流之中。他们中有父子、夫妻一同参军的，也有兄弟一起参军的，甚至还有丈夫、妻子、孩子举家一起参军的。在咱们桓仁县，就有一家杨氏三兄弟，一起参加抗联的，他们的名字依次是杨效康、杨永康、杨有康。

杨家祖上是闯关东来的，几代赤贫。由于房无一间，地无一垄，父亲只好带着全家到处佃租土地，以求微薄的盈余糊口。佃租土地的契约，往往是一年一签，因此，他们家的居住地点也就很难固定。先在桓仁木盂子镇头道岭子，后搬到桓仁仙人洞，再后来又搬到桓仁二棚甸子镇四道岭子。

1935 年春，日伪当局开始在桓仁推行"集家归屯"，杨家在四道岭借住的房子被付之一炬。不久，父母贫病交加，相继死去。扔下杨效康和两个弟弟、一个妹妹。家里没了当家人，19 岁的大哥杨效康擦干眼泪，毅然担起了家庭重担，带着 14 岁的二弟杨永康到钓鱼台沟给地主家"扛年头"（当长工）。

杨效康这边刚把家安顿好，村里百家长就找上门来。他对杨效康说："你父亲生前还欠 12 块钱地亩捐，你什么时候交呀？"杨效康哀求道："您看，我们这个家，一群孩子等着吃饭，我拿什么交呀，您再缓一缓吧！"百家长板着脸对他说："你吃不吃饭，我管不着，父债子还，天经地义！"后来，百家长又几次上门逼索。杨效康一看，实在待不下去了，就和大弟弟商量："咱把小弟送人，给小妹找个人家，咱俩去投红军吧！"就这样，1936 年 3 月，大哥杨效康带着二弟杨永康和长工魏四一同去找红军。他们 3 人来到了桓仁县仙人洞,找到了革命军一师后勤部自卫队二分队。虽然杨效康当时已有 20 岁,但个子不高,弟弟更小,又没有保人,部队哪里肯要?怎么办?他们商量出一个办法:那就是学"狗皮膏药",贴上就揭不掉。部队走到哪儿,他们就跟到哪儿。跟了 10 来天,分队的领导一看,既然抛不掉,那就收留吧!

自卫队跟大部队不同,基本活动在以老秃顶子为中心的几个村子中。如仙人洞、高俭地、铧尖子一带。由于弹药缺少,武器不好,他们的主要任务是在游击区牵制敌人、维持治安以及给大部队筹集给养等,很少与敌人正面交锋。1936 年冬,自卫队得到情报,说是当天有一小队日军押着二十多马驮子驮着大米,由桓仁县城奔丫头岭去。自卫队领导决定半路伏击,截下粮食。为防敌人发现,杨效康、杨永康他们,清早就进入阵地,趴在雪地里冻了七八个小时,一直等到日上两竿,鬼子才来。随着领导的一声令下,杨效康端起"老洋炮",对着鬼子就是一洋炮,这种枪装的是霰弹,射出去一大片,鬼子疼得龇牙咧嘴;杨永康虽然年龄小,也不甘示弱,和战友们一起端着红缨枪,冲入敌阵。经过一番激烈的战斗,自卫队击毙鬼子十余名,截获了马驮子。

1937 年 2 月 4 日,是农历丙子鼠年的小年,日伪军调动部队,分 3 路包围了抗联根据地老秃顶子山。他们烧毁了密营,捣毁了营地的一切用具。老秃顶子山,山高雪大,当时,积雪没腰深,自卫队二分队的战士无法突围,只得就地隐蔽。敌人满山搜索,杨效康、杨永康等人蹲在大雪窝里,两天两宿。口袋里的高粱和黄豆都吃光了,杨永康人小不扛劲,实在饿急了,就把擦枪用的黄蜡吃了。直到第三天,杨司令率领大部队赶来,才打退了敌人。

1937 年春,根据上级指示,把地方武装一、二分队合编为游击连,杨效康被分配到一排;杨永康被分到二排,代号为 9 号战士。不久,由于叛徒出卖,日军再次突袭了老秃顶子密营,许多抗联家属被抓,6 名战友牺牲。

杨效康参军前,已经结婚,并且有了一个可爱的儿子。木盂子伪警察署,为抓到杨效康,把他的妻子和大舅哥抓起来,逼着他的老岳父上山去找他。在木盂子吊死鬼沟，杨效康听见岳父喊他的名字，刚要答应，就看见岳父身后的树棵子里藏着伪警察。他的岳父没找回来他，敌人又逼着他媳妇抱着孩子去找他。他媳妇来到山上，不停地喊叫他的名字，他就是不吭声。媳妇急得呜呜大哭，孩子一看妈妈哭，也跟着哭闹起来。杨效康蹲在树棵子里，听到他们娘俩的哭声，心如刀割。他想，今天躲是躲不过去了，不如来个了结。于是，他狠狠地抹了一把泪，来到媳妇跟前。脱下身上的夹袄给她披上，又把仅有的几元钱塞给她。对她说："你不要再来了！能等俺就等，实在过不下去，就再找户人家吧！"妻子没劝动丈夫回心转意，回到家不久，就被鬼子给活埋了。这更加激起兄弟俩的无比仇恨，他们决心跟着共产党，跟鬼子血战到底。

到了1938年，粮食已很少见到，仅有的一点粮食还不够伤病员吃。游击连战士们主要是以野菜、树叶为食。战士们饿急眼了，又吃黄蜡。黄蜡是蜂蜡的俗称，极难消化，吃块拳头大的黄蜡，三天不饿。那东西没有营养，就是糊弄肚子，吃下去，虽然肚子不饿了，但一点儿劲也没有，走路直打晃，站岗都站立不住，只能靠着树；靠树也站不久，一会儿就"堆水"（瘫）了。杨效康班里有个4号战士，平时睡觉打呼（打鼾），那才响呢，这工夫也没声了，躺那儿死人似的，连打鼾的气力都没了。有人瘦得皮包骨；有人'胖'得吓人，脑门子一按一个坑，浮肿呀。'胖'的比瘦的更不扛劲，一阵大风就刮倒了。打伏击，大概瞄上了，就得赶紧"搂火"。那人饿得头昏眼花，你想瞄准点，再瞄一会儿，双眼直冒金星，天旋地转，什么都看不清了。连里有两个战友，生生叫狼拖走了。不是一群狼，就两只，两个全副武装的小伙子！不仅没有粮吃，也睡不好。密营大都被敌人破坏了，只好在山里树林中露营。夏天遇雨时，用破被挂在树棍上支个棚；雨大时，就睡在泥水中。冬天睡在雪地上，用树叶、树枝铺在身下，冻得实在难以入睡。

1938年春，杨永康被调到连里，担任了指导员李双录的传令兵。敌人逮捕了李双录的全家，逼他爹到山上去找儿子。老人拄着木棍漫山遍野地喊，终于找到了儿子。李双录知道是小鬼子逼迫老人来的，就对父亲说："爹，你回去吧，我是不会投降的！"父亲说："我们全家的命可都握在小鬼子手里呢！"李双录说："我顾不了那么多了！""你就眼瞅着你妈你妹都被鬼子杀掉吗？""自古忠孝不能两全，鬼子爱咋办咋办！"他父亲见他不松口，仍不停地哀求。李双录轻蔑地看了父亲一眼，怒斥道："你只看到了我们一家，东北有多少家，妻离子散家破人亡的？"说完，他拔出手枪，冲父亲吼道："你再赖在这不走，我就毙了你！"杨永康看到了李指导员的大义凛然，深受感动。

1938年秋，敌人封锁得更紧了。不仅吃住困难，弹药也成了问题。师长程斌投降了鬼子，反过来领着"讨伐队"围攻抗联。不久，日伪军又开始了大扫荡。在艰苦的环境中，杨永康所在的二排长"崔山好"动摇了，准备到八里甸子警察署投降。杨永康知道后，立即跑到哥哥所在的一排，报告情况。这时游击连3个排，仅剩下这一排二十几个人了。无法再坚持下去，杨永康便跟着一排，奔川里与特务连会合。在恒兴县委书记李明山的领导下，渡过浑江，到河里去找军部。

1938年冬，杨永康调到第一路军司令部，给参谋长兼警卫旅政委韩仁和当传令兵，跟随韩政委爬冰卧雪，在林海雪原中与敌周旋。1940年初，南满省委和第一路军主要领导人在桦甸头道溜河召开会议，会后，韩仁和不顾自己的安危，率警卫旅六十余人与司令部分兵，佯作第一路军主力，北上桦甸，吸引了敌人的注意力，以便司令部在濛江（今靖宇县）隐蔽下来。杨靖宇殉国后，杨永康随韩仁和在桦甸、辉南、敦化、东宁等地坚持游击战争。1941年2月2日，警卫旅在宁安县镜泊湖附近与敌遭遇，韩仁和不幸牺牲。杨永康随余部进入苏联波谢特，在这里，与早先进入苏联境内的大哥杨效康相遇，劫后余生，哥俩见面，喜出望外，相拥而泣。

1941年秋，杨效康和王传圣，还有迟秉学（解放后为朝鲜人民军少将），在苏联集体农庄劳动。一天，农庄主席对杨效康说："小杨呀，给你介绍个对象怎么样呀？"杨效康以为他是开玩笑，就说："行啊，是谁呀？"主席说出了姑娘的名字。杨效康认识，是塔见特医院的护士，一位金发碧眼的漂亮姑娘。杨效康说："主席尽会开玩笑，人家那么年轻漂亮，还有文化，咋会看上我呢。"主席说："哎，小伙子，我怎么会跟你开玩笑呢。不信，我明天把她领来。"杨效康知道主席不是开玩笑了，可还是不敢相信。王传圣在一旁撺掇说："你就答应下来，人家姑娘可能早就看上你了！"第二天傍晚，农庄主席真把姑娘领来了。把她往杨效康身边一推，对他俩说："你们俩自己谈吧！"于是，两个人就坐在白桦林边聊上了。后来，杨效康就娶了这位苏联姑娘。再说杨永康，在苏联接受了短期的侦察培训后，1942 年夏，回国执行任务，与日寇遭遇，不幸负伤。在海参崴养好伤后，于 1943 年 5 月，再次回国执行任务时，在东宁县牺牲，年仅22 岁。

再说三弟杨有康，1925 年出生。大哥、二哥参军后，他被送到了新宾县伯父家。由于伯父家也生活艰难，不久，他又被伯父送到本溪县赛马集温道河子堂兄家。一天，杨有康到矿山上拣煤渣，被日本警察发现，遭到了一顿毒打，肋骨被打断两根。大嫂看着奄奄一息的三弟说："活不了了，快上山去找你哥吧！"于是，11 岁的杨有康只身上山，找到了大哥杨效康，参加了革命军。

开始，杨有康在游击连，由于年龄太小，只能跟着做饭的王大娘帮厨烧火。当时日伪军对抗日游击区实行了经济封锁，红军生活非常艰苦，王大娘做好饭，都是先尽战士们吃，剩下的自己才吃。杨有康很懂事，见王大娘不吃，自己也不吃。山上没有盐，战士们长期吃不到盐，浑身无力，咳嗽、冒虚汗。于是，连里派杨有康到山下村子里，去找放猪、放牛的小孩儿玩，暗嘱他们回家给弄点盐和吃的东西，杨有康每次都能出色地完成任务。桓兴县委书记李明山见杨有康人虽小，但勇敢机灵，便经常派他到仙人洞、高俭地、大小恩堡一带去联系红军的关系户，由这些人把征集的粮食藏到山里的交通站，杨有康再领着战友们去取。

程斌的叛变，打乱了抗联一路军原来的部署。为应对这种突发事件，1938年 7 月中旬，一路军司令部，在集安老岭大阳沟召开了紧急会议（史称"第二次老岭会议"）。会议决定，取消原来一、二军各师番号，成立三个方面军，以原来的一师余部为基础，编成第一方面军，曹亚范任第一方面军总指挥，杨有康给曹亚范当传令兵。11 月份，敌人咬住抗联不放。为摆脱敌人，一方面军突过八道江后，继续行军。突然一架敌机飞来，在抗联战士头上盘旋了一圈后，投下了一颗炸弹，杨有康从来没有看到过飞机，也不知道轰炸有多厉害，便停住脚观望，这时，曹司令大喊一声："卧倒"，便奋不顾身地冲上前去将他扑倒，保护了杨有康的安全，杨有康非常感动。不久，部队又转赴集安，一路上经过多次战斗，杨有康始终跟在曹亚范身边。山深雪大，杨有康总是在前面为大家蹚路，曹亚范非常喜欢他。1939 年 2 月，在集安县城附近的一个村落里，日伪军对第一方面军进行了南北夹击，曹亚范指挥战士，化装成伪军，成功地跳出了敌人的包围圈。5 月，杨有康随曹亚范在柳河县回头沟附近见到了杨司令。杨靖宇和曹亚范一起指挥部队在回头沟打了一次胜仗。

从 1939 年秋开始，日本侵略者加紧了对抗联一路军的"围剿"，他们调集重兵，占据了集安、临江、抚松、桦甸各县的交通要道，在各个城镇和小村屯都建立了据点，调动日伪精锐组成"特搜班""讨伐队""森林出击队"，烧林搜山；出动飞机侦察扫射；采用"狗蝇子战术"，跟踪追击，战士们被迫转移到深山老林之中。他们身无暖衣，腹无饱食，在零下三四十度的严寒里，与敌周旋。战斗异常的频繁和惨烈，部队减员非常严重。

曹亚范身边只剩下十几名战士了。曹亚范原来患有肺病，由于长期艰苦的游击生活，饥寒交迫，病情益发严重，经常咳嗽吐血，身体非常虚弱。杨有康心疼，把仅有的一点粮食做成糊糊，端到首长面前，可曹亚范不肯吃，让他送给负伤的战士。杨有康劝他吃一点，可曹亚范却说："咱们的杨司令比我岁数大，还跟大家一样背东西呢，我怎么能搞特殊化呢。"曹亚范顽强的革命毅力，毫不动摇的抗日意志，感染了杨有康，他从心底钦佩这位兄长，不管怎么艰难，他都始终围在他身旁，给他端水熬药，铺床站岗。

1940 年 4 月 8 日晚，曹亚范带领杨有康、小王和朝鲜族小战士太满、机枪射手小辛 5 人，外出筹粮，由于叛徒告密，在濛江县（今靖宇县）金川屯以东谭家房场附近遭到伪地方保甲队的袭击，全部壮烈牺牲。

牺牲时，杨有康年仅 15 岁。

他侥幸逃过"鬼门关"

天上没有月亮，连一丝星光也没有；四周黑乎乎的，伸手不见五指。他率领班里的战士们，摸进了日本鬼子的住地。几个鬼子正睡在炕上，像一窝死猪，呼呼地打着鼾声。他骂了一句："妈个巴子！"便挥起大刀，像砍瓜切菜一样，一口气，把5个鬼子全剁了。剁完后，心情畅快极了！他转过身来，对战友大喊道："痛快！痛快！这比用枪痛快多了！"一个战友说："你的枪，打得多准呀！"他说："用枪哪有用刀好呀，解恨！"60年后，抗联老战士丛茂山躺在本溪县光荣院里，依旧做着这样的梦。醒来，他睡意全无。回忆，再次将他拉回到遥远的抗战岁月：

丛茂山出生在本溪县兰河峪柳堡一个贫农家庭。那是1936年农历四月的一个午后，17岁的丛茂山还是一个牧羊少年。他像往常一样，慢悠悠地把羊群赶到离家不远的山沟里。坡上，新发的小草，鲜嫩多汁，羊儿们低下头来，大快朵颐。他无所事事，半卧在坡上，呆呆地望着天空中飞来飘去的云。突然，山梁上出现一伙人，他们肩扛长短不齐的家伙，正从岭上走下来。丛茂山以为是胡子，转身想跑，可又舍不得这群羊。正当他不知所措之际，那些人向他走来。近前一看，这些人尽管有的穿着破旧的羊皮袄，有的穿着鬼子的大皮靴，衣服杂乱无章，但有一个统一的标志——袖子上都戴着红胳膊箍。他们看见丛茂山，便向他围了过来。有坐着的，有站着的，有掏出烟袋抽烟的，一个佩带匣子枪的长官，在他身边坐下，很和气地跟他唠嗑儿。问他多大年纪了，家住在哪儿，家里还有些什么人，又问他听没听说过红军，丛茂山一一回答。最后，他问丛茂山："小兄弟，我们是红军，你想不想跟我们一起去打小鬼子呀？"丛茂山说："想啊。"那人说："那你就跟我们走吧！"丛茂山点点头说："俺把羊赶回去，告诉家一声。"

就这样，丛茂山跟红军走了。他这一走，家可就遭殃了。第二天，日本守备队来了，把他家的房子全烧了，还把他父亲和两个哥哥都抓到碱厂警察署。丛茂山母亲当年才六十多岁，平时身体挺好的，家里房子被烧了，丈夫和两个儿子被抓走了，一股急火，不几天就去世了。

丛茂山参军后，先是在军部迫击炮连当战士。像许多放下锄头拿起枪杆的庄稼人一样，羊倌丛茂山的胆量和枪法都是在战场上练出来的。第一次打仗，他和战友们埋伏在草丛中，看到全副武装、越来越近的鬼子，他的心开始狂跳不已，额头上沁满了汗水，手也在不住地颤抖……可他转念想到，日本鬼子杀人放火，无恶不作，心中便充满了仇恨。仇恨多了，怕也就少了。他勇敢地扣动扳机，将仇恨的子弹射向了敌人。

虽然丛茂山个头儿不高，只有 1.6 米出头，可他长得非常结实，有劲儿。当兵没几天，领导看他体格不错，人也机灵，就把他调到了机枪连当机枪手。当年的日本歪把子机枪是 28 斤，压满子弹三十多斤，抱在怀里射击，震颤力很大，有时还得抱着枪边射击边冲锋，因此，没有把子力气，是干不了机枪手的。丛茂山作战积极勇敢，抱着机枪，冲锋陷阵，可来劲了！他的枪法极好，敌人来了，他趴在那儿瞄准，有鬼子就不瞄汉奸。鬼子里他找当官的，骑马的，挎指挥刀的。右手二拇指钩住'勾死鬼'，瞄着，指挥员那枪一响，鬼子官就被他送上西天了。

1936 年 10 月，机枪连在四平街（今新宾县大四平镇）与杨司令率领的主力部队会合。在召开会师大会时，侦察员前来报告：发现鬼子约一百多人，乘 7 辆汽车向这边开来。时间紧迫，杨司令立即指挥战士埋伏在四平街的南壕沟里。当敌人的汽车进入伏击圈后，一阵手榴弹、机枪，鬼子就被打死了四十多人，7 辆汽车全部被烧毁。1937 年 12 月 4 日，一军司令部来到赛马梨树甸子三道沟筹集给养。这个沟有六七十户人家，是一个小的"集团部落"，围子里，驻有伪警察和"自卫团"。抗联攻破围子后，带着缴获的物资，星夜撤离。这时，日寇喜多部队紧追不舍，在兰河峪大石湖的响水沟，中了抗联的埋伏，战败后，逃回碱厂。丛茂山在打扫战场时，抓获了2个鬼子。杨司令估计敌人一定会来报复，决定利用老边沟有利的地势，再给敌人一次有力的打击。当天晚上，军部和一师战士在响水沟的雪地里露天宿营。第二天天刚亮，指挥部就下达命令：赶快将火熄灭，进入阵地，准备战斗。丛茂山所带的机枪班埋伏在最前沿。上午九点多钟，日伪军毫无防备，大摇大摆地进了抗联的埋伏圈。经过一天激战，毙伤日伪军37人，缴获大枪三十多支，子弹四千多发。

进入1939年后，在日寇一手打、一手拉的两手政策下，有很多意志不坚定者，纷纷投敌叛变。特别是抗联一军参谋长安光勋、一师师长程斌叛变后，他们熟知抗联的游击战法，对抗联采取狠毒的"狗蝇子战术"。所谓"狗蝇子战术"，就是一旦咬住抗联，死活不松口。夏天还好些，在林子里三闪两晃就甩掉了，再翻过几道岗，就可以找个地方抽袋烟歇歇。冬天，漫天皆白。只要你一动，别说你穿杂色服装的队伍，就是披上白斗篷，也极易被发现。天上有飞机，地上有警犬。最讨厌的是警犬，其他季节，在河里走上一段，狗就蒙了；可冬天，只要你被它跟上，就什么招都不灵了。敌人跟腚撵你，他们换班来，不耽误吃饭、睡觉，却不让你吃饭，睡觉。那人哪受得了，跑着跑着，有的战士就一头拱进雪窝子里了。这时，大家就跑过来拽。有的人，你拉他，还能拽起来；有的人，拉都拉不动，闭着眼，连说话的力气都没有了。只是用手，指着自己的脑袋或者胸脯，让你给他一枪。年纪大的、小的、体格弱的、有伤病的，也就这样"踢蹬"（死）了。那年月，能活下来，太不容易了。

1940年1月21日，抗联甩掉日伪军的前堵尾追，离开集安，来到柳河境内。敌人又追到柳河。为了摆脱敌人，杨司令决定兵分3路，丛茂山的机枪班跟随司令部行动。当部队来到濛江县（今靖宇县）西泊子时，日寇包围了一路军司令部。丛茂山好久没吃着粮食了，肚子里尽是些黄蜡、树皮、树叶子，虚得直喘粗气，哪里还有力气？他知道这体力走不了了，就跟领导说，我留下来掩护同志们。他想，反正是一个死，打死一个够本，打死两个赚一个！歪把子压满子弹三十来斤，他好不容易抱起来，可站不稳、端不住，只能依靠在一棵大树上。那片山坡，是一片落叶松林，落叶松陡直陡直的，下面一根草也没有，视线非常好。他看见走在前面的是警察狗子，后面才是鬼子。那雪没膝盖，深的地方插裆，他们"蛄蛹"（方言，原地动弹）半天，才爬上来一步。

丛茂山朝人多的地方一个点射，警察狗子吓得都拱进雪窝子里不动了，鬼子也趴那儿了。这样打了两回，鬼子就不顾死活地往前冲了。丛茂山瞄准了一个点射，前面小鬼子就栽歪了。敌人集中火力向他们射击，子弹嗖嗖地从他身边飞过，这时，丛茂山突然听到身后的战友一声惨叫。还没等他回过头来，他的胳膊、大腿和肋骨下连中了3枪。他的枪掉在了地上，他看了一眼，人就倒下，什么都不知道了。

丛茂山醒来时，发现自己躺在炕上，旁边坐着个慈眉善目的老太太。

这是濛江县（今靖宇县）城西门里道南的一户人家。家里有3口人，老两口儿领个姑娘。老头叫张善堂，言语不多，是个大车老板（赶马车的）。丛茂山不知道是谁把他弄到这里来的，只知道当时好多老百姓家里，都住着伪军、伪警察的伤员，有打伤的，有冻伤的；鬼子的伤员不住在村民家，他们住在医院里。

一个多月后，这些伤员轻的伤好了，重的转去医院了，就剩下丛茂山一个人，还在张善堂家住着。终于有一天，那老太太忍不住了，陪着小心问他："小伙子，你怎么还没有人来接你呢？"

丛茂山笑了。他断定是伪军把他当成自己人了。那时候，抗联最要紧的事就是找吃的穿的。把敌人打垮后，第一件事，就是找敌人丢弃的粮食，再就是翻找敌尸，往下扒衣服。不久前，丛茂山的衣服破得不能穿了，就扒下了一个伪警察死倒的衣服穿上了。原来，战场上乱糟糟的，敌人在打扫战场时，就把他当成自己人，抬下来了。丛茂山知道自己被俘了，想到了狼狗圈，想到了"过堂"，可是，他在张家住了一个多月，只有一个朝鲜族医生来给他换过一次药，此后再没有人搭理他。

老太太心眼特别好。丛茂山躺在炕上，吃饭、大小便都是由老太太伺候。丛茂山负伤后的第一顿饭，是老太太给他做的小米粥、土豆条炖酸菜，他望着喷香的饭菜，感慨地叹道："可算是吃上了一顿人饭！"老太太不仅悉心照顾他，还四处给他淘弄治伤的偏方。时间长了，处出感情了，丛茂山便认老太太做了干妈。他也就说实话了。他告诉干妈："俺是红军。"你说抗联，村里人不大懂。说红军，就知道你是打日本鬼子的队伍，不是胡子。知道他是红军后，老太太笑着说："孩儿呀，你胆儿怎那么大呀！"对他比以前更好了。

有一天，干妈慌里慌张地从外面跑回来。对丛茂山说："孩儿呀，你们的一个大官叫日本鬼子打死了！"丛茂山一下子就想到了杨司令。他赶紧问干妈："姓什么？"干妈说："姓杨。"丛茂山的脑袋轰的一下就炸了。完了，杨司令死了！再一想，不对。杨司令不会死，杨司令怎么能死呢？干妈说："孩呀，你别不信，街上传得一哄哄的，听说还开膛破肚了呢。"丛茂山火了。突然冲口吼道："那是鬼子胡说八道！"他的吼声，把干妈吓了一跳。吼完，丛茂山就哭了，干妈也哭了。丛茂山急呀，又下不了地，就让干妈托人给他打听。几天后，干妈说，对面街开药铺的王先生看到报纸了，日本人把杨司令的头割下来，在通化城街上宣传、示众。丛茂山还是不相信，跟干妈说："日本鬼子的报纸说瞎话。"又过了几天，干妈不知从哪儿淘弄来一张传单，有半张《本溪县报》大，上面印有杨司令的相片，丛茂山才知杨司令是真牺牲了。可丛茂山心里仍然不愿相信，嘴里不住地念叨着："杨司令怎么能死呢？""杨司令怎么会死呢？"坐在那儿独自发呆，不知过了多久。

三个多月后，丛茂山能下地了。下地的第一件事，就是跪在地上，"咚咚咚"，给干妈磕了3个响头！半年后，丛茂山伤全好了，要回家了。临行前，他跪在地上，给二老磕头，久久不愿起来。

20世纪50年代初，丛茂山特意回一趟濛江（今靖宇县）。干妈、干爹都去世了。他找到干妹妹，趴在二老坟头上，好一顿哭。

赵明山的抗战生涯

他来到窗前，"笃笃笃"地敲了 3 下窗子。"谁呀？"屋里传来一声老太太苍老的声音。"娘，开门呀！我是三子！""谁？"颤抖的声音里明显带着恐慌。"娘，我是三子！"老太太一骨碌从炕上坐起来，冲窗外喊道："三子，你可别回来吓娘，你快回去吧。娘明天到岔道口多给你烧几张纸！"

他声音呜咽了。"娘，快开开门，我真是三子，不是鬼呀。"好久，老太太才窸窸窣窣地下了炕，点着煤油灯。老太太右手拿着油灯，打开了一条门缝，向门外张望。他来到门前，老太太见门外站着个黑影，惊恐地冲他喊："你，你别过来！你把手伸给我！"他把手递了过去。老太太摸了摸他的手，温温的，暖暖的，是活人的手。老太太"咣"地一声，扔掉手里的油灯，开了门，一把将他抱在怀里，娘儿俩在门口抱在一起，一顿大哭。好一会儿子，老太太还不敢相信眼前的一切是真的，还抽抽泣泣地问："三子，真是你吗？村里人都说你死了，清明节俺在岔路口，都给你烧了 3 年纸了。"

三子，大号叫赵明山，是桓仁铧尖子绿豆营子村人，出生于一个贫苦的农民家庭。9 岁给地主放牛，14 岁当"半拉子"。所谓"半拉子"，就是未成年的长工。这种半大小伙子给人家"扛活"，人家只给成年长工一半的工钱。1934 年 4 月，东北人民革命军第一军独立师三团，在团长韩浩、副团长韩震的带领下，来到了桓仁铧尖子。那一年，赵明山 17 岁。部队要过浑江，到村里找人摆渡。老百姓一看村里来了扛枪的，撒丫子就跑，来不及跑的，就猫在屋里硬挺着。那些军人一进堡子，就跟大家说："俺们不是胡子，是人民革命军，是抗日救国的。"可老百姓哪懂这个呀，他们越是解释、商量，老百姓心里就越没底。自古以来，老百姓就没见过跟他们办事还商量的军队，都闭着嘴、低着头不吱声。这时，一个挎匣子枪的大个子瞅瞅赵明山，说道："这不是'三子'吗？"赵明山在弟兄中排行老三，家里人都喊他"三子"。赵明山抬头一看，是他的两姨舅舅马长岭，脸上露出了笑。后来，赵明山才知道他是三团的二连连长。他问赵明山："三子，你会使'槽子'吗？"桓仁人管小船叫"槽子"。赵明山说："会呀。"马长岭说："那你把我们摆过江去。"赵明山心里有了底，也就爽快地答应了。

经过半天接触，赵明山看军队里的人，大家在一起有说有笑，又爱护老百姓，便要求参加红军，不想回去扛活了。东家看赵明山跟军队走了，心里害怕落埋怨，便派人赶紧给赵明山家报信："你家'三子'跟一帮戴红胳膊箍的胡子走了！"赵明山的父亲听了，就心急火燎地撵来了，说什么也不让儿子参军。舅舅马长岭做思想工作，赵明山父亲也不听。马连长火了！就训斥他说："你也是个大老爷们儿，自己不抗日，还不让儿子抗日！"说完，他转身问赵明山："你是抗日，还是回家？"赵明山说："俺要抗日！"父亲看见儿子转变得这么快，气得牙根痒痒，恨不得上前揍他一顿。对他说："三子，枪子（子弹）可不认人哪！"马连长说："有俺就有他！就是死了，也是为抗日救国，值！"父亲抹着眼泪走了。父亲是一个老实巴交的庄稼人，他不明白儿子参加的是什么队伍。后来堡子里的人都传说，赵明山当胡子了，都在背后戳老赵家的脊梁骨，父亲砢碜得在人前一直抬不起头。

那时候参军叫"上队"。赵明山刚上队没几天，一个干部看到他很陌生，就问道："这小孩哪来的？有保吗？"马连长说："这是俺的两姨外甥，俺做保。"

在抗联队伍里，为了保密的需要，互相之间，都不许叫名字，也不知道对方的名字，只有编号，叫"×号战士"。按班论，从一号到几号、十几号，最新参军的排在最后。赵明山开头是"8号"，前面的人牺牲了，他就往前串，不久，他就成了"2号"。"2号战士"，就是副班长了。赵明山先从4连调到机枪连、后又调到保安连，连里干部伤亡、调动，不知道换了多少茬，除了这个两姨舅舅马长岭外，那些人，他顶多就知道个外号。

那时候参加抗联，刚参军的，大多穿的还是在家时的衣服，戴个狗皮帽子。老兵多数是兔皮的，缴获日本人的。除了棉衣棉裤，还有套袖、套裤。套袖大家都能明白；套裤跟套袖一样，就是套在腿上，高过膝盖，一般都是老羊皮的。没有"手闷子"（只分出拇指的棉手套），把套袖往下拽一拽，也能顶半个手闷子。脚上是乌拉，这东西既轻快又暖和，绑上"脚扎子"（脚掌宽窄的"U"形铁器，下边有四个爪），走冰雪道不趴不滑。还有个东西叫"屁挡"，狗皮的、狍子皮的、獾子皮的都有，屁股大小，绑挂腰上，累了坐着，冬天隔凉，夏天防潮。那时候胡子和常年在山里干活的人，屁股后头都耷拉个"屁挡"。

冬天里，行军累，再出汗，一歇下来就冷，越冷越佝偻，越困。这时，班长就会喊："大家起来，活动活动！"有冻僵的起不来，还得推几把、踢两脚，必要时还要拽起来跑一阵子。有的，一眼没照顾到，坐在那儿迷糊着了，那就"悬"（危险）了。一次，他们班刚到老乡家住下，5号战士觉得耳朵有点儿疼，一摸，掉了。东北人讲天冷，就说"这手冻得跟猫咬似的"。像猫咬似的，说明有知觉，还真没事儿，猫不咬了就坏了。耳朵薄薄一层，又是脆骨，冻硬了，树枝一刮碰就掉了。耳朵掉了没事儿，手冻坏了，脚冻坏了，那人就废了。

部队纪律非常严明。赵明山刚参军不久，一次在老乡家睡觉，房东大婶看他睡觉没有枕的，便给他递个枕头。早晨醒来，班长说他犯纪律了，要处分他。给他糊了个高帽子，上面写上几团几连几排几班几号战士，领着他在堡子里游街。边游街嘴里边还要说自己犯了什么错误。那时，叫你睡地上，你就不能睡炕上；没叫你枕枕头，你枕了，就是犯纪律。

1938年1月，抗联一军三团机枪连转入抚松县活动。1月30日晚，在一个背风的山沟里，连里二十来个人拢上3堆火。大家围坐在一起，唱了几首歌。刚要睡觉，山上哨兵呼哧带喘地跑来说："报告连长，发现情况！"连长一听，马上站起身喊道："起队！"于是，大家迅速集合，爬上了山岗。站在岭上，听到山下远处几里外的"围子"里，乒乒乓乓的枪声，很激烈。有人说，八成是咱们的人跟敌人接上火了！大家听了一会儿，又有人说，不对，好像是放鞭炮。不信，你们仔细听，是放鞭，还有二踢脚。有人就问，今儿个是什么日子呀？大家在一起寻思一阵子，忽然，有人大笑起来。笑了好一阵子才说："今个是大年三十呀！"

于是，大家又转身抹了回去，坐在火堆旁。当时，连里还有二十来斤苞米粒，十来斤黄豆，那可都是金豆子呀，不到万不得已是不能动的。连长想了一会儿，喊道："炊事员，弄几斤苞米和黄豆。把苞米煮了，黄豆炒了，咱们也快快乐乐地过个年！"说完，他又指挥大家往火里添些柴，让它着旺一点儿。大家围成一圈儿，坐定后，连长又说："今晚大家伙儿吃'好嚼咕儿'，咱们不能白吃，能讲古的讲古，会唱歌的唱歌，谁有什么本事都拿出来，乐乐呵呵地守夜、过年！"

1940年1月21日，一直跟随抗联一路军司令部活动的警卫旅一团参谋丁守龙在濛江县（今靖宇县）马架子战斗中被捕后叛变，向敌人全盘供出了杨靖宇的行踪、作战计划及密营、粮食储藏地。于是，敌人调集日军大原、有马、渡边等部队和伪步兵三团以及程斌、唐振东等伪警察大队四万余人，在伪通化省警务厅长岸谷隆一郎的指挥下，对抗联一路军展开疯狂"围剿"。从此，敌人像狗蝇子一样，天天轮班跟屁股追，你走到哪，敌人就叮到哪，日夜不停。战士们的体力濒临崩溃。也巧了，那天，赵明山他们碰上一条温泉，老远就见山谷里雾气沼沼的。杨靖宇命令官兵下河，这样蹚出七八公里，敌人寻不着脚印了，警犬的鼻子也不灵了。

1月28日，杨靖宇率部突出重围，来到辉南县马屁股山，与追击的伪警察大队两度激战，身边只剩下了六十多名战士了。2月2日清晨，敌人在飞机的配合下，向抗联司令部所在的那尔轰古石山发动进攻。突围后，杨靖宇身边只剩下三十多名战士了。日本鬼子、汉奸队在后边撵，前面又有了新情况，赵明山扛着机关枪抓山挠岗（方言，翻山越岭的意思）抢山头。那雪大呀，插裆深，要是不拽树枝什么的，那你就在雪窝子里"蛄蛹"（原地动弹）吧。机枪手赵明山是第一个爬上岗顶的，没等卧倒，胸腔子里一阵热，哇的一口血，喷出好远，接着咕咚咕咚又是两口。赵明山寻思是挨枪子了，没想到是累吐血了。他觉得一阵子头晕眼花，那也得打呀。汉奸队上来了，他一个点射下来，那帮小子都拱雪里了。一会儿咱们的机关枪都响了，打得"钢烟起"（形容雪烟四溅），汉奸队一下子就"屁"了。赵明山好歹爬起来，晃晃悠悠刚走几步，就一头"攮"（栽倒）雪窝子里了。

赵明山醒来后，发现自己躺在一棵倒木旁，身下铺张狍子皮，身上盖条毯子。旁边还有3位战友，两名腿断了，一名肚子受伤了。部队已经撤离了，给他们留下半面袋包米粒子。

当天下半夜，鬼子坐探马小六带着警察狗子，把他们抓起来了。赵明山他们被押到濛江县（今靖宇县）城。过堂时敌人问他："部队去哪了？"他回答说："不知道。"他真的不知道。又问他："部队有多少人？"他说："四百多。"军部机关枪连人最多时就这个数，比有的师人数还多，可那时就剩下四十来人了。一个伪警察吼道："你说假话！"赵明山就说："没几个了。"一个短粗胖的警察狗子又问他："没几个了？那走到哪儿怎么都有人冲俺们放枪呀？"赵明山说："我说多了是假的，说少了你又不信，那你让我说多少？"这小子火了，上前"啪啪"就扇了赵明山两个耳刮子。赵明山骂道："操你妈的，日本鬼子是你爹呀！"几个狗子来了气，上来就是一顿拳打脚踢。赵明山被打得昏死了过去。他们以为赵明山死了，就把他拖出去，扔到外面的煤堆上。一个烧锅炉的的老大爷看见了，把赵明山背回锅炉房，又喂水又掐人中的，折腾好半天，他才苏醒过来。

1940年3月25日，赵明山被释放，同时被释放的还有三十多人。每人发一张盖戳的字条，算是"证明书"。等他回到老家绿豆营子，才知道村子没了，都归大屯了。一打听，他母亲搬到凤城县松树嘴子住了，于是，他才半夜三更摸回家。

"铁血战士"郭凤岐

九一八事变后，日伪统治者为了镇压民众的反抗，强化其殖民统治，于1933年12月22日，以教令第96号文件公布了《暂行保甲法》，这部法规的主要内容由保甲制度组织、保甲连坐规约和自卫团组织3部分构成。保甲法规定以10户为一牌，以一村或相当于村的区域为一甲。后来管辖区域规模划小，以一屯为一甲，一村为一保。牌设牌长，甲设甲长，保设保长。牌内居民，一人犯法，全牌连坐。此时，本溪县东部东营坊的红土甸、东大阳、洋湖沟、小东沟4个自然村还归桓仁县大四平村管辖，红土甸叫"胥乐保"；东大阳叫"体乐保"；洋湖沟、小东沟两个屯子合一个保，叫"昌乐保"。3个保有村民六百余户，三千多口人。由于这3个保都处于柳条边外，所以，人称为"外三保"。外三保地处本桓两县交界，山高林密，交通阻塞，再加上距日伪的统治中心较远，所以，是抗联的游击根据地。在东大阳三道沟的大沟里，住着一户姓郭的人家，一家5口人：哥哥叫郭振文，妻子李宝清，他们育有一双儿女，长子郭凤岐，女儿郭凤珍；由于父母死得早，郭振文的弟弟郭振双也跟兄嫂一起过活。兄弟俩为人憨厚质朴，靠给人家打短工和佃种的几亩山地过活。年复一年，一家人在暗无天日的死亡线上挣扎。

1934年冬，东北人民革命军一师三团副团长侯俊山带着一百余人，来到碱厂东大阳开辟根据地。几天后，革命军离开时，侯团长把宣传干事张洪阁留下来继续做群众工作。张洪阁工作能力很强，他在村里积极宣传党的抗日主张，动员老百姓参加抗日工作。不久，东大阳就成立了红军地方委员会，委员会由 5 人组成，孙德文为主席。地方委员会的任务是：为抗联送情报、筹集给养、扩充兵源；对土匪进行说服教育，促其接受抗联改编等；同时，也负责一些地方事务，诸如救贫问苦、扶助生产、要求地主减租减息等。这是本溪地区诞生的第一个具有政权性质的抗日组织。后来，地方委员会还成立了农民自卫队，张洪阁亲任队长。自卫队下设 3 个分队，第一分队长李宝荣，第二分队长苏国盛，第三分队长邓义福。一、二分队七十余人，活动在碱厂周边地区；三分队有 48 人，主要活动在和尚帽子、蒲石河一带。后来，自卫队先后配合革命军参加了老边沟、大青沟和梨树甸子等较大的战斗。

郭家为人诚实可靠，又是住在三道沟大沟里的一个孤家，革命军来去方便，于是侯团长他们一来，便住在他家里。一有时间，侯团长就给他们讲些抗日救国的道理。这些道理，像一盏明灯，把郭家黑暗的小草房照亮了。从此，郭家老少都投入到抗日救国的洪流之中，一家人没日没夜地为抗日工作奔走。振文、振双两兄弟，四处串联满、汉各族群众参加会议，为抗联搜集情报。郭振双为地方委员会联络员，李宝清为地方委员会妇女委员。李宝清年仅 14 岁的长子郭凤岐，成了东大阳村少年先锋队的队长，每日里带着少先队员，站岗放哨，侦察敌情；他的妹妹郭凤珍也积极为革命军工作，和母亲一起护理伤病员，缝缝补补，洗洗涮涮，从此，郭家成了名副其实的抗联之家。

1936 年 5 月，杨靖宇将军在草河掌汤沟召开西征会议后，准备返回老秃顶子山，来到了碱厂的三道沟，通过郭凤岐、郭凤珍兄妹，联系上抗联的地工人员，将杨司令护送回老秃顶子根据地。

1937 年初，日寇加紧推行"集家并屯"，烧毁了东营坊、东大阳、小东沟、红土甸子、洋湖沟、小四平、老营沟、碱厂等 8 个村的民房 1238 间，把老百姓全部赶到大围子里，对不愿归屯的人一律射杀，枪杀了 19 人，屯外居住的老百姓所剩无几。这时郭家就成了外三保抗联唯一的联络站。他们不惧日伪的白色恐怖，积极为抗联筹集粮食，转运物资，传递情报，并多次为刘金碧沟的抗联后方医院送去医药和食品。

1937 年 12 月 5 日上午 10 时，杨靖宇司令得知日军上原中队及长岛工作班前来讨伐，遂率一军司令部教导团及一师在老边沟设伏。此次战斗，日伪资料如下记载："接到杨匪大队三百余人在南营坊东南老边沟集结之情报，讨伐队即予围攻，但匪据守险峻的山岳地带，以轻重机枪进行顽抗。约 9 小时战斗，匪团分散奔跑，在战斗中，日军死 12 人，伤 10 人，治安队死 1 人，伤 3 人。"老边沟子战斗后，一师留在和尚帽子坚持游击战，军部则向通化山区转移，17 岁的郭凤岐作为一师三团少年营战士，正式参加抗联。

1938 年，在日伪军的不断"围剿"下，抗联的处境愈加艰难。1938 年 6 月，一师师长程斌叛变。为应对这种突发的形势，7 月，第一路军将领在集安五道沟密营召开了紧急会议。会议决定，将一路军整编为 3 个方面军，以一师剩余部队改编为一方面军，由原二师师长曹亚范担任总指挥。放弃本桓根据地，转向长白、濛江一带。为了培养抗联的后备人才，给少年队员创造更方便的学习、生活环境，1938 年 8 月，在集安蚂蚁河上游六道阳岔，杨司令把全军的少年集中起来，成立了由军部直接领导的"少年铁血队"。他们中最大的 18 岁，最小的 14 岁。

为带好这支队伍，杨靖宇选派自己的传令兵王传圣任指导员，司令部传令兵高玉信任队长。少年铁血队每人配有马枪和刺刀，其他装备与成年战士一样。铁血队下设 3 个班，郭凤岐任三班班长。

杨靖宇把这些孩子看作是长白山抗日的火种。因此，他把少年铁血队当作抗联一军的军政大学来办。杨靖宇、魏拯民、韩仁和等许多领导都给孩子们上过课，军医处长徐哲还教给大家一些战场救护常识。杨靖宇亲自带领铁血队，参加战斗实践，以培养他们的战略思想，郭凤岐在战斗中迅速成长，政治水平和军事素质都有了很大提高。

1939 年 3 月，杨靖宇亲率一军警卫旅、二军四师、少年铁血队等四百余人袭击了桦甸县木箕河林场。木箕河林场是日本掠夺中国木材资源的主要基地之一。林场四周建有高墙，墙上安有电网，场内四角都设有炮楼，防守严密。林场内驻扎有二十多名鬼子、3个连的伪森林警察。3月14日夜，杨靖宇率领抗联战士，秘密接近林场，以4挺机枪对准场部大门，一阵猛烈扫射之后，突入场内。他们首先解决了炮楼里的值班军警，控制了整个场区；伪警队长李海山等十余人负隅顽抗，被当场击毙，一百多名伪警在政治攻势下缴枪投降。此役共缴获机枪、步枪一百多支和大批粮食、罐头；解放了上千名劳工，其中有七十多人，当场报名参军，分到各班，郭凤岐的三班达到二十多人。

攻打木箕河林场后，杨靖宇随即挥师南下，进至敦化县大蒲柴河镇附近。此时，部队的粮食、弹药消耗殆尽，夺取给养弹药的任务变得更加迫切。于是，大蒲柴河伪警署成了抗联的攻击目标。4月7日晚9时，抗联发起进攻，郭凤岐所在的少年铁血队从未参加过攻坚战，这次如愿以偿，与第四师担负起强攻伪警署的任务。

夜幕低垂，万籁俱寂。就着夜色，能朦胧地看到炮楼里隐隐闪烁的灯光。铁血队的小战士们顺着公路两侧的壕沟，迅速地接近大蒲柴河镇的西门，在距离城门150米处埋伏下米。土传圣抬头看着一丈多高的土围墙，上面还拉着铁丝网，心里有些发愁。正当他思量着如何破敌时，突然，从小蒲柴河方向传来一阵急促的马蹄声，声音由远及近，在静寂的夜里分外响亮。策马而来的是几个伪军。当他们骑马路过壕沟时，一眼瞥见了隐蔽着的抗联战士。他们立即策马狂奔，惊恐地对着守军吼道："快开门，后面有抗联！"王传圣立刻有了主意，决定利用伪军打开城门之机，乘势冲入城内。机不可失，王传圣跳出壕沟，大喊一声："冲啊！"小战士们纷纷跃出壕沟，如离弦之箭射向城门。二班长张宝盖端着机枪对着大门就是一梭子。守门的伪军吓得四处溃逃，铁血队乘机攻入城中。机枪声惊醒了睡梦中的伪军，一时间，城内大乱，咒骂声、枪炮声不绝于耳。按着事先画好的地图，少年铁血队直奔伪警署。

伪警察署是个大院子，围墙很高，伪警们凭墙坚守，负隅顽抗；而小战士们人小，爬不上高墙，一时间无法攻入院内。这时，一班长于林领着小战士们向院内伪军喊话，伪军一听是娃娃兵，心里有了底，拒守不降。在这紧要关头，王传圣一声令下："搭人梯！"喊完，他立即蹲下，让小战士踩着他的肩膀上墙。郭凤岐带领 3 班战士，毫不犹豫，攀登而上。墙上插的玻璃碴儿，划伤了他们的手脚，鲜血直流，但他们毫不退缩，迎着呼啸的子弹，几分钟的工夫，就全都翻进了院里。

小战士们一边高喊："中国人不打中国人，放下武器打日本！"一边与伪军展开巷战。有个屋子里的伪军，誓死顽抗，拒不投降，一个聪明的小战士从地上捡起一块石头，向窗里掷去。并朝屋内喊道："缴枪不杀！再不投降就扔手榴弹啦！"屋内的伪军吓得立即把枪扔了出来。小战士们从伪警察那里得到了野战仓库的钥匙，仓库内弹药、枪支堆积如山，王传圣与队长商量，派两名战士去向司令部报告，剩余战士迅速向外搬运。很快，杨司令在小战士的引领下来到了仓库，看到满屋的战利品，他高兴地称赞道："你们打得不错嘛，铁血队已经是呱呱叫的队伍了！"听了杨司令的夸讲，郭凤岐和战友们感到非常自豪。

1938 年 12 月，经王传圣介绍，郭凤岐光荣地加入了中国共产党。1939 年 7 月，杨靖宇带领一团和少年铁血队，打下三道老爷府，部队撤到白江河上游时，与曹亚范率领的机枪排会合，两人在一起研究了一方面军夏秋间行动计划。会后，少年铁血队袭击了敌人的运输队，郭凤岐带领三班埋伏堵截老虎屯增援之敌，一、二班负责打汽车，劫获了大量的粮食和衣服，为解决部队军需作出了贡献。

1939 年秋后，日寇制定了野副"大讨伐"计划。将 3 个伪省划为东、西、南、北和东北 5 个"讨伐区"，分片包干，意在将抗联队伍分割包围，各个击破。在各分担区内，他们充分运用"踩踏战术、梳篦战术、拉网战术"，来回拉网，穷搜山林。少年铁血队跟司令部一起，不断粉碎敌人的"围剿"。进入 1940 年后，日伪各种工作班、特搜队等军警宪特，散布于游击区的山林村屯之内，搜集情报，寻找抗联的蛛丝马迹。一旦发现，即咬住不放，穷追到底。抗联的伤亡不断增加，部队减员严重。1940 年 1 月 28 日，杨靖宇率部在马屁股山与尾追的日伪讨伐大队遭遇，抗联战斗失利，伤亡七十多人，郭凤岐在战斗中牺牲，年仅 18 岁。

"隋牛倌"的抗日生涯

1937年12月上旬的一天，抗联一师四团团长隋相生带着十几名战士正在外三保（现本溪县洋湖沟村）的倒木沟密营休整，傍晚，抗联一军军需部长兼一师政治部主任胡国臣率一师军需部的二十几人也来到这里。隋团长为了保证首长的安全，在营外增加了岗哨。农历腊月的夜晚，寒风凛烈，用老百姓的话说，冻得小鬼都龇牙，再加上战士们腹中无食，在营外站岗的两名哨兵，被冻得瑟瑟发抖。临近拂晓，愈加刺骨难耐。大个子哨兵对小个子说，咱们拢堆火烤烤吧，天快亮了，烟火不会像夜里那么刺眼，敌人发现不了。小个子也冻得不行了，便点头同意了。于是，两个人便违反纪律，在山坡上点着了一堆篝火。

洋湖沟地处本溪、桓仁两县交界，山深林密，交通不便，是抗联活动的"重灾区"。日伪为了侦探抗联的活动，经常派遣汉奸特务潜入山林、村屯，一旦发现情况，马上报告。两名哨兵点燃的篝火，恰被潜伏的特务看到了。不久，密营外骤然响起了枪声。隋相生听到枪声，一骨碌爬起来，一个健步，冲出密营。他隐蔽在门口观察了一下，发现密营的左、右、后3面山上都有敌人，只有沟门口没有。可沟门口有一大片从沟里流下来的山泉结成的"冻趟子"，层层叠叠，光滑难立，又没有隐蔽物，但这是唯一的出路。隋相生马上指挥战士们用火力阻击敌人，同时，令人保护胡国臣向沟口冲去。可是，敌人早已架起了四五挺机枪对准了沟口。他们刚冲上冰面，就遭到敌人机枪的疯狂扫射。战士们纷纷中弹，胡国臣也负伤仆地。隋相生见状，当机立断，马上命令战士们集中火力，向敌人的机枪阵地射击，敌人的机枪火力被吸引过来，沟口冰上的指战员趁机将胡国臣等伤员救了出去。看见胡国臣他们脱险后，隋相生才率领掩护的战士突围。可当他们冲到冰趟子上时，一阵机枪子弹射来，他们全部壮烈牺牲。隋相生在生死关头，把生的希望留给别人，自己却洒尽了最后一滴血。

隋相生，外号"隋牛倌"。1888 年生于桓仁海清伙洛村一个赤贫家庭。因家里生活极度贫困，他自六七岁起，便给地主放牛。春去秋来，山野绿了又黄。十几年过去了，他也从少年变成了青年，可他依旧是放牛。因此，村里的老老少少都喊他"隋牛倌"。因他自小就忍饥挨饿，极度营养不良，他的门牙没有发育，缺少两颗前齿，有人也叫他"隋没牙子"。以至他的大名没有几个人知晓。他成年以后，依旧生活无着，靠给人家打短工维持生计。东村干几天，西堡忙半月，哪有什么积蓄？因此，到了四十五六岁了还孑然一身，连老婆也讨不起。他憎恨这个黑暗社会，憎恨那些吃人肉喝人血的地主老财，可他敢怒不敢言，有苦不能讲，空怀一腔悲愤。

1933 年 9 月，东北人民革命军第一军独立师在吉林磐石玻璃河套成立。为了进一步扩大游击区，广泛联合一切抗日力量，杨靖宇率独立师主力南下，于 1933 年 12 月抵达兴京县（今新宾）湾甸子。翌年 2 月，革命军经岗山，到达桓仁县仙人洞村小冰沟子。隋相生看到红军爱护老百姓，官兵平等，很想参军。但想到自己已经 46 岁，体力也大不如前，心中不免有些绝望。一个秋天的晚上，杨靖宇率军部来到了海清伙洛会见三团长韩浩，住在村民王伯永家里。按着杨司令的要求，王伯永将村里的姜东魁、于昭青、孟广尧等穷苦百姓召集到家里。杨靖宇对他们说："中国叫小日本占了，咱们中国人得起来救国，不能甘当亡国奴。只要我们大家劲往一处使，就能打败小日本！俗语说柴多火焰高，大家都来参加抗日斗争，抗日救国的火种，就能烧成漫天大火，鬼子就无法扑灭了……今天把你们几位请来，打算让你们替抗日做些工作，但不知在座的愿不愿意？"听了这些话，隋相生格外激动。杨司令的话音刚落，隋相生就站起身来说："我叫隋相生，我不想再给地主放牛了，我要当红军！"其他的人也都表示愿意。

　　杨靖宇满意地笑了。他看看大家说："既然大家都愿意，那就暂时做些地方工作吧。你们要经常注意日伪军的动向，照顾过往的红军，给军队筹备粮草……"隋相生牢牢记住了杨司令的话。此后，他一有机会，就到铧尖子镇上以买东西为名，到商号去探听消息。不久，中共桓兴县委为了更好地配合独立师的抗日活动，在桓仁、兴京边界地区发动农民，成立了几支农民自卫队。1934年初秋，杨靖宇见时机成熟，便派传令兵张永林将几支农民武装组织起来，在兴京碗铺村成立了农民自卫大队，自卫队下设3个分队，共七八十人。46岁的隋相生参加了自卫队。不久，张永林牺牲，隋相生担任队长。隋相生上任后，积极配合三团开展工作，筹粮筹款、搜集情报，为开辟南满抗日游击区做了很多工作。

　　1935年春，杨靖宇率军部三百余骑南下桓仁。敌人迅速调集骑兵、步兵围追堵截。经过歪脖望战斗后，一军军部来到海清伙洛。在这里，杨靖宇分析了歪脖望战斗被动挨打的原因，认为骑兵目标大，不适合山区游击战，决定放弃马匹。可马匹怎么处理呢？时间紧迫，杨司令把这项艰巨的任务交给了隋相生。隋相生带领大家连夜东奔西走，终于在大亮前将三十多匹马分给了海清伙洛、洼子沟、高台子的穷苦农民。并告诉群众，马归大家无偿使用；如果死了，交回马皮即可。另一部分马匹由地方工作员卖掉，所得钱款留给自卫队买枪支弹药。为甩掉追击的敌军，隋相生率农民自卫队走山路掩护一军撤离桓仁，一直护送到桓仁与吉林的交界——岗山岭。不久，隋相生又接受一师军需部长韩震的指示，在马鞍子岭处决了横行乡里、欺压百姓的宋海山，在半截沟枪毙了无恶不作的"棒子手"包文祥，当地群众拍手称快。

　　此后，一师师长韩浩（李红光牺牲后，由副师长韩浩继任师长）领导的队伍继续在桓仁、兴京、通化一带开展游击活动。8月28日，韩浩得知一支日本守备队要从通化到桓仁来，便率一师及隋相生的自卫队在岗山二道沟设伏，当敌人进入伏击圈后，革命军枪弹齐发。鬼子拼死顽抗，与一师形成了对峙状态。韩浩见状，立即与隋相生挑选了近30名战士组成突击队，向敌人猛攻。敌人死的死，逃的逃，溃不成军。可是，韩浩在战斗中，不幸中弹，壮烈牺牲。隋相生怀着悲痛，将他葬在岗山岭上的青松翠柏之中。

1935年秋，隋相生率队继续在新宾、清原、桓仁、柳河一带活动。他们经常突袭伪警察、伪自卫团，用缴来的枪支扩大队伍；筹集到的粮食，除供给部队用外，还分给当地群众。兴京（今新宾县）平顶山有个大地主姜六子，其四哥姜兴洲外号"四阎王"，兄弟俩为富不仁，勾结日伪，欺压民众，群众恨之入骨。隋相生了解到姜六子要搬家，便报告给师长程斌（韩浩牺牲后，程斌继任师长），程斌率一师与自卫队联合行动。这天早晨，姜六子与其四哥"四阎王"在伪军步骑兵百余人的护送下，押着二十多辆大车，拉着全部家当，向县城行进。当他们进入革命军埋伏地点——东洋地罗圈沟，突然间，机枪、步枪、手榴弹雨点般袭来。这些伪军被打蒙了，作鸟兽逃散。姜六子一看不好，也顾不得老婆孩子和家产了，像大鲇鱼一样，钻山沟溜了。"四阎王"姜兴洲被活捉了。这次伏击战，缴获大烟土一百多两、迫击炮1门、机枪4挺、步枪七十余支，俘伪军排长以下四十余人。隋相生看到俘虏兵抱头求饶的可怜相，对他们批评教育后，每人发放5元钱，让他们各自回家。

1936年3月2日，一师军需部长韩震在仙人洞头道岭子主持召开会议，决定将几支地方武装组织起来，组建为一师四团，由隋相生任团长。这事被一个汉奸发现了，会议将要结束时，会场被新宾县平顶山守备队包围，韩震等在突围中牺牲。

战友牺牲后，隋相生毅然担起团长的重任。他带领四团指战员以老秃顶子山区为中心，打击日寇，屡建战功。1936年夏，抗联一军为打通与党中央和关内红军的联系，决定派一师部队进行西征。6月23日，隋相生参加了由一军政治部主任宋铁岩主持召开的团以上干部西征会议。28日，宋铁岩率一师四百余人西征，隋相生率四团在侧翼从本溪向凤城移动，吸引敌人的注意力，掩护一师西进。

在隋相生的带领下，四团在战斗中迅速成长，成为抗联一师的主力之一。日寇对这支土生土长的抗日武装恨之入骨，多次调兵遣将进行"围剿"，但由于四团惯于山区游击战，加之有广大乡亲的支持，敌人的"围剿"始终未能奏效。

1937 年，四团在兴京西部郑家堡一带活动。郑家堡伪警署日本指导官田中，以"消灭抗联"为名购买了一辆汽车，强行向当地老百姓摊派费用。四团决定把这个老鬼子敲掉。这天晚上，隋相生派一队战士，先将黑炭沟木桥拆掉，然后，在五龙村后山鸣枪，佯攻五龙伪警分驻所，自己亲率四团主力在黑炭沟沟口设伏。五龙警所急忙向郑家堡警署求救，说"五龙来了红军"，请求支援。指导官田中和署长庄洪业立即率二十余人乘车，向五龙驰援。当汽车刚刚开到黑炭沟沟门，抗联神枪手一枪把车灯打碎，司机眼前一黑，连车带人翻到壕沟里。这时，战士们冲上前来高喊："缴枪不杀！"田中刚从车里爬出，脖子上便挨了一刺刀，其余敌人全部被活捉，战士们当场将汽车浇油烧毁。

自 1936 年冬开始，日寇加紧了军事"讨伐"，抗联的生活愈来愈艰苦。根据杨司令的指示，1936 年冬至 1937 年夏，隋相生率四团转入桓仁老秃顶山区的海清伙洛、外三保等新建密营中活动。在密营生活中，隋相生带领四团除了练兵、学习外，还给当地群众演出了杨靖宇亲自编导的话剧《王小二放牛》。

杨靖宇八楞树设宴

现在的本溪市明山区卧龙街道的兴隆山，民国以前叫"窟窿山"。窟窿山下，住着一个姓黄的大家族，据说是"金镖黄天霸"的后代。有史料说，黄天霸是金镖黄三太之子，黄三太是南七北六十三省的总镖头，威震绿林，可见黄家的尚武之风由来久矣！直到现在，十里八乡的老百姓还传说着，当年黄家如何厉害，家里的女人不会拈针线，却个个能舞刀弄枪。生逢乱世，黄家几代为匪。到了民国年间，黄姓家族里继"黄四懒王"之后，又出了一个很有名气的当家人，他大号叫黄锡三（又名锡山）。黄锡三，光绪二十年（1894）生。少年时，就喜使枪弄棒。其青年时代正值民国初创，改朝换代，军阀混战，匪盗蜂起。黄锡三遂乘乱而起，占据山头，打家劫舍，成为称霸一方的匪首，报号"锡山"。因其绺子里掌事的大多是黄家人，故乡里人称"黄家帮"。黄家帮经常活动在本溪县三架岭、同江峪、南大阳、思山岭以及辽阳、岫岩一带。黄锡山这人虽然小个不高，年龄不大，但机巧鬼诈，超过常人。他逢人三分笑，不笑不说话，故人称"笑面虎"。

九一八事变后，东北沦陷。各地爱国志士纷纷组成义勇军、救国军、大刀队，与日寇展开武装斗争。偏岭法台牛录堡子的钟子忱组织起"便衣队"，于同年12月8日，袭击了牛心台日本煤矿，打死日伪武装人员9人，一时名声大振。黄锡三自诩在当地绿林中也是个响当当的人物，如何甘居人后？于是，他也决定干一票，以壮"黄家帮"声威。他派出"探千的"探知，有一小队日本守备队，每天早晨从本溪湖火车站出发，乘坐一列装甲车，到牛心台矿区，晚上7点左右，再返回本溪湖。黄锡三跟手下的"四梁八柱"一商量，决定在装甲车必经之地——崔家哨附近的小青背下手。他们拆除一段铁轨，埋好炸药，然后在铁路两侧埋伏下来。当晚，装甲车准时从牛心台返回，进了埋伏圈。黄锡三一声令下，炸药被引爆。只听"轰"的一声巨响，装甲车被炸脱轨。车里的鬼子，哭爹喊娘，连滚带爬，逃出车外。"黄家帮"居高临下，向鬼子射击。鬼子哪里还顾得上还手，狼狈地向威宁营方向逃走了。这次战斗，黄部缴获轻机枪一挺和一些步枪、弹药。同年冬，黄锡三与偏岭的钟子忱联手在偏岭村岭上再次与日军讨伐队交锋，战斗一整天，毙伤日军 18 人，一时声威大振。

黄锡三抗日，有其积极的一面，但他主要的目的，还是为了缴获枪支扩充实力。当钟子忱投敌后，黄锡三乘机把不愿意跟钟走的人拉过来，自封"便衣队"司令。1933 年春，黄锡三召集偏岭一带"九州""占北""鬼头"等几股土匪，在砖瓦窑村开会，欺骗他们说，我们商议联合事宜。可是，等大家一到，他却把大家的枪全缴了。由于他匪性不改，1935 年秋，黄锡三被抗联一师缴械。师长程斌对他进行了严厉的批评，考虑到他尚有抗日之举，又表示悔改，便将武器归还给他。但黄锡三悔改是假，并未弃恶从善。

1936 年 10 月上旬，杨靖宇司令员率领军部来到和尚帽子山的南坡，在蒲石河沟密营与一师会合开会。会上，师长程斌向杨司令汇报了一师西征的情况和返回的原因。会议结束后，军部转移到田师付八楞树村休整。刚一安顿好，"黄家帮"的参谋长常伯英便只身来到军部。

提起这个常伯英，在本溪县的势力可不能小觑。其叔父常庚尧是伪本溪县的警察局长，常氏兄弟 3 人都在警队里做事。常庚尧原是民国本溪县的公安局长，九一八事变第二天，日本守备队占领了本溪县政府。在日本宪兵队长校津细太郎的软硬兼施下，他的骨头软了，遂率原班人马屈膝投降。可他的侄子常伯英却是一位热血青年，不甘做亡国奴。

常伯英，1908 年出生于本溪县一个富裕家庭。成年后，参加东北军，1930年考入奉天高等警察学校。毕业后，先后任本溪县警察局碱厂分局长、本溪县警察训练所教务主任。他虽身为伪警官，但与爱国人士刘汉臣、管毅等多有来往。1936年1月21日，其家受到了日本宪兵队的搜查，常伯英心生恐怖，2月13日，他伪称到小市、清河城一带讨伐义勇军，率40名警察训练生反正。由于没有找到抗联，情急之下，便投到了驻在碱厂"黄家帮"的旗下。

常伯英满以为黄锡三是个有民族气节的硬汉子，接触后才发现他匪性不改，依然干着绑票杀人的勾当，于是，便产生了脱离"黄家帮"的念头。正当常伯英心绪不宁之际，杨靖宇率军部来到了田师傅八楞树村。

八楞树村距离田师傅大堡煤矿不远，是一个依山傍水、山清水秀的小村子。常伯英急匆匆地赶到这里。他对杨司令说："司令员，我拉出队伍是找你们抗日的，不是出来当土匪的。我不能跟他们同流合污。我要跟司令干！"杨司令说："你要过来抗日我们欢迎，但是'黄家帮'也是抗日的，我们还要考虑到抗日统一战线问题，如果你要过来，会影响双方的关系。"常伯英坚定地说："这次无论如何，我也要过来，肯定不跟'黄家帮'干了！"杨司令见常态度坚决，习惯地把大拇指叼在嘴里，沉吟了半晌，说道："你偷偷地跑过来，有点太不仗义；如果你硬把部队拉过来，黄锡三也肯定不能让，这样会撕破脸皮。以后，我们跟'黄家帮'也就不好合作了。这样吧，明天我出面请'黄家帮'的客，你在桌面上，把你的想法提出来，我再出面给你们调解怎么样？"常伯英觉得这个办法不错，就点头答应了。

于是，杨司令吩咐下去，让后勤的同志出去买猪。又喊来传令兵，让他骑马火速到碱厂山里去通知"黄家帮"，告诉黄锡三说，明天中午杨司令要杀猪请客，请他们的头头都来吃杀猪大菜。杨司令深知黄锡三匪习之深，转过身又对传令兵王传圣说："你们警卫员要特别警惕、谈不好可能会打起来。如果他们真动手的话，就收拾他们。不过，在我们这里，他们不一定敢动手。"王传圣轻松地说："司令，你放心吧。这些鸡毛蒜皮好对付。如果真动手，一个也别想活着出这个门！"韩仁和秘书长笑道："小王，你别吹牛！"王传圣说："秘书长你等着瞧吧，谁先动手我就叫他躺下。"杨司令想了一会儿，下命令道："小王和小朱在二门口里站着，专门监视他们的行动；张秀峰跟着我，小李跟着韩秘书长；机关枪连的机枪，在院子里架两挺，房后边架两挺；屋里要安排两名手拿冲锋枪的警卫，其余警卫员管送饭、送水、烧大烟，招待客人。"分工完毕，传令兵们开始检查自己的枪支。

碱厂离八楞树并不远，中午12点钟，黄锡三按时赴约。随他而来的有"炮头""水香""字匠""粮台"等台柱子14人。这里，先介绍一下胡子的组织结构和称谓：头领叫"大当家的"，如有副头领则称"二当家的"，下面分为"里四梁"和"外四梁"。"里四梁"，一是"炮头"，即带队打仗、冲锋陷阵的人，要枪法好，生死不惧；二是"粮台"，管理胡子吃喝的头目；三是"水香"，掌管纪律和站岗放哨的；四是"翻垛的"，即军师，有文化、会掐算，胡子行动都要由他推算出黄道吉日，以及奔哪个方向行动等。"外四梁"，一是"秧子房"，胡子的主要进财之道就是绑票，因而秧子房掌柜的权力特别大；二是"花舌子"，即能言善辩、在票主和胡子之间往来周旋的人；三是"探千的"，负责侦查、打探消息的人；四是"字匠"，绑到票后，给票主写信，陈说利害，让其拿钱赎人，由"花舌子"送去。

常伯英和他的两个弟弟也准时到场。常伯英青年英俊，今天又刻意"捯饬"一番，显得特别精神。下午一点开饭，吃的是东北传统的杀猪大菜，酸菜猪肉炖血肠。屋里，酸菜、猪肉在炭火上的锅里开得咕嘟嘟直响，满屋弥漫着热气、酒香和肉香，大家推杯换盏，好不热闹。酒过三巡，菜过五味。常伯英站起身来，他端起一杯酒，对黄锡三说："来，大当家的，我敬您一杯酒，感谢您的收留和关照！"黄锡三听了常伯英的话，心中微微一怔，满脸堆笑地说道："哎呀呀，参谋长，咱们兄弟都是一家人，这么说，不就是见外了吗？"常伯英接着说："大当家的，对不住了，我考虑再三，我还是想把我的人马拉出来，跟杨司令干！"黄锡三听了，脸子顿时拉了老长。他瞪起三角眼，恶狠狠地看了常伯英一眼："那不行！你从本溪把队伍拉出来的时候，无处可去，是我收留的你，翅膀一硬，就想飞，有点不够仗义吧！"常伯英少年气盛，听他这么说，也有点不高兴了。他仗着有杨司令撑腰，态度也强硬起来："我出来是为了抗日，不是当土匪！不管你同意不同意，我的人和枪，今天我必须带走！"因为是"黄家帮"内部的事，杨司令也不好多说什么，只是在一旁打圆场道："有话好说，有话好说，别伤了和气。"他们两人见杨司令这么说，都没有再说话。

吃完饭，"黄家帮"一干人开始抽大烟。那时候，抗联战士几乎每个人都随身带有大烟土，主要是用来治疗伤病。这时，常伯英缓和了一下态度，又继续跟黄锡三商量，可黄锡三说什么也不同意。现场气氛十分紧张。突然，常佑英（常伯英的弟弟）一个健步跳上炕去，一把将黄锡三"崽子"（跟班）的那支"大镜面匣子"夺在手里。这时，屋里十几个传令兵见状，唰啦一声，把枪全部亮了出来。王传圣大喝道："你们要找死吗？谁敢动一动，就别想活着出去！""黄家帮"的人顿时都傻了眼。实际上，传令兵亮出枪是要镇住"黄家帮"，并不是针对常佑英的。这支20响匣枪可是黄锡山的命根子，这支枪一到手，谈判就好办了。这时，杨司令语调平缓地说："你们把枪都收起来，在这里不许动武！"王传圣他们才把枪收了起来。

杨司令看到时机成熟，就开了口："我看常教务长也不要坚持自己的意见，黄掌柜也不用摇头。我的意见是，常教务长有几个人就带几支枪过来就行了，不必坚持把枪都带过来。"这里需要补充一句，常伯英反正时，有40人，带40支枪。后来，他加入"黄家帮"，由于"黄家帮"名声不好，有十多人开了小差，枪却留了下来。杨司令接着说："枪，我们有，不在乎这几支。虽然你们分开了，但大家都是打鬼子抗日的，目的是一个。我们要以大局为重，不能因为这件事，自己先火拼起来，咱们有劲得朝日本鬼子使！"杨司令这样一说，黄锡三的面子上下得来，又得了实惠，也就同意了。

送走"黄家帮"，杨司令征求常伯英意见说："你是本地人，对这一带情况又熟悉，派你到一师司令部当副官，你看怎么样？"常伯英表示同意。就这样，常伯英带着他的25名弟兄，加入了抗联一师。

抗联一军第二次西征

第一次西征受挫后，1936年秋，一军军部回到桓仁、宽甸抗日游击区，获悉日军将于1936年冬到1937年春的"讨伐"计划：由日军第七师团长三毛一夫任司令官，以日本关东军为基本队伍，并从热河调来了伪军精锐部队和铁道守备队，加上地方伪军警宪等共1.5万余人，集中于安沈、沈海铁路沿线等地区，实行分区联县"大讨伐"，同时继续推行"集家并屯"等政策，标本兼治，以图彻底消灭抗日联军。针对日伪的"讨伐"计划，一军司令部研究决定，一方面积极准备给养，修建密营，以应对敌人的进攻；另一方面，乘敌人集中兵力"讨伐"根据地之机，继续执行原定军事计划，由三师从北路再次西征。

抗联一军总结了第一次西征失败的经验教训，决定把三师改成骑兵，用骑兵快速突袭至铁岭、法库一线，利用冬季辽河封冻之机，趁日伪军不备，快速越过辽河，冲到热河，进而，与关内的北上红军接上关系。

1936年11月上旬，杨靖宇率军部来到桓仁县（今本溪县）外三保密营。我们知道，清初在辽东设置了"柳条边"，目的是防止有人盗采乱挖，破坏他们的"龙兴之地"。柳条边将东营坊一分为二，柳条边里，老百姓称"边里"，柳条边外，老百姓称"边外"。伪满时期，东营坊的红土甸子、东大阳、洋湖沟、小东沟4个自然村归桓仁县窟窿榆树村公所管辖，伪村公所将它们划为3个保，由于这3个保都在柳条边外，所以叫"外三保"。

在红土甸子红通沟的一个小山坡上，杨靖宇司令召集了三师师长王仁斋、政委周建华、参谋长杨俊恒等开会，要求三师用半个月时间组成一支骑兵队，进行第二次西征。

王仁斋（1906～1937），原名王人增，字仁斋。1906年，出生于山东省文登县一个农民家里。1920年考入山东省青州（今益都）甲种农业学校，在这里，他接触到了马列主义，1927年，加入中国共产党。

1927年冬，王仁斋来到沈阳，中共满洲临时省委派他去抚顺从事工人运动工作，为和工人打成一片，他来到抚顺后，直接到煤矿当起采煤工人。在一次煤矿冒顶事故中，他的腰脊椎骨被砸伤，从此驼背，落下"王罗锅"的绰号。1931年冬，王仁斋受中共满洲省委的派遣，到吉林柳河三源浦开展工作。1932年4月下旬，三源浦北校校长包景华率众起义，被编入辽宁民众自卫军第九路军，王仁斋担任上校政治教官。九路军失败后，王仁斋在头道河子召集一些爱国官兵开会，动员他们参加红军，抗日救国，组建了二十多人的海龙游击队。不久，杨靖宇和李红光率领游击队南下海龙，把王仁斋领导的海龙游击队改编为"中国工农红军三十七军海龙游击队"，王仁斋任大队长兼政委。

为了扩大抗日游击区，1933年10月末，杨靖宇率领革命军独立师主力部队南渡辉发江，挺进到桦甸、柳河等地，在柳河老鹰沟同王仁斋带领的游击队会合后，把斗争的矛头直指伪军头目邵本良。王仁斋深知邵本良其人，向杨靖宇介绍了他的情况。11月24日，王仁斋按照杨靖宇的命令，攻打凉水河子，将邵本良的主力部队从三源浦调出来；杨靖宇乘虚而入，一举攻占三源浦。当邵本良回师救援三源浦时，杨靖宇又攻占了凉水河子。邵本良恼羞成怒，他调动大队人马，在柳河县境大小荒沟附近，将独立师包围。独立师几次突围都没有成功，形势十分危急。司令部决定采取奇袭。

按着司令部的安排，李红光、王仁斋身穿鬼子军装，率领四十余名"守备队员"，在公路上砍死尤马小队长之后，潜伏在公路边的树林里，忽然听到路上传来的汽车马达声，他们立刻列队上路，王仁斋趾高气扬地走在前面，汽车开近，他挥手拦车，汽车戛然而止。押车的4名伪军急忙跳下车来，垂手肃立，等候日本太君训话。

"你的，车上什么的装？"王仁斋指着罩着帆布的汽车，用生硬的中国话问道。

伪军连忙回话："报告太君，我们按照旅长的命令，向大荒沟西部阵地运送弹药。

"吆西，吆西！子弹这里的要！"王仁斋说着，一挥手，"守备队员"便不由分说地爬上汽车，抬下十几箱子弹。一个伪军刚想分辩，王仁斋不由分说，"刷"地抽出雪亮的军刀向前一指，对这些伪军说："你们，那边地开路！"

这时，"守备队员"每人扛起一箱子弹，钻进路边的树林。王仁斋见队伍已撤离，便从怀里掏出一颗手榴弹，拉开了引线，扔到汽车上。他刚跑进树林，背后就发出"轰"的一声巨响，接着响起了一连串的爆炸声。

入夜，山里异常寒冷，整个山谷就像是一个大冰窖。风吹到脸上，刀割一样，浑身的血都要冻凝了。王仁斋率领尖兵，摸进了敌军驻地，连摸了两道岗哨，然后，集中火力，很快突出了敌人的包围圈。接着，王仁斋引路，独立师又攻克日军的重要据点八道江镇，从此开创了河里抗日游击根据地。海龙游击队被改编为独立师的教导连后，王仁斋被调到师部负责地方游击队工作。

1936年5月，东北人民革命军第一军第三师在新宾县倒木沟成立，王仁斋任师长。7月初，中共南满第二次代表大会在河里地区的会家沟密营召开，王仁斋当选为省委委员。1936年7月，在中共岔路子支部书记陈守平的帮助下，王仁斋收编了"双虎"（程国钧）三百多人的"山林队"。接着由"双虎"带路，抗联三师先后攻打了新宾的苇子峪、南杂木和抚顺市的搭连嘴子，为西征做了物资准备。

1936年秋，王仁斋率部抵达抚顺的眼望山村，受到群众的热烈欢迎。眼望山一带属于日军严密控制的地区，王仁斋把村里忠诚可靠的群众秘密地组织起来，要他们暗中为抗联服务，同时吸收一批年轻人加入抗联队伍，这样，三师很快发展到五百余人。

周建华（1913～1937），原名邓晓村，吉林双阳人。1930年考入吉林省立第一中学读书。九一八事变后，积极投入反日斗争。1933年冬，参加东北人民革命军，任独立师宣传干事、宣传部主任。1934年7月，反"讨伐"，他率部设伏，击毙日伪军四十余名。同年冬，任中共南满特支委员。1935年3月，任第一军教导团政委，率部在辉南县伏击敌人，获枪六十余支。1936年5月，任第三师政委。

杨俊恒（1910～1938），吉林人。少年时代，读过几年小学，辍学后，参加东北军，不久被提拔为少尉排长。1932年，与营长苏剑飞参加了哈尔滨保卫战。此后，跟随苏剑飞在五常、舒兰、蛟河等县多次重创日伪军。1934年9月，苏部参加革命军，被改编为南满第一游击大队、苏剑飞任大队长，杨俊恒任第一中队长。不久，杨俊恒加入共产党。1935年苏剑飞壮烈牺牲后，杨俊恒继任大队长。游击大队改编为军部第二教导团后，杨俊恒任团长。1936年，杨俊恒任三师参谋长。由于杨俊恒与杨靖宇容貌相似，又系同姓，经常有人把杨俊恒误认成杨靖宇。

按着杨靖宇的命令，三师仅用半月时间就配齐了马匹、武器，组织了一支四百余人的精干骑兵队。11月下旬，三师西征部队在师长王仁斋的率领下，冒着凛冽的寒风，从外三保起兵，跃马横戈，挥师西进。

一路上，为隐蔽起见，白天他们躲在僻静处休息，夜间急行军，进展颇为迅速。然而，日军还是发现了他们的行动。他们把杨俊恒当成了杨靖宇，误以为是杨靖宇军长亲自带队，于是，下了血本，急调大批日伪军对三师进行围追和堵截。三师奋力冲破敌人的封锁拦截，经过15天的急行军，途经清原、铁岭等地，终于抵达法库县三面船石佛寺辽河东岸。眼看胜利就在眼前，大家舒了一口气。然而，这年冬季气候反常，气温奇高，11月末的深冬，辽河不但没有结冰，反而河水暴涨，水面增宽，奔流不止。

天不遂人愿。年轻的战士，伏在马背上，放声大哭；年长的战士则望着滚滚的辽河水默默不语。各渡口已被日军重兵把守，渡船也被日军控制起来，尾随的敌兵又蜂拥而至。在这异常危急的情况下，师部召开了紧急会议，决定夺取日军船只，强渡辽河。

全师集中优势武器和兵力，选择日军的薄弱环节，发起强攻。可惜辽河两岸皆为平原，不便隐蔽，三师刚有行动，就被日军发觉，同时，河对岸的日军亦闻声而动，在腹背受敌的处境下，三师只好边打边撤，迅速脱离险区。

1936年底，三师西征部队返回清原、西丰、兴京一带。由于一个多月的紧张行军和频繁作战，人马过于疲惫，部队减员相当严重，回到根据地时仅剩70余人，抗联一军第二次西征再次受挫。

抗联一军的两次西征虽然未能达到预期目的，但它反映了东北抗联渴望得到党中央的直接领导和急切与中央红军取得联系的迫切愿望；体现了抗联主动进攻，实施外线作战，在防御中寻求进攻的战略思想。充分彰显和宣传了中国共产党的抗日主张，扩大了中国共产党和抗联的政治影响，极大地鼓舞了辽南、辽西广大人民群众的抗日热情。也在一定程度上转移了敌人的注意力，减轻了对南满游击区的压力，打破了日伪的军事部署，对南满乃至全东北抗战作出了积极贡献。

总之，两次西征虽然失败，却不失为气壮山河的英雄壮举。

王传圣的露天病房

1940年1月31日，濛江（今靖宇县）马屁股山战斗的第三天早晨，敌人又追上来了。此时，杨司令身边只剩几十人了，形势非常严峻。少年铁血队指导员王传圣把手一挥，带着二十几名队员，扛着机枪，冲向沟口去阻击敌人。司令部转移了，当王传圣带人从小树林边撤退时，一颗子弹飞来，打在了他的小腿上。他感觉右腿好像被木棒狠狠地敲了一下，便一头栽倒在雪地上。

军部机枪连连长发现他受伤了，一句话没说，背起他就走。到了岗顶，恰巧遇到杨靖宇司令。杨司令问王传圣："伤重不重？"王传圣答道："右小腿骨被打断了。"正当杨司令寻思怎么安排王传圣时，军医处长徐哲走过来，察看了王传圣的伤口，便跟他商量说："小王，你受伤很重，不要跟部队走了吧？把你藏起来，从今天起，每5天一个联络期；再派一个人照顾你，给你留下3面袋高粱，一个牛大腿，一小包盐。"徐处长说着，从上衣口袋里拿出一把火柴，又撕下一大块白布（包扎用）递给他。问他："小王，你看留谁照顾你好？"

"让铁血队的董春林跟我吧。"王传圣回答。

徐哲说："我们把敌人引走，你放心养病吧！"这时，董春林走过来，把王传圣背到东双丫山西坡一棵大松树下。这是一个阳坡，松树下面有一棵大倒木，倒木跟前有一块巨石。董春林把他放下，对他说："指导员，我去弄些柞树叶。董春林刚把树叶子弄回来，忽然发现西北小岗上来了很多敌人。董春林紧张地问他："指导员，怎么办？"

王传圣说："你赶快逃命吧。能跑一个算一个！"董春林回过头问他："指导员，那你怎么办？"

"不要管我了，你快走！"王传圣说完，一骨碌滚到大石头边，把枪拿出来，压满子弹。子弹袋里的120发子弹，也全抖出来，准备和敌人决战。

这时，岗顶抗联司令部的机关枪响了，敌人被吸引过去了。

王传圣躲在大石头后边，等待敌人。他想：敌人来了，我一枪一个；打死一个够本，打死俩赚一个。要想抓活的，办不到！

西北那条小山岗上，仍有大量敌人活动。

王传圣等啊等，可四周却不知从什么时候起竟然静了下来。他忽然想起，临分手时，徐处长对他说的话："部队会想尽一切办法把敌人引走，你在这里安心养伤。"他忽然明白，岗上司令部的机关枪响，是掩护自己的呀。想到这，他的眼睛湿润了。

天渐渐地黑下来，看样子敌人不会来了。王传圣把匣枪里的子弹卸下来，装进子弹袋里。然后，拼尽全身力气，爬回大松树下。他铺好柞树叶子，并在周围做好伪装。这时，他才发现，董春林把步枪拿走了，但他的背兜忘了带。

王传圣很高兴。董春林的背兜里有一张狗皮、半床军用毯子。王传圣自己有一张狍皮和一条军用毯子。有了这些东西，多少管一些用。他铺好狗皮、狍皮，盖上毯子。一切安排妥当，索性躺下来，蒙头睡觉。他太累了！睡到半夜，他被冻醒了。嘴里哈出的热气，在头上的毯子上，凝成了一块大冰坨。王传圣也不去管它，稍微活动一下，又睡着了。这一觉睡得可真香啊！多少天来，他始终处于神经紧张状态，被敌人追得又饿又累又疲乏，这下躺在这里，完全放松了。

天亮。太阳从东方慢慢升起，阳光照在他身上，有些暖意。

忽然，王传圣感觉到西北小岗上有敌人在往岗顶上爬，咳嗽声、说话声、刺刀碰击水壶声，不时传来。远处偶尔还传来机枪的射击声。王传圣心想，咋这么多敌人！杨司令他们能甩开敌人吗？想到这，心里不免暗暗为部队着急。可自己却帮不上什么忙，再这样下去可怎么办呢？不知不觉淌下泪来。

258

　　他抹了一把泪，心里暗骂自己道："没用的东西，哭有什么用！你是共产党员，应该坚强起来！现在救不了司令，就应该好好养伤，早点回部队去！"

　　太阳升高了，天气又暖些。各种鸟儿都飞了出来，在树上叽喳地叫着。空山幽静，一片祥和。一切无事，王传圣又睡着了。就这样睡了醒，醒了睡，王传圣三天三夜没吃东西，也不想吃任何东西。只觉得昏昏沉沉的，眼皮直打架，总想睡觉。

　　猛的，他醒了。这一醒，倒吓了自己一跳。他意识到，这样下去非常不妙。如果再不吃东西，他的生命就会像这漫山的秋草，不知不觉地枯掉了。他提醒自己，要振作起来，不能让生命这样枯萎，他要和死神作斗争。

　　王传圣挣扎着坐了起来。浑身无力，眼冒金星。他用尽全身力气，爬到高粱袋子前，抓了一把生高粱，放到嘴里咀嚼起来。吃了3把，再也吃不下去了，不过，精神头儿好多了。这时，他闻到了一股难闻的臭气。他回身四顾，哪里来的臭味呢？忽然想起，大概是自己的伤口发炎了吧？于是，他弄了一些干树枝，拢上火，将绑腿打开。卷起裤脚一看，子弹从右小腿骨中间穿过，骨头被打断了。他用手摸了摸伤处，好像有什么东西堵住了伤口。仔细一看，才发现，是子弹穿过棉裤时，把棉花带进肉里了。他用手慢慢地把棉花拽出来，浓血立刻流了出来。他打开背包，找出一盒牙粉。浓血流净后，他把牙粉撒在伤口上，又烤了一贴膏药贴上了，然后，用白布包扎好。

　　难闻的气味还是有。他又把胶皮鞋脱下来，打开包脚布，发现是右脚冻坏了。一动，脚上的肉皮全掉了，4个小脚指甲全部脱落，大脚拇指指甲半截也变成了黑色，整个右脚，没有一处好地方了。没有别的办法，他只好把牙粉又撒在脚上，把包脚布烤干包上，再穿上鞋。

　　经过这一阵忙活，他有些累了。浑身软绵绵的直出虚汗，肚子也咕咕地响，这是肚子抗议了！他看火堆里还有一把炭火，便伸手把洋铁盆拿过来，坐在火上，又抓一把高粱放在盆里。他想热一热再吃。可是，不一会儿，高粱在盆里开始爆花了，一股香味扑鼻而来。他正为吃饭苦恼呢，没想到高粱米能爆出花，还很香。

于是，他边爆高粱米花边吃，吃得那么香甜！

吃了一些爆高粱花，看见身边还有一只牛大腿，便用刺刀割下来一块肉，放在火上烤了，也不管熟没熟，便狼吞虎咽地吃了起来。

吃饱了，精神头好多了。他坐下来观察周围的情况。他住的崴子的岗顶上，当时司令部在那杀了一匹马，好肉大家带走了，还有一些马皮、骨头和下水。这时，他看见一些狼，嚎叫着向岗上奔去，不一会儿，山顶上传来狼群抢夺残尸臭肉撕咬的声音。它们把能吃的东西吃光后，有七八只狼又向王传圣围过来。几只坐在离他不远的山头上嚎叫，几只从他眼前飞速穿过，王传圣知道这是狼在向他示威。虽然它们想要吃他绝非易事，但他既不能打枪，又不能喊叫，只能提高戒备。晚上睡前，他把枪顶上子弹，锁好放在一边；另一边放着董春林留下的一把刺刀。他用毯子把头蒙上，不敢露出来。久了，他摸清了狼威胁人的伎俩，就这么两招：嚎叫；或从你身边跑过去。他只要防备狼的突然袭击就行。

临分手时，徐处长告诉他，5天一个联络期，到时部队会派人来找他。到了第五天清晨，王传圣早早地起来了，坐在那里盼。可是，从早晨盼到天黑，连一个人影都没有。他想：那么多敌人追击司令部，肯定是顾不上他了。另外，董春林跑回部队，也会跟领导说，敌人已经发现了自己，司令部会误以为自己已经被敌人打死了。想到这，他绝望了。精神一下垮下来，当时就晕了过去。

醒来，他彻底认清了形势。知道从当下起，一切都要靠自己了。他对自己说：我不能倒下去，我不能死！于是，他每天往雪地里插一根小棍，5天作一组，标上记号，计算着日期。他仍不死心，盼望着有人来接他。

十几只恶狼不分白天黑夜，在他身边徘徊。每当日落的时候，野狼就会坐在小山顶上嚎叫。有一次，他发现一只大黑瞎子在崴子里，漫无目标地逛来逛去；还发现一大群野猪，这群野猪大约有几十只。大猪在前面领路，后面跟着的一个比一个小，最小的跟在最后，哼哼唧唧的，很有秩序地往前走。他知道，成群的不用怕。最危险的是单个野猪，攻击人。这些生灵的到来，多少减轻了他的寂寞。

就这样，王传圣每天像黑瞎子蹲仓似的，一个人在冰天雪地里生活。冻坏的脚疼痛，腿伤也疼痛难忍，可没有别的办法，他唯一能做的，就是把膏药贴在伤口上，避免感染。有时实在难以忍受时，就吃一点大烟土止疼。

当时，正值数九隆冬，天气冷得出奇。白天，太阳出来还暖和一些；晚上就难熬了，冻得睡不着觉，直到天亮才能睡一会儿。饿了，他就吃几把高粱花，渴了吃把雪。大便只能躺着便完，再用木棍拨到一边去，小便也只好躺着了。就这样，他咬紧牙关，一天天挨过去了。

为了能坚持下来，养好伤，回部队，他的3面袋高粱必须做长期打算，节省着吃。他还要锻炼身体，不能总躺着。于是，他找来一根木棍，双手拄着，锻炼着用一条腿走。说是走，实际上是用一条腿蹦。累了，就休息一下，再走再休息，活动量一天天加大。

不知为什么，他总是为杨司令担心，哭了多少次。他想，司令不会有什么问题吧？可能应了"日有所思，夜有所梦"这句话，有一天晚上，他真的梦见了杨司令。梦里，杨司令带人从山上下来，看见他就问："小王，你的伤养得怎么样？"他高兴地伸过手去，正要和司令握手时，右手一下伸到雪里，把他冰醒了，他这才知道是一场梦。他再也睡不着了，开始胡思乱想。是不是杨司令出了什么事情？为什么做的梦这么清楚呢？王传圣知道，敌人调动了几千人马，采取"狗蝇子战术"，对总司令部穷追不舍，杨司令跟前又没有什么战斗部队，只有少年铁血队，这些小同志能顶住这么多敌人的袭击吗？思来想去，心里总是不托底。

他吃了两面袋高粱之后，冰凌花开了。金黄的冰凌花从冰雪覆盖的岩石缝里钻出来，给这冰冷的世界带来了生机和力量，也给王传圣带来了信心。每天，王传圣就在山坡上转来转去地锻炼。走累了，就坐在冰凌花前看看花，心中的烦恼，就慢慢消散了。

3面袋的高粱只剩半面袋了。他算了算时间，在这里已经两月有余了。头发长得老长，脸上也长出了胡子，几个月没有洗一次脸，又黑又瘦，像个野人似的。再看看伤口，已经封口了。冻伤的大脚拇指还有半截是黑的，二拇指前头还没封口，不过，现在已经好多了。他想，必须得离开这里，去寻找部队了。否则，就

261

有饿死的危险。

他住的地方离草帽顶子密营大约有三十多里路，每天走5里路，需要走6天。决心一下，立即行动。他拣了些干柴，把半面袋高粱炒好，又把枪支、弹药、军用毯子、狍皮、刺刀、一个饭盒、一件雨衣、一双胶鞋，都带上，拄着一根棍子上路了。当他走到大松树上边时，回头看看自己住了两个多月的地方，看看大石头、大倒木和他扔下的东西，鼻子一酸，眼泪流了出来。

他按照原来部队上山的路下山。背坡雪很深，像一道雪墙，他一只脚插进去，另一只脚再也无法拔出来。他站立着，老半天才想出一个办法：把背的东西解下来，扔到前边，再坐下把两只脚拔出来，往前滚。到了背包前，再扔再滚。这一道雪墙顶多有20步远，可他却用了老半天。过了雪墙，到了岗梁，就是阳坡了。为了省力，他又往前滚。刚才沾在身上的雪，现在都化了。出了一身汗，他再也没力气走了，就找了个干净地方住下了。

这时，他感到口渴难耐，赶紧点火烧了一饭盒雪水喝了。他算了一下，从他出发地到这里，顶多有五六里路程，可他却走了整整一天。坐下来，伤口也痛，右脚也痛，四肢软绵绵的，他在地上铺上狍皮，盖上毯子，不知不觉地睡着了。

天快亮时，他被惊醒了！头顶上不远处有个东西，呼呼地喘粗气。根据他的经验判断，不是大狗熊，就是个大野猪。他躺在那里不敢动，心里安慰自己，别慌，沉住气，右手却把枪摸到手里；左手又慢慢地摸起刺刀，又摸到了饭盒。他猛地用刺刀一敲饭盒子，大喊了一声，那家伙从他身上一个高儿蹿了过去，向沟底跑了。这时，他才知道害怕，心咚咚乱跳。他想，敌人没打死我，狼没吃掉我，严寒没冻死我，差一点叫狗熊把我给吃了，真危险。他坐起来，检查一下那家伙坐的地方，它的蹄印足有一个中等盘子那么大。真是一只大狗熊！

他蹦蹦跳跳地朝前走。快到一个岭上时，突然看到道上有许多传单。拾起几张一看，上边全都是一些女人的裸体照。再往前走几了步，又发现了许多。他拾起几张，愣住了：一张上面印的是杨司令用过的东西：有镜面匣枪，马牌手枪，三号手枪和怀表、钢笔等物品，另一张是杨靖宇司令的遗体，被放在担架上。

他不敢相信自己的眼睛，不，这不会是杨司令，不可能是他。他心里这样想着，眼泪已流了下来。他下意识地把地上所有的传单全部拾起来，装到上衣口袋里。他头脑一片空白，不知道自己是站着，是坐着，还是走着。不知过了多久，他才清醒过来，意识到身边的危险。

他站起身，把杨靖宇司令的照片恭恭敬敬地放在草丛中，向敬爱的将军遗像敬了 3 个军礼，背上东西，拿上木棍，又出发了。

民众与抗联血肉情深

有一首抗联歌谣唱道：

有水就有鱼，鱼水不分离；

百姓和抗联，永远在一起。

1936年4月，日伪当局出台了《满洲国三年治安肃正计划纲要》。《纲要》中提出了"治标""治本"和"思想工作"三位一体的工作方针，治本的核心就是推行"集团部落"政策，把抗联与老百姓分离开。他们深知，"'共匪'活动的基础在于贫穷饥饿的农民，'共匪'正在通过农民的支持和参加其活动以扩大势力"。据《东北抗日联军第一军在辽宁史料长编》统计，吉东、北满、南满1936年建集团部落261个，1937年建立4922个，到1938年，已达12565个。可见，建立之迅速。与此同时，日伪当局还建立了许多军事据点，分别由伪军和自卫团把守。在重要的地区修建望远楼、监视哨，各主要路口、村头，都设有关卡，盘查来往行人、车辆。

他们要求，"部落"里的农民：出去种地、劳作，带饭只能带一餐的用量；地块也不能离部落太远，远处的庄稼容易被抗联收割去；禁止种植一切可以直接食用的作物，如土豆、玉米、和豆类等；秋收时，派人查清每家每户所种作物的亩数，要做到颗粒归仓；屯子内，一切日用品都实行配给制。日伪当局采取这些恶毒政策，目的就是彻底割断抗联与人民群众的联系，把抗联逼到绝境。在日伪的军事进攻、经济围困、思想上拉拢等多重措施作用下，一些混入抗联队伍中的意志不坚定者，开始动摇逃跑，有的公然叛变投敌，很多革命战士被叛徒出卖。

1936 年 7 月，驻桓仁日本指导官赖户网罗了被俘后叛变的、原受抗联一师改编的土匪张元礼等一批特务，在桓仁横道河村成立了工作部；通化日本宪兵队长岛玉次郎在桓仁县挑选了一批日本宪兵和汉奸、特务，组成"长岛工作班"，专门从事对抗联、义勇军的招降工作，强迫抗联家属去山里或捎信找回自己的亲人。仅 1936 年冬至翌年春，短短几个月时间，长岛工作班就在桓仁地区招降了三百余人；本溪县境内的 25 支义勇军中有 218 人投降，很多农民自卫队也相继被瓦解。抗联一师游击根据地不断遭到洗劫，军事密营连连遭到破坏。抗联的活动区域不断缩小，部队屡屡受挫，本溪、桓仁抗日武装斗争进入了最艰苦的阶段。

但是，本溪、桓仁地区的人民群众并没有屈服，他们想方设法冲破敌人的层层封锁，向抗联提供力所能及的支援，体现了军民之间的鱼水情深。

敌人采取极恶毒的"三光"政策，在野外抓到不入"集团部落"的老百姓，一律射杀。为了给抗联一些力所能及的支持，本桓地区许多的老百姓，冒着生命危险，在山上挖地窖子或搭木棚居住。他们中，有的人因地窖子潮湿，而被潮气（一氧化碳）熏死；有的人因无粮吃野菜、蘑菇而中毒身亡。但是，他们宁死也守在深山密林之中，坚决不入敌人的大屯。桓仁县仙人洞的王玉林，是抗联战士王传清、王传圣兄弟俩的父亲。两个儿子参军后，他始终住在老秃顶子大山沟里，敌人把他住的木棚烧掉，他就带上两个孩子到山后的破房场里住。冬天风大雪厚天气寒冷，孩子冻得直哭，他硬是一边躲避敌人的搜查，一边坚持为一师送信、送情报、筹粮食。高俭地抗联地方工作员曲金生，机智地躲过了敌人的多次搜查，把一师留下的二百余袋面粉、15 套军衣和其他一些用品保存下来。住在仙人洞沟小土房里的唐永田，一次就收养一师伤员十余人。他千方百计、出生入死，躲过了敌人的数次搜捕，保护了伤员的安全。十一连连长马广福等人受伤后，住进了仙人洞的潘老大娘家。在她家待了一个多月，直到伤好。敌人数次搜查，都被潘老大娘以自己的亲属为名搪塞过去。仙人洞的群众被迫归到木盂子大屯后，有二十多家的地都在仙人洞沟里，他们便借种地之机，给一师送粮送盐；八里甸暖河子村的刘凤祥把粮食藏在大车里，上边装上谷草运出围子，送给在山上活动的游击连；陈庆在围子外种地时，见到一师特务连，宁可自己种不上地，也要把五六十斤豆种留下来；归到木孟子大屯的妇女们，利用上山采野菜或洗衣服的机会，把粮食装在筐、盆底下带出围子；还有的群众把炒面袋系在腰里带出围子；有的故意把牲口轰出围子、再以找牲口为名往围子外带粮食；仙人洞、高俭地和大、小恩堡的一些群众，把打下的粮食藏在山上，再设法把藏粮的地点告诉抗联一师。

1938年秋，长岗战斗再次重创了号称"满洲剿匪之花"的索景清旅，给了敌人很大震动。不久，敌人又调来6个师团进行"讨伐"，开到山沟里，见房就烧，见人就杀，为了避敌锋芒，杨靖宇率领队伍暂时向深山密林里转移。

一天，队伍来到桓仁县境的山中。

夜晚气候突然变化，刮起了少见的暴风雪。眼前，有的大树被连根拔起，人在风雪中根本站不稳脚跟，只能躲在背风的岩石后边。

暴风雪不停地刮着，队伍被困在山里。战士们身边的粮食吃光了，每个班只剩下几把炒黄豆。这一点点黄豆够谁吃呢？战士们把黄豆抓在手里看看，然后又放回口袋。他们互相推让着，谁也不愿意吃下这仅有的一点救命的粮食。就这样，大家相互挤在一起，一直挨到了天亮。

清晨，暴风雪越刮越凶，山坡下的一条小河沟已经被积雪填平。战士们的肚子饿得咕咕直响，不知道是谁起头，各班不约而同地把剩下的黄豆，都送到了司令部。战士们跟炊事员说："把这些炒豆留给司令吃吧。"

炊事员看着这些黄豆，想到杨司令还饿着肚子，就不声不响地收了下来。

中午，这件事被杨靖宇司令发现了。

杨司令把炊事员找到跟前说："黄豆不是已经没有了吗？怎么又出来这么多？"

炊事员吭哧了半晌，终于说："是各班送来的，他们说送给司令吃。"

杨靖宇司令一听就发了火："这怎么行？快还给各班，不能让大家为我一个人饿肚子，我不能搞特殊！"

炊事员拿着这总共还不到一升的黄豆，到各队去跑了一圈。回来的时候，手里的黄豆还是那么多。他难过地说："司令，同志们谁也不收，他们……"

"他们怎么样？""他们…他们有的吃着树皮，有的…有的在吃草根和干树叶。"听了老炊事员的话，杨司令感动得说不出话来。

杨司令接过黄豆，看了又看。炒熟的豆粒，散发出一股诱人的香味。

几粒黄豆在他手掌中抚摸着，一股暖流涌遍全身。

他沉思了一会儿，把手中的黄豆又交给了炊事员说："把这点儿黄豆分给各队的病号，就说这是组织上的命令。你可不许再拿回来一粒！"

战士们知道杨司令和大家一样都在挨饿，更增强了战胜饥饿的勇气。当太阳在森林上空升起的时候，他们踩着没膝深的大雪，又出发了。

傍晚的时候，前队的尖兵在一棵大树旁发现一位老人，他已经被冻僵了。老人的身旁还放着一袋苞米。

这究竟是怎么一回事呢？他是什么人？从哪儿来的呢？他背这袋粮食要到什么地方去……队伍停了下来，战士们都纷纷地围了上来。老人的心脏早已经停止了跳动。

突然有人喊了一声："看，那是什么？"

忽然，有人看到对面一棵老桦树干上，隐隐约约刻着一行字："送给抗日的红军吃！"战士们全明白了！他们围着老人站定，脱下帽子深深地为他鞠了3个躬。看到这个场面，杨靖宇司令举起紧握的拳头对大家说："同志们，昨天大家为了仅有的一点黄豆你推我让，今天一位普通的老人，为给我们送粮食而献出了宝贵的生命，这正是我们官兵团结一致，军民心心相连的象征。有了这两件法宝，我们永远不会被任何困难所吓倒，我们要把悲痛变为力量，赶走小日本！"

"打倒日本帝国主义！""驱逐日寇出东北！"

口号声中，战士们掩埋了老人，并在那棵大树上用刺刀刻上一行大字："这里埋着一位不屈的老人。"

冬去春来，天气渐渐暖和了，深山老林也穿上了绿装。抗联营地浓阴密蔽，一天到晚很少见到太阳。雨季一到，老林子里的湿度越来越大。根据地的群众送去吃的，尤其是熟食，不到两天，就发霉变质了。这给抗联的生活带来很多不便。"反日妇女会"会长和姐妹们在一起反复琢磨，终于用杂粮做出一种易干易贮藏、保质期长的煎饼，后来，人们称这种煎饼为"抗联煎饼"。

1936 年 4 月，革命军一师四团成立后，一直在本溪、桓仁、兴京地区活动。入秋以后，敌人对根据地大讨伐，部队转移。战士黄生发生了伤寒病，不能随跟部队走，便和几个病号一起，留在老百姓家养病。这户人家住在仙人洞下边的一个小山沟里。黄生发他们晚上睡在屋里，白天到沟里林中躲藏。病好后，他独自顺着来时的脚印，去找大部队。走了两天两夜，来到了木盂子警察署的后山上，已是后半夜了。天下着雨，黄生发在山上待了半宿。天亮后，他看见一位老人扛着铁锹，上山来放地里的水，黄生发上前说明了身份，并向他打听去游击区的路。老人见黄生发冻得浑身瑟瑟发抖，便不声不响地脱下自己的蓑衣，披在黄生发身上。为防止别人看到黄生发的脸，他又把自己的草帽摘下来，给黄生发戴上。两人边走边唠，来到一户人家，老人进了屋。不一会儿，老人出来了，他把一个很大的苞米面饼子和 3 条萝卜咸菜，塞给黄生发，让他垫补一下。老人送他走了好远，直到翻过了山岗，又给他指了路才回去。

黄生发自己继续往前走。刚下岭，就被土匪给截住了。土匪绺子报号"占山"和"山乐"，这两人是亲兄弟。因为他们被赵文喜大队长缴过枪，所以对抗联心怀仇恨。晚上，他俩悄悄商量，要在天亮前勒死黄生发。凑巧，被房东的老大爷听见了。老大爷在后半夜，偷偷地把黄生发放了，带他跑到山坡上。并告诉黄生发说："到岭上以后，招呼头一家，让他们挨家传送，送你到游击区。"就这样，黄生发得以安全归队。

对于义无反顾支持抗联的老百姓，日寇恨之入骨，采取了疯狂的镇压。桓仁高俭地村倪盛春等 6 名群众在山里安家，为一师提供情报和粮食等，被敌人捕去后，全部杀害；修振玉因为给负伤的一师战士治病，敌人把他连他父亲一起抓去杀掉；陈学奎、彭玉堂等 13 人，因有为一师办事的嫌疑，遭敌逮捕，受尽了酷刑；洋湖沟村侯庆林，是一师的地方工作员，敌人残忍地将他全家 7 口人，上自六十多岁的老人，下至刚出生的婴儿，全部屠杀；东大阳二道沟的孙德武给一师送粮走了，敌人把他已怀孕 8 个月的妻子抓去杀掉，还用刺刀挑开腹部，肚里的婴儿已能伸胳膊腿了；农民白梁才夫妻被杀后，最小的孩子趴在母亲怀里，叼着奶头大哭，其他 3 个大一点的孩子吓得乱跑。狠毒的日本兵一枪一个，将 4 个孩子全部杀掉。

敌人残酷的镇压，并没有使人民屈服。相反，他们意志更加坚定。桓仁县抗联地方工作员高明远为给一师做衣服，到本溪湖买布，中途被伪警察捕去，关押了好几天。灌凉水、压杠子，受尽折磨，但他始终未吐露半点信息。放出来时，他全身已经没有一处好地方，回到家后，他不顾伤痛，连夜把布匹送到山里。高俭地的修振声，冒着生命危险，掩埋烈士的遗体，并把烈士的枪，送还给一师。在本溪县，广大人民群众冒着生命危险，冲破日伪军的层层封锁，向一师提供了力所能及的支援，有力地配合了抗联的作战。

抗联指战员们得到群众的支援，生活上时有添补，精神上备受鼓舞，抗日斗志更加旺盛。就连日寇也承认："人民革命军这种军规肃然的民众态度，有益于和民众感情的融和亲和，加强二者的结合。""'共匪'仍然有顽强的抵抗力，其主要原因就在于此"。据统计，仅 1934 年至 1936 年间，本溪、桓仁地区有很多农民自卫队、青年义勇军、大刀会都加入了抗联主力部队，为抗联输送兵员一千多人。

本溪人民在外敌入侵、国破家亡之际，用血肉之躯筑起了中华民族的钢铁长城，有力地支援了中国共产党领导的东北抗日联军，为取得抗日战争的最后胜利作出了巨大贡献。

设妙计引蛇入罗网

　　敌我力量对比悬殊，抗联一军在与敌作战时，非常讲究战略战术。后来，有学者把杨靖宇的对敌斗争策略归纳为："三大绝招"和"四不打"。"三大绝招"是：半路伏击、远道奔袭、化装奇袭；"四不打"是：地形不利不打、不击中敌人要害不打、付出太大代价不打、对当地人民损害大不打。归根结底，就是以尽可能小的代价，消灭更多的敌人，以夺取更大的胜利。今天，我们来讲一个杨司令在桓仁与宽甸交界双山子镇略施小计，引毒蛇出洞，再打"七寸"的故事：

　　1936年，日伪当局为消灭本溪、桓仁、宽甸的抗日力量，把伪安东省治安肃正办事处设在宽甸县的双山子镇。这里驻有日本守备队、宪兵队和宽甸伪警察第三中队二百余人，由日军水出佐吉少佐任指导官。水出为了把双山子打造成钉入本溪、桓仁、宽甸抗日根据地的楔子，并以此为大本营，站稳脚跟，再徐图消灭抗日力量，他在这里修筑了大量的工事和碉堡，构筑了立体的交叉火力网。一切准备停当，他在心里暗暗地说："杨靖宇，你有种，你就来吧，管教你有来无回！"杨司令才不会去干那硬碰硬的傻事呢。他知道抗联实力不行，碰硬准吃亏，就得使巧劲，"四两拨千斤"。在乡亲们的帮助下，抗联很快就摸清了敌情，到此，杨司令已胸有成竹。

　　1937年10月21日，杨司令先率一军军部打掉了宽甸第一区三道沟集团部落，烧掉了伪自卫团团部的房屋，看看这老鬼子有什么反应。这就是《孙子兵法》中的"怒而挠之"，故意激怒他。可是，水出佐吉死守双山子，什么反应也没有。

于是，杨司令把一军另一部分也调到宽北小佛爷沟，合兵一处，准备来个大动作。

1937年10月31日，杨司令率一军主力埋伏在小佛爷沟门山头上和道路两旁的水壕里。同时，派小分队割断四平哨所通往宽甸、桓仁、八河川等地的电话线，只留下通往双山子的一条线路；然后，再佯攻四平街，迫使四平街守敌向双山子求援。晚9时许，密集的枪声把睡梦中的日本小队长陆岛元三惊醒。他听到外面枪声大作，吓得魂飞魄散，一个驴打滚，滚下床来。他赤脚扑到电话机旁，开始疯狂地摇着电话机。"麻西，麻西，红胡子围打四平街，请求支援。"双山子守敌接到电话后，立即报告给水出佐吉，可是水出晚间喝醉了酒，睡得像死猪一样。日军小队长只得拼命摇着他的肩膀："报告大队长，四平街已被包围，军情紧急，必须火速救援！"

"什么？四……四平街……被包围了？"

日军小队长急得直跺脚："快出兵吧，再不出兵四平街就丢了！""好的，出兵，快快的！"水出一边答应，一边集合部队。要说日军集合的速度，那可没得说。不一会儿，水出少佐便率领四十多名日伪军，分乘2辆汽车出发了。四平街守敌陆岛向双山子告急后，松了一口气。接着又向桓仁、赛马等地呼救，可是电话除了双山子一线外，其余一概不通。陆岛心中纳闷，撂下电话，坐下来倒了杯开水，刚要喝，突然，他屁股像挨了蜂蜇似的跳将起来。惊慌失措地抓起电话，再次拨通了双山子："麻西，麻西，我是陆岛，马上请水出大队长接电话！"

"水出大队长已经率队出发了！"

陆岛听了，惊恐地瞪圆了眼睛。咧歪着嘴喊道："请赶快把水出大队长追回来！"对方的值班员听了，大动肝火："你刚才告急求救，现在又要追回救兵，简直莫名其妙！"

陆岛心急如焚。他意识到，很可能是中了抗联的调虎离山之计了。水出的出救，凶多吉少。但他又不敢挑明了说："现在情况有变，请赶快追回水出大队长……"

"水出大队长的车队已经出发好久了，正在半路上，追不回来了！"

陆岛还想再说什么，对方已愤愤地挂断了电话。他顿时像霜打的茄子蔫了，有气无力地扔下了电话。

此刻，水出少佐正坐在军车上。途经扒头子屯，水出又令驻守在这里的伪警察巡官杨正义（绰号杨二虎）率20名警察，乘坐第三辆汽车随行。

夜里11时左右，第一辆伪军的汽车已经驶下高岗，杨司令命令："将其让过去！"待第二辆鬼子的汽车进入伏击圈，公路两侧突然飞出来一颗颗手榴弹，顿时，把汽车炸瘫在那里。战士们向敌人一阵猛射之后，便吹响了冲锋号。鬼子跳下汽车仓皇应战，水出佐吉手举战刀，哇哇怪叫，被一名抗联战士冲上去，一刀砍伤右臂。水出拼命向河边逃窜，被埋伏在桥下的卫队排长宫明义连击3枪毙命。日军失去指挥官，顿时丧失了抵抗能力。这时，第一辆军车里的伪军，听见身后枪声、爆炸声响成片，一个个心惊肉跳，在车上的日本指导官虽然也吓出一身冷汗，但怕水出大队长怪罪自己见死不救，只好命令司机掉头返回。果然，军车快要爬上高岗时，守在岗上的抗联的机枪响了，枪弹打碎了汽车的玻璃。这时，日本指导官恼了，他挥舞战刀，命令伪军下车向岗上冲锋。可是他们的骨头早都吓酥了，只是虚张声势地狂喊，趴在地上胡乱放枪，却不肯向前迈步。这时，杨二虎的第三辆汽车赶到了，杨二虎跳下车，就朝抗联喊话："我们是中国人，我要见杨司令员！"他知道，抗联对日军和伪军的政策是有区别的。抗联打击鬼子决不手软，对伪军则是争取教育，只要举手缴枪投降，抗联都会宽大处理。邵本良部有一个连长被缴了5次枪。他对抗联战士说："我不当兵，谁给你们送枪呀？"说得在场的战士们都笑了。老兵都知道这个规矩。杨靖宇说："杨巡官，我放过你，但你今后不能为日本人卖命，祸害老百姓！"杨二虎点头哈腰地答应着："那是，那是。"说完，留下许多子弹，带着他的队伍，边鸣枪边撤走了。

再说四平街陆岛小队长，得知战斗打响，知道自己中计，发疯似的挥起双拳，狠砸自己的脑袋。砸了一通之后，他命令全队集合，火速出援水出部队。可是，他的车刚开出四平街不远，就被抗联伏兵截击，陆岛小队长当场毙命。至此，整个战斗结束。此次战斗抗联共毙伤日寇水出佐吉大队长以下15人，烧毁敌汽车2辆，缴获长短枪15支，望远镜1架。

抗联军中的"赛华佗"

1937 年冬，抗联五军一师的密营里，前方紧急送来了一名伤员。院长检查了一下伤员的伤情，便大声喊到："卫生员，清洁用具，准备手术！"不大一会儿，卫生员跑过来说："报告院长，没有麻药了！"

被称作院长的，是一个学生模样的人。看上去只有 20 来岁，长得眉清目秀的。他皱了皱眉，挥了一下手，示意卫生员不要再说了。他低下头，又仔细地检查了一遍伤情，抬头对卫生员说："这颗子弹正卡在了腰椎管处，必须马上取出来，否则后果不堪设想！"卫生员面露难色。年轻院长吩咐道："快去冲一碗水来！再找一截小木棍！"卫生员会意，不一会儿，就端来一碗鸦片水。院长端着碗给伤员服下，又把木棍拿过来，让伤员叼上。对伤员说："小同志，你别紧张，你腰上的子弹，我现在就给你取，别害怕！现在呀，我给你讲一个"关云长刮骨疗毒的故事"，伤员点点头。于是，院长一边给伤员做手术，一边给他讲故事：

话说关羽攻打樊城，曹操大将曹仁命令众多弓弩手，对着关羽乱射。关羽右臂中了毒箭，毒发青肿，不能活动。这时候，名医华佗听说了，从江东急忙赶过来。当时，关羽怕影响军心，正跟马良下棋。华佗检查了他的伤口，对他说："箭头有毒，如果不及时治疗，将军的胳膊就残废了。"于是，华佗提出了治疗的方案：在僻静的地方立个大柱子，上面钉上铁环，让关羽受伤的胳膊穿过铁环，用绳索系牢后，再找一床被子把关羽的头蒙上……关羽说："这点小伤，还用什么环柱？"一面跟马良下棋，一面伸出右臂，对华佗说："来吧！"

华佗知道拗不过他，便让一个小军官端着盆在下面接血，对关羽说："将军，我要下手啦，您不要害怕！"关羽说："任凭先生医治，我怎么能跟凡夫俗子一样，害怕疼痛呢？"华佗割开他的皮肉，发现他的骨头已经青黑，便用刀子刮除骨头上的药毒，窸窣有声。帐上帐下的将士见了，个个骇得脸色大变。关羽照旧饮酒下棋，眉都不皱。不大工夫，盆子里面的血就满了。华佗刮净了药毒，敷上药，缝好了创口。关羽站起身来，挥挥胳膊，哈哈大笑。对将领们说："我这条胳膊舒展自如，不疼痛了！华佗先生真乃神人啊！"华佗抹了一把满头的汗水对关羽说："我当了一辈子医生，还从来没有看到过您这样的，将军您才是神人哪！"

年轻院长嘴里讲着，手中的动作既轻又快，故事讲完了，子弹也取出来了。事后，大家问伤员，疼不疼？他说："我光听故事了，没觉得十分疼。"从此，抗联五军的同志们，四处传扬着管院长的"精神麻醉法"。

这位管院长名叫管毅，原名关东升，字管羽。1915年，出生于本溪县牛心台大浓湖村一个满族家庭。父亲关恩连是一位老实厚道的农民，一家5口，靠几亩薄田为生。

管毅是家中的长子，从小聪明伶俐，学习成绩优秀。12岁，他考入本溪县柳塘第一小学高小部。由于他读书刻苦，品学兼优，深得老师的赏识。父母很高兴，尽管家里生活不宽裕，但还是节衣缩食，供他读书。希望他将来学有所成，光耀管家门庭。

不幸的是，管家连遭变故。由于家境贫困，无钱医治，父亲、弟弟相继病死。这件事，在他幼小的心灵上留下了深深的烙印。他暗下决心，长大后一定要好好学习医术，为穷苦人治病。不久，他中途退学，来到溪湖后石沟私立济民医院当学徒。由于他刻苦钻研，几年后便掌握了一般的外科手术技术。1933年出徒后，他在本溪县桥头镇，开了一家小诊疗所，起名为"早春医院"。

此时，整个东北都处于日伪的恐怖统治之下，本溪地区的本溪湖、桥头、南芬、连山关、牛心台，都驻扎着大量的日本守备队和伪警宪特。他们为非作歹，残害百姓，激起了管毅的义愤。他秘密地参加了抗日救国会，积极地为义勇军募集资金、购买药品。他的行动，引起了日伪特务的注意，他知道自己在本溪待不下去了。一天清晨，他跪在母亲面前，对她说："母亲，亡国奴的气，我实在受不了；汉奸特务已经注意我了，我不能在家待下去了。"管毅的所做所为，母亲早看在眼里；听了儿子的这番话，心里已明白了大半，但她又怎能舍得独苗儿子离开自己呢。可又一想，不让他走，早晚会落到日本人手里。她眼里噙着泪水，思虑半晌。最后对儿子说："孩子，自古忠孝难以两全。没有国，哪有家。既然是抗日救国，为了大家今后都有好日子过，那你就去吧！"1935年，管毅辞别母亲，带着妻女，来到黑龙江省林口县伯父关恩清家，在刁翎镇开了个小医院。

林口县一带，是抗联五军的游击区。因此，刁翎街上，驻有大批日本讨伐队。管毅的医院不大，生意却十分兴隆。每天一开门，求医问药者纷至沓来。管毅借此广结四方朋友，并很快与地下党建立了联系。他积极为抗联购买药品，医治伤员，得到了地下党的信任。不久，他加入了共产主义青年团，他的医院，也成为地下党和抗联的秘密联络站。为不引起敌人的怀疑，更好地隐蔽自己，他还与几名伪警官"义结金兰"。但是，管毅的行为，还是引起了敌人的注意。

1936年秋，抗联五军从宁安县东南的根据地往北转移，越过铁路后，来到林口县境内。在转战过程中，抗联五军一师师长关书范负了重伤，得到消息后，管毅乘夜色，秘密地来到抗联驻地徐家屯，为他做手术。考虑到妻子、孩子的安全，管毅派人用一张爬犁，悄悄地把她们接到徐家屯。妻子一看，管毅是为抗联的人治伤，便对他说："管羽，咱们好不容易开了个小医院，生活还过得去，你就这么狠心，撇下我们母子吗？再说，东北人口三千万，就是抗日，也不缺你一个呀。你要是有个三长两短，我们娘们孩儿可怎么活呀？"管毅搂着妻子对她说："亲爱的，抗日不能指别人呀，你指他，他指你，那这件事不就黄了吗？这些年我干了什么事，你都有数。再守着那个小医院，早晚会出事。你们娘儿们孩子也会跟着遭殃。你这几天就收拾收拾回本溪老家吧。乡亲们问我哪去了，你就说得急病死了。我这一走就没个头了，什么时候'满洲国'倒台了才算到头，能不能活到那个时候也难说，你就别等我了。回老家后找个过日子的实诚人，帮我把这两个丫头拉扯大了，我就感恩不尽了。你跟我没过一天安稳日子，我实在对不起你。倘有来生，做牛做马也要报答你。如果我有个三长两短，等孩子长大了，你一定告诉他，她爸爸是为了抗日救国……"翌日拂晓，管毅吻别妻子和两个女儿，随抗联五军一师出发了。

1937 年冬，抗联五军一师离开了林口，进入了茫茫的原始森林之中。敌人很快觉察到他们的动向，便调集了大批兵力，围追堵截。战士们在寒风刺骨的林海雪原中露营，既无被褥御寒，又不能点火取暖，再加上粮食匮乏，经常吃不上饭，战士们身体孱弱，患病、冻伤者极多。为了减轻伤病员的痛苦，管毅虚心向当地的老猎人学习，自学中医内科。他利用缴获的鸦片配制消炎止痛药，给战士们治疗痢疾、肠炎、霍乱、伤寒；用人参配制中药，治疗战士们的肺气肿、气管炎、哮喘；他还采集一些草药，制成丸、散、膏，治疗跌打损伤。他知道，仅仅这些是不够的。很多伤病员病情迁延的原因是饮食跟不上，于是，他想方设法，为伤病员增加营养。由于他关心、爱护伤病员，得到了师里战士和干部的爱戴。1937 年，他加入了中国共产党，后来，又担任抗联五军军医处副处长兼后方医院院长。当时的后方医院非常简陋，既无病床，又无设备。伤病员分散在各处密营之中。管毅既是负责人，又是外科医生。因此，哪里有伤员，他就得奔向哪里。他经常马不停蹄地在各密营间穿梭，为伤员治疗。

管毅还兼着部队的文化教员，他对同志有极好的耐性。抗联老战士胡真一回忆说："第一次见面，他问我叫什么名字，我说，在家时叫'小买子'，现在叫胡真一。他笑笑，拿个树枝在地上写下'胡真一'三个字。先指着'胡'字说，这就是你的姓，左边是个"古"字，右边是个"月"字。"古"是古代的"古"，"月"是月亮的月，加一块就是姓'胡'的胡；'胡来'、'胡说八道'的胡。讲完'胡'，再讲'真'和'一'。认识自己了。再认识'革命''共产党''马列主义'。'马列'是两个人。'马'叫马克思，德国人；'列'是列宁，苏联人，'主义'就是他们说的话。马列主义是真理，用马列主义指导革命，就一定能胜利。"

胡真一接着说："第一次看管毅动手术，是从伤员的大腿里取子弹。伤员躺在桌子上，几个人按着，像杀猪似的。听到叫声，我们几个女兵不知怎么回事，都跑去看。一看，我的妈呀，有的吓得扭头就跑，我也赶紧把脸捂上了。之后又有锯胳膊锯腿的，有麻药的时候不多，就那么硬锯呀。管毅热情，乐于助人，瞅着挺文静个人，见过他做手术后，我心里就觉得这个人挺瘆人的。后来，我们慢慢熟识了。我问他："你总这样动手术，心里好受吗？"他长长地叹了口气，说："赶走日本鬼子就好了！"

1938 年 4 月，为了打通与抗联一军和北上热河的八路军挺进队的联系，抗联第二路军总部决定由第四、第五两军主力西征。西征途中穿过原始大森林，渡过牡丹江，一举打下了苇河、卢山、得到了给养补充，进入三道沟。在这里，部队建立起新的抗日根据地，创建了简易的后方医院。不久，继续西征。为了减轻行军中的疲劳，管毅主动给战士讲故事，表演文艺节目等。一师经过珠河县（今尚志县）亚布力来到五常县。在攻打五常时，因城防坚固，敌人火力猛烈，我军久攻不下，伤亡很大。有一位伤员生命垂危，需要马上作手术。管毅不顾个人安危，毅然在战场上，架起病床进行手术，不幸被流弹击中，牺牲时年仅 23 岁。

管毅以他年轻的生命，实现了以医报国的夙愿。

他扒了汉奸的棉裤

文广魁是建国初期咱们本溪市公安局的科长，1951年，他在他的回忆录中，讲了一段他在参加抗联时，扒汉奸棉裤的故事：

文广魁，原名文广才，1902年出生于山东蒙阴。由于生活所迫，幼年即随父母闯关东，来到宽甸太平哨。他14岁就开始给地主放牛，做长工、杂役，过着牛马不如的生活。1936年7月12日，由抗联一军军医处长徐哲介绍参加抗联，后担任抗联一军军部机枪连二排班长。这里插一句，介绍一下徐哲。徐哲，1907年出生于朝鲜咸镜北道，毕业于哈尔滨医学院，1932年参加南满游击队，后担任抗联一军军医处长，是一军的核心领导人之一。东北光复后，首任朝鲜人民共和国驻中国大使。1958年，任朝鲜人民军总政治局局长，后晋升为大将军衔。

1938年6月29日，抗联一师师长程斌叛变以后，形势急剧恶化。抗联的编制、作战计划、密营等许多机密，全部为日伪所掌握。1938年7月中旬，抗联第一路军主要领导人杨靖宇、魏拯民、徐哲、韩仁和等于集安老岭山区五道沟密营召开了紧急会议（史称第二次"老岭会议"）。会议决定：一师撤出本桓根据地，向濛江（今靖宇县）、桦甸县转移；改编抗联第一路军，取消原来的军、师番号，组成3个方面军和一个警卫旅。警卫旅旅长方振声，政委韩仁和。1939年4月，文广魁被调到警卫旅一团三中队。1939年10月，关东军第二独立守备队司令官野副昌德整合了日伪南满地区的兵力，组成"野副讨伐队"，在通化、吉林、间岛省地区，对抗联展开了一场大规模的血腥"围剿"。

从此，敌人几乎天天跟在抗联后屁股追。12月中旬，司令部决定，杨靖宇带领伤病员，就地隐蔽，韩仁和带警卫旅伪装为抗联主力，与敌人周旋。敌人实施"狗蝇子战术"，像疯了一样，一口气猛追警卫旅3天3夜，战士们没空吃饭没空睡觉，不住脚地跑。当警卫旅摆脱敌人，来到桦甸南部马鞍山附近喘口气时，才发现，一点吃的没有，衣服和鞋子也都破得不能再穿了。当时的抗联战士，穿的都是空壳棉衣，不要说内衣内裤，就连个裤衩子也没有。由于整天在山里钻，棉衣上的布，早被树枝和倒木给刮零碎了，好多地方露出了棉花，还有的地方棉花也被刮掉了，露出了肉。这还好将就，最难为情的是穿开裆裤，屁股露在外面，十分难堪。要补，没有东西；再说，敌人天天跟着追，也没时间补。大个的同志穿的棉裤还能省些，像文广魁这些小个子的人，就费了。为什么呢？因为山上的倒木太多了。高的倒木，他们可以从下面钻过去，矮的倒木，就只能跨了。跨倒木，大个子跨时，裤裆自然刮蹭得少，小个子当然也就多了。尤其是敌人追击紧追，没有时间考虑自己的衣服怎样，倒木、石头、刺棵子，能跨就跨。刚开始，棉裤破了，文广魁还用针线连一下，后来缝也缝不住了，索性就不管了。韩仁和政委看着文广魁的棉裤，既心疼又好笑。1940年1月18日一大早，他把文广魁喊到跟前。对他说："你跟莫同志去趟草帽顶子山吧！去找李队长，办件事，再看看他能不能想法给你弄条棉裤？"文广魁听了，非常高兴。心想，终于不用穿开裆裤了！谁知他这一去，不仅没弄到棉裤，还差点送了命！

为了避免日伪的报复，抗联战士的姓名、家庭住址都是保密的。战友之间称呼、知道姓氏的，就在姓的后面加"同志"两个字，不知道的，就称呼编号。文广魁和莫同志出发了。他们蹚着二三尺深的积雪，走了两天，才来到草帽顶子病院。所谓病院，就是伤员临时养伤的地窖子，规模很小。他们把韩仁和的命令向李队长传达完后，顺便聊起最近部队的境况。这时，李队长才发现文广魁棉裤的奥秘，忍不住大笑起来。他开玩笑说："老兄的棉裤真好，麻雀可以自由来去，在里面做窝了！"文广魁是个比较内向的人，被他这么一说，难为情地跟着咧嘴笑了笑。李队长开过玩笑，认真地说："等你们回去时，咱们到山下，我给你找条新的。"听李队长这么一说，文广魁知道仓库里还有新棉裤，十分高兴。

1月20日清晨，他们要回去了，李队长和他们一起下山去给他取棉裤。他们下到半山坡，李队长对他们说："你们俩先在这里烤烤火，等着我，我到那边拿棉裤去！"李队长走后，他和莫同志拾了些柴火，拢了一堆火，刚想坐下来。忽然，莫同志神色慌张地对他说："快，山上下来敌人了！"文广魁抬头一看，可不！他俩三下五除二把火弄灭，跑到另一个山头上去了。脚跟方定，莫同志对文广魁说："你在这里监视，我得去通知李队长。"莫同志找到李队长，这时，李队长刚走到藏棉裤的地窖跟前，莫同志弄出一点小动静，李队长抬头一看是莫同志，立即明白了怎么回事，莫同志悄悄地把敌情告诉了他，他俩飞快地来到文广魁跟前。李队长说："咱们仨快走吧，棉裤不能拿了。"说完，他们转身就往东走。这时，文广魁才发现，自己动弹不了了。他的两条腿已冻僵，不听使唤了。他很着急，又往前挪了几步，还是不行。一步迈不上半尺远，两三秒钟，才能往前挪一小步。

这时，东边的太阳刚出山，东北风刮得正猛。文广魁想：这可怎么办呢？还是找根小木棍吧。拄着棍，还是走不动，他转念一想，还是把棍子扔了吧。拄着棍子走路，一旦被敌人发现，知道他受了伤，会狠命地追他，岂不是更糟吗？想到这，他把木棍子扔了。等他下了小山坡，上另一个小山头时，敌人已经离他不远了。当他爬到离小山尖还有二十来米时，敌人的十几个尖兵开始一起向他射击。他身前身后的雪，被子弹打得扑扑乱飞。他只好是手脚并用，连蹬带爬往上走。等他爬到山尖上，找到一个低洼的地方卧倒时，敌人离他只有50米远了。他瞄准敌人打了两枪，敌人倒的倒，滚的滚，全都趴下了。这时，他想，趁敌人现在还没有包围我，赶紧撤退！于是，他又找来一根棍子，拄着棍子往山下出溜。等他出溜到山下时，才扔了棍子，站起身来，往前走。他一面走，一面想，我前面还有两名同志，一旦我被敌人打死，他们会把情况跟上级说清楚的。他又想起入党时，杨司令给他们讲的话："我们共产党员不仅要吃苦在前，享福在后，能够克服一切的困难。更重要的是，在紧急关头，我们要经得起考验。我们在和敌人做斗争时，要不怕激烈和危险，要坚持到最后5分钟，那么，最后的胜利必定属于我们！"想到这，他镇定下来。明知道敌人离他不远，他还是像平时一样，不慌不忙地往前走。

从敌人发现他算起，已经过去一个多小时了。可他走的路，还不到2公里。他鼓励自己，走吧，能走多远算多远，多走一步就离敌人远一步。他又往前走了不远，转过山头时，就看见莫同志和李队长两人在前面等他。他来到跟前，他俩急忙问："冻得怎么样？"文广魁说："不要紧，就是这两条腿不大好使。"他们又问："敌人呢？"文广魁说："我也不知道，我打两枪以后，他们也没来追我。"这时，李队长看他冻得浑身瑟瑟发抖，实在没有办法，就把自己的绑腿解下来给他。文广魁接过来，把绑腿缠在大腿上，当裤子来穿。棉裤外面，又用绳子绑上。等他绑完了以后，他们3个人一起来到一座山顶上。在那里，休息了一会儿，他们3人才分手。李队长回病院去了，他和莫同志下山回部队。

等文广魁回到部队后，才发现自己的左脚已经冻坏了。见到韩政委，韩政委看了看他的开裆裤，皱了皱眉，问他："你的棉裤怎么还没解决呢？"这时，莫同志在一旁把事情的经过告诉了他。韩政委叹了口气，说："好吧，现在也没有别的办法，昨天同志们在岗上抓到一个特务，等我们处决他时，把他的棉裤脱给你吧！"

下午，在处决特务前，文广魁扒下了他的棉裤，穿在了自己的身上。穿上不开裆的棉裤，文广魁一下子暖和多了，心情也舒畅了许多。不过，一想到是从汉奸的身上扒下来的，心里又别别扭扭的。但也顾不了那么多了，总比露屁股强。

文广魁的"契卡"经历

"契卡"，是俄文的缩写，即"全俄肃反委员会"，是苏联早期的情报机关。文广魁进入苏联后，不知为什么，被苏联的情报机关看中，当了两年特务。下面，我们就来讲讲他做"契卡"的经历：

1941年2月，抗联第一路军警卫旅的同志大多牺牲，文广魁与几位战友几经磨难，进入了苏联境内。此时，苏联与日本的关系剑拔弩张，因此，日本向苏联派遣了大量情报人员。文广魁他们穿得像个要饭花子，又没有身份证明，于是，苏联人便将他们送进了双城子监狱。直到65天后，他们的身份调查清楚了，才把他们送到街里的中国招待所学习。文广魁在招待所里，跟苏联人系统地学习了化装、侦察、发报等技术。由于他的成绩特别优秀，一个月后，便派他和赵连太回中国黑龙江去侦察。8天以后，他们回来时，正赶上苏德战争（1941年6月22日）爆发，远东的局势陡然紧张起来。侦察的任务多，他俩也就一趟接一趟地潜入黑龙江侦察。此时，文广魁才发现，自己的文化不够用，发现敌情记不下来。所以，一有时间，他就开始学文化。7月的一天，他们完成任务刚回来，一位苏联军官就跟他说："现在，日本准备进攻苏联了！"文广魁说："我们回来的时候，国境上的日本军队并不多呀。"那军官笑笑，接着说："不是的，同志，现在敌人的第一列运兵车，刚到吉林。"文广魁很吃惊。问他："你怎么知道的？"那军官说："我们早就有信了。以后你们会知道的。"果然，文广魁他们第二次侦察回来时，乌苏里江的两岸，驻满了日军。

8月的一天，苏联军官把文广魁和张同志、赵连太他们3人一起召进密室。对他们说："以前，你们的任务完成得不错，这次派你们去虎林完成一项十分艰巨的任务。请记住，即使在最危险的时候，发报机也不能落到敌人手里。一旦被他们包围，冲不出来的话，你们就把发报机放在炸弹上面，然后，你们三人一起趴上去，引着导火线，决不能给日本人留下任何把柄。"经过一番演练，确认无误后，他们3人才携带发报机出发。

虎林县是中国的北大荒。没有别的，除了水草甸子还是水草甸子。高的水草有两米多高，草甸子中遍布泥潭，深不知底。蚊子一团团的，晚上出去不一会儿，手和脸就会被咬出很多大包。鬼子哨兵受不了，夜晚站岗时，总要在跟前拢个小火堆。这样，即使鬼子再多，文广魁他们也来去自由。这次，文广魁发现，敌人跟以前不一样了。他们提高了警惕：帐篷全部用树棵子遮上，哨兵前的小火堆也没有了。

文广魁他们趁着夜色，进入草地。张同志在迈步踩草垫子时，一下子没站稳，一脚踩进乱泥里。文广魁看了一眼他在湿地里的脚印，心想，明天敌人来巡逻，一定会发现的。心里着实紧张，但也没别的解决办法。他们又走了两个多小时，来到一条横道边。趴在草丛里，正待仔细观察，忽然听到了一声咳嗽。原来，敌人就在眼前，过不去，怎么办？只得换个地方。结果，一连换了3个地方都不行。这时，文广魁想，如果强行通过，一旦被敌人发现，来不及炸毁发报机可怎么办？可是，再耽搁，按约定的时间，就回不去了。文广魁心里这个急呀。急归急，没办法。只能先在水浅的地方睡一会儿，等天亮再说。等到天亮，他们一看，好险！他们离敌人的营房还不到250米。他们赶紧把炸弹和发报机摆好，做好随时引爆的准备。其他的什么也不敢做。一整天趴在地上，一动不动，不吃不喝，也不敢睡觉。好不容易挨到天黑，为了稳妥起见，文广魁决定让他俩带着发报机先回去，自己上前侦察，找好了地方，再让他俩来。

文广魁随身携带了6天的干粮。到第五天，干粮吃完了，只得往回返。他想起他们来的时候，张同志在江沿边留下的脚印子，所以，他特别警惕。在返回离江边还有四五百米远的地方，他隐藏起来，仔细观察，果然不出所料，在他们来时下船的地方真有敌人埋伏。他一看事情不好，就直奔东北方向走。到了江边，给苏联那边打信号，可一连打了四五次，也没有人回应。他只能在那苦等。等了5天，也没有人来，此时，他已饿得直不起腰了。他想，我再等下去，就会死在这，不如回到原来的地方。可是，此时，他的两条腿已不听使唤，脚下多少一绊，就摔跟头。他想：反正是这么回事了，死活就在今天！遇不到敌人更好，遇到了，我就和他们拼了；一旦受伤了，眼前就是乌苏里江。

天大亮了。他索性不再回避，大大方方地沿着江边走。走了不远，便发现了一些没有皮的柳条。近前一看，太好了，像麻杆一样轻。他一根一根地捋着，捋出了162根。他一算，一捆40根，扎成4捆。捆好后，又把它们绑在一起推到江中，他就坐在上面使一根杆子来撑。第一道水流很窄，他一使劲就撑了过去；到第二道江岔，他就放心了。他想，现在就是敌人来了，我也什么都不怕了。我就在江里，即便死了，他们连尸体也捞不着。这里，离苏联哨所不过三四十米远。他一靠边，苏联人就把他拖上了岸。他舒了一口气，以为万事大吉了。没想到，几个苏联红军战士，上来就把他手铐上、眼睛蒙住了。等了半个多小时，义满的上级军官到了，才给他松了绑。他们带来了不少面包和肉盒子（一种面食），文广魁一看，心里想，怎么带这么点，太少了。由于七八天没吃东西，饿过了劲，一口也吃不下了。只喝了点开水，就跟他们坐车回营地了。

1942年7月中旬的一天，苏联人派文广魁到虎头要塞去，侦察鬼子的炮兵阵地，期限是2天。等他来到虎头一看，好多地方和苏联人说的不一样。等他把情况弄清楚，期限已过了一天。第三天夜里，他往回返的时候，天阴得伸手不见五指，什么也看不见。他摸索着往前走，觉得脚下的水一步比一步浅。抬头一看，前面模模糊糊好像有一片小树林。凭着第六感觉，附近肯定有敌人。当他来到小树林边时，就听见有人咕哝了一声。他站住脚，正待细听，忽然，一束强光射了出来。原来，是一个鬼子扒开帐篷正往外看。他惊出了一身冷汗！如果敌人再晚一秒说话，他就能撞到帐篷里去。他拔出手枪，心想，反正是这么回事，谁出来，就打死谁！正在这时，他身后忽然蹿出来两只狍子，两只狍子一边跑一边叫。这正是一个极好的机会，此时不跑，更待何时！他飞也似的跑出一百多米，回头再看看帐篷，什么动静也没有。他转到另一个地方，带上浮水圈过了江。上了岸，苏联红军还是像 1941 年那次一样，又把他铐上了！因为他逾期一天，接他的情报官回去了，其他的边防战士不认识他。回到义满，情报汇报完后，他把边防红军几次给他戴手铐子的事情提了出来。苏联军官对他说："你放心吧，下次再不会发生了！"果然，从此以后，再没有发生被铐的事了。

1942 年 9 月，文广魁带着把立子，到虎林县去侦察。把立子是苏联的少数民族，他父亲是中国人，母亲是索罗民族。他呢，长得和中国人一样，所以才派他跟文广魁一起执行任务。这次他们的任务有 3 个：一是把虎林县的敌情了解一下，有多少日军都是什么兵种，都住在什么地方；二是问问当地的农民，城里的粮食有多少，都是些什么粮食；三是和农民拉好关系。可是，他们出来了七八天，还是一点头绪都没有。如果再待下去，又超过了返回的期限，把立子问文广魁怎么办。文广魁说："不要紧，等到明天白天，我们再去找关系。"

第二天上午，他们来到一条河边。这时，河里划过来了一只小船，船上坐着 4 个人，直奔他们而来。文广魁对把立子说："正儿八经的农民是不敢冲我们来的，八成是特务。你赶快到后面隐蔽起来，去监视别的地方还有没有敌人；我去和他们对话，谈好时更好，如果谈不好，我打你就打！"那 4 人来到近前，文广魁突然从草丛里跳了出来，用手枪指着他们。喝问道："你们是干什么的？""我，我们是打鱼的。""打鱼的？如果是打鱼的，肯定不敢到生人身边来！"那几个人一看瞒不住，就说了实话。他们说："我们是当地的市民，实在没有别的出路，为了维持生活，不得不来给日本人出探。我们可什么坏事也没有干呀！"文广魁看他们说话时，脸露惭色，又反过来安慰他们。谈话中，文广魁看出他们也心向抗联，就说："我们都是中国人，在这个世道上活下来不容易。以后，我们要同甘共苦，互相搀扶……"这时，其中一个叫王成信的人说："如此，咱们 5 个人在这里拜个把子咋样？"文广魁说："太好了，我怎么能不愿意呢，我们现在就来吧！"说着，他们5个人就拈草为香，结成金兰。姓徐的年龄最大是大哥，周宝忠（字海延）老二，王成信老三，文广魁老四，还有个姓李的是老五。他们结拜完了，文广魁从兜里掏出一些钱给他们说："几位仁兄，麻烦你们跑一趟城里，替我侦察一下敌情。这些钱，留给你们在城里吃饭，回来，再给我捎点东西。"他们走后，文广魁对把立子说："这些人，要是好的话，能给咱们办些事；要是坏的话，不仅不能给咱们办事，反而会向鬼子告密，出卖我们。但是，侦察这种活纯农民是干不来的，因此，我们还得利用他们。"

为了防备意外，天一黑，文广魁就和把立子转移了。四周全是水草甸子，文广魁走在前面，一不小心，掉进了烂泥缸（泥潭）里。此时，文广魁的两只脚，既够不着硬地，也拔不出来。一动弹，他的身子就不停地往下沉。如果再动，很快就会被泥缸淹没。他一看事情不好，就使劲憋了一口气，一头扎到水里。然后，用两只手扯住两把草，使劲拔出腿来，然后慢慢往后退。这可把把立子吓坏了！等文广魁退出泥缸后，他问："怎么样？"文广魁说："你放心吧，只要我能退出来，就没有关系的。"第三天下午，那些人回来了。文广魁往四周一看，没有别人跟来，才从草丛中钻出来。他们把所了解的事情都告诉了文广魁，还给他捎回来一些猪肉和用品。分手时，文广魁让他们4个人先走。等他们上了船过了河，文广魁和把立子才往回走。

1943年2月9日，文广魁等4个人带着发报机到虎林县西200里处侦察。携带发报机，苏联人要求的还是那样严格。他们这次出发，准备是在天亮以前，赶到七虎林河附近。可是，他们过了乌苏里江后，平地里的大雪有一米多深，有的地方被大风刮的，大雪积得像小山一样。没办法，他们只得绕道前行。等他们走到铁路边，东方已经发白了。怎么办？文广魁心里非常焦急。往前走吧，不行；往回退呢，也不行。这一带地势平坦，还比铁路路基低不少。天一亮，敌人就会发现他们。大家都问他怎么办？没办法，只能往前走。穿过铁路以后，走了有二百多米，文广魁四下一看，四周都是平地，就他们站的地方还洼些。于是，文广魁决定，就在这里埋伏。他们先把发报机和炸弹摞一起，如果敌人来了，由三军的王同志负责引爆；文广魁和把立子，还有一军的姜同志阻击敌人。等到最后，大家再一起趴在发报机上。安排好后，4个人就脚顶脚地躺在雪里，上面盖上白布，躺在那里一动不动地监视敌人。文广魁在心里暗说：同志们，今天这个地方很可能就是我们的葬身之地！因为这地方离火车站太近了，只有三百来米。他们横过铁路时，天刚下完一场小雪，新踩的脚印子，还在路上摆着呢；在他们北面不远的大山上，是敌人的炮兵阵地；西面是公路；东面呢，离敌人虽然远些，却是敌人的军需基地。他们一动不敢动，从早晨到中午，又从中午到晚上7点。没吃饭也没睡觉，一整天连身子都没敢翻一下。大小便时，原来是怎么躺的，就怎么来解决。天黑后，等他们翻身想起来时，身子早都冻僵了。怎么办呢？他们先慢慢活动，活动了20来分钟，身子才软活些。等他们要走时，姜同志和王同志才发现，脚冻坏了。文广魁对他们说："今天夜里，咱们必须往前走！"到达目的地，脱鞋一看，他们的脚溃疡了往外直淌水。文广魁只得一面找关系到城里去，探听敌人的消息；一面找木匠家什，做了四副滑雪板。事情办完后，四个人穿上滑雪板，走了半夜，才回到苏联。

1943年3月，乌苏里江还未开江，文广魁带着抗联第三军的王同志再去虎林。文广魁刚走到江心，就看见江西边有块发黑的地方。他一边走一边观察，一不留神，扑通一声掉进了江里。他以为这回算完了。可是，等他的两只脚都着地时，才知道水刚没过他的肩膀，他连水都没喝着。文广魁从江里爬出来，身上的衣服又湿又冷。一晚上所走的路，又全是水草甸子，上面是半尺来深的水，底下全是冰。他们走到下半夜，想坐下来休息时，文广魁已被冻成冰棍，坐不下来了。这时候，天又下起了小雪。他好歹挨到天亮。盼太阳出来好晒晒。可是，天晴了以后，西北风吹得更冷。他们休息的地方离铁路又近，又不敢弄火烤。只得穿着湿衣裳冻了一天一宿。等到第二天下午六点多钟天黑透以后，他们才顺着河沿往上走，去找联系人。

文广魁他们顺着大河沿走了不远，就看见一座小房里面射出的灯光。近前一看，里面有两个四十来岁的男人。他对王同志说："这两个肯定是扮作打鱼的特务。

但是，无论如何，我们也得进去看看。"他们进去一问，那两个人果然说自己是打鱼的，其他的什么也不说。文广魁猜想，这两人肯定是有顾虑，害怕文广魁他们是日本的特务。于是，文广魁跟他们解释了半个来小时，他俩才敢说实话。文广魁问他们："七虎河（七虎林河，为乌苏里江左岸支流，位于黑龙江省虎林市境内。）有多少打鱼的？"他俩说："七虎林河里一共有 7 个鱼晾子。""现在他们还在这里不？""现在除了第五道晾子以外，其他的人都在。""五道晾子怎么了？""是今年 2 月份，被县里的宪兵抓走的。""就抓他们自己吗？""不，宪兵来的时候，先去抓北山烧木炭的，又来抓的他们。""为什么抓他们，你们知道不？""因为他们给红军办事了。"文广魁一听，明白了，他们的联络站被破坏了。文广魁把衣服烤干，喝了点开水就出屋了。他们找了个背风的地方，文广魁对王同志说："明天白天我们要注意这两个人。他们一定会到城里去告密的。"

早晨 8 点来钟，果然看见一个人背着笤筐奔虎林而去。那人刚出门不远，就被文广魁带到身边按在地上。等到天黑后，文广魁才把他放回去。文广魁告诉他："如果你再去告密，我就枪毙你！"那两个人再不敢了。

第二天，文广魁他们回到江边准备过江时，发现江过不去了。冰酥了，上去一踩一个坑。文广魁对王同志说："去掰两棵大柳树枝子。"他自己掰了有一丈多长的两棵树枝子，把它们一颠一倒地放在冰面上。然后，他把身体贴在树枝上，一点一点往前爬。不一会儿，就爬过了江。王同志呢，掰了两棵小树枝子。文广魁冲他喊："不要从我走的地方过，我走过的地方冰已经碎了！"可是，他不听话。结果，他刚划过了江心，就"忽隆"一声，掉了下去。文广魁一看，人没影了，只有树枝子还在动，他急忙下去拽那树枝子。等把王同志捞上岸，他已经喝了七八口水了。来到边防站，王同志冻得话都说不出来了。

后　记

　　我从事地域文化研习已有二十多年了，关于抗战题材的书也出过几本，但是，当我接到写作抗战故事这项任务，我还是着实踌躇了一番。

　　大家知道，本溪抗战史料本来就少，而如何能在有限的史料中，撷取一则则典型的故事而这些故事又能真实地再现九十多年前本溪人民前仆后继、英勇不屈的抗战精神，是本书写作的难点。接下来，我利用半年时间，做了三件事：一是踏察抗联密营、战斗遗址，二是到仙人洞村等地，采访当地老人，三是搜集抗联一军在本、桓地区活动的相关史料。动笔前，我想，宣传部出版这本书，目的是对青少年进行爱国主义教育，因此，这本书虽然叫做故事，但它不能虚构。因此，我在写作时，反复核查史料，比如人物、事件、时间、地点等，从某种意义上说，这本书我是按着历史来写的。可是，这样写会遇到一个问题，那就是作品的趣味性、可读性问题，真实发生的事件，很难有跌宕的情节，为此我做了一些小小的补救：一是在语言上，尽量口语化，多用一些活泼、生动的方言俚语；二是运用灵活的叙述方式，比如倒叙、插叙、补叙等，尽量减少平铺的叙述；三是不追求故事的完整，只寻求一个故事点，把抗联战士那种不计得失，勇于担当的民族精神写出来。当然，由于水平原因，很难做到恰到好处。

　　本书在写作过程中，参阅了胡维仁的《风雪长白山》、张正隆的《雪冷血热》、刘万东《本溪湖煤铁史略》、本溪市史志办《本溪人民抗日斗争纪实》以及政协本溪市委员会、政协桓仁县委员会、政协本溪县委员会的有关史料，大约五六十种，在此，我向这些前辈老师们表示最诚挚的谢意！

在本书付梓之际，我要衷心感谢中共本溪市委宣传部、本溪市文联领导对本书的特别关照；感谢本溪市作家协会杨雪松主席为本书作序，感谢本溪市书法家协会耿晓弘主席为本书题写书名以及本溪市图书馆仲小凤女士为我查阅史料提供的便利。可以说，这本书的出版，大家都倾注了大量的心血，书虽然由我执笔，却是大家共同努力的成果。

由于本人水平有限，错讹之处，在所难免，借此书，敬请方家批评指正！

作 者

2022 年 7 月 22 日